百年潮精粹

往事回首

百年潮杂志社 编

中共党史出版社

图书在版编目（CIP）数据

百年潮精粹·往事回首 / 百年潮杂志社编 .-- 北京：中共党史出版社，2021.1
ISBN 978-7-5098-5298-9

Ⅰ.①百… Ⅱ.①百… Ⅲ.①回忆录—作品集—中国—当代 Ⅳ.①I251

中国版本图书馆 CIP 数据核字 (2019) 第 164592 号

出版发行：中共党史出版社
责任编辑：杨琳
责任校对：申宁
责任印制：段文超
责任监制：贺冬英
社　　址：北京市海淀区芙蓉里南街 6 号院 1 号楼
邮　　编：100080
网　　址：www.dscbs.com
经　　销：新华书店
印　　刷：北京盛通印刷股份有限公司
开　　本：170mm × 240mm　1/16
字　　数：285 千字
印　　张：20
版　　次：2021 年 1 月第 1 版
印　　次：2021 年 1 月第 1 次印刷
ISBN 978-7-5098-5298-9
定　　价：46.00 元

前言

《百年潮》杂志改制已有几个年头，在秉承原有风格特点的同时，又有所发展和突破，刊发了一批既有史料价值，又鲜为人知的记录重大历史事件的文章。《百年潮精粹·往事回首》从这些文中精选出反映中国革命、建设、改革成果的亲历者的回忆录和口述文章20余篇集结成册，那些中共党史上重大历史事件亲历者的回忆如同记录时代风云的黄钟大吕，从中可以感受到时代的脉搏，抚摸到历史的痕迹，展望到光辉的前景。

《百年潮精粹·往事回首》收录改革开放新时期文章为主要内容。改革，是党的十一届三中全会以来至今的主旋律，在中国特色社会主义理论指导下，改革的实践逐步展开，全面深入，成果累累。本书所收录的农业改革、新闻出版体制改革、1994年财税体制改革、金融体制改革、新华社内部机制改革等文章就生动地体现了这一点。

《百年潮精粹·往事回首》还收录了几篇通过个人经历反映某个历史时期重要事件的回忆文章。如齐心同志回忆了参加革命的经历和在太行抗日前线抗大的战斗生活；陈春森回忆了在战火纷飞的抗日战争时期坚持办《晋察冀日报》的艰苦经历；张书全回忆了珍宝岛战斗的细节。

《百年潮精粹·往事回首》坚持“信史、实学、新知、美文”的特点，所收文章史料丰富、平实可读、感情真挚。回首往事，展望未来，激励我们奋进搏击，走好新时代的长征路。

目录

与农业的不解之缘七十年

何康

何康，福建福州人。农学家，农业管理专家。1978年1月至1979年2月任农林部副部长。1979年2月至1982年5月任国家农业委员会副主任、党组成员兼农业部副部长、党组成员。1982年4月起兼任国家计划委员会副主任。1982年5月至1983年6月任农牧渔业部副部长、党组成员兼国家计委副主任。1983年6月至1988年4月任农牧渔业部部长、党组书记，国家计委副主任（兼），中国科协副主席。1988年4月至1990年6月任农业部部长、党组书记，中国科协副主席，国务院学位委员会委员。1990年至1996年任中国科协副主席。第八届全国人大常委会委员。中共第十二届、十三届中央委员。

走上学习农学之路

我和农业结下不解之缘，既来源于家庭的培育和影响，也是老一辈革命家指引教导的结果。

我的父亲何遂一生爱国勤学。他生于1888年，16岁从军反清，19岁加入中国同盟会。辛亥武昌起义爆发时，他是北洋第六镇（师）统制（师长）吴禄贞的亲信参谋。吴是北方革命党的灵魂人物，袁世凯派刺客把他刺杀在石家庄。我父亲听见枪声第一个冲到现场，吴的人头已经没有了。他率领第六镇革命官兵愤举义旗，被推举为“燕军大都督”。因为父亲不顾个人安危，在北方反对袁世凯称帝，袁死后，黎元洪大总统派他赴欧美参观世界大战，从28岁到30岁，他到过美国、法国、英国、意大利、比利时和瑞士。1921年他出版了专著《参观欧洲大战记》，疾呼打开国门，向西方先进的科学技术学习。他也受到了西方民主思想的影响。我就是在这样一个有着浓郁爱国思想，又比较宽松民主的家庭环境里成长起来的。

我六岁的时候，父亲担任广州黄埔陆军军官军校的“代校务”（代理校长、副校长主持校务），天天带我坐小汽艇去上班。他主持修建孙总理纪念碑，我亲眼见他用面盆盛满墨汁，把纸铺在地上，用扫帚写下“和平，奋斗，救中国”七个大字。这七字总理遗训至今留在黄埔校园孙总理纪念碑的东侧，也深深刻在我童年的记忆里。我上小学时，父亲在西安当十七路军杨虎城的总参议。总参议是闲差，父亲的精力都放在考古和旅游上，他多次带我登上西安的古城墙远眺，踏访长陵、乾陵，还攀登了终南山。我不但会背“但使龙城飞将在，不教胡马度阴山”之类的诗句，而且面对“大漠孤烟直，长河落日圆”的广袤苍茫大地，从心底里升腾起对祖国的热爱。

家庭对我的教育有两点是突出的：一是“民贵”思想，一是“农本”思想。父亲给我讲解过孟子“民为贵，社稷次之，君为轻”的名言；给我说过管仲“仓廪实而知礼节”的论断。他很欣赏晁错，认为《论贵粟疏》是治国之良方。所以我从小就形成一种观念：中国是个大国，土地辽阔，人口众多，自古以农为本，“民以食为天”，只有农业发达了，人民才能富足，国家才能太平。

家庭也给我们兄弟提供了接触共产党高层的机会。九一八事变后，父亲力主抗日，他与朱庆澜（朱子桥）将军一起组建了“辽吉黑抗日义勇军民众后援会”，还请缨杀敌，当了由退入关内的义勇军为主力的55军军长。西安事变后，1937年5月，他便与到达南京的中共中央代表周恩来、博古、叶剑英、李克农等建立了联系。叶剑英和我父亲是很谈得来的，他也关注了我的两个哥哥；我的大哥何世庸就是由叶剑英拉着手交给第一战区政训处处长李世璋，从而到前线去的。我的两个哥哥都在1938年加入中国共产党并去了延安，我也于1939年5月在重庆南开中学高中读书时加入了共产党。后来，叶剑英把我们兄弟三人党的关系都转到南方局，由他直接领导，叶剑英调回延安后，由董必武直接领导。

1941年初，因父亲兼任（父亲时任立法院军事委员会委员长）军委会桂林办公厅总顾问，举家迁往广西。我当时在成都光华大学政治经济系读一年级，组织上同意我随家迁桂。行前的一个晚上，我特地到重庆曾家岩周公馆去见了董老。董老是南方局的主要负责人，他竟像慈祥的长辈那样单独和我这个小青年促膝长谈。他告诉我，皖南事变后，南方局和延安的电讯联系受到严密监控，希望通过广西进行弥补；而且我党也需要加强对桂系的工作，他说广西方面将由李晓亚（李亚群）和我们联系。他指示我要在这个"长期隐蔽"的时期，"勤学、勤业、勤交友"，多学一点儿有用的知识，将来会有用的。董老问我选修什么专业，我说政治经济系。董老说，现在学政治经济学，无非是亚当·斯密那一套，将来恐怕用不上，不如学一门与民生有关的科学技术，比如农学，将来建设国家更有用处。70多年过去了，董老当时的音容笑貌犹历历在目。"文化大革命"中，董老亲自为我写了有力的证明，解我于困境。革命前辈的谆谆教导和殷切关怀，使我终生难忘。

董老的教导和我内心的农本思想产生了共鸣，我到广西大学，修完半年政治经济，便转学到农学院的农艺系，从一年级学起。广西大学农学院在柳州郊区的沙塘镇，那里还有广西农事实验场、中央农业实验所工作站，所以被称为"战时农都"。广西农事实验场场长马保之是留德的农学博士，农学院农学系主任萧辅是留美博士，当时集中在那里的知名学者还有张信诚、汪振儒、黄瑞纶、李景均、罗君骕、程世抚、柳支英等。农学院的环境宁谧而美丽，周边的马路旁整齐地长着笔直耸立的桉树，一幢青砖的教学楼，几排平房宿舍，这里一共只有200多名学生，但学习气氛、学术氛围都很浓厚。当年，有两名学生获得中华农学会奖学金（亦称"中正奖学金"），一名是我，另一名是李崇道（诺贝尔奖得主李政道之兄)，20世纪80年代，我担任农业部长时，李崇道当了台湾农业复兴委员会主任(相当于农业部长)。更有趣的是，时任港英当局渔农处处长的黄成达也是广西大学农学院我的同学。我们三人曾同住第四宿舍，是同窗好友。1990年，经李政道撮合，由黄成达做东，李崇道和我都到香港，三人一见面就情不自禁地拥抱在一起。这次相聚，会谈了三天，达成了交流协议。应该说是两岸三地农业主管官员开创农业交流与合作的先声。

1945年抗日战争胜利，1946年我从广西大学农学院毕业回到南京，董老把我们兄弟三人党的关系转到中共中央上海局。此后三年，我在刘晓、刘长胜、张执一等同志领导下，为新中国的诞生进行了隐蔽战线的工作。这期间，也没有完全离开农业，我创办了栖霞农场、丽群造园事务所；还协助创建中国农业科学研究社，团结了一批农业科技工作者；1949年5月上海解放，我被任命为上海军事管制委员会农林处处长，和我一起参加接管工作的，就有中国农业科学研究社十几位成员。

1990年，何康(左)与台湾农业复兴委员会主任李崇道(右)
和他们40年代就读广西农大的老师马保之教授在香港会面

新中国建立之初，我被任命为华东军政委员会农林部副部长，分管科教与生产。部长是“佩剑将军”张克侠，副部长还有程照轩、刘宠光、金善宝；不久又成立了农委，主任是刘瑞龙，副主任有我和李人凤、金善宝。首先面临的工作是接管原国民政府的农业机构，其中也包括涉外、援外的组织。当时的基本政策是原封不动，全盘接收。华东农业科学研究所是由我直接负责接收的，该所保存的档案相当丰富；而旧中国长期培养的一大批农业知识分子，特别是高级农业科技人才，是新中国农业接管的最宝贵资产；他们中有许多都是我的师长，我做这项工作兴奋而愉快。

我开始较深入地接触旧中国的农业生产。我的感觉是，迭经战乱，农村经济确有凋敝的一面，农业生产的方式普遍落后，有些地方还在用着耒耜之类的古老工具，完全靠天吃饭。但是，悠久的旧中国农业在发展历程中也积累了许多值得深入发掘的经验。比如，苏南苏州无锡一带的精耕细作，山区的梯田、农林牧渔业结合，以及“间作套种”“多熟制”等，里面的学问很大，对我很有吸引力。我清晰地感觉到，在广大的农村、农民中蕴藏着发展生产的极大潜力，如果党和政府的政策引导得当，有科学技术和物质投入的支撑，我国农业生产发展的前景是美好的。

投身天然橡胶事业

1952年6月，我突然接到通知，让我尽快赶到北京林业部报到。我到京后见到林业部副部长李范五，他是部党组书记，他向我详细地介绍了情况。抗美援朝战争爆发后，美国对我实行封锁禁运，作为军需物资的天然橡胶严重匮乏；当时所有的社会主义国家都不能生产天然橡胶。周恩来总理指出，时至今日，胶源已竭，当务之急，是自力更生建立自己的天然橡胶基地。李范五告诉我，他和高岗一起赴苏谈判苏方援助我国经济发展长远规划时，斯大林了解到中国海南岛有巴西天然橡胶园时，非常高兴，亲自提出来，希望苏中合作，发展天然橡胶事业。条件是由苏联提供专家（苏联没有橡胶专家，只有农业专家）、机械、化肥、农药等；在我国生产的天然橡胶，按国际市场价格卖给苏联等国。李范五说中央对此十分重视，1951年11月，已在广东湛江成立华南垦殖局，由中共中央华南局书记叶剑英兼任局长。现又决定调两个师一个团现役部队，整体转业到林业建设作为骨干，还要动员20万民工，作为开垦植胶的基本队伍。业务上由中央林业部新建一个特种林业司负责指导，调你来就是担任这个司的司长。

我到任的第三天，即奉命匆匆南下到湛江、海南岛、云南和广西，做了三个月的实地考察。当时中央从战备考虑，确定发展天然橡胶的方针是：先大陆，后海南。三年内种植800万亩，八年后开始产胶。所以，中国的天然橡胶开发事业是从广东的雷州半岛、海南岛和云南的西双版纳、广西的防城地区起步的。1953年，苏联政府派遣50多名专家，随带大批拖拉机、卡车来华参加垦荒植胶，这是中苏间一个重要合作项目，双方都很重视。但在斯大林逝世后不久，苏方就撤销了协议。中央根据我国自身的需求和可能，决定开拓发展自己的天然橡胶事业。

橡胶树原生长于南美巴西的热带雨林中，它的生长发育需要高温、高湿、静风和沃土。《大英百科全书》中断言：“橡胶树仅仅生长在界线分明的热带地区——大约赤道南北10度以内。”世界各国的橡胶树也都分布在低海拔的赤道以南10度到赤道以北15度之间。而我国海南岛的南端已是北纬18度了，海南岛北部是北纬20度，雷州半岛、云南西双版纳已达北纬24度。如何克服寒潮、台风和土地相对贫瘠等不利条件，大面积种植胶树并达到较高产量呢？这是一个突破传统植胶禁区的创举，也是与国家利益、民生需求紧密结合的重大生产实践创举。在现代战争中，诸如超音速飞机或载重量大的飞机轮胎之类的制作，用合成橡胶是不行的（合成橡胶摩擦生热后变质，会失去弹性）。必须用散热性能好、质优的天然橡胶；我国作为一个大国，从战略考虑，必须拥有自己的天然橡胶基地。这样一个开拓性的任务，吸引了一批既有坚实专业知识基础又富有理想和创造精神的青春热情的知识分子集中到它的麾下。其中有后来成为中国工程院院士的黄宗道，还有彭光钦、许成文、郑学勤教授等。

1954年初，我和中国科学院云南植物研究所热带植物专家蔡希陶，由一个班的解放军护送，骑马穿越深山密林，考察了云南德宏和西双版纳地区，选定在西双版纳景洪建立云南特种林业试验站。在一系列实地调查研究和学习参照国外经验后，我负责起草了一个报告给中央，说明了先大陆后海南的方针，虽符合战略考虑，但对橡胶树的自然生长条件不利。提出了必须选择适宜的高温多雨、静风的小气候宜林地，依山靠林，着重发展优良品种芽接树（选用优良无性系的芽片作接穗，嫁接到实生苗砧木上的一种无性繁殖方法；用芽接方法成长起来的树称为芽接树。实生树是由种子直接发育成长起来的树，产量低），不搞未经选种的实生树的技术措施。报告上报后的一天午夜，忽然接到周恩来总理办公室的电话，对芽接树等关键技术问题详加询问。很快，中央批准了这个报告。邓子恢副总理又具体指示：发展橡胶应多种经营，综合发展，要以短养长，在长达八年左右胶树开割前后，在胶苗定植后，树行之间作短期农作物及咖啡、剑麻、胡椒等热带作物。为此，将特种林司改为热带作物司，并由林垦部转属农垦部。1955年，我被任命为华南热带作物研究所所长。1958年，农垦部部长王震为使科学研究更好地与生产实际相结合，决定将研究所由广州全部迁往海南岛西部重要植胶区儋县。

儋县在海南岛的西北部，是宋代大文豪苏东坡第二次被贬所到之地，是个疟疾区。我和全所数百名员工来到这片杂木荒草丛生的热土，最初的日子确实是很艰辛，在一片丛林荒地上，百业待兴。自己搭的茅草房，蛇和蜈蚣常常光临我们的床上；我永远不会忘记，当我用卡车拉来苏制发电机组，大家围集相迎，通电时在光明展现的瞬间，全所职工热烈欢呼的情景。我们的事业，深得中央有关领导的关怀，董老、叶帅、邓子恢、谢觉哉、萧克和许多中央领导同志都先后来视察，在最艰难的创业年代，最令人难忘的是王震部长连续三年都来和我们一起欢度春节。1960年春节后，周恩来总理也来了。总理特意要到我家看看，他亲切地勉励我们夫妇，并将我家门口所贴自撰的对联，改动两字，亲笔题词："儋州立业，宝岛生根"，赠送华南热带作物研究院和华南热带作物学院（俗称"两院"）。这个题词，激励了几代"两院"人。

1960年初，何康（左一）陪同周总理视察热带作物研究院和热带植物学院

在海南，我长期担任华南热带作物研究院和华南热带作物学院的党委书记、院长。两院建有数万亩的实验农场，建有热带植物园，收集、订阅了世界各国有关热带作物的杂志160多种。我们的科研攻坚任务是解决大面积橡胶北移并获致高产的一系列课题，探索其规律。这主要依靠高、中级科研骨干的创造性劳动和奋斗，我是他们中的一名战士，既要发挥组织领导作用，又要参与一定的专题研究。我们十分重视科研成果与生产实践的结合，把研究的新成果及时推广到生产实际中去。1962年，我们写出了《关于发展我国天然橡胶生产的几点建议》，对我国橡胶生产的现状与方针、规划布局、技术改造、经营管理以及如何提高科研水平等作了详细的阐述。华南热带作物学院培养了大批热带作物科学技术人才，他们中有些人，已经成为我国的热作专家或农业界的知名人士了。

1977年，我调离了海南岛。由黄宗道教授继任两院党委书记兼院长，两院科研与教学都取得了更快的发展。1982年，橡胶北移栽培技术荣获国家发明一等奖。现在，我国橡胶种植面积和产量都居世界第四位。这个成果，无疑是许多杰出的专家，大批中青年科技工作者和数以10万计的农垦战士共同劳动的结晶，我和我已故的妻子缪希霞作为两名老战士，也为此深感自豪。

1977年，我还有幸作为中国农业代表团的副团长，先后访问了阿尔及利亚、喀麦隆和意大利、南斯拉夫。1978年我被任命为农林部副部长。这年7月，我参与一个由26人组成的中国农业代表团出访美国，黑龙江省委书记杨易辰是团长，湖北省委书记赵辛初和我是副团长，由我兼任秘书长。当时中美尚未正式建交，对中国官方的这个正式代表团，美国朝野相当重视。在美40天，代表团走了14个州，参观了农业科研机构、大学农学院、农场、牧场、种子公司、农畜产品加工厂以及农场主合作组织、农业展览会等102个单位。我特别考察了美国的园艺场和农业教育，对美国农业的高生产率和当代农业的现代化格局有了具体了解，也认识到中国农业的差距。回国后代表团让我作主要发言，向邓小平、叶剑英等中央政治局常委和有关领导作了汇报，我们结合国内实际，提出了增加农业投资、发展社队企业、引进先进技术、健全科教机构、加快建立种子公司、加强水土保持、实行农林牧三结合、更好地发挥中央和地方两个积极性等七个方面的建议。

1978年12月，党召开了十一届三中全会，我国进入了改革开放和社会主义现代化建设的新时期。1979年，国务院成立国家农业委员会，由国务院副总理王任重、万里先后担任主任，五位副主任我位列末席（仍兼农业部副部长），我的前面是杜润生，他侧重管农业、农村改革政策，抓生产关系；我侧重管生产、科教、外事，抓生产力。1982年，我当选为中国共产党第十二届中央委员。1983年，在全国人大六届一次会议上，我被任命为农牧渔业部部长，直到1990年卸任。这个时期，正处在我国拨乱反正，百废并举，全面推进改革开放的初期。我清醒地意识到自己的责任；我回想起当年在董老教导下，选择学农的历程，深深感到革命前辈多么富有远见；而我幸逢盛世，更得到党组织的信赖，主管这么大一个国家的农业，肩上的担子是多么沉重啊！所以，我乾乾自励，夙夜匪懈，努力工作，以期尽职尽守。

1978年，中国农业代表团第一次访问美国，何康（右二）与团长杨易辰（左二）、副团长赵辛初（右一）等在农庄合影

主管农业期间开展的工作

回顾我主管农业工作的七年时间，大致抓了四方面工作：

一、抓科教兴农

我第一位抓的是科教兴农。农业是国民经济的基础，粮食生产又是基础的基础。我是学农艺的，当年的毕业论文就是《土壤碳氮比对水稻生长及产量之影响》，我深知要从根本上解决中国的农业问题，科学是关键，教育是基础。首先，我们不能满足于“地大物博”这样笼统的概念，必须摸清农业发展的“家底”。掌握全国土壤、气候、生物资源、水资源等一系列自然资源以及社会经济条件的基本数据和情况，才能严格地按自然规律和经济规律指导生产，才能根据不同条件定出农业区划。必须否定“人有多大胆，地有多大产”之类的口号，规规矩矩按科学规律办事。1979年7月，在我的建议下，召开了全国农业资源调查和农业区划会议。万里同志高度重视，会后成立了全国农业资源调查和农业区划委员会，由万里任主任，我任副主任。这项基础性的巨大工程，得到国家科委方毅、宋健等领导的大力支持，多个有关部门密切协作，历经数年，最后完成了《中国农业资源调查报告》。我们摸清了全国究竟有多少耕地，黑钙土有多少，酸性红壤有多少，盐碱地有多少，滩涂地有多少；哪里富水，哪里缺水；特别是一个地方小气候的变化等等，摸清了农业资源的家底，为农业区域开发的国家投资立项和农林牧渔各类商品基地的建设以及重点开发项目的确定提供了依据。全国2000多个县，哪个县适合干什么，一看就清楚了。如果不知道自己家里有些什么东西，这个家怎么当呢？这里不妨说件有趣的细节，在调查中，发现甘肃有个麦子品种叫“和尚头”，老百姓说“和尚头，和尚头，无雨一年也能收”。我拔起麦秆一看，它的根系非常发达，所以耐旱，抗倒伏。虽然产量低，没有推广价值，但它耐旱的基因，却是有用的。

教育领域是“文革”的重灾区。我正赶上参与恢复与调整在十年动乱中被搞乱的农业院校的工作，仅仅为了北京、南京两个农大迁回原地的事情，就费了不少力气。我认为，只有把农业教育搞好了，普及了，让广大农民特别是主持农业管理工作的各级领导，掌握了农业科技的基本知识，才能提高农业生产力，产生巨大的经济效益。我坚持在归农林部直接领导的七个重点农学院中，开办县级农业干部培训班，后来进一步开办包括主管农业的省委书记、副省长参加的农业高级干部训练班，我自己也参与听课和授课。同时，我们还利用县以下的农业推广机构，使之成为综合性的示范、推广、培训三结合的基层组织，尽可能快地扩大农业知识的传播。1980年，我担任了正在筹建的中央农业广播学校领导小组的组长，后来又当了校长。这个新生事物引起了各省、直辖市、自治区的重视，五年之内，在该校正规注册的学员超过30万人。从实践中发现，省委第一书记、县委第一书记抓农业，力量就大啦；所以要“抓头头，头头抓”。由于上级领导的协调和支持，这方面取得了良好的成效。

二、促进农产品的商品化

随着农村改革的深入，包产到户，联产承包，生产关系的变化释放出大量的生产力，全国粮食供求形势迅速好转。我逐渐认识到，粮食商品化，农产品商品化才是推进农业发展，实现农民增收和提高农民购买力的必由之路。我们必须在推动农产品商品化方面下大力气。

1983年，我国在黑、吉、皖、豫、苏、赣、湘、鄂八个省选建了50个商品粮试点县，第二年提供的商品粮就占同年全国商品粮总数的1/8。这说明，集中一定的资金，建设一批有粮食优势的生产基地，是投资少、见效快、效益高的好办法。从1986年起，国家和地方每年拿出两个亿的投资，又在全国分批分期建设了194个商品粮基地县。

不仅粮食如此，棉、麻、丝其他农产品都要加快走商品化的路。1985年召开了“八字会”，即研究提高肉、禽、蛋、奶、鱼、果、菜、花八类产品的产量和质量，以后逐步发展为“菜篮子工程”；从1986年开始，分期分批建设优质农产品基地。1987年由我出面部署京、津、沪三大城市建设肉、禽、蛋、奶基地；到1990年，我国的肉类和禽蛋产量已跃居世界首位。

由于农村生产关系改革的到位，释放出巨大的生产力；加上国家收购政策的改革；以及农产品商品基地的广泛建立，20世纪80年代，我国首次实现了粮食的自给。也就是说，我国用占世界7%的耕地，养活了占世界22%的人口，这对全世界都是一个贡献。

这里说说花卉产业。我国有丰富的观赏植物资源，特别是多年生木本和根茎花卉如牡丹、碧桃、梅花、杜鹃等；有多种气候带，有相对便宜的劳动力等，发展花卉产业具有独特的优势，何况“仓廪实”，人们爱美之心，勃然而兴呢！1984年在国务委员陈慕华的倡议下，成立了中国花卉协会，陈慕华被选为名誉会长，我被选为会长。花卉协会本着“组织、协调、服务、指导”的工作方针，做了大量卓有成效的工作，还创办了《中国花卉报》。20世纪80年代初，花卉业还是一个不起眼的产业，但发展很快，到2008年花卉种植面积达78万公顷，销售额666亿元，从业人员380万，已是一个大产业。

三、推动农村的城镇化

人多地少是中国的一个基本国情，苏南一带农民平均只有几分地。随着农业经营体制的改革，农业生产效率的提高，农村中必定出现大量剩余劳动力。“人往乡镇企业去，钱从乡镇企业来”，便成为必然趋势。我国的社队企业早已有之，过去还常被当作“资本主义尾巴”痛加割除。1978年党的十一届三中全会专门指出社队企业要有个大发展，于是社队企业便如雨后春笋般地在广大农村遍地开花。1984年3月，中共中央、国务院转发当时农业部《关于开创社队企业的新局面的报告》，同意将社队企业改名为乡镇企业。从此乡镇企业获得更快发展，1987年乡镇企业产值首次超过农业产值。乡镇企业创造了许多辉煌，成为我国城乡经济市场化改革和以工哺农的先导力量。乡镇企业是工业、建筑业、交通运输业、商业、服务业“五业并举”，在产权上是乡办、村办、个人、私营“四轮驱动”，为市场化的改革积累了宝贵经验，创造了具有特色的工业化道路。当时邓小平对乡镇企业给予了高度评价，称之为中国农民的伟大创造，是“异军突起”。

20世纪80年代中期，何康（左）与乡镇企业家万向集团董事长鲁冠球参观企业

1990年1月，在农业部发起下，成立了中国乡镇企业协会，我兼任会长并连任了一届。从1990年起，我国乡镇企业又有一个长足的发展。到1992年乡镇企业增加值已经超过4485亿元，其中工业增加值为3350亿元，这两个数字分别占当年全国GDP和工业增加值的1/4和2/5。乡镇企业成为农村经济发展的主导力量，是农村剩余劳动力转移的主要载体。乡镇企业的迅速发展，广大农民从“离土不离乡，进厂不进城”发展到“离土又离乡，进厂又进城”，大大加速了我国农村城镇化的进程。在我国的城镇化率中，

小城镇占的比例超过65%；而农村城镇化是所有工业化国家都必须经历的一个过程，我国乡镇企业在这一伟大进程中的重要作用，是应该给予肯定的。

四、大力开展国际农业交流

我衷心拥护对外开放的国策，中国人吃自我封闭的亏太大了。他山之石，可以攻玉，面对一个开放的世界，在科学面前，我们应该虚怀若谷，从善如流。在我任农业部长、副部长期间，农口对外各层次的交往是相当活跃的。这期间，中国农业部与20多个国家签订了交流协议，仅仅美国一个国家就有200多个农业方面的代表团来中国访问。从1980年到1990年，中美双方交换了163个项目。在全方位的对外交往中，我们很注意与联合国有关组织建立密切联系；积极引进外资并洽谈中外合资开发农业建设的重要项目，包括与世界银行签订的两项科教贷款协议，也包括从世界银行和世界粮食计划署争取到无偿贷款用于发展乳制品业，购买小麦、乳牛、瘦肉猪等优良品种等。1979年，我担任联合国粮农组织召开的世界农业与农村发展大会（WCARRD）副主席；1982年起，又连任联合国粮农组织（FAO）第22届和第23届大会副主席。1987年，我作为东道国代表团团长，负责筹备并参与主持在北京召开的世界粮食理事会第十三届部长级会议。到会的各成员国部长39人，加上一些国家和国际机构的观察员近300人。这是一次盛会，也是一个很好的开展农业外交的平台。

我们很注意组织中国农学界走向世界，开阔眼界，开展交流。在80年代里，仅农业部就向国外派出了600多名访问学者；有20多所高等农业院校与美国大学农学院建立了联系，密切了学术交流。

1993年，我获得了“世界食物奖”（一般称“世界粮食奖”，准确的翻译应为“世界食物奖”，粮食是主要的食物，但不等于全部食物）。这个奖项是1970年诺贝尔和平奖得主美国的诺曼·波劳格博士倡议设立的世界性奖项。我与老伴郁隽民同赴美国领奖，受到热情接待，克林顿总统在白宫接见了我们。这不是对我个人的肯定，而是肯定中国，肯定中国农民和中国农业工作者的业绩；我是代表中国8亿农民领奖的。奖金20万美元，在中华农业科教基金会下面设立了“何康农业教育科研基金”，用于奖励高等农业院校品学兼优的学生和农业科研项目。迄至2008年，已奖励和资助了1300多名学生。

1993年，何康获得“世界粮食奖”

如今，我从工作第一线退下来，迄今已逾20年，但我的心从未离开过农业，实际上我也从未离开过与农业发展有关的工作。从长江柑橘带到攀枝花的芒果发展，从农村沼气的推广到农村环境的保护，直到生物能源的开发，常常使我魂牵梦系。所幸我身体还好，行走于天南海北，不知年近九十，老之已至矣!

（本文发表于《百年潮》2013年第2期，
由《百年潮》特约记者史鉴采访、整理）

1994年财税改革的历程和经验

许善达

许善达，山西广灵人。1976年10月加入中国共产党。1999年12月担任国家税务总局党组成员。2000年1月至2006年12月31日，担任国家税务总局副局长。

1994年进行财税改革的历史背景

谈1994年财税改革，首先需要回顾改革开放初期从计划体制下的财税制度向市场取向的财税制度改革。

改革开放以前，我国税收体制演变的一个基本特征就是税制的不断简化。到1978年，全国只有工商税、工商所得税等13种税。其中，国营企业只缴纳工商税；集体企业只缴纳工商税和工商所得税；农村一般缴纳农业税、屠宰税。那时，并不是税收收入，而是国营企业上缴的利润才真正构成国家财政收入的主要来源。税收及税收工作在国家政治、经济中的地位和作用都大大弱化。

1978年召开的党的十一届三中全会拉开了改革开放的序幕，税收体制改革也在市场取向的改革探索中起步。适应对外开放、引进外资的需要，涉外税制成为新时期税制改革的突破口。根据邓小平提出的利用外资可以办合资企业的战略设想，1979年7月全国人大审议通过《中外合资经营企业法》，使外商来华投资的权益有了法律保障。在新的形势下，处理外商投资企业与国家间的关系，如果还按国营企业那样通过上缴利润的方式，显然已经不适应发展的需要。参考世界各国的税收惯例，在维护国家利益的前提下，我国很快制定出《中外合资经营所得税法》《个人所得税法》《外国企业所得税法》。其中，《个人所得税法》虽然没有在法律名称上标明有关涉外的任何字样，但因为规定了“工资、薪金所得，按每月收入减除费用800元”的标准，事实上征税对象已经将在内资经济组织中就业的人排除在外。20世纪80年代初期设立的这三个涉外税种，是中国对外开放的强烈信号，对吸引外商直接投资、开展对外经济技术合作具有重要的作用。与此同时，以涉外税制为起点，国内税制也沿着向市场经济发展的方向迈出了改革的步伐。

为解决工商税制中的重复征税问题，改革开放之初国内就有人开始建议搞增值税改革。但由于意识形态的限制，增值税一度被认为是从西方引进的腐朽东西。曾有一种说法将“增值税”与当时认为代表资产阶级腐朽生活方式的“迪斯科、牛仔裤”并列，称为“迪斯科、牛仔裤、增值税”。可以说，是否在全国推广增值税，争议很大。财税部门虽然清楚增值税不重复征税的好处，但在那样的环境下，也只能建议先找一两个地方、一两个行业试试。这样，从1980年开始，广西柳州、上海等地的机器机械行业开始进行征收增值税的试点。虽然仅仅是试点，而且试点方案也并不规范，但它毕竟表明，国内税制开始学习借鉴国外税制中先进的东西，启动了从计划经济的税制向市场经济的税制进行改革的开端。

改革开放初期国内税制进行的最重要的一项改革是国营企业的“利改税”。这项改革从1979年开始在湖北等地的部分国营企业试点。在前期试点的基础上，1983年全国国营企业推行了第一步“利改税”，国营企业由完全上缴利润变为“税利并存”。也就是对国营企业的利润，先征收一定比例的所得税，然后根据企业的不同情况，对税后利润采取多种形式在国家与企业之间进行分配。虽然对企业来说，上缴税和上缴利润并没有多少本质区别，但从税种的设计上，国营企业有所得税了，这是一个性质上的根本

1993年朱镕基副总理在全国金融会议上发表重要讲话

变化。它改变了传统计划经济体制下国营企业与国家间只上缴利润这样的分配方式，属于市场化改革的性质。随后，1984年国营企业又进行了第二步“利改税”，将“税利并存”过渡到完全的“以税代利”，税后利润留给企业使用。“利改税”后，税收收入成为财政收入的最大来源。随着改革开放的向前推进，个体、私营经济获得发展的空间，与之相应，到了1986年开始有个体工商业户所得税，后来又有私营企业所得税。应该说，这几个税都是随着市场化的改革进程一步一步产生的。

总的来看，从20世纪80年代初开始，我国长期以来形成的单一税制开始被打破，一套内外有别、以流转税和所得税为主体、其他税种相配合的税制初步建立起来。其中，内资与外资企业被区别对待，分别适用于不同的税法；在内资企业内部，也是多种税并行，如内资企业所得税，按照企业的经济性质和产权关系，划分为国营、集体、私营企业所得税和个体工商业户所得税，每个税法的内容都不一样，税率、扣除等也不相同。在这种税制下，不同性质的企业，税负不统一，总体上是外资税负轻，内资税负重，而且内资企业内部税负也是不统一的。这对于企业间的公平竞争非常不利。关于差别税制的争议在日后日渐强烈。

废除承包制，推进财税制改革

20世纪80年代中后期，为调动地方和企业的积极性、保证财政收入的上缴，承包制从农村被引入到解决国家和企业之间以及中央和地方之间两个重要的财税分配问题上。其中，企业承包制的代表是首钢，中央和地方财政收入承包制的代表是江苏省。从1987年开始，全国掀起第一次企业承包热潮，企业与政府一对一地签订承包合同，将税收、贷款、利率、税率、外汇额度、价格、原材料供应等统统包下。

关于企业经营承包责任制在当时是存在争论的。财政部出于缩小承包制范围的考虑，提出只能承包所得税，不能承包流转税。因为流转税（产品税、增值税、营业税）在税收收入中占的比重较大，是国家对经济进行宏观调控的重要杠杆，若连流转税都承包，将难以保证财政收入的稳定增长。国务院接受了这一意见，在1988年5月发出《关于加强税收工作的紧急通知》，强调不能把流转税承包给企业，已经列入企业承包范围的要纠正。此后，国务院又在多个文件里强调了这一点。但是事实上，不包流转税的规定又执行不下去。如首钢，就承包了流转税，而且首钢的承包文件也是国务院批准的。

承包制实施后，虽然发挥出一些短期效应，但由于其制度固有的弊端，问题很快就显现出来。一是政府财政收入事实上比按照税法征收的收入减少了。承包制设计的一个目的就是减轻企业负担，调动企业积极性。但由于承包合同的签订是通过企业与政府一对一谈判完成的，企业负担的减轻常常就变成了没有规则的减轻：谈得好，减得多；谈得不好，减得少。二是造成国家宏观调控政策的全面放松。如企业包贷款，贷款额度、利率高低、贷款期限等全部包在企业与政府签订的合同里，银行只能按照合同给企业贷款，利率说多少就多少。在这样一个状况下，政府很难随经济形势的变化及时调整宏观经济政策。如果说价格闯关是1988年发生通货膨胀的导火索，那么承包制就不得不说是其中的一个主要原因。另外，在当时的税制下，减免税政策随意性很大，连县级政府都有减免税权。当时税法有一条，说企业有困难的可以酌情给予减免。如何定义“有困难”实际上是个随意性很大的问题。事实上企业怎么都能找到“困难”。结果，全国到处减免税，税法失去了刚性，财政收入收不上来。

承包制带来的诸多问题根源在于其制度上的困境：一方面，被“包”死的税收，使财政收入难以随经济增长而同步增长；另一方面，地方的财政包干制，使中央难以分享地方经济发展的成果。特别是1989年政治风波后，我国经济增长速度趋缓，这些问题愈发难以消化。制度的决定性因素，以及经济形势的变化，使得财政，特别是中央财政，在80年代末90年代初陷入严峻危机中。

那时，财政收入占GDP、中央财政收入占全部财政收入这两个比重连年下降。前者从1984年的23%下降到1992年的13%，后者从1984年的41%下降到1992年的28%。与此同时，财政开支却大幅增长，财政资金不到位的情况屡屡出现。中央财政成为名副其实的“要钱”财政。全国加上计划单列市三十几个地区中只有十几个按承包是给中央交钱的，其他都是向中央要钱的。当时中央财政预算司经常做的一个工作就是催促这十几个地方把钱从地方金库划转到中央金库来。财政功能的弱化，使得中央政府对宏观经济的调控能力进一步放松。正是这场财政危机，加上苏联解体给中国的警示，促使中央下决心要进行财税体制改革。

恰逢其时，邓小平在1992年初视察武昌、深圳、珠海、上海等地并发表谈话，改革开放的春风再次强劲吹起。党的十四大确立了社会主义市场经济体制的改革目标后，各项改革按照社会主义市场经济的要求迅速提上日程。在财税体制改革方面，中央研究决定进行税制改革和分税制改革。当时部署的改革重点还有国企改革、汇率改革、外贸改革等，但财税体制的改革无疑是焦点。从改革开放初算起，经过十余年的探索，将要进行的财税体制改革，已不再是旧体制的延续，而是要求在总结以前改革经验教训的基础上形成一个新的体制。

1993年，中央决定进行财税改革。我记得非常清楚，8月1日到北戴河开会，参加会议的有财政部的、体改委的、我作为税务局工作人员参加会议。事实上，1994年财税改革的核心，针对的就是已经暴露出种种问题的承包制。但为减少改革的争议和阻力，凝聚共识，时任国务院副总理的朱镕基同志多次同参与改革的同志说，不允许你们写任何文章针对承包制，你们不要掀起一个意识形态争论，咱们就是按照废除承包制这个思路去研究方案去推进改革，但不能打笔墨官司。要从实际问题出发，说政府收入太少了，中央财政收入太少了，不符合市场经济机制，从这个角度宣传改革的必要性。虽然提出不争论承包制，但在设计财税制度改革方案时已经下决心要把承包制废除。这是当时一个重要转折。

学术界和财税部门从20世纪80年代起一直在研究怎么把税制搞好，怎么把中央和地方的关系搞好。那时，无论是财政部、税务局，还是大学、学会、研究所，经常召开财税制度改革研讨会。这些研究为90年代的改革进行了理论上的必要储备。可以说，1994年税制改革时，财税部门拿出的是一个经过多年理论研究和实践探索形成的改革方案。在方案里，我们通过增值税制度，彻底废除了国家和企业之间的承包制。这主要得益于三个关键点：

一是设计增值税发票制度。国外有两种增值税扣除办法，一种是查账扣除；一种是发票计算扣除。我们选择了按发票计算扣除。采用这个办法，除非你生产的产品只卖给最终消费者，那实不实行增值税无所谓，因为处在最终环节消费的消费者不需要再扣税。否则，只要你的企业生产中间产品，而购买你这个产品的企业实行增值税的话，一定会要求你也实行增值税。因为如果你不实行增值税，开不出增值税发票，买者就不能在增值后再次卖出商品时扣税，这样他就会去买能出具增值税发票的企业的产品。像首钢这样作为承包制代表的企业，面临同样的问题，即实行增值税才能保住市场，不实行增值税保不住市场。因此他们表示坚决拥护税制改革，要实行增值税。采用发票扣税的制度，就把企业承包制给废了，无论是谁都得按发票计算交税、扣税。这是我们搞税收业务的同志，按废除承包制设计出来的，这个是核心。

二是推行分税制改革。分税制的主要内容是在中央与地方之间合理划分财权和事权。其中，中央与地方政府间的收入按税种进行划分。为改变中央财政失控的局面，决定将全部税收中比重大的增值税按“七五二五”比例进行分配。当时很多地方与中央讨价还价，提出的都是要降低中央在该省的分成比例。镕基同志指出，如果不同的省都各定一个不同的比例，那和承包就没有分别了，我也就天天和省委书记谈判吧，因此必须坚持全国统一比例，省里的困难可以通过转移支付解决。按照这样的设计原则推行分税制，不随便开口子，事实上就打破了包税上交中央的局面。以上这两条把国家与企业、中央与地方的承包制给废除了。

三是组建国家和地方两个税务机构。1993年4月，国家税务局更名为国家税务总局，并升格为国务院直属机构。其后，国务院发出组建中央和地方两个税务机构的通知，规定国家税务局系统实行国家税务总局垂直管理的领导体制，省级地方税务局实行地方人民政府和国家税务总局双重领导、以地方政府领导为主的管理体制，并划分了两个税务机构的征收范围。按照规定，增值税的征收权在国家税务局。这是一个非常重要的组织措施。正是因为中央政府拥有了这个征税权，否定企业承包制的增值税才能最终获得成功，否定财政承包制的分税制才能实现预期目标，中央财政收入才能得到真正保障。

废除承包制是1994年财税体制改革最本质的内容。从这个角度看，1994年改革非常成功，废除了两个承包制，扭转了“两个比重”下降的局面。首先就是财政实现增收，财政收入占GDP比重逐年下降的局面得到扭转。财政收入弹性系数（财政收入增速与GDP增速之比）改革前小于1；1995、1996年时接近1；1997年以后大于1。这表明财政收入的增速快于经济增速，财政收入占GDP的比重开始上升。其次是中央财政收入占全国财政收入比重下降的局面得到扭转。1994年中央财政收入占全国财政收入的比重即从1993年的22%提高到55.7%。这是1994年改革的成效。

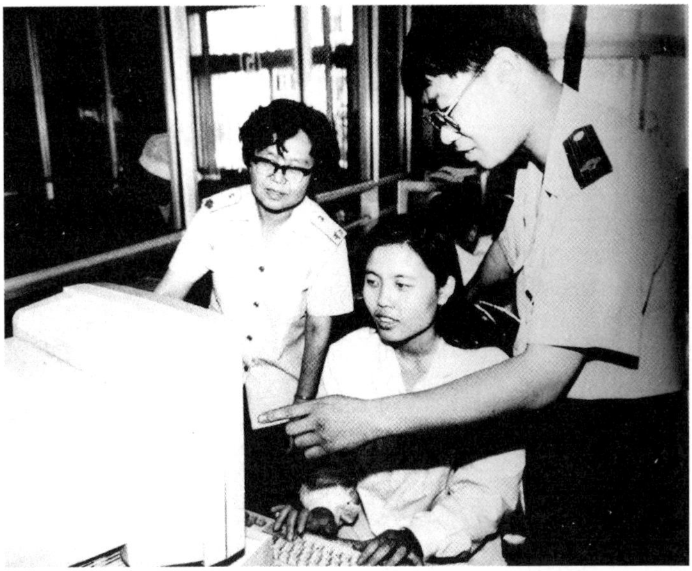

1994年的财税改革实行分税制，税务人员正在监控增值税开票情况

1994年财税改革的经验

考察1994年财税改革的过程，我认为有以下两个经验特别值得总结和借鉴：

第一，坚持增量改革，不搞存量改革。1994年税制改革能够成功，特别关键的一条就是不动存量，保障企业和地方的既得利益。

1993年8月底9月初，国务院总理办公会议、国务院常务会议、中共中央政治局常委会议先后讨论并原则通过税制改革方案和分税制财政管理体制改革方案。9月至11月，镕基同志带领财政、税务等部门60多位同志，先后到过17个省市，一个省一个省介绍、解释改革的方案，与地方负责同志交换意见。当时中央政治局常委会通过的决议是在财税改革中保证企业和地方的既得利益。按照基数与增量分配的原则，基数范围内的税收按原有承包制度在中央与地方间分配，基数以上的增量按新分税制分配。因为原有制度是地方留得多、中央少，所以基数越高，地方利益越大。按财政税务的工作惯例，一个制度改革都是以前一年为基数算账，从下一年开始实施。财政部和税务局的方案是以1992年为基数算账，新制度从1994年施行。广东是改革开放的前沿，在实行财政包干体制时地方财政留成比例较大。由于分税制和财税改革对其利益触动较大，因而广东的同志对改革的时机和内容存在很大忧虑。广东同志提出应该以1993年为基数。因为中央政治局常委会决议是要保证地方既得利益，而1993年1月至9月广东税收有增量，这个增量是广东既得利益。如果以1992年为基数，相当于中央把广东1993年1月至9月的既得利益拿了一大块，这不符合中央政治局常委会的决议。这就是1994年财税改革中著名的核心争论：即以1992年还是以1993年为基数。

当时财政部税务局考虑到距1993年结束还有几个月，如果宣布以1993年为基数，不知会出现多少地方在基数上做手脚以抬高基数的情况。但是镕基同志展示出其杰出的政治智慧，他同意以1993年为基数来取得广东同志对分税制方案的认同。他说，中央通过分税制改革要什么？不是要地方的存量，而是从增量里多拿，方针在这儿。以1993年为基数无非就是地方抬高基数，中央财政在几年内拿不到增量。但是，只要分税制出台了，几年以后增量总会越来越多，中央就可以集中财力了。不然，分税制1994年推不出去，如果几年以后再推出分税制的话，存量还是要上去。现在将制度推出去，几年以后总能把增量拿到手。但是增值税“七五二五”分成比例决不能变，也就是说，只要有了增量，中央要拿3/4。最后，中央批准了镕基同志以1993年为基数的意见。结果，1993年基数从1992年的2600亿扩大到3600亿，增加了1000亿，这在当时不是个小数目，其中有很多是虚增增量。中央想出一个办法，即凡是1994年税收增长率达不到16%的，倒扣基数。如增长率只有10%，基数就要扣6个百分点。这对于解决基数超常增长的问题很有用处。虽然存在虚增增量的问题，但兼顾了中央和地方的利益，减少了改革阻力，使得新制度能够实施下去，这无疑是成功的。

中央对地方让存量，还表现在同意广东提出的希望在企业减免税问题上给予照顾的意见。广东的解释是，根据邓小平在1992年初视察南方时提出让广东力争用20年的时间赶上亚洲“四小龙”的精神，为扩大开放、招商引资，广东宣布了很多税收优惠政策。这个虽然不是存量，可是已经宣布了。现在这个政策，增量中央拿大头，继续实行减免税政策的话，都不够给中央交增量了，甚至会挖了存量。为照顾地方政策的连续性，减少改革的阻力，中央决定对税制改革和分税制改革方案下发以前各省区市政府批准实施的未到期的减免税项目或减免税企业，今年不列入基数，明后两年实行先征税、后退还的办法，不增加企业的税负。这表明，中央改革的原则非常明确，第一是拿增量，不拿甚至让存量；第二是准备晚拿增量。

保存量，甚至是让存量，动增量，是1994年改革非常重要的原则。从计划经济向市场经济过渡，涉及的利益关系复杂，任何一项改革都应考虑基本不动存量，甚至让存量，主要从增量上做文章，调节利益关系。只要改革往前推进，能够把增量分配的新制度推出去，假以时日，存量中的所谓的不公平的影响会越来越小，新的公平的东西在增量的制度里比重会越来越大，旧的不公平、不合理就可以忽略不计了。

第二，把握住改革的方向，不去刻意追求一步到位、极其完美的改革。

应该说，税务总局一开始设计的是一个相当规范的市场经济下的税制：没有营业税，无论商品还是劳务，所有行业都征收增值税，而且是消费型增值税；企业所得税不管外资还是内资企业全部统一。1993年8月，镕基同志在北戴河研究税制和分税制改革方案时，这两个方案都碰到了很多问题，其中税制改革方案方面主要有以下三项：

一是关于增值税抵扣问题。原来的设计方案规定购买机器设备税款可以抵扣。但有意见提出，1993年上半年投资过热，通货膨胀严重，如果允许抵扣，会更加鼓励投资。现在加强宏观调控，限制投资是必不可少的。因此，购买机器设备的税款不能抵扣，增值税不能实行消费型，只能实行生产型。这个意见后来被采纳，原设计方案倒退了一步。

二是关于企业所得税统一问题。1994年以前，我国的企业所得税划分为国营企业所得税、集体企业所得税、私营企业所得税和外商投资企业所得税。这种按照经济性质划分所得税的制度，无法处理股份制企业的所得税问题，不利于公平竞争，跟市场经济改革方向不一致。当时税务局提出的建议是无论内资还是外资都合并成一个企业所得税。在讨论时，对合并内资企业所得税没有分歧，但对合并内外资企业所得税有不同意见。一种意见强烈主张，如果外资企业所得税不能优于内资，会妨碍引进外资战略的。在这种形势下，只好先统一内资企业的所得税，内外资企业的则暂时不统一，而且还要把内资企业所得税税率设计的相对高些、连工资也不能全部在税前列支。在内外资企业两套所得税税法下，内外资企业所得税税负水平相差一半。

三是关于保留服务业的营业税问题。营业税重复征税，税负重，出口不退税，绝不是一个好的税种。最初方案设计的也没有营业税，而是所有行业都征收增值税。但后来讨论分税制方案时，如果把原有的产品税和营业税都改成增值税，那地方政府的固定收入就会减少得过多。为了得到各省对分税制的认可和支持，使分税制能够正常运行，只好继续对服务业征收营业税，并把营业税收入划给地方，以保证地方政府的固定收入中有一个较大规模并且随着经济发展可以持续增长的税种。这是当时服务业营业税没有列入改革而留在增值税外边的一个主要原因。

这三项可以说是1994年税制改革的遗留问题。因为当时各种制约条件，没有办法按照一个正常的、规范的税制一步改革到位。但从另一方面看，这也为税制进一步深化改革指明了方向，那就是解决好这三项遗留问题。

从1994年到2001年的实际情况是，财税部门在7年时间里根本没有时间和精力研究完善税制的问题。因为增值税刚一推出的几年里，由于税务机关当时还比较缺乏对纳税人使用增值税专用发票进行监控的有效手段，一些不法分子趁机利用伪造、倒卖、盗窃、虚开增值税专用发票等手段进行偷、逃、骗国家税款的违法犯罪活动，有的还相当猖獗，严重干扰了国家的税收秩序和经济秩序。1995年10月全国人大常委会在《关于惩治虚开、伪造和非法出售增值税专用发票犯罪的决定》里增设了虚开增值税发票罪，并且有死刑的量刑。1997年3月这一条被增加进修订的《刑法》里。为了一个税种的管理，在刑法里增加一个死刑的种类，可见当时整个增值税工作形势的严峻。

国家采取了许多办法去解决这一问题。在制度建设方面，国家决定引入现代化技术手段加强对增值税的监控管理。1994年2月，镕基同志在听取财政部、国家税务总局、电子部、航天工业总公司等单位的汇报后，指示要尽快实施以加强增值税管理为主要目标的“金税”工程。当年下半年金税工程一期启动。到2001年，“金税”工程二期成功，这才真正控制住了增值税发票。后来岚清同志到税务总局视察时讲过这样一段话：增值税是个好税种，但是“金税”工程成功以前，我们就想过，这个好税种适不适合中国国情，会不会太超前了，因此我们现在还引不进这个东西。如果“金税”工程失败，增值税站不住，我们就得退回到过去的产品税。现在看，“金税”工程成功了，增值税可以站住了。岚清同志所说的中央的这个考虑很重要，因为增值税是1994年财税制改革最主要的内容，分税制主要就是分增值税，如果增值税退回到产品税，那分税制也没有了，1994年的财税改革和分税制改革就会宣告失败。所以增值税的存亡不仅仅是一个财税问题，也绝不仅仅是一个经济问题，这是我们国家一个非常重大的政治问题。好在最后增值税控制住了，分税制也不必倒退了。

因为当时各种制约条件，没有办法按照一个正常的、规范的税制一步改革到位，1994年税制改革也遗留了三个问题，即购买机器设备的税款不能抵扣增值税的问题；内资企业和外资企业所得税不统一的问题；营业税改增值税的问题。

第一，是增值税转型问题，即允许购进机器设备税款抵扣增值税。在生产型的增值税中，机器设备税款不能抵扣，这相当于不鼓励企业进行技术改造，与我国鼓励企业提高技术水平，增加科技含量的方针是有矛盾的，所以首先提出要实现增值税转型。2003年国家实施振兴东北老工业基地的战略。为支持东北工业改造，国家提出的政策中有一条就是增值税转型，即允许购进的机器设备税款抵扣。但允许抵扣，又不提高税率，必然会造成税收收入的减少。据当时东北三省一市测算，实施增值税转型后将减收300亿元。可见，解决好减收的问题已经成为政策能否顺利推出的重要因素。

为此，中央决定，中央财政减收的由中央承担；地方减收的部分，中央财政给予适当补贴。但地方一直希望中央能够补贴的更多一些。后来，财政部与东北三省一市的主要负责同志协调这个问题，达成一个共识，即为购买机器设备税款抵扣设置一个前提，如果今年税收有增量，增加的部分可以抵扣；如果没有增量，可以先不抵扣，等有增量时，再抵扣。这个办法从税制规范上说，并不是一个理想方案，但这样做可以减轻财政压力，可以获得地方政府同意增值税转型方案。这个政策实行以后，实际减收的数量大大低于当时测算的数量，一年来只减收50亿，在中央和地方财政可以承受的范围内。再加上税务局征收管理也没有出问题，更增强了中央和其他地方政府推进增值税转型的决心。经过中、西部两次扩大试点范围，从2009年1月1日起，消费型增值税在全国全面实行。从2003年算起，一共经历了6年时间。

第二，在2003年提出增值税转型的同时，合并内外资企业所得税问题也提了出来。由于一些原因，2007年才获全国人大审议通过，自2008年1月1日起施行。2009年开始收2008年的企业所得税，这又是5年时间。两税合并后，内资企业的所得税负担大幅度下降，内外资公平竞争的环境进一步改善。2009年推出的这两项税制改革，都是具有减税内涵的改革，对于中国率先走出国际金融危机具有积极的意义。

第三，2009年以后，1994年税制改革遗留的三个问题还剩下营业税改增值税的问题。关于这个问题早就有讨论，但实施起来有几个阻力。一个是减收问题。营业税是地方税，增值税是中央和地方共享税，营业税改为增值税要减少地方政府的收入，地方愿不愿意，能不能承受。二是，取消营业税后，地方政府将失去一个随着经济发展而增长的税种，地方税体系失去主体税种。三是组织征收问题。营业税是由地税局负责征收，增值税归国税局征收。营业税改为增值税后，如果还由地税局征收，再建一套金税工程的成本很高；如果划给国税局征收，那地方政府是否愿意，地税局是否愿意。另外，营改增后是否还按“七五二五”比例在中央和地方间分配也是讨论的一个主要问题。当时意见达不成一致。但是，营改增又是十分必要的。“十一五”规划所有指标中只有“服务业增加值比重”“服务业就业比重”和“研究与试验发展经费支出占国内生产总值比重”三项没有达标，其中服务业占据了三项里的两项。要促进服务业的发展，在财税改革上最必要的一件事情，就是要把营业税改成增值税。

许善达

这项改革的一个契机就是2009年上海根据国务院意见决定加快发展现代服务业和先进制造业，建设国际金融中心和国际航运中心。而要建设“两个中心”，营业税改增值税是一个必要条件。在讨论中，关于组织问题，由于上海只有一个税务局，地税和国税合署办公，因此这个方面的问题不大；其他关于减收、分成等，也是争论比较大的问题。最后，时任上海市委书记的俞正声决定，减税完全由上海承担，不向中央要钱，但有一条，改的这部分增值税，不实行“七五二五”比例分成，都归地方所有。这个意见，因为照顾到中央和地方的利益，得到了国务院批准。自2012年1月1日起，在上海交通运输业和部分现代服务业率先开展了营业税改征增值税改革试点。改革后，政策的洼地效应很快就显示出来，相邻地区服务业的许多业务被吸引到上海，半年之内上海进入改革领域的新办企业就有2万多户。

上海的改革对加快营业税改增值税改革起到了很大的推动作用。全国陆续有一些地区给国务院打报告要求进行试点。这些地区主要有两类，一种是像北京这样的，虽然受上海“洼地”效应影响不大，但因其服务业基础相对较好，期冀获得上海这样的好处；另一种是江苏、浙江、安徽等上海周边地区，由于上海的洼地效应利益受损，希望改革后能够将洼地填平。虽然营业税改增值税改革取得一定积极进展，但由于其对中央与地方间的关系以及地方与地方间的关系都有较大的影响，触动的利益范围较广，改革全面推开还需假以时日。

可以预料的是，按照现行政策营改增之后，原增值税实行中央和地方“七五二五”分成，而营改增的增值税百分之百留给地方。这样同为增值税却是两种分成比例的局面不可能长期维持，必然也必须在某个时点上修改成为统一分成比例的增值税。这就派生出一个新问题：如何为地方税体系设计一个主体税种。唯一的选择就是在零售环节征收消费税并和车辆购置税一起调整为百分之百的地方固定收入。回想当年，由于我们税务局没有能力在零售环节征收而只好改在生产环节征收消费税，30年了，现在终于可以让消费税回归零售环节了。

如此算来，到今天20年时间，1994年财税改革遗留的问题还没有彻底完成。但是，这也恰好证明，改革是一项复杂的系统工程，很难一步到位。为减少新体制出台的阻力，在坚持住改革方向的同时，改革的方案、改革的措施、改革的时间表都可以调整。假以时日，方案、措施上的那些缺陷慢慢就会改正。

回顾1994年以来税制改革的历程，我认为坚持增量改革和对改革方案作出适当让步是两个特别重要的经验，也是今后进一步完善税制、深化经济体制改革所要坚持的重要原则。

（本文发表于《百年潮》2013年第7期，
由《百年潮》原执行主编王世英采访、整理）

北京电视台早期的电视剧创作和引进

龙新民

龙新民，湖南衡阳市祁东县人。1973年12月入党，1986年8月至1990年5月，任北京市广播电视局党组成员、北京电视台台长；1990年5月至1996年9月，任北京市委宣传部常务副部长、部长、市外宣办主任；1996年9月至2001年3月任北京市委常委、市委副书记、宣传部部长；2001年3月至2005年12月，任北京市委常务副书记、市委党校校长；2005年12月至2007年5月，任国家新闻出版总署署长、党组书记兼国家版权局局长；2007年4月至2011年10月，任中共中央党史研究室副主任（正部级）。第十二届全国政协委员会常务委员，中共第十六届中央候补委员。

1958年9月，由中央广播事业局主管的“北京电视台”正式成立，它是中央电视台的前身，并于1978年5月正式改名为“中央电视台”。

20世纪70年代中后期以来，电视事业逐步发展，电视机也开始更多地进入家庭。面对这一情况，北京市提出了筹建“首都电视台”的计划。北京市广播事业局从当时北京人民广播电台抽调一批新闻宣传业务人员和技术人员，于1977年2月开始筹建，1979年5月16日用6频道正式播出。此时因原北京电视台已改名为“中央电视台”，北京市把“北京电视台”的名称接了过来，拟建的“首都电视台”正式定名为“北京电视台”。从此北京市有了一个自己的电视台。

北京电视台建立之初，条件十分艰苦，台领导带领全台同志，顽强拼搏、开拓进取，推动首都电视事业迅猛发展。特别是在北京电视台早期的电视剧创作和引进上的一次次尝试，产生巨大的社会影响，获得较好的社会效益。回顾这段往事，至今仍历历在目。

中国本土电视剧的“正史”开端——《四世同堂》

20世纪80年代以来，随着电视机逐步走进家庭，人们对电视节目的需求越来越强烈。电视剧又是最能吸引观众的节目之一。在国产电视剧还未提上议程之前，电视台偶尔播出的都是从海外引进的电视剧。基于对电视剧未来发展趋势的科学判断，北京市广播电视局和北京电视台领导，以战略眼光提出了成立北京电视制片厂的设想。在筹备两年多之后，1982年3月11日，我国电视台第一个专门从事电视剧创作和译制的“北京电视制片厂”正式诞生，1985年5月更名为“北京电视艺术中心”。

1985年4月21日起，北京电视台播出了由北京电视艺术中心拍摄的28集电视连续剧《四世同堂》；随后，8月16日至9月9日中央电视台又播出了该剧，在社会上引起巨大反响。这是中国大陆摄制的第一部长篇电视连续剧，被业界评论为“代表了中国本土电视剧的正史开端”。

《四世同堂》是中国著名作家老舍创作的长篇小说。作品以祁家四世同堂的生活为主线，辅以北平小羊圈胡同各色人等的荣辱浮沉、生死存亡命运，真实地记述了北平沦陷后的畸形世态，形象地描绘了日寇铁蹄下广大平民的悲惨遭遇、心灵震撼和反抗斗争，刻画出一系列栩栩如生的艺术形象，史诗般地展现了第二次世界大战期间中国人民与世界人民一道反法西斯的伟大历程及生活画卷。

《四世同堂》剧照

1985年是中国人民抗日战争胜利40周年。还在这之前的一年多，北京电视艺术中心著名导演林汝为即着手筹划将老舍名著《四世同堂》搬上电视荧屏。除了电视剧脚本的改编外，重中之重是挑选演员。林汝为从中国戏剧界、影视界挑选了邵华、李婉芬、周国治、郑邦玉、李维康等著名演员，由邵华扮演祁老爷子，李婉芬扮演大赤包，周国治扮演冠晓荷，李维康扮演好媳妇韵梅；当时还是首钢业余文艺青年的赵宝刚被林汝为选进剧组演了祁家老二瑞丰这个角色。演员们一个个十分认真，每个人身上都有一叠卡片，写自己对饰演对象的人物分析。正是凭深厚的艺术功底和生活积累，他们为观众塑造出一个个感人至深的艺术形象。电视剧《四世同堂》还离不开一位重要人物，这就是主题歌《重整河山待后生》的演唱者骆玉笙。演唱《重整河山待后生》时，骆玉笙已经70多岁，可这段唱词的每个字、每句话、每个韵，她都仔细推敲过，她会跟作曲商量："这一句有点儿靠近梆子，这一句又靠近昆曲了，这两句才是典型的京韵大鼓味儿。这一句这么甩腔是不是更好一点儿？"林汝为感慨道："这是对艺术的何等执着！"骆玉笙正式录音时，《四世同堂》剧组几乎所有的演职员都跑去听，当骆玉笙用她那特有的嗓音如诉如泣、大气沧桑地唱起这首主题歌："千夜人不归，花香之地无和平。一腔无声血，万缕慈母情。为雪国耻身先去，重整河山待后生……"演职人员无不感动得热泪横流。

电视连续剧《四世同堂》以爱国主义的主题思想，扣人心弦的人物命运，加上演员们对剧中人物惟妙惟肖的艺术再创造，深深打动和感染着广大电视观众。《四世同堂》播出之后引起的热烈反响和收到的社会效果，成为我国当年宣传文化界一大盛事。1985年9月3日，中共中央主管宣传工作的领导胡乔木、邓力群等同志在中南海怀仁堂与《四世同堂》剧组的演职人员座谈，对这部电视连续剧给予了高度评价。国家广播电视部决定授予该剧特别奖，并于1985年10月16日举行了隆重的颁奖大会，薄一波、胡乔木等中央领导同志亲自出席。一部电视连续剧能获得如此的殊荣，在中国电视发展史上是不多见的。

第一部室内电视剧《渴望》的轰动效应

"肥皂剧"这个名称，大约是从播出巴西长篇电视连续剧《女奴》后开始在我们的观众中叫开的。实际上，它是指那种在室内拍摄的长篇电视连续剧。当年，北京电视台播出的这类电视剧，大体是我国香港、台湾生产拍摄的，再就是从拉美国家如巴西、墨西哥引进的。

能不能我们自己创作室内电视连续剧？这项开拓性的工作任务，1988年下半年被提上了北京电视艺术中心的工作日程。在市广电局和电视台领导的关心、支持下，电视艺术中心决定集中力量，拍出一部具有影响力的室内电视连续剧来。

从当时播出的一些有影响的海外室内电视连续剧的经验看，要取得好的收视效果，这类剧一般以故事情节曲折动人的情感类题材取胜。电视艺术中心的年轻编剧李晓明承担起剧本创作任务，他和郑万隆、王朔、郑晓龙等整天在一起侃故事，经过同有关方面的反复商量，剧本主题就定在体现和歌颂中华民族优秀传统美德上，剧本定名为《渴望》，意在反映人们对在新的历史条件下继承和弘扬中华民族优良传统道德的一种呼唤与期盼。

《渴望》的故事开始于一段复杂的恋情：年轻漂亮的女工刘慧芳面对两个追求者迟疑不决。一个是车间副主任宋大成，一个是来厂劳动的大学毕业生王沪生。她渴望爱情，但这两个人，前者于她有恩；后者则身处困境。慧芳左右为难。

《渴望》剧照

王沪生的父亲作为著名学者，在“文革”初期被抓下落不明；母亲忧急交加病发身亡；姐姐王亚茹是医生，在送别未婚夫罗冈去干校后发现自己已有身孕，她不顾罗冈的劝阻偷偷生下女儿，取名罗丹。罗冈突然深夜回京，王亚茹喜中并未察觉他神色有异。罗冈带女儿悄然离去，留下一封信，告知他因日记中对“文革”的真实体会而被打成反革命，受到通缉，生还无望，请亚茹忘掉他；在逃亡路上，罗冈遗失的女儿丹丹被慧芳的妹妹捡到，慧芳不顾母亲的劝阻收养了她。

在王沪生最困难的时候，慧芳毅然冲破家庭、社会的种种阻力与沪生结婚。慧芳对妹妹燕子捡来的女婴已萌生母爱，沪生却极不情愿，迫于慧芳的坚持只好同意，取名刘小芳。一年后，他们有了自己的儿子王东东。深感失望的宋大成与刘慧芳的好友徐月娟结婚，但对她毫无感情。

“文革”结束，沪生的父亲得到平反，全家决定搬回小楼。向来自视知识分子而看不起慧芳的亚茹，以小芳不是王家亲骨肉为由对慧芳百般刁难，慧芳不忍抛下小芳最终没有住进王家；沪生的初恋肖竹心回到北京，慧芳恍然大悟与沪生离婚；小芳偷偷去见爷爷不小心掉进工地陷阱而瘫痪……燕子的大学老师竟是罗冈，他被慧芳伟大的母爱深深感动，并与小芳建立了深厚的感情。偶然间，罗冈发现小芳就是自己丢失的女儿；亚茹经过几年的钻研终于治愈了小芳的瘫痪。生活再次迫使慧芳作出痛苦的选择……

一边编故事，一边找拍摄场地。北京电视艺术中心几经努力，租用了位于香山脚下的某部队的一个篮球馆。中心的美工们夜以继日地在这里制作剧情需要的各种景片，搭建起一间间剧中人工作、生活的房间，又从各处找来一些适用的旧家具，在整个篮球馆的四周构筑起完全可以开拍电视连续剧的一道道景观、一个个场景。一个总面积1300多平方米的摄影棚就这样在原来空荡荡的篮球馆里诞生了。

1989年8月21日，《渴望》正式开机。总导演鲁晓威、总摄像毕建华等一批主创人员都是北京电视艺术中心的业务骨干。著名演员李雪健、张凯丽、蓝天野、韩影、黄梅莹、郑乾龙、孙松、吴玉华、庞敏等都加盟剧组担任角色。演员们的出色表演，把两对年轻人复杂的爱情经历演绎得扣人心弦，把人们对爱情、亲情、友情以及对美好生活的向往，展现得刻骨铭心。特别是张凯丽饰演的刘慧芳温柔善良，李雪健饰演的宋大成憨厚老实，他们成了人见人爱、家喻户晓的知名人物。

全剧拍摄过程中，所有的演职人员团结一心，顽强拼搏，克服了在技术、设备等方面的许多困难，探索出同期录音、多机拍摄、现场切换的拍摄方法，大大提高了拍摄进度，节省了时间和经费，开创了我国室内电视剧拍摄、制作的先河。我在剧组搭景和拍摄过程中，几次去现场察看，剧组全体同志无私奉献的工作精神，敢打硬仗的团队作风，对电视艺术精益求精的敬业态度，都给我留下了难忘的记忆。

1990年11月15日，50集大型室内电视连续剧《渴望》在北京电视台第一套节目正式播出，受到广大观众的热烈欢迎。一时间，只要播出《渴望》，家家收看，万人空巷。观众为剧中人物的命运而牵肠挂肚，为刘慧芳、宋大成等一批剧中人物那质朴的情感、美好的心灵而感动落泪。“男人要学宋大成，女人要学刘慧芳”成为人们茶余饭后的热门话题。随后，中央电视台和全国地方电视台都陆续播出该剧，一些影视评论家称《渴望》是“中国电视剧发展历史性的里程碑”，“创下了巅峰效应”。

《渴望》播出取得巨大成功之后，1991年1月8日，中央政治局常委李瑞环把《渴望》剧组请进中南海怀仁堂座谈，李瑞环称赞：“《渴望》这部电视剧引起这么大的轰动，引起这么多的共鸣，带来如此积极的社会效果，这在我国电视创作史上是罕见的。”1991年3月28日，国务院总理李鹏在第七届全国人大第四次会议期间参加北京代表团讨论《政府工作报告》时，讲到北京1990年工作取得的几项突出成绩，就包括拍出了一部好电视剧《渴望》。李鹏说：“《渴望》讲的是平凡的事情，为什么有那么大的吸引力，群众喜闻乐见，演员演技好是一个原因，其中还有一个道德教育问题。文艺作品可以多种多样，但要给人以鼓舞，能够提高人们的道德水平。”

这里还需要提出的是，《渴望》的音乐创作也是十分成功的。出身于音乐世家的雷蕾是北京电视艺术中心的作曲家，她饱含激情，谱写了《渴望》《好人一生平安》这两首主题歌。易茗写的词情真意切，雷蕾的谱曲优美动人，给这部电视连续剧增添了巨大的感染力和吸引力。“悠悠岁月，欲说当年好困惑，亦真亦幻难取舍，故事不多，宛如平常一段歌，这样执着究竟为什么”；“有过多少往事，仿佛就在昨天，有过多少朋友，仿佛还在身边”……这两首脍炙人口的歌，今天仍然是人们在卡拉OK歌厅常常选唱的名曲。

《渴望》在国内热播之后，北京电视台把这部电视连续剧送给了越南电视台播出。后来我从《参考消息》上看到了一则消息，《渴望》在越南也引起巨大反响，找“刘慧芳式的媳妇”，嫁“宋大成式的丈夫”，成为不少越南人的话题。消息还称播放《渴望》期间，越南党中央开政治局会都不延长时间，政治局委员们都要准点回家看电视剧《渴望》。为证实此消息的真实性，我在越南河内市委宣传部长和河内市委书记先后来北京访问时，专门询问了《渴望》在越南播出的情况，他们都证实了《渴望》深受越南人民欢迎，也证实了政治局委员们都要按时看《渴望》的消息。我想，《渴望》之所以能在越南受到如此热烈的欢迎，大概是东方文化和东方人的传统美德在越南人民心中引起了强烈共鸣的原因吧。

在美国拍《北京人在纽约》

1991年底的一天，美籍华人作家曹桂林回到北京。这位从北京出去在纽约闯荡了多年的北京人，对家乡始终怀着一种特殊的情感。一回到北京，他就要求见时任市委常委、宣传部长李志坚和我。我们还真是很快在北京饭店同曹桂林见了面。

曹桂林拿出他写的刚刚出版的《北京人在纽约》一书送给我们。晚上回到家，我就翻开书看了起来，谁知一看就爱不释手，书中主人公王起明的命运深深吸引和打动着我。一夜之间，我就把书粗粗看完了，第二天又细翻了翻。这时一个念头在我脑子里闪现：把《北京人在纽约》改编成电视剧本，拍一部电视剧。这个想法得到了李志坚的支持，更和曹桂林的想法不谋而合，他就是带着埋藏在心中的这个愿望回北京的，因为刚见面我们还没看过作品，他也不好冒昧提出这个想法。

我在看过《北京人在纽约》这本书后感到，小说的主题好，对帮助人们尤其是青少年全面、正确认识美国社会有一定教育意义；同时，书中描写的故事情节曲折、扣人心弦，人物刻画细腻深刻、富有情感。这些都很适合拍电视剧。况且当时国内还没有人拍过类似题材的电视剧。

决心下定，我们把任务交给了北京电视艺术中心。艺术中心领导非常重视这部电视剧的拍摄工作。由郑晓龙出任该剧的总导演，剧本的改编仍由曹桂林主要承担，同时艺术中心也派出对电视剧本创作有经验的同志帮助曹桂林。拿出剧本后，摄制工作主要面临三大难题：

一是挑选演员的问题。《北京人在纽约》剧中写了一批美国人，如果这些美国人都请美籍演员特别是著名影视演员来出演，那演员的酬金大得惊人，剧组难以负担。而如果从国内找些演员假扮“洋鬼子”，或是找几个业余演员的老外来充数，演出效果就难以保证。想来想去，剧组没敢用美国影视大腕，而只是找了有演戏经验的美国人戴博出演该剧的男二号即美国人大卫。其他的几个剧中美国人角色也是在美国找的有一定演艺基础的演员，而一些群众场面完全就是用普通的美国民众。

剧中的主要角色王起明、阿春都是中国人，导演选中姜文出演王起明，王姬出演阿春。这两位著名影视演员的出场，就确保了该剧演员阵容的强势。此外，北京电影学院表演系毕业的旅美华人严晓频扮演了王起明的爱人郭燕，年轻而很有人气的马晓晴扮演王起明和郭燕的女儿宁宁。

二是拍摄场地的问题。拍这部电视剧，原先曾考虑过在国内拍室内电视剧，这样做省事省钱。但由于《北京人在纽约》反映的是北京人在纽约的生活，写的场景都是在美国，如果从电视剧的演出效果来讲，到美国去拍肯定要好得多。当时国内还没有哪部电视剧这样做过。北京电视艺术中心也抱着“试一把”的想法，决定把剧组全部拉到美国去拍这部电视剧。

三是拍摄经费问题。北京电视艺术中心当时初步概算，拍《北京人在纽约》共需经费150万美元。这笔钱靠政府投资或企业赞助都有困难。同样，电视艺术中心的同志们又决定在电视剧走市场方面“试一把”。他们考虑，该剧因有中国电视剧制作中心加盟联合摄制，有在中央电视台首播并带少量外商广告的承诺，加上北京电视艺术中心拍摄电视剧连创佳绩、名声在外，有良好的社会信誉。于是北京电视艺术中心便大胆决定，以自己的固定资产作抵押，向中国银行贷款150万美元。同时电视艺术中心又多方争取社会支持，例如国航提供部分优惠机票，中国五矿公司为大部分剧组人员提供在美拍摄的住地。北京电视艺术中心的大胆尝试，在当时的历史条件下，可谓电视剧摄制历史上的一个创举。

万事俱备，只待开拍。1992年11月初，《北京人在纽约》剧组40余人乘飞机开赴纽约。我作为该剧的总策划，剧组本希望我也能去现场看看，由于工作的原因我没能成行。但事后从剧组同志们那里了解到，他们在美国的拍摄工作是异常艰苦的。人地生疏，语言不通，住宿拥挤，饮食条件也差，国外拍戏意想不到的困难，他们都尝遍了。但大家为了拍好这部电视剧，不怕困难，不辞辛苦，天天加班加点，经过剧组全体演职人员的努力，终于在短短的100天里完成了在美国的全部拍摄任务。拍摄过程中，引来许多美国人的驻足观看。于是，中国人在纽约拍电视剧的消息便不胫而走。

完成好后期制作后，21集电视连续剧《北京人在纽约》于1993年10月4日在中央电视台开始播出。这部电视剧在广大观众中引起了轰动，据统计，北京地区的收视率高达57.3%，创这一年电视剧播出收视率的最高纪录。北京电视台在播出《北京人在纽约》时做了观众抽样调查，有80%以上的观众表示很喜欢这部电视剧。

《北京人在纽约》通过描写中国留美学生在国外奋斗、成功、挫折的种种经历和事业、家庭的酸甜苦辣，把一个真实的留学生生活告诉了观众，也从一个侧面把一个真实的美国社会展现在观众面前。后来有人说，因为这部电视剧的播出，遏制了一度出现的盲目的出国留学潮。我没有做过这方面的调查，我也不认为出国留学人员的多少就能标志一种什么社会现象。但有一点是可以肯定的，《北京人在纽约》的播出，启迪观众特别是青年观众对生活、对事业、对出国留学作出更加冷静的思考。

开引进电视剧之先河

我国电视事业起步相对较晚，电视剧生产也较国外晚了30多年。这样我们的电视台在早期无国产电视剧可播时，从国外或从我国港台地区引进电视剧，就成了电视台不可避免的一个选择。

北京电视台和上海电视台是最早从海外引进电视剧播放的地方台。1982年4月3日，日本26集电视连续剧《姿三四郎》在北京电视台播出，出于人们初次接触国外电视剧的新奇感，该剧播出时广受观众欢迎。那一段时间，每当播出这部电视剧时，北京市在一些公共场所，在胡同小巷，在平房院落，到处可以听得到传出来的《姿三四郎》那铿锵有力的主题歌音乐。那个时候北京的电力供应还不足，每周都有停电的时候，北京市政府应群众的强烈要求，由北京供电局作出决定，在北京电视台播出《姿三四郎》的时候，北京各城区都不得拉闸停电。

“万事开头难”。由于北京台是第一次播出从国外引进的长篇电视连续剧，且是日本的电视剧，剧情又是反映日本明治年间，武术界柔道和柔术两派之间的明争暗斗、血雨腥风，以及柔道杰出武师姿三四郎和柔术绝代美女早乙美之间的缠绵爱情故事。因此电视剧播出的审批就成了一个复杂而敏感的问题。当时报告打上去之后，一层一层地研究，还有不同的意见，拖了好长一段时间，直至惊动当时的中央书记处书记、中央宣传部部长王任重，最后经他审批同意后北京电视台方才播出该电视剧。《姿三四郎》的引进和播出，不仅在观众中受到欢迎，更是为国内引进海外电视剧开了先河，为日后的电视剧引进积累了经验，逐步形成了一套对海外电视剧引进、播出的管理办法。北京电视台是随后由国家广播电视主管部门认定的四家有权直接引进海外电视剧和电视节目的地方电视台之一。这四家电视台是：北京电视台、天津电视台、上海电视台、广东电视台。

《姿三四郎》播出之后，过了两年，北京电视台又先后引进了日本电视连续剧《排球女将》，新加坡电视连续剧《狮城勇探》，香港电视连续剧

《陈真》，台湾电视连续剧《昨夜星辰》。这几部电视剧或是大陆向这些国家或地区引进电视剧的首例，或是最早一批引进的电视剧之一，播出效果都很好。这些电视剧播出所产生的巨大影响，吸引了广告客户，从一定意义上说，它催生和激活了电视台广告业的发展。没有高收视率的电视连续剧，就难以赢得广告客户，电视台的经济效益也会受到影响。

在引进海外电视剧方面，北京电视台可圈可点的还有巴西电视连续剧《女奴》和墨西哥电视连续剧《卞卡》。《女奴》1984年8月17日在北京电视台开播；《卞卡》1987年10月在北京电视台播出。这两部被称作“肥皂剧”的长篇电视连续剧，都在50集以上。

两部电视连续剧分别讲述的两个女主人公伊佐拉和卞卡曲折的爱情故事，故事情节引人入胜，生活气息十分浓厚。演员的表演真切感人，特别是两位女主人公的质朴、善良和美丽所具有的魅力，在广大观众中引起热烈反响，尤其抓住了一些女性观众的心，天天晚上看《女奴》《卞卡》成了当时相当多的家庭主妇必不可少的选择。一些观众晚上看《女奴》《卞卡》，白天议《女奴》《卞卡》，于是，《女奴》主人公伊佐拉的扮演者鲁赛丽亚·桑托斯和《卞卡》主人公卞卡的扮演者埃迪·冈萨雷斯，几乎成为北京和全中国众人皆知的明星。

为了引进适度数量的海外优秀电视剧，北京电视艺术中心专门成立了译制部。巴西电视连续剧《女奴》《石人圈》，墨西哥电视连续剧《诽谤》《天使的愤怒》，苏联影片《岸》《男子汉》等一批影视剧，都是由北京电视艺术中心译制的。

一批海外电视剧的引进、译制和在北京电视台的播出，大大丰富了北京电视台的荧屏，提高了北京电视台节目的收视率，也在社会上进一步扩大了北京电视台的影响。

（本文发表于《百年潮》2013年第8期，
由《百年潮》杂志原执行主编王世英编辑）

审计署成立初期几项重要工作的回顾

高奇

1982年12月颁布施行的《中华人民共和国宪法》规定，在我国实行审计监督制度。1983年9月审计署正式成立。30年来，审计工作大体经历了边组建边工作、抓重点打基础、审计法施行以来全面发展几个阶段，在维护财经法纪，推进经济健康发展，促进廉政建设方面，发挥了积极作用，作出了重要贡献。审计署成立初期审计工作的指导思想，可以概括为解放思想，放手试验，努力探索中国的审计路子。现就经历的几项重要工作作一简要回顾。

对中央部门第一次进行审计检查，提出整顿预算外收入和“小金库”，建立内部审计

1983年11月，我由中共中央组织部调审计署工作。审计署当时租住于北京西郊装甲兵招待所，我17日报到，第二天，就参加署党组会议，研究检查地矿部、煤炭部滥发实物和补贴问题的材料，拟在国务院各部部长会上作汇报。于明涛审计长指定我负责于次日写出汇报稿，要实事求是反映查出的主要问题及其严重性，并提出处理意见和解决的建议。

对两个部的检查，是根据国务院领导的指示，由审计署会同有关部门派人组成两个组分别进行的，于10月19日开始至11月中旬结束，都写有详细的检查材料。我在两位同志的协助下，对这些材料进行了仔细研究，加以归纳、梳理、精炼，按要求写出了初稿。初稿经几位署领导阅后，21日、26日党组召开了两次扩大会议进行讨论，重点研究了提出的处理意见和建议。

查出的问题涉及知识分子政策、职工生活困难补助和老干部活动经费等政策问题，而对这些问题的处理当时并无法规依据，因此反复进行斟酌。会后，根据讨论的意见作了认真修改。为严肃慎重，署领导于27日、29日先后向中央纪委书记韩光、国务委员王丙乾作了汇报，听取他们的意见，并分别征求了两个部的意见。之后，12月1日、3日在署办公会上再次进行研究，决定修改后写出正式报告上报国务院。

《关于检查地矿部、煤炭部滥发实物和补贴问题的报告》是12月7日上送的。除报告了检查核实的主要问题和六条处理意见外，提出应制定一个知识分子困难补助统一的发放范围和标准；对各部门单位的预算外收入和“小金库”普遍进行一次整顿，加强监督管理；离休老干部逐渐增多，应适当增加活动经费；根据检查发现的问题确有必要在一些部门单位及早建立内部审计机构，以起到监督、制约作用等建议。这是第一次向国务院提出建立内审机构的报告，以后国务院的一些部门和大型企业开始了内审机构的组建。

积极组织进行审计试点，摸索经验，提出审计工作要违纪审计、效益审计两手抓

审计制度实行之初，人们对什么是审计，应当审什么，怎么审，都不甚了了，审计人员也没有实践经验。在此情况下，审计署成立之初，在积极抓审计机关组建的同时，主要抓了两件事，一是努力完成领导交办的专案审计任务；一是组织力量进行审计试点，以取得实践经验。在推动地方审计局进行试审的同时，审计署主要对天津铁厂、淮海水泥厂、监利县食品公司和北京双桥农场进行了试审。根据署的安排，我参加听取了四个审计组的汇报，阅研了四个组写出的详细材料，后在祁田副审计长的主持下，撰写了《关于天津铁厂、淮海水泥厂等四单位试审情况的报告》，于1984年3月3日上报国务院。

对天津铁厂的试审，查出该厂长期亏损，11年投资4.7亿元，亏损达2.3亿元，原因是劳动生产率低，经营管理混乱，损失浪费大，以及铁路运输

不合理、社会负担重。针对查出的问题，审计组同该厂研究提出了扭亏为盈的措施，同时提出天津市应加强领导，搞好企业整顿，冶金和铁道部门要帮助解决实际问题的建议。淮海水泥厂是国家重点建设项目，试审中查出该厂基建投资超概算7400万元，重点查明了超概算的主要原因。对湖北省监利县食品公司试审，查明1983年1月至9月实现利润较上年同期下降95%，对造成这一严重问题的原因一一作了查证分析。试审双桥农场，主要查出该场成本不准、利润不实、包干结余资金使用管理不严等问题。试审发现，这四个单位普遍存在财务管理混乱、财经纪律松弛的严重现象。

针对上述试审情况，在向国务院的报告中提出了要认真对财会工作进行整顿，将之作为企业整顿验收的一个重要内容；要加强企业留用利润等资金的管理；要财经法纪审计、经济效益审计两手抓；要尽快加强内部审计工作等建议。积极组织进行试审，取得实践经验，对开拓和发展审计工作起到重要作用。

创办审计刊物，积极组织在报刊发表审计文章，加强审计宣传

审计机关建立初期，由于历史的原因，社会各界对审计很少了解，调入审计机关和内审机构的人员对之也不甚清楚，更缺少实践经验。正如胡乔木同志讲的，现在知道审计的人不要说1/10，1%，恐怕1‰也不到。审计署成立后，国务院领导曾多次指示要加强审计宣传。

审计署成立伊始，即决定创办审计刊物，定名为《审计通讯》（1986年更名为《中国审计》）。据说这是当年第一个以审计命名的刊物。署党组指定我参与抓办刊工作。因同时要承担署的一些重要报告、文件的研究和撰写，因此主要参与了办刊宗旨、工作组织安排等的研究，并负责对拟刊出的重要文章的审核。当时确定该刊物为综合性杂志，主要面向审计人员，着重宣传党和国家有关的方针、政策、法规，开展审计理论和实务的研讨，交流审计工作经验，介绍审计专业知识，以提高读者的政策和业务水平。当

时从事具体工作的只有四五人，既要搞编辑、通联、组稿工作，又要联系印刷、发行单位，工作十分艰巨繁重。

审计署机关办公楼

经过紧张筹备，《审计通讯》于1983年12月25日出版了创刊号，印发1万份。出刊后，各方面反映很好，不少机关部门和企事业单位来信，希望大力办好，收到订单1.3万多份。1984年共出版了六期。1984年4月署成立政研室，我担任室的领导工作，即很少参与办刊的具体事项。1986年我主持政研室工作后，署党组根据情况决定，将《中国审计》编辑部划归政研室，故又将办刊作为一项重要任务来抓。1988年审计出版社成立，刊物归到了出版社。

为开展审计宣传，在创办审计刊物的同时，积极同一些报刊联系，推荐稿件，报道审计工作情况和刊出审计论文。对内蒙古物资局的审计检查、天津铁厂的审计等，都先后见诸报端。我还挤出时间，自己或同其他同志合作，写了《社会主义条件下审计监督的特点和原则》《审计监督要为经济改革服务》《论我国审计学的性质》等多篇文章，在《人民日报》《理论月刊》等报刊发表。

经过大力组织开展审计宣传，审计逐步为社会各界所了解和认知，得到了各有关方面的支持。

召开第一次全国审计工作会议，提出以提高经济效益为中心开展审计工作，抓违纪大案和经济效益审计，探索有中国特色的审计工作路子

第一次全国审计工作会议于1984年3月11日至23日在北京召开，主要内容是，检查机构组建情况，交流试审工作经验，修改《审计条例》（草稿），部署当年工作。为开好会议，1983年12月14日，署召开办公会议进行了专题研究。15日、19日，于明涛审计长找我和参与起草会议文件的同志，就会议报告的内容、框架、主要观点等作了详细研究。随后着手起草，形成初稿。

写好文件，开好会议，重要的是要准确、全面掌握全国的实际情况。除研阅各地报来的材料外，特地组织了几个组到地方进行调研，了解前段工作情况，听取对今后工作的意见。1984年1月14日至19日，我同几位同志到石家庄市，邀请河北、山西两省审计局和部分地、市、县审计局负责同志进行座谈，听取情况介绍，并简要介绍了准备向全国会议报告的大体内容，听取意见。几个组回京后都向署作了详细汇报。

1984年1月下旬，署办公会议几次对会议报告稿和《审计条例》（草稿）进行研究修改。2月7日决定，要就工作会议向国务院作正式报告，指定我主笔写出《审计署关于审计工作的汇报提纲》。初稿拟出后，署办公会议进行了两次研究修改。

汇报的主要内容有：前段工作情况，到1984年2月底，全国已建立县以上审计局1872个，占应建数的61%，已调入人员9530人，其中经过培训的约占1/3；为摸索经验，县以上审计局对1263个部门和单位进行了试审，同时抓了违纪专案审计和参加财务大检查，发现在企事业单位和行政机关中，普遍存在财经纪律松弛、财务管理混乱和经济效益差的问题，重要原因是监督检查不严，加强审计监督十分必要。存在的主要问题是，发展不平衡，有些省、市、区审计机关建立的还不到30%，8个省级审计局尚未开展试审，内部审计基本还未建立，审计法规尚未制定，审计规章制度没有建

立，许多审计机关缺乏必要的工作条件，办公用房、设备极为困难。1984年的工作，以整党为动力，完成各级审计机关的组建任务；积极开展审计监督，为对外开放对，内搞活经济，为提高经济效益，促进财政经济状况、党风和社会风气根本好转作出贡献，重点抓违反财经纪律的大案要案，进行经济效益审计，逐步建立对财政财务收支的经常性审计制度；建立审计法规，起草的《审计条例》拟在会上讨论修改后报送国务院审定颁发试行，使开展审计工作有所遵循，审计机关要加强基础建设，建立规章制度；要总结我国的经验，借鉴外国的经验，加强审计理论、技术方法的研究，探索有中国特色的审计工作路子；要加强审计人员的培训，有关大专院校开设审计专业，为今后审计工作发展培养人才；积极准备力量对利用外资的财务活动进行审计监督。汇报还就省以下各级审计机关的领导关系，审计机关的编制和经费，尽快建立部门单位内部审计机构等问题作了请示。

全国审计工作会议开幕后，先用了三天时间交流试审工作经验。13日，审计署领导向国务院常务会议作了汇报，国务院领导作了重要指示，表示基本同意，对开展审计工作给予大力支持，并决定由王丙乾同志代表国务院到会上讲话。汇报的当日下午，祁田副审计长向我和会议文件组的同志作了详细传达，第二天于明涛同志主持研究了为王丙乾起草讲话的内容。讲话稿拟好后立即送给了王丙乾同志。

3月17日举行大会，姚依林、李鹏副总理到会，中纪委书记韩光同志作了讲话，王丙乾同志在讲话中充分肯定了前段审计工作取得的成绩，提出要进一步提高对审计工作的认识，对今后的审计工作提出了要求。姚依林同志讲话，要求对前面的两个讲话作广泛传达。与会同志对讲话进行了热烈、认真的讨论，一致反映，提高了认识，明确了方向，增强了信心，鼓舞了干劲，收获很大。3月23日，于明涛同志作了会议总结。

这是一次成功的会议，对推动我国审计工作的开拓发展，起到了重要作用。

首次参加最高审计机关亚洲组织大会，借鉴外国的经验，介绍我国的经验，扩大我国审计的影响

审计署成立后，积极开展国际审计领域活动。1985年，经国务院批准，派出中国审计代表团，参加了最高审计机关亚洲组织第三届大会和第二次国际研讨会。王宸生副审计长为代表团团长，于明涛同志为代表团顾问，我为成员之一。这是我国第一次参加该组织的大会。赴会前认真作了准备，并指定由我起草代表团团长在大会上的发言稿。5月6日还请外交部的同志就日本的政治、经济情况和中日两国关系进行了介绍。

亚洲组织大会于5月15日至22日在日本东京召开，有亚洲、大洋洲的中国、澳大利亚、印度、日本等20个会员国的代表团参加，美国、最高审计机关国际组织等7个国家、地区和组织派观察员列席了会议。会议主要讨论了加强对公共部门和公共企业的审计监督，开展经济效益审计，发挥内部审计和其他审计力量的作用，保持审计机关的独立性和客观性，加强审计人员培训工作等问题，最后发表了《东京宣言》。会议还通过了亚洲组织除亚洲国家外还包括大洋洲的一些国家，推荐中国为该组织审计委员会委员等事项。

中国审计代表团本着积极主动，求同存异，广交朋友，扩大影响的精神，积极参加了会议活动。5月15日召开第一次全体大会，我代表团团长作了发言，介绍了我国审计工作概况，是在全体会上介绍本国审计工作情况的唯一国家，在分题讨论时，我代表团都就有关议题发表了意见。通过发言，比较全面地介绍了我国审计工作的方针、任务和工作情况，阐述了我们的观点。这是第一次向亚洲、大洋洲各国审计机关领导人介绍我国的审计工作，引起了许多国家代表的关注。澳大利亚、缅甸、科威特、巴基斯坦等国代表团都表示对我代表团的发言感兴趣，主动向我索要材料。科威特代表团在发言中讲，我们这才了解到，中国在两千多年前就出现了审计。亚洲组织秘书长、马来西亚审计长在发言中表示，非常赞成中国代表团提出的，在大学设立审计专业的意见，同意在国际领域进行审计人员培训和交流与

合作的意见。我代表团还在会外同日本、泰国、印度等多国代表团进行了广泛接触，交流情况，增进相互了解。

通过参加东京会议，我代表团感触较深的有：审计工作在多国很受重视，在政界、财界和社会上都有很大影响；许多国家除继续进行财务审计外，正积极进行经济效益审计，我国应加强这项工作；必须加强培训工作，提高现有人员素质，并保证不断有大批经过训练的人员进入审计队伍，以适应审计工作发展的需要；应积极开展国际审计领域中的交流活动，借鉴外国的经验，介绍我国的经验，扩大我国审计的影响，起到我们应起的作用。

代表团回国后对参加东京会议进行了总结，并责成我写出《审计署关于中国审计代表团出席最高审计机关亚洲组织第三届大会和第二次国际研讨会的报告》，于6月5日上报了国务院。

探索和推行厂长经济责任审计

在传统审计中，审计的对象是部门和单位，而我国实行的厂长经济责任审计是以企业领导人员为对象。这是审计工作的一个创新。

审计机关建立之初，审计署大力倡导放手试验，积极探索中国的审计路子。1985年，黑龙江省的齐齐哈尔市、吉林省的辽源市等实行了厂长调离工作时，必须经审计机关对其任职期间企业的盈亏是否真实，财务收支是否合规合法进行审计评价的办法。这是当时经济改革中的一个有益探索。在收阅到这方面的材料后，署政研室编发《审计动态》，进行了介绍推广。

1985年12月29日召开的全国审计工作会议，是审计署成立后召开的第二次全国会议。会前经署多次讨论研究，写出了向国务院的汇报提纲。30日，我随吕培俭审计长向姚依林、田纪云副总理作汇报。实行厂长离任审计作为努力探索审计工作路子、积累了一些经验的一个内容。姚依林同志指出："厂长调动时进行审计，这个探索很重要，是一个重要的探索。我们的厂长一调一退，前边的事统统不管了，没事了，资本主义国家也不是这样。"对这项审计给予了充分肯定。审计工作会议上传达了领导的指示，并对这项工作作了部署。

1986年6月20日，吕培俭同志受国务院委托向全国人大常委会报告审计工作时讲到，目前有12个省、自治区在不同范围内实行了厂长离任经济责任审计，考核厂长的经济责任，成为落实厂长负责制的一项有力措施。

1986年9月17日，中共中央、国务院颁发的《全民所有制工业企业厂长工作条例》中规定，“厂长离任前，企业主管机关（或会同干部主管部门）可以提请审计机关进行经济责任审计评价。”1986年12月召开的全国审计工作会议报。告指出，今年1月至9月，已有16个省、市、区共对599个厂长进行了离任经济责任审计。实践证明，这个办法可以促进厂长增强责任感和执行财经制度的观念，有利于全面地考核干部的实绩。将厂长经济责任审计同考核干部，加强干部管理相联系。1986年12月31日审计署发出了《关于开展厂长离任经济责任审计工作几个问题的通知》。这项审计工作在全国普遍展开。

经过几年的实践，这项审计逐步发展为对党政领导干部和国有企业领导人员任期经济责任审计，形成了制度和审计机关的法定职责，成为中国特色审计监督制度的一个重要内容。

审计署成立初期对审计工作的探索、开拓的实践，为中国审计工作的发展开辟了道路，打下了基础。了解历史才能正确把握现实和预见未来。审计署成立初期的这段史实很值得我们回顾和认知。

（本文发表于《百年潮》2013年第10期，
由《百年潮》特约记者姚建萍编辑）

胡耀邦与《组工通讯》

郑科扬

郑科扬，1961年6月调中共中央宣传部理论处工作。1972年6月调中共中央组织部，先后任研究室处长、室主任，中组部副秘书长。1988年9月调中央办公厅工作，任研究员。1989年9月任中共中央政策研究室副主任、机关党委书记，中共中央党建工作领导小组成员、秘书组组长。曾任第八届、第九届全国政协委员。

《组工通讯》的创办背景

耀邦同志是1977年12月由党中央任命为中央组织部部长的。当时党的十一届三中全会还没有召开。耀邦同志到中央组织部后，用了一个月时间抓领导层和中层干部的整风学习。这次整风学习，主要是围绕清除“文化大革命”时期“左”的东西给组织战线上留下的影响和严重后果，冲破“两个凡是”等思想阻力，推动平反冤假错案。因为，中央虽然决定并部署了落实干部政策的工作，但举步艰难，阻力重重，必须从这里突破才能带动全国，加快平反纠正冤假错案的工作步伐。而要突破，必须重新确立我们党实事求是的思想路线，公道正派对待每一个党员、干部的是非功过。这个问题不解决，在重大原则问题上，如是与非、功与过，甚至是马克思主义还是反马克思主义、是革命还是反革命都分不清，怎么能解放干部、落实干部政策。一大批蒙冤受屈的好干部不能出来工作，亲属受累，人心不平，那么要团结全党和全国人民顺利实现工作重心转移，从以“阶级斗争为纲”转到经济建设上来，就根本不可能。耀邦同志在中组部开展的这次整风，收到的效果很好。

整风工作刚结束，耀邦同志提出：中央党校办的《理论动态》，对推动“实践是检验真理的唯一标准”的讨论，对推动解放思想、实事求是，起了很好的作用。中央组织部也应该办一个刊物，在组织战线上推动解放思想、实事求是，推动平反冤假错案、落实干部政策。《理论动态》是耀邦同志到中央党校任主持工作的副校长时创办的。现在耀邦同志提出中组部要办一个刊物，指定时任中组部研究室主任的曹志负责谋划这个事情。耀邦同志指示，要办的这个刊物，是中央组织部办的部刊。为了办这个部刊，要成立一个部刊处。决定由我来担任部刊处的处长。

胡耀邦在办公

胡耀邦同志亲自指导确定办刊思想

耀邦同志首先要求我们好好研究如何办好这个刊物。研究什么呢？首先就是要有自己的特色，办得上层和下面的同志都愿意看。他说，“文化大革命”前，中央机关有两个刊物，毛主席和中央同志很愿意看，地方同志也很愿意看。一个是中央宣传部的《宣教动态》，一个是中央统战部的《零讯》。他要求我们研究一下这两个刊物的特色，但是在办刊时也要有自己的特色。其实，“文化大革命”前我在中央宣传部理论处工作，这两个刊物我都经常看，喜欢看。这两个刊物最大的特色是实事求是，观点鲜明，立足于反映当前面临的问题，包括在一些重大问题上的不同看法，正确的和不正确的都如实反映，有相当的深度。当时，由我和另外两个同志一起来调研办成什么样的刊物这个事情，一个是彭吉龙，退休的时候是中央纪委副秘书长；一个是杨建生，退休时是中央组织部部务委员，他任过部刊处副处长。我们一边调研，一边思考怎么来办好一个有特色的刊物。曹志同志直接指导，同我们一起讨论如何体现耀邦同志指示的精神。最后，确定刊物名称为《组工通讯》，办刊遵循三条原则：

第一，坚持以马克思列宁主义、毛泽东思想为指导，努力掌握并且运用这个科学理论的思想和精髓去分析现实问题，推动解放思想、实事求是，为促进新时期党的建设和组织工作发声。这实际上是指导思想。那个时候，推动落实干部政策，在思想上、政治上、组织上都有不小的阻力，既受到“两个凡是”思想的束缚，干部问题上的是非标准也没有摆脱以“阶级斗争为纲”的影响，囿于长期以来那一套对路线斗争的认识，所以，当时实际工作涉及的一些重大问题，并不是简单的区分是非功过，而是直接联系到整个指导思想的拨乱反正。“文革”期间进入各级领导班子的造反派，还有些受“左”的思想影响较深的同志，他们不可能积极平反他们制造或经办过的冤假错案，因为纠正错误就意味着要否定自己。尽管当时恢复了一些老同志的职务，但只是少量的。加上思想上、理论上的误区还没有澄清，要冲破阻力，并不那么简单，很多事情不是说应当解决就能解决的，不是你说要实事求是大家就都会接受。特别是涉及高级干部的冤假错案，由于林彪和“四人帮”颠倒是非搞诬陷，毛主席搞不清楚，同意了。所以，只有从思想问题上拨乱反正入手，才能解决实际问题。

第二，抓住阻碍落实干部政策的突出问题、迫切问题，旗帜鲜明地坚持实事求是、一切从实际出发这个根本，用从地到天、就实论虚的方法，从思想理论上阐明正确政策与错误政策的界限；弘扬公道正派、刚正不阿的正气和无私无畏的精神。《理论动态》更多的是谈理论，《组工通讯》不是理论刊物，但是又不能不通过思想理论分清原则是非，去推动实际问题的解决。所以就定了这样一条：不是理论刊物，但要有理论色彩，要能够有助于人们掌握理论，解决落实党的政策重大原则是非问题。

第三，每一期抓住一个现实问题，发一篇典型材料，同时发一篇简短的思想评论，也就是就典型材料发表一篇具有较强思想性、针对性的言论。每篇言论必须言之有物，观点鲜明，文章要朴实，文风要正派，文字要精练，每期6~8个版面，不超过4000字。

这些确定后，还有两个问题，我们拿不定主意。第一个问题是这个刊物究竟应起什么作用。要推动工作、推动思想解放，这没有问题。但是能不能在办刊设想中写明要在组织工作战线上起指导作用，我们有些踌躇。经过反复研究后，大家认为，作为中央组织部的部刊应当起指导作用，但“指导”不能自封，要让实践来检验。所以不写起指导作用，而作为我们努力的目标。这一条报给耀邦同志，他很赞成。第二个问题是出刊定期不定期，怎么定期。这个问题很为难。部刊处编制是十人，开始时只有三四个人。办月刊、半月刊都不适应要求；办成旬刊、周刊，每一期写一篇高质量言论，这太难了。我们都缺少经验，功底浅，水平不高，都觉得要求太高，怕一时做不到。所以，设计没有写定期，写的是暂不定期出刊。

报告写好后，报送给耀邦同志。他很快批了几个字：“我看可以了”，批给当时的副部长王常柏。但是批件一直没有回来。曹志问，怎么回事，批件拿到了么？我说没有啊。他说这个问题到底出在哪里了，耀邦同志说可以了，可批件怎么没有退回来啊？我们琢磨半天，觉得耀邦同志可能希望刊物办成定期的。最后，我们商定将刊物定为每星期出一期，星期四按时出刊。将报告重新修改后报上去，很快就批回来了。

办《组工通讯》酝酿、提出的时间，是1978年的3月。经过短时间的准备，6月1日正式出刊了。

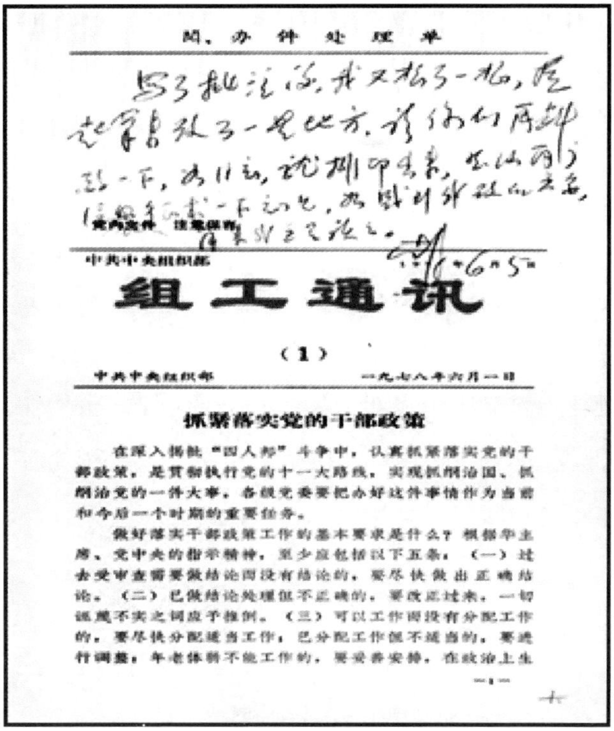

阅、办件处理单

党内文件 注意保存

中共中央组织部

组工通讯

（1）

中共中央组织部　　一九七八年六月一日

抓紧落实党的干部政策

在深入揭批"四人帮"斗争中，认真抓紧落实党的干部政策，是贯彻执行党的十一大路线，实现抓纲治国、抓纲治党的一件大事。各级党委要把办好这件事情作为当前和今后一个时期的重要任务。

做好落实干部政策工作的基本要求是什么？根据华主席、党中央的指示精神，至少应包括以下五条：（一）过去受审查需要做结论而没有结论的，要尽快做出正确结论。（二）已做结论处理但不正确的，要改正过来，一切诬蔑不实之词应予推倒。（三）可以工作而没有分配工作的，要尽快分配适当工作；已分配工作但不适当的，要进行调整。年老体弱不能工作的，要妥善安排，在政治上生

—1—

胡耀邦在《组工通讯》创刊号上的批示

有一天，耀邦同志叫我到他的办公室，刚一去，他就拿出一张便条，上面有他亲自用铅笔写的五六个题目。我一看他出题目，就高兴了，知道怎么弄了。那次，耀邦同志和我谈了一段话，他说："你们是不是人少了，人少了可以慢慢调嘛。"我说："这倒不要紧，我们辛苦点儿不怕，只是有些力不从心。"耀邦同志又说："你们不敢定期，是不是怕一个月出四期，每期要抓重点，写言论，怕没有那么多题目好做？"接着，他又说："我出题目不妨碍你们也想题目，要有你们的主动性。记住'实践丰富多彩，生活之树常青'，不要怕没有题目可写。现在需要澄清和处理的问题多得很，只要你们眼睛向下，留心观察现实生活，就会发现有做不完的题目、写不完的文章。"对这段话，我印象一直很深。说的虽是刊物的定期，实际上是要解决一个问题——怎么办刊物。虽然有领导同志给出题目，但不能躺在领导出的题目上，要发挥主动性。主动性从哪里来？要从生活中来，要去观察、去思考。所以，后来我们慢慢得出一条经验，就是每个同志都要留心实际情

况，头脑中都要装几个问题，带着问题去捕捉信息，也要在信息中产生问题，不停顿地观察、学习，不停顿地思考。这样我们的路子就可以越走越宽。

耀邦同志向我谈的这段话，我在实践过程中感觉到，办刊物应这样，做好任何工作也必须这样。这是个很好的经验，给我们提供了启发：做工作要有问题意识，问题在哪里，解决问题的障碍、阻力在哪里，经过不断地了解、思考，就可以找到办法推动问题的解决。那个时候，《组工通讯》每一期由部刊处上报清样，经过研究室主任曹志同意，报给耀邦同志，由他亲自审定。这成为一个格局。他在中组部当了一年部长，《组工通讯》每一期都经他签字审定。

《组工通讯》出版后的反响

《组工通讯》创刊号（第一期）是1978年6月1日出版的，评论题目叫作《抓紧落实党的干部政策》。这期刊物一出，就遇到风波，政治责难、压力都来了。创刊号的这篇文章，是根据耀邦同志的思想写的，文中提出“凡是搞错了的案件，做错了的结论，不论是谁搞的，尤其是自己经办的，都要以党的利益为重，该否定的坚决否定，该纠正的坚决纠正，不抓辫子、不留尾巴，实事求是地解决问题”。这篇评论定稿前的一个晚上，由我将这篇评论送到耀邦同志在富强胡同的家。送去后，他让我等着，当时就看。看完后，他说可以了。然后告诉我，《红旗》杂志要登这篇文章，让我与总编辑熊复联系。第二天，我就和熊复联系，说文章出来了，最好和《组工通讯》创刊号同时刊登，署名朱岩（从“中央组织部研究室”中取谐音）。《组工通讯》是党内刊物，《红旗》杂志是面向社会的。这篇文章刊登以后，各方面反应非常强烈，认为评论很符合实际，很有针对性，有助于统一思想，冲破阻力，推动落实干部政策；是一篇思想性、理论性很强，很有说服力的文章。但是，也有不同的声音。《红旗》杂志刚刚发行，就有一位中央领导同志打电话给熊复，说《红旗》是理论刊物，你刊登的那篇落实干部政策的文章，还是头一篇，这算什么理论文章，你登这样的东西干什么？我还听说，有人指责这篇不是推动落实干部政策的文章，是翻案文章，是要翻毛主席定的案。隔了两天，耀邦同志把我叫到他办公室，一进门就问我：“《组工通讯》创刊号的评论出来后，你们听到什么声音没有？”我说听到了，都是说好的。因为我也说不准，听到一点儿也不能乱说。他笑了笑，说：“听到都是好的啊，我告诉你，科扬，要听到什么别的声音，也不要紧，头脑里不要有阴影，该干什么干什么。”我感觉到，这是耀邦同志给我们打气，鼓励我们面对压力和责难要有政治勇气。

耀邦同志还给我念了一段内部情况反映的群众来信，都是对这篇文章的肯定和赞扬。之后，他把《毛泽东选集》拿出来，给我读了毛主席的《整顿党的作风》中的一段话：“我们所要的理论家是什么样的人呢？是要这样的理论家：他们能够依据马克思列宁主义的立场、观点和方法，正确地解释历史中和革命中所发生的实际问题，能够在中国的经济、政治、军事、文化种种问题上给予科学的解释，给予理论的说明。我们要的是这样的理论家。”“真正的理论在世界上只有一种，就是从客观实际抽出来又在客观实际中得到了证明的理论，没有任何别的东西可以称得起我们所讲的理论。斯大林曾经说过，脱离实际的理论是空洞的理论。空洞的理论是没有用的，不正确的，应该抛弃的……许多学习马克思列宁主义的人却把它看成是死的教条，这样就阻碍了理论的发展，害了自己，也害了同志。”我一听，就知道这是针对指责那篇评论不是理论文章的观点而引用的。

从这件事中，我感觉到《组工通讯》第一期第一篇言论刚发表，就掀起了风波，还不算小。我毕竟是做具体工作的人，要说压力，与其说压在我和熊复身上，不如说是压在耀邦同志身上，他是中央组织部部长，而且是他和熊复商量要刊登的。从耀邦同志和我的谈话可以看出，在坚持真理、坚持正确东西遇到压力的时候，特别是来自上层的政治压力的时候，耀邦同志冷静面对，坚持党性原则，确实是一个马克思主义政治家。他怕我们因为这样的压力不敢工作，就鼓励我们，细心地教育我们，以榜样的力量教给我们怎么对待这些矛盾、压力。我是深受启发，深得教益。他不仅关心刊物，同时关心人，关心办刊物的同志健康成长。学会用真理的武器来鉴别是非，用群众的评断来看待压力。这些情景，时隔30余年直到现在还像没过多久一样，历历在目，印象深刻，终生难忘。

《组工通讯》是在一个伟大历史转折时期开始之际诞生的。这个小刊物一诞生，第一篇评论发表就遇到风风雨雨。这是个信号，让我们有了思想准备。事实上，这之后，经常都会面对一些压力，面对一些质疑，面对一些问题。因为，你要实事求是，公道正派讲真话，要在原则问题上是非分明，都不能有私心杂念。这实际上是对我们党性如何的考验。

我再举两个例子，是在这之后不久发生的事情。

有一次，《组工通讯》收到一封来自河北邯郸的信。这是一位年轻同志写的，为他的父亲因在战争时期的一段历史被错定为叛徒的事，要求落实党的政策，平反纠正。当地组织部门已经调查核实，认为确实是一个错案，应该平反。之所以没有作出平反纠正的结论，阻力是因为检举他父亲的人，是一位党内高层领导同志，而且当时还在领导岗位上。因此，尽管调查清楚了，但是不敢平反纠正。他写信给《组工通讯》要求支持。我们看到这封信后，打电话询问当地组织部门，回答是情况确实是这样。于是，我们联系这个具有一定典型意义的事做文章了。

这是一个什么问题呢？就是落实党的干部政策、纠正冤假错案的依据究竟是什么？冤假错案该不该纠正的依据，只能是事实，而不应是看检举者是谁。如果经过调查证明原来的检举确实与事实不符，是错案，那就应当坚决纠正。同时我们也实事求是地作了分析，认为在“文化大革命”期间，那位老同志检举可能事出有因。但是，要考虑到严酷的战争环境，情况相当复杂，当时河北平原这一带敌我交叉，就算是我们控制的地方也是地区分割，交通、通讯都很不方便。在这种情况下，出现信息不准、判断失实的事，并不奇怪。如果那位老同志知道现在调查所得的真实情况，我们相信这位老同志一定会赞成实事求是予以平反纠正，恢复事情的本来面目。

可是就是这样一篇文章发表后，有一天，部里一位老同志突然到了我的办公室，拿着这期《组工通讯》问我：“郑科扬，这篇文章是不是你们发的？”我一看，说：“是。”然后，他很严肃地告诉我：“这位老同志在党内外是很有威望的，他本来是这个案件的原告，你们刊登这篇评论，就把原告反过来置于被告地位了。这样不行，你要负责任。”当时，我很冷静地向他解释，我们《组工通讯》刊登每篇评论，都是有事实根据的，这篇文章的根据，就是当地主管部门最新的调查和判断。那篇文章，是我们按规定程序报经部里领导审定同意的（是耀邦同志亲自圈阅审定的）。如果你觉得其中有什么不妥，我们可以讨论。至于如何看待当年检举这件事情的老同志，我们在评论中已经讲得很清楚了，是尊重这位老同志的，没有把他置于被告地位。这位来访的同志仍然坚持他的看法，很严肃地向我讲：“你们既然发表这篇文章，要清楚产生的后果。”然后愤然离去。

果然，这个事情没有完。当天下午，中央组织部办公厅一位负责同志把我找去，说：“你们那篇文章，涉及的那位老同志很有意见啊。他要成立个调查组调查这个事，而且指明要你参加。”我回答说：“调查什么？是调查这个案子该不该平反？如果是调查这个，那么当地组织部已经调查清楚了，应该平反。如果要重新调查，应由他们或者认为不该平反的单位去调查，不应是我去调查。如果要调查《组工通讯》该不该发这篇文章，那么我是当事人，我更不能参加调查，我应回避。”办公厅领导同志笑了笑说：“这个事情呀，我们就谈到这儿吧！”他也面有难色。后来，我只好静待下一步的发展。结果，这个事情就这么过去了，再也没有人提了。

可见，当时《组工通讯》要面对的，有上面来的压力，也有来自其他一些同志的压力。我不怀疑他们出于好心，但是认识上不一致，就会有矛盾。因为有了上一次更高层压力的历练，这一次我对这个事情就应对自如了。

第二个例子是这样的。《组工通讯》发表的评论文章中，有些涉及很敏感、很尖锐的问题。耀邦同志在谈到其中一期时说：“这一段时间《组工通讯》发表的评论，我看写得最好的，就是讲‘真理可以一分为二’那一篇。真理在手就不要怕争论，不要怕有人反驳，真正的马克思主义哪有那么虚弱的！”他指的是一篇什么文章呢？就是针对曾因说过“毛泽东思想可以一分为二”的人，在“文革”中被定为“反毛主席、反毛泽东思想”的“反革命”，被开除了党籍，抓进了监狱。明确表示这是冤案、错案，应当平反、纠正。反映这方面问题的，是吉首军分区的一位同志。

为了写这篇文章，我们进行了认真深入的调查，了解这些案子是怎么发生、怎么结论的。我们查阅原始档案，到监狱里面访问被抓入狱的人，请他们谈看法。经过对调查所得情况的反复研究，我们感到对这个问题必须正本清源。因为，这不仅是个理论原则问题，而且是一个严重的政治问题，涉及的冤案不是一两个人，而是一批人。面对这样的问题，要敢于突破，不能因为问题尖锐而回避。我们认真研究后起草出一个稿子，耀邦同志看后指示我们："这个问题涉及重要的哲学理论问题，可再找一些哲学家征求他们的意见。"于是，我们带着文稿，分头访问了几位同志，包括邢贲思和洪禹（曾任中宣部理论处副处长）等几位同志。他们都赞成就这个问题发表文章，澄清是非，也提出了一些修改意见。最后形成的文章，主要是阐明真理的绝对性和相对性问题，指出：真理是人们对客观事物及其规律的正确反映，并且在实践中得到证实的科学认识，具有绝对性。但是客观事物的发展变化是一个过程，它永远都没有终结人们在实践中对真理的认识，因此，真理又具有相对性。真理这种相对与绝对的辩证统一，就是真理的一分为二。正是从这个意义上讲，马克思列宁主义毛泽东思想也是可以一分为二的：作为客观真理既具有绝对性，又具有相对性。这篇评论文章中还指出：林彪、"四人帮"大搞形而上学，打着维护毛泽东思想的旗号，鼓吹绝对权威，给说过毛泽东思想可以一分为二的同志扣上"反毛泽东思想"的帽子，搞政治迫害，搞乱了人们的思想，造成了严重后果。所以现在要平反，要实事求是。经耀邦同志审定后刊发了这篇评论和来信，大大促进了思想解放和落实干部政策。

胡耀邦同志在中央组织部工作了一年的时间，于1978年12月调任中宣部部长。这个时候，我们就担心，耀邦同志不当部长了，我们《组工通讯》还能不能照样有声有色地办下去。耀邦同志说："《组工通讯》还要办下去。我不当中组部长了，但是，还可以联系嘛，我们可以大体上一个月谈一次，有什么重要东西要我看就送给我看嘛。"实际上，他和《组工通讯》的联系一直没有断过。就在这个期间，为了帮助我们了解全局，他在中宣部主持每个星期召开的务虚会，主要是中央宣传文化口各部门负责同志和人民日报社、《红旗》杂志社、新华社等单位的负责同志出席，也叫我去列席，了解党中央的全局意图，了解意识形态方面思想动向和信息。

耀邦同志在关心工作、关心刊物的同时，也很关心干部的成长。那时他和我谈的一些话，现在回头来想，有些当时我并没有很好领悟。我记得，有一天在他的办公室，他和我谈起他的经历来。他说："我最大的弱点有两个。一个是长时间忙于当前工作，系统地学马列原著不够。'文化大革命'当中被打倒、靠边站，尽管受到了冲击，但是给了我读书的时间。在这几年里，我系统地读了马恩列斯的书，也重读了毛主席的书，边读边思考，其中的重要收获，就是对人、对事、做工作，都必须持科学态度，坚持实事求是，不能有任何主观性、片面性、表面性，更不能有私心杂念。正是因为这些读书中得到的积累，为我现在理解和贯彻小平同志的意图，推动解放思想、实事求是、拨乱反正、平反冤假错案等工作，有了武器，有了底气。"

他说他的第二个不足，就是在团中央工作的时间太长，虽然那个岗位上的实践对人也是锻炼，但是在一个地方主持全面工作时间太短，积累不够。当时我说："您在四川解放初期担任川北区党委书记兼行政公署主任，那就实际上是主持一个省的工作啊！"他笑了笑说："那个时间短，范围也小啊！"接着他讲："后来在'文化大革命'前不久，'四清'的时候，中央决定让我到西北局当第二书记兼陕西省委书记。这本来是个很好的机会，锻炼补充驾驭全局的能力。当时也遇到了一些矛盾，在一些重大问题上跟有的同志有意见分歧。分歧也可以，也算锻炼，但毕竟时间短了，不久'文化大革命'就爆发了。所以我讲主持全面工作的实践时间太短了。"

当时，我只是觉得，这么高层的领导同志跟我推心置腹地谈他自己的不足，很难得遇到。表明他很自谦，在下级面前没有官架子。但是，我没有联系自己来想，实际上他是启发我要思考并弥补自己的不足。一是启发我要读书，要多读点儿书；一是要注重在实践中锻炼。可惜，当时我还没有觉悟。

1981年6月29日，党的十一届六中全会结束前的当天上午，耀邦同志的秘书梁金泉通知曹志带着我和当时中组部研究室调研处处长苗枫林，到耀邦同志在富强胡同的家里。刚一见面，他拿出一张便签给我，上面是他用铅笔写的两句话，我一看，是“城中桃李愁风雨，春在溪头荠菜花”。我刚看完，他就问：“科扬，看懂了么？”我说：“看懂了，明天我就走，到下面去锻炼经风雨。”

他微笑着点了点头。曹志说：“郑科扬不能走，他走了《组工通讯》谁来办？”耀邦同志说：“你这个曹志，你就只有郑科扬一个人吗？你去找，肯定有人能干。他下去不是不回来了，到一个地委去干两年。每年元旦以后回来，过完春节回去，平常不准回北京。”我很高兴，说：“耀邦同志，我下去后，不回北京也没关系，我真心想下去锻炼。”这下，曹志再没有说什么。在乘车回机关的路上，我向曹志说：“老曹，这回在耀邦同志这里定下来的事，可不能变啊。部里就靠您了！”曹志表示：“你放心。我回去向任穷同志报告吧。”当时，宋任穷同志担任中组部部长。

不久，曹志告诉我，初步找了个去的地方，是烟台。我说那里是海边，条件太好了，我们中央组织部的人下去，不要去太好的地方。过了段时间，他告诉我改为去营口，还是海边，地方也太好了，我希望找个中等的地方就行，毕竟是下去锻炼嘛。最后，找到了湖北。陈丕显同志当时是省委书记，他表示欢迎我去，定的地方是湖北咸宁地委，紧靠武汉，是个丘陵地区。我说很好啊，去去去。曹志告诉我这个好消息时，说：“科扬，先说好了，办《组工通讯》不能松动，另外，现在还有些工作要你做，没有做完不准走，在一天就好好履行职责一天。”我说：“这没问题。”此后，手头上的工作一件接一件，很重要的一件是参加筹备全国组工会议。这样，1981年定的事情，一拖拖到1983年。这期间，我几次询问，曹志开始时向我说：“不要急嘛，你现在先要把手头工作做好。”以后我再问，他光笑，不回答何时我可以去湖北，只要求我集中精力做好手头的工作。

最后我才知道，1983年组工会议后，陈野苹同志接任中组部部长，曹志要到部里当副部长，决定由我接任中组部研究室主任。我自1953年任江油特委组织部主持工作的副部长到这时，当了28年县（处）级干部，现在突然决定我直接接任中组部研究室主任，没有经过副职台阶，是破格任用，我感到很突然，完全是意外。这个时候，我才想起耀邦同志当部长时给我说的那两条：一是缺乏系统读读马列的书；二是缺少实际工作锻炼。本意是启发我下去锻炼，补上一课。我虽是从基层一级一级来到中央机关，但已经有几十年了。仅从1961年由四川省直机关调到中央宣传部，后到中央组织部工作，也有20多年了，也该下去锻炼了。可惜，这个愿望一直没有实现，一直到现在。

总之，《组工通讯》在耀邦同志的直接关心之下，在风风雨雨中成长。我也在这个过程中经受锻炼，终身受益。往事今师，有助温故知新。

（本文发表于《百年潮》2014年第1期，
由《百年潮》特约记者史鉴采访、整理）

我在珍宝岛的六十三个日夜

张书全

1969年中苏边界珍宝岛发生的武装冲突及由此引起的两国在战略上的严重对峙，是新中国成立后军事斗争的重要一页，也是现代国际关系史上的一个重大事件，对此后数十年中国安全战略、外交战略、军事战略及国防和军队建设都产生了极为深远的影响。虽然珍宝岛自卫反击战已过去45年之久，但那段战火纷飞、激情燃烧的峥嵘岁月，那些前仆后继、视死如归的英雄身影，那辆弹痕累累、垂头丧气的苏军坦克，却始终清晰鲜活地刻在我这个亲历者的脑海里……

战事起因

珍宝岛，位于黑龙江省虎林市境内，完达山脉东麓，乌苏里江中游主航道中心线中国一侧，面积不足1平方公里。珍宝岛原来并不是一个岛，而是中国江岸的一部分，后因多年洪水泛滥冲刷，20世纪初才形成岛屿，至今枯水期仍与中国江岸相连，人们可徒步上岛。岛西侧是最宽处不足百米且从未通航的内河，当地叫江汉子，岛南北两端的江窝是鱼类聚栖的地方。岛东面与苏联隔江相望，相距400余米，冬季江面封冻，冰层厚达两米以上，可以通行车辆。岛上地形凹凸不平，四周树林环绕，大部分陆地为塔头墩沼泽地，有水泡与乌苏里江相连，是鱼类的天然繁殖场所。

珍宝岛自古以来就是中国领土。1840年鸦片战争后，沙俄利用清政府的腐败和边界守备空虚，以武力入侵和外交讹诈胁迫清政府签订了一系列不平等条约，其中《中俄瑷珲条约》割去了黑龙江以北60多万平方公里的中国领土,《中俄北京条约》把乌苏里江以东全部中国领土划归俄国。即使按不平等的《中俄北京条约》,依通航界河以主航道中心线为界的国际惯例,珍宝岛也应属中国。可苏联单方面认为乌苏里江的边界线应划在中国江岸边,1947年将珍宝岛划入其警戒线以内,对此中国政府从未承认。

1964年中苏在北京举行的边界谈判,因苏方不承认过去的中俄条约是不平等条约而破裂,双方在界河岛屿归属问题上的分歧凸显。随着两国关系不断恶化,中苏边境进入多事之秋,苏联向远东和边境地区大量增兵,频繁在边界上挑起事端,且规模不断升级。当时,中国守卫珍宝岛的是黑龙江省军区合江军分区饶河边防中心站公司边防站,兵力30余人,主要是执行日常巡逻任务,驻地在离珍宝岛不远、没几户人家的公司亮子村,岛上并未驻兵,只是间或派人前往巡逻。对面是苏联边防军下米海洛夫卡和库列比亚克依内两个边防站,兵力近百人,隶属于远东军区伊曼边防总队,配有坦克、装甲车、汽车,紧急情况下还可得到直升机支援。

1967年1月到1969年2月的封冻季节里,苏联边防部队入侵珍宝岛达16次,阻挠中国边防部队上岛巡逻,驱赶中国渔民作业生产,并多次制造严重流血事件,直至发展到巡逻必干涉、登岛必尾随,出动兵力大于中方巡逻队2—3倍。对苏军的挑衅行径,中国边防部队严格执行边防政策规定和上级命令指示,采取克制忍让态度,避免事态扩大升级,但苏联政府对中方的严正抗议和警告置若罔闻,其边防军的入侵挑衅活动毫无收敛、愈演愈烈。珍宝岛地区逐渐成为中苏边境斗争的焦点,形势日益紧张。

自卫还击

为维护边境地区安全、防止不测事件发生,针对苏联方面变本加厉的挑衅,中央军委指示沈阳、北京军区等单位,加强中苏东段边防警戒的重点部署,做好军事上配合政治外交斗争的必要准备,要求边防部队在反挑衅斗争中,严格遵守针锋相对、后发制人和有理、有利、有节的原则,掌握先礼后兵的精神,把还击行动控制在中国境内,做到不斗则已、斗则必胜。

沈阳军区奉命加强合江地区的防御和指挥，令46军133师两个侦察排、23军67师两个连加强合江军分区虎林、饶河段的边防力量。黑龙江省军区决定在公司边防站成立“公司临时指挥所”，由合江军分区参谋长王子良负责，现场斗争指挥由科长冯宪泽、公司边防站副站长孙玉国负责。

1969年2月7日，中国边防部队登岛巡逻，苏军从下米海洛夫卡方向以冲锋枪向巡逻队方向打出6个点射。这次事件使中国军队预见到必将有新的斗争。总参谋部、沈阳军区要求按既定巡逻路线，进行不固定的正常巡逻；一次派出两至三个组，兵力不少于一个加强排；自卫还击严格控制在主航道中心线中方一侧，要行动突然，动作迅速，不纠缠，不恋战，取得胜利后立即撤至有利地区；由合江军分区指定一名主要干部负责指挥。为保障正常巡逻，中国军队向珍宝岛我岸派出两个步兵连、一个侦察连、三个侦察排、一个无后坐力炮排和1个重机枪排进行掩护。

3月2日8时许，中国边防部队派出30人，分两个巡逻组登岛执行巡逻任务。当孙玉国带领的第1巡逻组抵近珍宝岛时，苏联边防军立即从下米海洛夫卡和库列比亚克依内两处出动70余人，分乘两辆装甲车、1辆带篷卡车和1辆指挥车向珍宝岛急速驶来，在岛南端和东侧下车50余人，迅速展开成战斗队形，从两面向巡逻组进逼，另以一部兵力向侧后穿插，企图造成合围态势。入侵苏军全然不顾中方警告，突然开枪射击，打死打伤中国边防部队巡逻官兵6人，第1巡逻组被迫进行自卫还击。此时，排长吴永高、班长周登国带领的第2巡逻组在岛西江汊与苏军向中方侧后穿插的分队相遇，听到枪声后果断行动，将苏军边防小分队队长伊万上尉等7人全部击毙。尔后，苏军边防部队一部由岛东中部侵入，巡逻组和登岛反击的掩护分队立即予以还击。为配合步兵作战，苏军装甲车向岛上中方分队开枪开炮，1辆装甲车侵入江汊，威胁岛上分队侧后，岸上炮火将其击退。

经过一个多小时激战，中国边防部队给入侵珍宝岛的苏联边防军以歼灭性打击，毙伤60余人，其中击毙38人，击毁装甲车、指挥车、卡车各1辆，击伤装甲车1辆。中方牺牲17人，负伤35人，另有1名通信员失踪。边防部队在战斗结束后即带伤亡人员从岛上撤回，苏联边防军随后派人登岛将苏方伤亡人员运回。

这次战斗是中苏两国之间的第一次边境战斗，成为中苏边境冲突升级的直接导火索。苏联方面在后来发布的政府声明和消息中，都把中方的反击歪曲为有准备的“突然开火”和伏击，现在网络上有些网民也有类似的猜测和说法，这些都不合乎事实。从纯军事角度看，这次冲突对中方来说只是一次虽有准备却不由我方掌控的遭遇战。

紧急通知

珍宝岛战斗打响时，我在辽宁省军区任作训处处长，辽宁省军区所属部队并未参加此次战斗。至于我是因何参加珍宝岛后续作战行动，并在珍宝岛地区度过了终生难忘的63个日夜，还要从沈阳军区那个突如其来的电话说起。

记得那是1969年3月7日，由于部队已经进入战备状态，我们全处手头要办理的事很多，十来个人都非常忙碌。我带着白子贺、赵文俊、张礼德等几名作战参谋，根据省军区首长指示，分析研究3月2日珍宝岛战斗情况和边境地区斗争形势，主要是进行图上推演作业。当时我提了一个问题，如果大家是一线指挥员，应该如何结合地形，科学有效地配置岸上掩护兵力和支援火力，让几位同志思考。正当大家冥思苦想时，清脆、短促的电话铃声打破了寂静。

我拿起电话，“你好，我是作训处张处长。”

电话那头传来的声音急促而严肃，没有半句客套话，“张处长，我是军区作战部王参谋。有个电话通知，请记录！根据军区首长指示，令各省军区作训处处长各带1名参谋，到位于黑龙江省合江地区五林洞的军区前指报到，赴珍宝岛锻炼指挥作战。即日起程，自行前往……”

顾不上寒暄，我快速记录着。放下电话，我一边誊抄正式电话记录，一边对白子贺说，“通知全处同志，马上到这里来开会，有重要事情研究。要快！”白子贺很敏感，转身就跑出去招呼人。誊抄完毕，我一路小跑径直来到省军区刘春芳参谋长办公室。

“报告！”没等参谋长说进来，我便推门而入。只见参谋长在办公桌前俯着身子，左手拿着放大镜，右手拿着双色铅笔，正在平铺开的地图上做着注记。

“有事吗？火急火燎的。”见我进来，参谋长放下手里的铅笔，抬头注视着我。我一边把电话记录呈给参谋长，一边口头报告了简要情况。参谋长用手比着稿纸上的字，一行一行划拉过去，看完后沉思了片刻，拿出钢笔写下：“呈张司令员、杨政委阅示。”

参谋长把电话记录递给我，盯着我的眼睛，“这是个好机会，你是再合适不过的人选了。珍惜机会，好好锻炼，赶快回去准备吧！家里有什么困难只管提。记住，到了前线，千万别丢脸。”

“是！保证完成任务。”

从参谋长办公室出来，我转身上楼，分别向省军区张海棠司令员、杨弃政委报告了情况。记得当时张司令员说：“你小子，天生是块打仗的料，一说有仗打就高兴。没别的要求，就一点，你们都要给我活着回来！……”杨政委对我提了几点政治方面的要求，特别强调要带个政治素养高、军事素质好、业务能力强的参谋去。另外，出发前要把处里、家里的事都安排好。

以最快的速度向省军区几位首长汇报完情况后，我便赶回办公室。处里的人员已经全部到齐了，大家见我进来，都用急切的目光注视着我，从他们的眼神中可以感觉得到，他们应该已经大致猜测出将会公布的重要事情。

“根据军区通知，经省军区首长批准……”我把整件事的简要情况传达给了全处同志。“除了我以外，处里还要去1名参谋。给大家3分钟时间，都结合自身实际情况想想。”说完，我点上一根烟。平时我是很少吸烟的，除非是遇到了棘手的难题。

3分钟原本很短，然而在那一刻，我却感到时间似乎停止了，挤满了人的办公室静得掉根针在地上都听得见。我抬腕看了看表，“大家都说说，有谁自愿去的？”大家突然都活跃起来，不管老参谋还是新参谋，都争先恐后地表示要到前线参战，这是我没有想到的，也深深感动了我。

我扫视了大家一遍，“都是好样的！但这次去珍宝岛打老毛子是要做好牺牲准备的。这样，是独子的不去，没结婚的不去，孩子小的不去。张礼德，我们两个去，就这么定了。从现在起，处里工作由韩副处长牵头，其他人按原来的分工各负其责。老韩和礼德留一下，其他人散会！”

我把近期处里的工作详细地同韩副处长作了交代，最后说：“老韩，把作训处交给你，我放心。礼德，你赶快准备行李，我们坐下午的火车去牡丹江。”我将桌子上有关珍宝岛的文件资料迅速整理了一遍，装在一个文件包里，随即返回家中。

进驻前指

驻足在自家门前，却不同往常地踌躇起来。我对这个家充满了愧疚，为了不让妻子和两个儿子担心，我告诫自己善意谎言的必要。可随行的参谋无意间说漏了嘴，聪明的妻子瞬间捕捉到“珍宝岛”这个当时非常敏感的字眼。她怀抱着大儿子泪眼婆娑，“千万千万注意安全啊！”我在她温暖的嘱托声中踏上了北上的征程。

伴随着火车阵阵的轰鸣声，经过近20个小时，我们抵达了牡丹江市。当时，作为战役预备队的23军67师先头部队正进驻牡丹江，这里储备了大量补给物资，设了运输队、后方医院等，应当说我们已经做好了长期作战的准备。

室外气温低至接近零下30摄氏度，寒风吹着脸颊犹如刀割一般。黑龙江生产建设兵团农三师接应的同志再三留宿，但因为任务在身，我们连夜直奔五林洞军区前指。那一夜，我们两人在解放车上没敢打盹儿，怕被冻僵，说了一路的战前思考。

五林洞，距离珍宝岛不足10公里，军区前指就开设在这里。3月2日的战斗结束后，军委指示沈阳军区成立虎饶前指，负责组织指挥虎（林）、饶（河）方向边境斗争行动，由军区副司令员兼参谋长肖全夫、政治部副主任李少元统一领导，军区有关单位和部队抽调部分干部组成，设作战、政工、战勤3个组，我也是前指成员。

肖全夫，安徽人，1930年的老红军，参加过长征，解放战争时期任师长，入朝作战时是第46军军长，可谓身经百战。珍宝岛自卫反击战中，他在军事指挥上的造诣得到了全面的展现，因此受到了周恩来的高度赞誉。我是在“文化大革命”初期认识肖全夫的，当时他是分管东北地区军事工业建设的军区副参谋长。有一次在北京京西宾馆开军事工业会议，我们一起住在北京饭店，一段时间后彼此就熟悉了。后来据前指的处长和参谋们讲，我们这次赴珍宝岛锻炼指挥作战，正是肖全夫亲自下达的命令。

3月9日到达五林洞军区前指后，我急于找肖副司令员报到，领受作战任务。但刚靠近坑道中心位置，还没进指挥所，就感受到了扑面而来的紧张气氛，听着此起彼伏的电话铃声和嘀嘀嗒嗒的电台发报声，看着那些端坐值守的、埋头标图的、围拢在一起研究情况的以及小跑着擦身而过的参谋人员，立马让人进入了战时状态。指挥所相对坑道其他位置宽敞一些，里面陈设很简单，靠墙两侧是各一排桌椅，上面放着电话、电台，还有稿纸、笔和标图工具；中间用几张桌子拼成了一个大桌子，上面铺着一张拼接好的大比例尺军事地形图；墙上挂满了各种标注过的要图，中心位置挂了一张毛主席像；角落里还支着几张行军床，仅此而已。但珍宝岛自卫反击战第一线的筹划决策、指令下达和战况上报，全过程就是在这样简陋的地方进行的。

我们报到时，肖全夫由于之前带着前指人员连夜研究战况，刚去睡觉，因此我没有见到他。军区刘处长传达了肖全夫的指示，要求我们暂作休息调整，先期熟悉一下情况，待午饭后正式受领任务。我们没有离开坑道，围在地图前听战斗经过和双方态势介绍，由于负责介绍的那位参谋语言清晰简练、标绘准确到位，加之我们之前也做了不少功课，所以我们很快就大致掌握了基本情况。

午饭后，我们见到了肖全夫，他一眼便认出了我。肖全夫双眼布满血丝，一看便知道是连续几个昼夜没睡过一个安稳觉了。但他话语铿锵有力，从言语中丝毫觉察不到疲惫。他给我安排的任务是担任珍宝岛方向的方向长，我感到担子很重，责任很大。

作战会议

3月2日那次战斗，苏联吃了亏，其在远东方向的部队进入了临战戒备状态，并迅速向边境增兵。3月4日后，苏军又多次派装甲车和武装人员侵入珍宝岛及岛西侧的江汊，寻机报复中国边防巡逻分队，但中方上岛他们都没赶上，所以没得逞。从观察得来的各种情况判断，苏军已增加到约一个摩托化步兵团的兵力，并调来了大批炮兵，甚至有火箭炮分队，极有可能会搞一些大动作。军委7日复电沈阳军区，明确在乌苏里江化冻前把珍宝岛及其北面的七里沁岛作为自卫反击的重点，抽调步兵、炮兵及高炮、反坦克分队部署在饶河西南地区集结待命。

我们报到前后，军区前指正组织参战部队抓紧时间进行防御作战准备，师、团、营干部都到前沿一线指挥。当时，困扰参战部队的有两大难题。

一大难题，是从武器装备的数量、质量看，中方的劣势非常明显。虽然双方在珍宝岛地区囤积的兵力相差不多，但中方只有纯步兵和部分炮兵、工兵，既无坦克、装甲车，也无空中火力支援；而苏军步兵则全部摩托化，不仅有占优势的炮兵，还有大量坦克、装甲车及固定翼飞机、直升机直接用于支援作战。特别是一旦苏军使用其远东地区部队的主战装备T—62坦克，将对中国步兵分队构成严重威胁。这型坦克的各项战技术指标都达到了当时世界先进水平，火力、突击力、防护力超群，我们的75毫米无后坐力炮、85毫米加农炮和56式40火箭筒等反坦克武器，基本拿它没有办法。

另一大难题，是在零下30多度的严寒气候下执行作战任务，人员的战斗力和单兵武器装备的战斗性能都受到很大影响。中方是守卫领土的防御作战，战斗发起的时机不由中方掌握，当长时间执行警戒、潜伏任务时，极易发生冻伤，造成非战斗减员。

针对这些情况，根据周恩来的指示和军委电令，前指首长专门召开了一次作战会议，一方面分析研究当时作战形势；另一方面是讨论破解难题的对策措施。会议由肖副司令员主持，前指全部成员和参战部队主要领导参加，大概有20余人与会。记得开会时间不长，但气氛相当热烈。最后会议明确三点：

一是苏军下一步很可能会进行一次报复行动，在确保珍宝岛的前提下，在七里沁岛设防也是必要的。关于珍宝岛、七里沁岛反击入侵的作战计划是，若苏军向一岛进犯则一岛打，若向两岛进犯就两岛一齐打；既要准备小打，也要准备大打；既要准备应付边界冲突，也要准备应对大举入侵。应注重加强野战工事构筑，并预留一定数量的预备队，以便有效应对可能出现的各种突发情况。

二是鉴于现有的直瞄火炮和火箭筒很难击穿T－62坦克200毫米厚的正面装甲，必须大量使用反坦克地雷，要根据苏军以往的冲击运动路线，预先设置一些雷区，使其坦克陷入寸步难行的境地。反坦克兵器的部署采用火器分散、火力集中，集束手榴弹、40火箭筒、反坦克炮、榴弹炮等远近火力配套成龙，火力运用上取近战歼敌，坚持远的不打，看不清不打，没有把握不打，确保一开火就能有效歼敌。这在当时看来，称得上是一种战法创新。

三是针对高寒地区作战特点，要总结一些防冻伤的实用方法，让每一名干部战士都掌握，潜伏分队战士出发前要吃一两片止咳药，防止咳嗽暴露目标。就在这个会上，当地部队介绍了防冻经验，后来成了一句流传甚广的顺口溜："耳戴套，脸戴帽，裤带扎棉袄，手往怀里抄，夜里值勤别偷懒，困了喝酒别睡觉。"

会议结束前，肖全夫对兵力、火力作了具体部署，要求一线兵力由3个连增至5个连加2个排，阵地上反坦克兵器密度由6个单位增至28个单位，各级指挥所和预备队的位置再向前推进1公里至1.5公里，并明确了伪装、保密等有关要求和完成准备工作的时限。

根据这次会议精神，我这个方向的指挥所很快就推进到了209高地，距前沿仅1公里，站在上面可以俯瞰整个珍宝岛，但一直到自卫反击战结束，苏联都没发现这个指挥所的位置，不然凭他们的火力早就覆盖了。

记得3月13日凌晨，肖全夫来到209高地观察敌情。这时，苏军3辆坦克正从乌苏里江面驶来，但后面没有步兵跟进。当时大家围绕打还是不打引发激烈争论。肖全夫果断判断对方是在搞武装侦察，为了不暴露作战部署，他下令用迫击炮将敌人赶跑，其他部队按兵不动。前沿阵地轮番打了几发迫击炮弹，苏军坦克果然赶快溜掉了。

正在这时，一个参谋进来报告，我们急切盼望的反坦克地雷从后方运到了，肖全夫一拍大腿："好！这下够老毛子好好喝一壶的了。"

正面交锋

3月14日夜，按照预定计划，中国工兵分队开始在苏军车辆经常通过的珍宝岛江岸通道和岛西江汊布设反坦克雷场，397团一个班则进至岛西南侧土坎一线潜伏，掩护埋雷，监视敌人。由于江面冰层坚硬，凿冰埋雷非常困难，且一旦发出声响就会被苏军发现，只能将地雷直接放置在冰面上。为了隐蔽雷场，工兵分队将反坦克地雷分别装进预先缝制的白毛巾兜里，扳开压簧，拉开间隔，按自然地貌将伪装雷混在了冰雪凹凸中。雷场布设完毕后，397团那个班并未下岛，而是继续潜伏，计划天亮时掩护巡逻分队上岛。

3月15日凌晨4时左右，潜伏分队发现苏军出动6辆装甲车，掩护30余名步兵，从北端偷偷登上珍宝岛，在东北部树林中隐藏起来。前指判断，苏军想悄悄进入岛内，等中国巡逻队上岛时实施两面夹击。可苏军万万想不到，几百米外早就潜伏了中国军队。这一夜，前指的同志彻夜未眠。一方面，天亮后的一场恶战已箭在弦上，必须做最充分的准备；另一方面，大家都记挂着岛上潜伏同志的安全，他们比苏军小分队的潜伏时间多出近一倍，到天亮时应已接近人体耐寒的极限，他们能否坚持将直接决定战斗的成败。

3月15日晨，前指令217团营长冷鹏飞带一个加强排、孙玉国带一个班，分两路登上珍宝岛，同时调一个步兵连前出江边，随时准备登岛。前指要求孙玉国改变原巡逻路线，从南侧登岛，经中方设伏阵地，由南向北巡逻，至岛中部又向西南折返，令苏军措手不及。8时2分，苏军向巡逻分队开火，并以6辆装甲车配合步兵发起冲击，中方岛上分队迅速抢占有利地形，在岸上82迫击炮的支援下进行反击。冷鹏飞指挥部队运用集火近战的战法将苏军步兵与装甲车分割，对进至200米以内的步兵予以打击，同时带领火箭筒组由阵地前出，在几十米距离上突然开火，击毁装甲车两辆。战斗过程中，苏军30余人迂回至中方登岛部队侧后偷袭，中方潜伏分队突然开火将其压制。9时16分，苏军撤回对岸，第一次进攻被击退。中方利用战斗间隙补充弹药、巩固阵地，前指令两个75无后坐力炮班和一个40火箭筒班登岛，纵深一个75无后坐力炮排、三个火箭筒班向前机动，加强防御力量。

苏军的T-62坦克终于出场了。9时46分，苏军火炮和大口径机枪开始对中方阵地和岛上分队猛烈射击，3架次飞机俯冲挑衅，同时，6辆坦克、5辆装甲车分两路向珍宝岛发起攻击。其中4辆坦克扑向岛南端，对中方岛上分队侧后实施迂回夹击；另两辆坦克、5辆装甲车侵入岛北端，向正面进攻。向中方侧后迂回的4辆坦克进至江汊时，我方一个无后坐力炮班刚刚登岛，迅即在江边架炮向苏军坦克射击，苏军坦克遭射击后队形混乱，先头1辆T-62坦克驶入中国工兵前夜布设的雷区，触发了反坦克地雷，右侧履带被炸断，瘫在江汊上，坦克乘员从底盘舱盖钻出弃车逃跑时两人被击毙，另3辆坦克见状倒车逃窜。中国岛上分队在岸上掩护分队的火力支援下，面对苏军密集炮火沉着应战，集中火力打苏军坦克、装甲车，又击毁装甲车2辆，击伤装甲车、坦克各1辆，但由于无后坐力炮、火箭筒等对T-62坦克破甲效果不好，没能击毁坦克。苏军在遭到顽强抵抗后，12时左右撤回己岸，中国军队再战取胜。

前指迅速调整部署，令67师师长黄浩率一个营到江边无名高地待命，两门85加农炮前推至209高地西北侧公路占领发射阵地，16军一个75无后坐力炮连由虎头进到五林洞待命，64军侦察连和133师侦察连随时准备加入战斗。13时左右，中方再向岛上和岸边阵地各增调一个排。

13时5分，苏军又重整火力，纵深大口径火炮、岸边坦克炮和其他火炮在侦察校射机引导下，对中方阵地和纵深进行大规模炮火袭击，炮击正面达10公里，纵深约7公里。火力延伸后，苏军出动坦克10辆、装甲车14辆、步兵近百人，分成两个梯队发起猛烈进攻，企图以优势兵力将中方守岛分队赶出岛外。我参战分队密切协同，近战开火，无坐力炮和火箭筒在几十米、十几米距离射击，85加农炮推到前沿以直瞄交叉射击，纵深炮兵群也以火力急袭给岛上苏军以突然打击。在岛岸火力协同打击下，大量杀伤了苏军有生力量，使其受重挫溃退。中方炮兵迅速转移火力，向对岸苏军阵地及其指挥所射击。17时17分，苏军从珍宝岛上全部撤出，第三次进攻又被粉碎。

3月15日这一天，中国边防部队与苏联边防军50余辆坦克、装甲车及大量步兵激战九个多小时，顶住了六次猛烈炮火袭击，粉碎了苏军三次大规模进攻。击毙苏军上校边防总队长列昂诺夫、中校扬辛等60余人，击毁击伤坦克、装甲车13辆。中国军队12名指战员献出了年轻的生命。

前指当天就将战况汇总上报军区、总参。周恩来的指示很快传达到前指：一是高度肯定这一仗的组织指挥，特别是对肖全夫提出了表扬；二是继续密切关注苏军动向，准备再次反击；三是15日夜间和16日不打炮、不出击，给苏军留个台阶，让他们登岛收尸。

前指认真执行了周恩来的指示。3月16日，苏联边防军4辆卡车开上珍宝岛，拖回前一天战斗中被遗弃在岛上的尸体和部分被击毁的车辆。而那辆被炸断履带、瘫在江汊的T-62坦克，苏军未敢接近。

争夺坦克

T-62坦克留在我国江汊的冰面上，成了苏军入侵中国领土的铁证，因此，苏边防军千方百计想夺回这辆坦克。

3月17日，苏军出动坦克5辆、步兵70余人入侵珍宝岛，大量埋设防步兵地雷，并企图拖走被炸坏履带的T-62坦克，消灭入侵痕迹。15时40分，苏联炮兵向中方阵地猛烈射击，正面和纵深各达6公里。16时3分，中方前沿火炮和纵深85加农炮一齐开火，向苏军坦克和步兵猛烈射击，岛上苏军仓皇后撤，17时5分，炮击结束。

当天夜里，前指召开碰头会，主要是传达总参首长和军区司令员陈锡联关于下一步边境地区斗争的指示要求，肖全夫最后总结说："下一步，珍宝岛斗争的焦点是在破坦克上，绝对不能让敌拖走，前沿要增加力量，设伏击分队，另派搜索分队上岛查明情况……"果然不出所料，后来的珍宝岛地区战斗，就是争夺破坦克的拉锯战。

原来，这辆破坦克不仅有非常重要的政治意义，还有极为珍贵的军事研究价值。T-62坦克虽已不是苏军当时的最新型装备（苏军欧洲地区部队已部分装备了T-64），但其采用了车载红外夜视和夜瞄装置、火炮双向稳定操作系统、大功率柴油机等大量新技术，车体布局等也和T-55有了代差，对这些技术的研究和掌握，将大大加快中国科研进度和军工水平。所以，中国也要不惜一切代价把破坦克拉回来。

3月18日凌晨，中国搜索分队前去查看破坦克情况，触发了苏军埋设的防步兵地雷，由于天黑视线不好，带队的连长误以为是苏军炮击，命令战士继续前进，又触发了地雷，包括连长在内的16人受伤。

3月19日，总参作战部传达了总参首长指示："破坦克无论如何不让敌人拖，来抢就打；要防止敌人用钢丝绳拴上，在较远的距离上拖。"

为排除苏军在破坦克周围设置的地雷，3月20日，前指令孙征民等10名同志登岛查明和排除苏军地雷，同时补充布雷、完善雷场，防止苏军来拖。不得不说，"文化大革命"期间部队的训练确实受到了很大影响，调至前沿的这批工兵有一部分居然不会埋雷、排雷，更没见过苏制的防步兵地雷，前指只得抽调人手，临时培训了一批排雷骨干。20日夜间突降大雪，孙征民将人员分为三个侦排小组，利用夜色掩护，开始边排雷边隐蔽登岛。由于江汊和岛上布满了双方前几次交战中留下的弹片，加上积雪较厚，用电子探雷器难以准确发现敌人布设的地雷，于是他们就用眼看、手摸、探针探的方法搜索前进。经过紧张作业，排除了几十枚苏军各式地雷，为不惊动敌人，挖出的地雷先集中放在安全地点，准备战后再集中引爆。突然，对岸苏军开枪射击，击中了一名战士的腹部，孙征民爬过去准备抢救战友，两人触雷牺牲。后来才知道，苏军为阻止我们接近破坦克，出动了配备有红外夜视仪的狙击手。孙征民牺牲后，排雷分队连续作业，扫清了破坦克周围的地雷，同时又在岛上埋设了20多颗反坦克地雷。

苏联边防军眼见硬抢不成、布雷封锁又被打破，又生一计，决定采取秘密渗透的方式将破坦克炸毁。3月21日晚，苏军派遣一个爆破小分队，沿着他们自己预留的雷区通路偷偷摸向破坦克。当接近坦克时，被中方警戒执勤分队察觉并组织火力击退。后来发现，苏军已在破坦克底下放了两包共53公斤炸药，差点就引爆了。苏军撤离后，对岸的苏军炮兵马上向破坦克处开炮，断续打了12发炮弹，坦克起火。

从此之后，苏军不再派人接近破坦克，而是干脆开始昼夜不停地炮击，企图将破坦克彻底炸毁，摆出了一副我拖不回去、你也甭想拉走的架势。

就在3月21日这一天，陈锡联指示前指，破坦克上凡能卸下来的东西，要赶快派人去拿回来。前指也开始了拉回破坦克的准备工作。

3月22日，我带着张礼德等几名参谋，摸上了破坦克，先是翻出了一套俄文的说明书，而后卸下了坦克上的并列机枪、电台、火炮瞄准镜，最后组织战士把坦克炮弹搬运回来，共有39发115毫米口径滑膛炮弹和1个空弹筒。由于我们都不是装甲兵出身，对坦克内部构造不熟悉，其他的零部件我们没动。后来去了几名装甲兵工程技术人员，花了几天时间，把能卸的东西都卸下来了，包括车长指挥潜望镜、驾驶员红外潜望镜、炮长红外潜望式瞄准镜、炮稳定器陀螺仪、炮塔电动机、电动加油泵、自动灭火装置、自动车外退壳器、炮塔电源控制器、杆状天线、车内通话器等，这些东西都被运回了前指。这期间，苏军间隔一段时间就向破坦克附近打一排炮，中国炮兵也及时“回话”，以数倍于敌的炮火压制苏军炮兵阵地。

3月28日，拉坦克的技术人员和器材抵达前指，这时前指的工作重心已经转到将破坦克拉回的任务上来，肖全夫几次冒着苏军炮火亲赴江边观察。

3月31日，前指明确了拉破坦克的组织领导和人员分工，肖全夫点名要64军作训处何处长和我两个人负责，另有军委装司徐科长、67师唐副参谋长、201团冉副团长参加指挥组。担负拉坦克任务的是201团两个连，还有一些工程技术人员和民兵。此外，还指定了近百人的岛上掩护分队，岸上也专门配备了支援火器。肖全夫还要求我们每天直接向他汇报进展。何处长当过装甲兵，熟悉坦克的情况，但他干了十来天就不知道什么原因不来了，实际上后面组织拉坦克的就我一个人。为拉这个破坦克，我经历了刻骨铭心的冰上、冰下、水下三个阶段的艰苦作业，经受了终生难忘的庆功会、检讨会、追悼会的严峻考验，三次与死神擦肩而过。

冰上拖拉

一切准备就绪，我们这个拉坦克领导小组就信心满满地组织展开作业了。由于动用载重卡车、拖拉机等大型机械会发出很大声响、暴露意图，我们采取的办法是派人偷偷摸到破坦克附近，把钢缆通过挂钩固定在破坦克轮毂、炮塔等部位上，然后合成一股拉回到岸边，套在绞盘机上用人力往回绞。绞盘机的主体部分由绞盘和绞磨组成，是前指专门从哈尔滨调来的，哈尔滨第一机械厂和自来水公司派出最好的工程技术人员负责安装调试和伴随保障。

我们组织作业全部是在天黑后至天亮前这段时间，因为白天会被苏军发现。我将两个连的战士分成若干小组，每个小组16人，半小时轮换一班，连续作业一整夜，直至次日凌晨四五点钟返回。我们作业的时候，苏军每隔半小时或是一个小时就会打来一排炮，每次十二三发，都是大口径火炮。为了尽可能减少伤亡，我们在绞盘机附近挖了工事和掩蔽部，过半个小时就隐蔽起来，待炮弹打过后，换另一组人员上去，一个晚上不知道要反复多少次。时间一长，我就成了战士们眼里的“拉坦克司令”了。

3月31日这天夜里，我们只花了半个小时时间，就把破坦克拉出了大概15米左右的距离，正当我们准备一鼓作气把坦克拉回来之际，意外情况发生了。只见破坦克的炮管忽地往下一沉，同时听到了冰层破裂的“咔咔”声和钢铁相互摩擦的“嘎吱”声，我赶紧让战士们加快转速，但已经来不及了，坦克掉进了冰沟，车前部一小半陷进去，被卡住了。我们忙活到天蒙蒙亮，这个30多吨重的铁疙瘩始终卡在冰沟里纹丝不动。

4月1日，我们召开会议研究，决定下一步的行动措施是，先破冰5~6米，用木头、草垫由水面至冰面垫成10~20度的斜坡，同时在冰下用木头垫实以加强冰的抗力，在坦克腹部和履带下设木筏爬犁扩大着地面积，先把坦克拉出来，再逐步推进。这天，苏军察觉到坦克出现了位移，就开始不断打炮，炸伤中方12人。钢缆连续四次被打断，最后断成了好几股，都没法接了，拉坦克的进度由此受到严重影响。

4月2日下午，肖全夫又亲自组织了第二次座谈会，分析研究情况。会议认为，从冰面上拉坦克确实比较困难，决定采取破冰打水道由江底设法拉回。考虑到冰层厚40~80厘米、水深在2米以上、水底还有淤泥30~70厘米，由水底拉坦克阻力大为增加，必须再增加20吨~30吨的拉力才行，得抓紧补充作业器材。

但是，4月3日上午，前指接到了总参作战部的电话通知，说军委办事组首长根据各方面综合情况，决定暂缓拉坦克。其后几天，我们继续拉坦克的准备工作并没有停止。拉坦克领导小组每天都开一次会，研究绞盘机的一些技术问题和敌炮火下作业的措施办法，同时，准备了不同粗细的钢缆和各种卡子、绳套、应用工具，其中32毫米钢缆有400多米、22毫米钢缆有2000多米、17.5毫米钢缆有1500多米，并用爆破方法试炸了一条冰道，准备一旦条件成熟，迅速组织拉回坦克。

冰下拖拉

4月8日前后，苏军不断向坦克打炮，冰面被炸裂，坦克沉入了江底，由于当时气温很低，江面还没有开化，没过多久，坦克沉没的地方就又给冻上了，从上面看就剩下一片凹凸不平的冰面。前指请示军区和总参，考虑到江面即将开化，江上一旦流冰块拉坦克就更困难，建议尽快启动冰下拖拉。总参回复同意我们的方案。

4月10日晚，前指派工兵分队采取爆破法破冰开槽，先在冰面上凿开一列冰洞，然后将炸药放入冰洞内进行爆破，最后在江汊冰面上开出一条宽

10余米的大冰槽。苏军发现大冰槽后，实施疯狂炮击，造成中方重大人员伤亡。

4月11日，前指申请从海军急调的来自北海舰队旅顺基地的4名潜水员到位，另有2名装甲兵的参谋也前来参与我们的工作。力量加强后，我们成立了1个专门作业小分队，代号“五支队”，包括我、张礼德、装甲兵2名参谋、4名潜水员和3名通信员等。当天晚上，哈尔滨自来水公司又送来2台手摇齿轮式绞盘机，体积要比推磨式绞盘机小很多，更加便于敌人炮火下在工事内作业，我们赶紧到江岸边重新组装了机械。

4月12日下午至13日凌晨，我们对沉入冰下的坦克进行了侦察，共作业5次。

4月13日下午，肖全夫召开专题会，根据5次冰下作业情况，决定继续试探用钢缆从冰下拖拉。当天夜里，我们准备潜水寻找坦克挂钩，将新的钢缆挂到坦克上。潜水员下水，绕着破坦克转了一圈，摸到破坦克向北80度倾斜，陷入弹坑，淤泥掩埋了坦克，我们以前设置的挂钩全被埋在泥沙中了。潜水员不便作业，只得返回。

4月14日下午，潜水作业总算在淤泥下1米左右摸到了坦克右边的挂钩，将两股钢缆挂上，但左边的还是没找到，后因缺氧暂停作业。

4月15日下午，我们到达作业场后先架设了通往坦克的浮桥，苏军发现我们的行动后，开始向坦克附近和中方阵地开炮，从14点半一直打到次日凌晨3点，我们只好组织全体人员隐蔽。炮停后我们派人检查，发现浮桥被炸坏，钢缆被炸断，只得再次返回。

4月16日下午，我们再次架上了通往坦克的木筏桥。17时许苏方开始打炮，将木筏桥炸毁，并炸断一根钢缆。至次日凌晨，我们又架通了木筏桥，尔后潜水员下水作业，摸到了破坦克左边的挂钩，岸上开始绞拉。不到一个半小时，苏军察觉我们在拉坦克，又开始炮击，这次主要是打绞盘机。为尽量不让苏军击毁绞盘机和钢缆，我们决定暂时停止绞拉，伪装作业现场。这时我们发现，一个半小时的作业，将钢缆拉细了，绞盘机向坦克方向倾斜，判断坦克是在俯向泥沙移动。此时，虎头江面已全部开化流冰块，冰块很快就将到达珍宝岛附近江面，我们只能暂停作业。

应当说，我们的海军潜水员在拉坦克的行动中表现得非常勇敢。那时珍宝岛白天最高温度都在零下20摄氏度左右，潜水员穿着没有御寒功能的轻潜装具，随时可能被冻僵，呼吸腔、通气阀就经常给冻住，呼吸管也不时被冰碴卡住，潜水员只能用自己呼出的热气将呼吸腔化开。更危险的是，炮弹打到冰层上，水下感受到的振动力比在空气中大一倍，对没处躲的潜水员威胁巨大。为避免不必要的牺牲，每次我都与潜水员一同作业，在冰面上铺件皮大衣，人趴在上面，身上再盖件皮大衣，枕着电话机，既当指挥员，又当安全员。潜水员下水后，我就一边观察对面情况，一边看表卡时间。为此，我和四位潜水员结下了深厚的战斗友谊。

立军令状

那段时间，我基本上就不吃饭不喝水，饿了吃口香肠，渴了喝一口地方慰问的竹叶青酒，加上着急上火的，到后来满嘴都是泡，嘴都肿了。我每天带着三个通信员到江边作业，他们的分工是：一个人负责背电话，一个人负责背香肠，一个人负责背竹叶青酒。就靠这些，我们一宿一宿地熬，天亮了再回来。回来就跟肖全夫汇报，由于拉坦克一直没什么大的进展，每次基本上就是挨批评，挨完批就去补觉。

4月中旬的一天，前指召开珍宝岛战斗英雄表彰会，大伙看我拉坦克辛苦，给我评了个二等功，在我看来，这个二等功主要是鼓励。没想到，刚给了颗糖，肖全夫就开始“挥鞭子”了。表彰会一开完，肖全夫就召集前指人员开会。军区刘处长偷偷跟我说，因为坦克至今还没有拉上来，首长近来情绪不大好，要我做好挨批的心理准备。我笑着对他说，没完成任务，首长批评几句是应该的。

果然不出所料，首长在这次会议上发起火来，严肃地告诉大家要准备开三个会：破坦克拉上来，开庆功会；拉不上来，开检讨会；牺牲了，开追悼会。当时的气氛紧张而压抑。我起身表态：“庆功会、检讨会、追悼会，我只参加庆功会，不参加检讨会，至于牺牲了，追悼会谁乐意开谁开，我就做不了主了……为完成首长赋予的任务，坚决把破坦克给拉回来，我做好随时牺牲的准备了……”一番慷慨陈词过后，周围一片安静，同志们大眼瞪小眼，不知道该鼓掌还是不该鼓掌。此时，肖全夫倒笑了：“你小子，这话听了提气！”

水下拖拉

4月18日开始，珍宝岛附近的江面也开始开化流冰块了，即便是在远处，也能清晰地听到冰层断裂时发出的声响和冰排互相撞击的声音。我们已完成了进行水下拖拉的各项准备，就等冰全部化开后马上实施。万事俱备时，我自己却遇到了一次危险。

4月19日傍晚，我在岸边组织设置钢缆，不知不觉就迈步走上了江汊，上面只有薄薄一层浮冰，嗵的一声我就掉冰窟窿里了。当时周围的人很多，大家都在喊：“处长，我们来救你！”我连忙阻止：“你们都别过来，冰都化了、酥了，过来你们也得下来。我自己想办法！”我就尽量放平身体往外滚，滚到硬的地方慢慢爬起来。好险啊，我冻得够呛，到掩蔽部后好半天才缓过劲儿来。

4月27日21时40分，海军潜水员实施水下牵引钢缆挂钩成功，随后岸上四台绞盘机同时启动，终于将坦克的炮塔部分拖到了岸边。考虑到要防止对面苏军发现，我命令战士们把炮塔先藏在水里，人员疏散隐蔽。我急忙登上吉普车，回前指将有关情况向肖全夫做了汇报，他非常高兴，回复我：“继续努力！”

4月28日22时10分，在严密防范的情况下，我们只用了不到半个钟头时间就将炮塔拉上了岸，拖入预先构筑的掩体内进行伪装。

4月29日3时，大家又齐心协力将坦克的车体部分拖出，并就地严密伪装。到5月1日，留在水下的坦克其他部件也全部拉上来了。

5月2日，前指派车把坦克的各个部分分别运到五林洞后面的空地上，装甲兵和哈尔滨工厂的工程技术人员一起进行了简单修复，装好后还真和原来的样子差不多，那时我才如释重负。

我和战友们围着这辆战斗编号545的坦克前的留影，成为战斗生涯中难忘的珍藏。经过修复的坦克也成了中国人民革命军事博物馆的馆藏陈列至今。

三次与死神擦肩而过

战场上每个人的死亡概率是均等的。我很庆幸自己三次与死亡擦肩而过，却能在残酷的战斗中活下来。当时的情形我记忆犹新。

第一次，发生在我的临时指挥所。当时我们在岸上盖了个简易指挥所，说是指挥所，实际上就是拿草袋装上沙子和土，一层一层叠上，围了大半圈，我带着几名参谋、通信员在里面藏着，一边观察敌情，一边就近指挥部队拉坦克。有一天，我突然感到心情烦闷、情绪压抑，便对参谋和通信员说："走，咱们挪个地方，出去转转，看看绞盘机转得怎么样。"刚走出不到200米，苏军一排炮弹就打了过来，大概十五六发，把临时指挥所附近都覆盖了，等硝烟散尽，我们的指挥所被炸了个粉碎。大家趴在地上，过了好一阵才缓过神来。那几名参谋、通信员都说，这回可真是借了张处长的光，多亏处长带我们出来，要不然我们都给捂里面了。

第二次，发生在我带着通信员回掩蔽部的路上。那天我们同往常一样，组织潜水员在冰下拖拉坦克。到了规定的半小时时间，所有作业人员都往掩蔽部里撤。当时我和通信员小李前后不差10米地走着，快到达掩蔽部时，苏军一排炮弹打过来，其中一发炮弹在我身后爆炸。我瞬间被冲击波掀翻，飞出老远却没怎么伤着，缓过神后发现小李不见了，地上只留下了一个弹坑，炮弹把他都炸碎了。每忆及此，我黯然神伤，20岁的鲜活生命就这么在瞬间消失了啊！

第三次，发生在准备指挥潜水员下水的时候。每次指挥潜水员下水，我都提前到指挥位置的冰面上趴好，观察一下敌情，确认没有威胁后，再让潜水员行动。那天我刚趴下，苏军又打炮弹过来，有一发在我身旁不远处爆炸。我急忙侧身检查了一下，发现弹片直接穿透了我身上的大衣，炸出了五六个大窟窿，里面棉袄的肋部，居然还留着一枚滚烫的弹片。这一次，我还是连皮都没伤着。当时我还想，幸亏潜水员没下水，要不给这么一震，非死即伤。

破坦克拉上来后，我的任务也就结束了，我于5月10日和前指首长一起乘直升机离开。就这样，从1969年3月9日到5月10日，我在珍宝岛度过了整整63个日夜。

珍宝岛自卫反击战后不久，中国军队在岛上盖起了营房，开始派兵常年驻守。牺牲的烈士，被安葬在宝清县的珍宝岛烈士陵园。

（本文发表于《百年潮》2014年第3期，
由《百年潮》特约记者潘鹏编辑）

南水北调工程的技术挑战

张基尧

1945年5月生，山东省济南市人，2003年8月任国务院南水北调工程建设委员会办公室主任、党组书记。政协第十一届全国委员会常务委员会第十一次会议增补为全国政协委员、人口资源环境委员会副主任。中共十五大、十七大代表，中共第十七届中央候补委员。2012年3月任第十二届全国政协常委、人口资源环境委员会副主任。2011年10月任中国水力发电工程学会理事长。

有人认为，南水北调工程就是把南方的水调到北方，修条渠道就行，谈不上太多技术问题。不仅普通人有这种认识，就连业界中也有一些人持这样的看法。事实上，这么大一个工程，百亿方水穿山越岭千里大挪移，绝非如此简单。只有切切实实经历过、实践过，才能深切体会个中艰辛。担任南水北调工程建设委员会办公室主任以后，我与大家一道为应对工程技术挑战付出了巨大努力，也和大家一起分享了成功的喜悦。如今回想起来，真有点“雄关漫道真如铁，而今迈步从头越”的感慨。

南水北调工程各阶段的技术挑战

调水工程，在全世界并不罕见，并不是中国的独创。世界上许多国家都有类似的工程，比如美国的田纳西调水工程、澳大利亚的雪山调水工程。但南水北调工程和其他国家的调水工程又不一样。国外这些调水工程与中国南水北调工程相比，真是“小巫见大巫”，不管是路径还是水量、规模都小得多，而且其功能也远没有南水北调工程复杂和综合。比如，雪山调水工程，路径不过几百公里，目的就是为了引水发电。而南水北调工程是综合性工程，不仅仅是为调水而调水的单一工程建设，还涉及污染的治理、移民的搬迁、地下水的控采、文物的保护等诸多方面。南水北调工程战线很长，在中国的腹地开了一条长长的渠道，就好比在人体腹部开了一刀，伤筋动骨。再加上工程主要经过的中东部地区，是中国经济相对比较发达的地区，交通、通信、能源网络密布，有四大水系纵贯，在施工过程中一方面要对原有的设施进行保护；另一方面还要保证工程建成后设施原有的功能，这就涉及临时的更替和长期的复建问题。形象一点说，就是开肠破肚以后，每个血管都要对起来，每个神经都要接起来，每个骨骼都得完善起来，而且缝合以后还能长得跟原来一样。这给工程规划、设计、建设、运行四个方面带来的巨大挑战可想而知。

（一）规划阶段的技术挑战

一是线路选择。在规划阶段，首当其冲的挑战就是线路的选择。南水北调工程的论证经历了50多年，这是为什么？这里面有政治的因素，比如说“文化大革命”时期停顿下来了；也有大家认识上的差异，比如东线和中线之争。站在不同角度，有人说东线重要，有人说中线重要，甚至还有人说西线重要，莫衷一是。

此外还有一个很大的争议，那就是线路布局选择。总的来说，把南方水引到北方，这个方向是没有分歧的，但是线路怎么一个走法，走到哪里，分歧就比较大。比如说，东线一开始就是把江苏的水引出，经山东、河北输送到天津，不存在在山东分一支到胶东半岛的考虑。后来在东平湖设立一分支，一直到烟台、威海。这是因为2001年烟台、威海旱情十分严重，有些水库干枯了，还在水库的库底打井取水。而这一地区经济比较发达，很多外企在这里落户，人民生活、经济发展迫切需要水的支撑。中线同样有这个问题，从方向来说，把丹江口水库的水引到北京，在线路安排上，一方面要考虑沿途省市的需要，另一方面又要重视线路途经地区的地质状况，比如煤炭采空区、河流穿越区，尽量减少渠道纵向的起伏，少占和不占耕地农田，尽量减少大量挖方填方，最大可能实现挖填平衡等等。因为这些错综复杂的原因，我们在线路的选择上，就提出20多个方案进行比选，力求既满足工程需要，又满足经济社会发展和人文要求。

二是在水头设计上。在东线，水头设计问题不大。实际上，整个东线工程山东黄河海拔最高，约65米高程，以它为分界，黄河向南越来越低，向北也越来越低，到天津靠海边了。只要把水一级一级抽到黄河边，然后就可以通过穿黄工程自流到河北和天津。但是，具体分几级提水、泵站设在哪儿、提水的容量多大、泵站的规模怎样与江苏境内原有的工程结合等等，都涉及泵站具体位置及容量的选择。

在中线，南水北调引水渠道要跨越河流、铁路、公路及油气管道数万条，为保证河流行洪及水质安全，所有的交叉都采用立体交叉。丹江口大坝修到176.6米高程，北京地面高程也只有40多米，这个落差本身很小。那么长的距离，只有这么点儿高差，平均一公里大概才0.1米。在那么小的落差上，沿途阻力又很大，怎么保证汉江水平稳地自流到北京。为了使水平稳流动，只有尽量减少阻力。所以不管设计倒虹吸（当渠道与道路或河流高程接近，处于平面交叉时，需要修一建筑物，使水从路面或河流下穿过，此建筑物通常叫作倒虹吸），还是设计跨河渡槽，都必须严格考虑水头的节约和消耗。

当时也考虑过，像东线一样，用提水的方法解决水头小的矛盾。但是中线水量和用泵站提水耗电量太大，不仅建设成本高，运行成本也高，水价也将水涨船高。由于征地困难也曾考虑用管道。因为管道是埋在地下面，可以搞临时征地，铺好管道，把土覆盖上，土地就可以复耕了。但是，这个方法也有缺点，一方面是中线调水量大，管道或箱涵断面要非常大，生产及施工困难，成本高；另一方面，若用管道，由于水头太小，水不能直接流到北京，必须用一个又一个水泵加压。当时，对渠道与管道两个方案进行了反复比较，还是选择了渠道输水。这主要是基于节约建设成本及运行成本两个方面考虑。

线路设计过程中，因为认识差距产生了各种各样的分歧。例如，原来设计中，河南省及焦作市两级政府坚持南水北调中线工程横穿焦作市。我三次调研做工作，希望从城外绕过。但是，他们有他们的考虑，由于前期工作的深度不够，对工程建成后的情况也难以了解，因而十分坚持。工程开工以后，焦作的南水北调工程要大量拆迁当地民房，工作很难做。于是省政府负责同志问我设计方案还能不能改变，能不能不再从城里穿过。但是，那个时候确实不能改变了。这不仅是因为中央批准了这个总体规划，更重要的是当时整个线路的水头都做了统一分配，各个区域都根据分到的水头做设计。焦作市一变，整个线路重新调整水头，修改设计，工作量很大。如果这样的话，整个工作甚至可能要拖个三年五年的时间。

丹江口水库大坝

三是工程结构上。就工程结构本身而言，如果只是筑堤挖渠结构形式比较容易选择。但是，穿山越岭、越河穿城的，采用哪种结构方式合适？有的适合架桥，用渡槽方式解决；有的适合从地下，用倒虹吸方式解决。管道从地上走和从地下走，结构是大不一样的。这种情况下，争议很大，更需要反复进行比选。比如，穿越黄河，线路从上面走，还是地下走，当时两种意见相持不下。有一次，在河南考察的车上，朱镕基总理问我："老张，对这两种意见，你是什么态度？"我说："按照我的观点，就应该从地下走。"我说了四条理由。当时，有的同志的意见就是从上面走，说从上面走可以增加多好的景观，可以搞旅游。他是从发展河南经济的角度考虑的，我是从工程安全角度考虑的，都没有问题，只是角度不同。我主要考虑到南水北调工程输水量巨大必须万无一失，从地下走安全。另外，从上面走，几十座渡槽支墩，就像在黄河上增加一把巨大的梳子，遇到洪水影响行洪，当然还有施工相对的难易，黄河泥沙的淤积等等。

后来，穿越黄河做了两个方案，即从地下隧洞穿黄和地上渡槽穿黄。黄河水利委员会做的是从地上走渡槽为主的方案，长江水利委员会做的是从下面走隧洞为主的方案，两家都希望方案被采纳。他们抬着大箱的资料，到我住处去做我的工作。双方理由都很充分，争论得很厉害。后来，穿越黄河的问题，引起了中央领导的重视，经多位专家进行反复论证后作出了地下穿黄的决策。

南水北调工程，穿越100多条河流，每一条河流的穿越都有一个反复论证的问题。论证既要考虑经济上合理，也要考虑技术上可行，还得综合考虑水流、环境条件、两岸群众生活方便等其他因素。除了穿越河流的问题，还有穿越铁路、公路、油气管道等情况，同样需要去分析、论证，所不同的是还要与产权单位、相关部门协调，有时会各执己见、互不相让，往往一个方案会召开多次论证会议，逐步达成共识。

四是疑难问题分析预测。在规划阶段，我们就开始预测在建设当中会遇到的各种情况。但是，搞这么大的调水工程，和盖房子不一样。盖一般的房子，就算是百层高楼大厦，也不过是一层层叠加，每一层基本都是一样的。南水北调工程不同，它遇到的情况和问题是层出不穷的。比如，气候的影响，必须考虑南方和北方气候差异，尤其是冬季冰冻对施工和已建工程的影响。北方的工程就必须采取防冻胀措施；地质的影响，地形、地貌、地质对线路是从地下走还是地上走、用什么结构形式、采取多大的渠坡坡度有很大影响。就拿河南来说，有煤炭采空区、膨胀土渠段的问题，需要专门研究拟定技术方案和施工措施。又比如，丹江口大坝加高，对我们多水库的国家，要兴建一个一般的大坝技术上是成熟的，但是在原来基础上加高，要和老坝很好结合，就不那么简单了。就像我们做衣服一样，在旧的衣服上做两个新袖子，能否缝接是个问题。而且用水一洗，老布和新布收缩不一样。老坝和新坝也有收缩不一样的问题，如何克服这些问题，使新老坝接合好，也有很多需要解决的技术难题。还比如，要将汉江水输送到北京，根据输水量计算，到北京的渠道必须用8米以上的PCCP管，而且要两条。可当时国内还没有这种大管的制造厂，更没有进行这么大断面管子的安装设备。这就需要我们自己研究，从试验开始制定设计标准和施工规范。我们在北京房山建立了PCCP管制造厂，经反复试验，参考国外的资料，提出自己的技术参数，制定出大断面PCCP管的设计安装规范，生产出合乎技术要求的PCCP管。不仅如此，所有的安装机械全是我们自己设计制造并由施工单位完成的。

南水北调工程，不仅对这些疑难问题进行预测，更不能闭门造车。但是不管思维多么周密，还是有少量问题在实践当中才能发现。

（二）设计阶段的技术挑战

一是整体控制与单项设计。设计阶段，首当其冲的挑战就是如何处理好整体控制和单项设计的关系。实际上，南水北调就像是一个由积木组装起来的整体，以省为设计单位，一个省又分若干个单项设计，一个单项设计又分若干段、若干个建筑物，所有建筑物都必须协调。既保证单一建筑物的功能，又满足整体规划的要求和工程运行的需要。例如一段一段的水头加在一起，不能大于总体水头。

单项工程怎样才能达到适用性和整体工程统一的目标？有的时候，整体合理，局部不一定合理。比如说，一般意义而言，线路最短是最合理的，但是城市分布不同，地质状况不同，各地的需调水量也不同，调水线路就必须考虑这些差异。有的时候，这个建筑物在这个地方是合理的，到那个地方则不行，冬天冰冻问题，北方比南方要突出，比如渡槽在南方没有问题，放在北方就必须采取特殊防冻胀措施。反过来说，局部合理，整体不一定合理。修倒虹吸可能比修渡槽容易，从局部看是合理的，但是从整体上看，太浪费水头，而且增加水的阻力，因而每一个建筑物都要视情况反复比选，充分论证，做到技术可行，经济合理。

二是有规可依与建立新标准。如果现成的水利工程规范和标准适用南水北调工程就必须严格按规定执行。但是，南水北调工程建设过程中，也遇到过很多没有现成标准的情况。比如，大断面PCCP管以前没有设计、生产标准。没有标准，厂家按照什么设计、制造，制造的误差是多少，根据什么验收？这就需要根据工程要求，制定新的标准。新标准的制定既要尽可能参考国外的标准，又要经过反复的试验，既要在设计上保证建筑物安全，又要在施工技术上能保证质量。有很多项目，比如说穿河的大型渡槽的抗裂标准、防震标准、抗冻标准，像丹江口大坝加高的砼强度、收缩延展性标准等等，都需要组织设计、科研、施工人员反复试验研究。另外，还有水工建筑物的设计施工已有标准，但不适合南水北调工程的需要，这就要在原标准基础上进行补充完善。比如，膨胀土渠道的设计已有的标准，不能满足南水北调工程强膨胀土的需要，我们就只能通过试验收集设计参数，研究修改使之符合南水北调工程的需求。

三是料场选择与各种利益协调。南水北调是一个庞大的土工建筑群，需要超大量土石及其他建筑材料，仅料场就有数以百计的存料场、弃料场和取料场三种。建设料场，看上去容易，但这中间也涉及环境影响、经济效益、群众利益等各方面的复杂关系。为了管道的覆盖，工程建设低洼地段需要填高，这就需要从取料场挖土，挖土就得毁坏农田。一般情况下，好的土地老百姓不愿意被征；沙质土地土质较差又不能满足工程需要；离工程近的地，地方政府一般不愿意被征收；远的地方，运输成本太高，工程单位不愿意要。在料场选择中充满协调和妥协。弃料厂存在同样的问题，工程挖出来的废土要拉到别的地方去。地方政府希望用弃土可以造出新地，但是，一小块一小块的填挖造地太分散，运输距离远，影响工程进度和增加工程成本，所以从工程设计上来说，愿意弃土场集中在一个地方。南水北调工程遵循以人为本，在国家利益和群众利益结合点上考虑问题，我们把认识统一到多造一点儿地有利于国家，也有利于农村的发展，对农业也是一种扶持，于是把原来设计的很多弃土场做了调整，宁可增加成本也要保护群众利益。还有，比如北京沿途的管道，为了泥土挖出来以后再回填使用，必须建设存土场。地方政府及群众希望就在挖的地方存，挖一段，存一段，再挖一段，再存一段，这样少占地。但是这种方式耗工耗时，一段一段倒着来，工期来不及。而且，今天装在车上倒过去，明天又装在车上倒回来，天天光装车卸车就不知道增加多少开支。

四是交叉建筑物。穿越交叉建筑物，这个挑战也是很大的。交叉建筑物的情况很复杂，有穿公路的、穿铁路的、穿居民区的，各种各样。2002年国务院批复的南水北调规划中，就明确规定在南水北调渠道上建设桥梁、道路，要事先和南水北调办公室协商。但是，实际情况是那几年交通发展很快，尤其是高速公路建设很快。虽然南水北调规划在前，按规定后规划的工程应该服从先规划的工程。但因为南水北调设计时间长，战线长，有些项目开工晚，公路、铁路规划在后，可建设在前。这就带来原来应当后建的铁路、公路穿越南水北调，可后来成了南水北调工程穿越铁路公路。要穿越已建成的建筑就得多花钱，还得求人家。比如高速公路，南水北调工程要穿越它，得先花钱帮它修一个临时弯道，保持高速路不中断，然后才能从高速路上破路施工。事毕，还要把高速公路恢复。如果是南水北调工程在前，那么就是高速路承担这些工作了。当时我们曾预计南水北调工程推迟一年要多花100多亿，其原因除了物价上涨、政策调整外，大量穿越工程的增加也是重要原因。

五是建筑类型繁多、要求各异。大坝、渠道、枢纽等，可以说在水利工程上的绝大部分建筑类型，在南水北调工程上都存在。不同的建筑类型有不同的设计要求和标准，也有不同的施工方法。所以，南水北调虽然是一项工程，但是几乎聚集了整个水利战线上的所有工程类型和施工方法，给设计、施工单位提出了更高的要求。比如，三峡建设，主要是一个枢纽，可以就按照枢纽设计、施工；长江堤防，可按照江河堤防设计施工。南水北调工程，既有枢纽、渠道，也有渡槽、倒虹吸，工程项目的差异性增加了设计及施工困难。

（三）建设阶段的技术挑战

一是众多因素引起的设计变更。建设阶段的众多挑战中，设计频繁变更是最让人头疼的。工程师们常说，优良的设计是工程建设的基础。有人说，南水北调是三边工程，说的就是它是边设计、边施工、边运行的。这话说得不无道理。从整个工程而言，没有把所有单项设计都完成就开工建设，的确存在甲工程运行、乙工程设计、丙工程建设的问题。但从一个单项工程而言，在总体规划和可行性研究报告的基础上完成了工程初步设计审批程序，又是符合建设程序要求的。对南水北调这样的巨型工程集群，不能用常规工程的要求来对待。另外，首先，从整个工程建设的总体考虑，工程确实需要规划单项工程前后施工秩序，明确开工的前后次序和进度。一般情况，工程复杂、建设周期长的先干，工程建设周期短的后干。我一直强调，分头开工，同步竣工，是最经济的。其次，也要根据需要，合理安排，有时候必须作出调整。比如说，因为北京地位重要，水资源供需关系紧张，要求在奥运会前给北京供水，从石家庄到北京的京石段工程就自然成为施工重点。从另外意义上说京石段也是南水北调中线的试验段，通过京石段的建设，在技术上、管理上为其他工程提供借鉴。再次，还必须考虑投资，因为不可能有那么多钱全线开工，必须做一个合理的投资安排计划。实际上，在统一的总体设计基础上，也存在先开工的先设计、后开工的后设计的问题。但是，单项工程设计必须在整体规划、可行性研究报告前提下，在整体初步设计大纲的指导下进行。即使如此，在实施过程中变化仍然很多，包括前面提到的建筑物交叉问题，也还有实施过程中的地质变化的问题，以及人文情况的变化。比如，南水北调施工阶段，许多地方正在进行社会主义新农村建设。规划设计中需要通过的村子，村民原来希望拆迁，可以用拆迁款盖新房。但新农村建设以后，条件改善了，刚盖了新房又来拆，村民就不乐意了。再如，穿渠道的人行桥开始设计3米宽，渠道顶宽有二三十米宽，3米宽的桥架在上面就像一条线一样，行走起来十分不安全，地方政府及群众意见很大。我曾对设计部门的同志说，要把桥加宽。概算审查部门的同志为压缩投资不太愿意把桥加宽。我说，那是过人的桥，看着孩子们在那么窄的桥上走，岂能放心？而且，随着社会变化，很多人都不是步行过桥，而是骑自行车、摩托车甚至农用车。三米宽的桥上，两辆摩托车怎么错车？社会发展变化了，工程建设为民造福就必须去适应这个变化。设计单位的同志还是很有责任心的，听了我的意见，又认真地重新设计。类似这种变动太多太多了，南水北调工程建设周期长，国家正处于市场经济的改革过程中，各地经济社会变化快且大，南水北调工程边设计、边施工、边运行的情况就是这样产生的。

二是技术合理性与施工、使用可能性。施工的可能性对技术的合理性是一个大的检验。以南水北调中线京石段为例，设计中的京石段，渠道两侧及底部都有混凝土衬砌的面板，为了减少它的摩擦力，减少沿途水头损失，要求做得很光滑，理论上是很合理的。但是，在运行过程中发现，有些孩子偷偷下去游泳，因为面板太光滑，没有抓手，没能上来，溺亡事故时有发生。后来不得已，我们调整设计，每隔几百米增加一个踏步。应该说，光滑的面板设计上是合理的，但事实上还要考虑使用中的安全。又如，原来我们虽然考虑到北方的冻胀，但是对它的严重程度认识不足。在通水运行后渠道冬天结冰，渗透水在土壤中结冰，混凝土石板大片大片地被顶裂，开裂后，水再渗漏进去，结冰后工程损毁严重。后来吸取教训，在混凝土面板下增厚反滤层，增加土工布，解决了混凝土面板在冻胀下开裂的问题。又比如河南境内渠道膨胀土问题、中线黄河以南的高填方问题。这些问题不断考验着设计合理、实施可行和运行安全这对矛盾，只有在设计合理、施工可行、运行安全之间寻找到结合点才能解决。

三是优化施工方案与保证质量进度。南水北调工程进度，可以说是前松后紧。2002年开工以后，到2008年国务院批准《南水北调工程可行性研究报告》，在这6年间开工的项目不多，进度压力不大。但是，根据总体规划，2010年要通水。在2008年批复“可研报告”后，工程进度已严重滞后，为保证工程质量，合理筹集建设资金，我们不得不调整通水目标，把东线通水时间调到2013年，中线通水时间调整到2014年。实际上，调整的这个通水目标，也是相当有难度的，是要齐心协力千方百计才能完成的。这是因为：一是总体规划时承诺2010年通水，如果拖到2018年或者更晚，难以向社会交代；二是北京、天津、河北等水资源供需矛盾会更加激烈；三是考虑到建设周期越长，投资越大，工程建设成本和今后水价负担更重。所以把工程建设进度压了又压。最后国务院批复了调整后的建设目标，压力全压在南水北调工程建设者身上。其实，在南水北调工程进度调整中，也充分体现了一种负责和担当。体现了为国分忧、为民解难的精神。

有些工序和施工方案在普通情况下是可行的，但是在进度的压力下就必须优化配置各种工程建设资源，采取"五加二""白加黑"全天候的施工方式，千方百计协调地方，减少周边环境影响和施工干扰，及时有效地解决工程建设中遇到的种种问题，使南水北调工程建设这列快车一路绿灯，处处严防死守，站站无缝衔接。

四是先进技术与落后劳动力方式。先进的技术和落后的劳动方式不配套，也会产生问题。有的施工方案，技术上是合理的，但工艺上就行不通，因为施工技术和人员的素质满足不了创新设计的要求。再好的设计，要能够变成工程实际，需要施工人员具备精湛的技术和各种条件下工作的适应能力。当前，大量的农民工进入南水北调工程建筑市场，既缺乏系统培训，又缺乏具体指导，中标建设单位技术力量分散，技术方案滞后，技术管理不符合南水北调工程的需要。实话说，施工队伍的素质与南水北调工程高标准的技术要求有较大差距。这些差距只有依靠南水北调办公室及项目法人加强监管，各施工单位在实践中探索好的经验和做法并相互借鉴；靠技术力量充实、劳动组织强化和民工素质提高来解决。

（四）运行阶段的技术挑战

一是长距离调水。南水北调工程一开始，我们就注意到这个问题。打个比方说，某一个地区或城市暂时不需要供水，或者某一段的水受到外因导致的污染通知到丹江口水库或其中某一段的调度中心。接到通知再去关闸门，中间少说5分钟，5分钟得进来多少水？多流进的水或污染的水流到了哪儿，在哪儿能拦截住，怎样及时把后面的闸门关掉，把前面闸门打开，把水放出去？这都涉及远距离调度的及时性和可靠性的问题。而且，1400多公里的线路上，有上百扇闸门，要保证它能够统一运作、统一调度，不是件简单的事。为此，我们在北京建设了现代化的调度中心，全程全部自动化监测。又在沿线省市设置了调度分中心，在各调度中心及分中心，闸门的开启情况能清清楚楚展现出来，现场工作情况能通过闭路电视传过来。同时，我们也准备了各种可能出现情况的调度预案，在特殊情况下，万一现代化的设备出了问题，现场也必须能够控制。

二是不同目标的调度。根据各地水资源不同和用水情况不同，调度方案也是不一样的，不是简简单单送水不送水的问题。比如说，到汛期，整个淮河流域供水就应该服从于防洪调度，先满足于京杭运河的泄洪功能。又例如，某个地区，今年降水量大，不需要供水，或者减少供水，在这种情况下，如何发挥工程建设效益、增加北方生态用水及地下水补给。另外，在水资源的合理配置上，怎么合理调度就是个问题。因为南水北调东线水源不光是长江的水，还有淮河水，山东南四湖的水，黄河的东平湖水以及当地的地面、地下水，多种水资源要本着先近后远、先地上后地下的使用原则，统一调度发挥最大的经济、社会效益。这都需要统一、有序、科学调度。这些问题，在调度方案及应急方案中都应进行反复研究论证，并形成科学、合理的方案，确定下来，纳入调度规程，认真贯彻落实。

三是不同条件下建筑物使用要求不同。南水北调工程，不仅仅是供水，还涉及航运等多种综合功能。比如说，山东用水量小的时候，是不是能不供水或者少供水呢？那也不行。原来京杭运河南四湖至东平湖水量小，航运功能萎缩，现在拓展了东平湖至南四湖的航线，可以通行1000吨的货船。现在航运到东平湖了，从南四湖到东平湖这一段的航运水量也必须保证。还有水质问题，假如南水北调工程取水后，出现水质问题，停止供水会对已纳入当地水资源分配的用水造成重大影响，对人民生活及工农业生产造成损失。出现这一情况，如何进行水资源的转换和调剂。它要靠合理配置水资源解决。这又要靠有效的经济及行政措施来保证。但如果水质好却拒绝使用，就会造成巨大浪费。

四是建筑物之间相互配合。南水北调工程来水，从水源地到千家万户，中间是通过千千万万的建筑物联系起来的，有无数个闸门，有几千公里的渠道，有干线工程和配套工程，最后通过水厂输送到千家万户。从进到出的这一条线，每一个环节的调度都要求非常精细，而且不允许中间有任何疏漏或者错误。任何局部的问题都会对全线供水造成影响，任何局部的质量缺陷都会造成重大的工程事故及灾难性后果。因此，我们不仅要以如临深渊、如履薄冰的精神，搞好各项工程建设，还要以严谨求实、一丝不苟的精神搞好工程的运行管理，不断研究解决运行中的新困难、新问题，使南水北调工程长期造福人民。

上面说的这些挑战，还不是挑战的全部，只是比较典型的一部分。至于运行阶段的新情况新问题，在实际运行当中，还会不断产生，也只能在实践当中研究新情况，解决新问题了。

作为南水北调工程技术工作的指导思想

面对南水北调工程既多又复杂的技术挑战，我们拟定了处理这些问题的总的指导思想和原则。

一是多方案比选、反复论证原则。在设计当中，一直强调规划阶段必须反复论证，所有项目都要进行经济的、技术的、社会的多种因素的综合考虑。那些重点项目、重要方案，由不同团队平行设计，多位专家从多视角充分讨论，反复论证必要性与可能性，选择最优方案。

二是传承与创新相结合原则。所谓传承，就是成熟的施工规范和技术标准、施工工艺和施工方法，需要继承和发扬。所谓创新，就是以前没有规定标准，没有经验借鉴，需要重新制定标准、规范、工艺方法的，我们要在学习、挖掘试验、借鉴国内外经验的基础上，进行探索，在实践中创新。

三是技术先进性与工程安全性相统一原则。我始终坚持一个观点：南水北调工程是一个实用性的工程，不一定追求技术上的顶尖设计，工艺上的顶尖创新，最重要的就是用成熟的技术保证工程安全、可靠和实用。

当然，技术上需要充分利用已有的成果和成熟的经验，我们不能停留在五六十年代的技术水平，作为我国最大的调水工程，必须体现时代特征和我们这些年技术的进步与发展。但是，南水北调工程毕竟是关系到人民群众生命安全，关系到整个北方地区经济社会发展和生态安全的巨大的调水工程，可靠是第一位的，这个工程不能成为探索性实验性工程。要试验可以进行局部试验，取得成果再运用到南水北调工程中来。

四是科学合理性与社会可行性相一致原则。南水北调工程涉及经济社会，事关生活、生产、生态，是自然科学与社会科学的结合，合理的不一定完全可行，可行的不一定十分合理。必须根据不同情况、不同需求，在经济合理与技术可行之间，在既遵循自然规律又遵循社会发展规律的基础上，寻求平衡点和最佳契合点。

五是数学模型与物理模型相结合原则。数学模型是在计算机上做的，就是对之前没做过的或者探索性、创新性项目，先在电脑上做数学模型。但光做数学模型还不行，还要做物理模型，甚至1∶1的实体模型，尤其是对一些关键工程中的关键环节，要经过现场实验，取得第一手的设计数据和资料，只有数学模型和物理模型结合好了，才能比较接近工程实际，才能避免出现大的问题。

另外，还有一个总的技术指导目标问题，也就是实现规划科学、技术合理、方案可行、安全可靠、综合效益良好。

应对南水北调工程技术挑战的措施

技术指导思想很重要，但要落实这些思想，就必须制定具体的、严格的、周全的应对措施。

（一）组织到位

一是技术管理的组织机构完善、职责明确。长江水利委员会设计研究院负责南水北调中线工程整体规划、可行性研究报告及总体初步设计大纲的编制和技术管理。南水北调工程建设委员会办公室则是行政单位。为加强技术管理，我们在工程建设管理司专门设立技术处，负责行政管理。在南水北调工程总体规划及可行性研究报告批准后，委托长江水利委员会设计研究院编制南水北调中线工程总体设计大纲，与中线渠线经过区域的河南、河北、北京、天津水利勘测设计院签订委托书，各相应设计院承担技术责任。除此以外，还成立了南水北调专家委员会，经国务院批准由40多名国内相关专业的知名专家组成，并充分利用社会专家资源对一些重大技术方案，重要的设计标准进行审定。专家委员会定期与不定期地召开会议，进行技术审查、技术讨论、技术咨询、质量监督和评价。技术管理方面的领导层次、咨询层次、实施层次三个方面的职责是清楚的，而且每个层次讨论情况、实施情况、监督情况，都形成文字依据。

二是统分结合、分工明确、协调有力。统分结合说起来容易，操作起来复杂。南水北调工程，在总体设计之下，由各省的水利勘测设计院负责其省内工程的设计。这样做有利有弊：有利的是，地方设计院对当地的水文地质及人文情况熟悉；不利的是，越往下技术水平越低，经验不足，真正在第一线搞设计的多是才毕业不久的大学生。所以统分结合就显得更重要，局部的设计必须纳入统一的设计大纲。由长江委设计院进行统一审查总装。有时局部的设计方案和总体设计方案，互相冲突，互不相让。统一规划、分段设计、有力协调、科学决策，既能发挥地方的积极性，又不失去统一规划的原则和前提，这中间的大量协调工作，只能由南水北调建设办公室去负责。比如，南水北调工程在河南的路线很长，达700多公里，有时候河南水利设计院做的方案，和长江委的要求不一致。长江委不同意河南的方案，非要按照他们的设计修改。一般情况下，局部应该服从全局，河南水利设计院应该服从长江委设计院。但各设计单位，都认为自己最了解当地的实际，自己的方案及设计都是经过了精心考虑的，是正确的，不肯修改。这个时候，就只能由南水北调办公室出面进行协调。实在协调不下来，办公室必须做决定，并承担一切责任和后果。

三是广泛利用社会科技资源和成果。我们主要分三个层次进行。第一个层次，广泛利用专家的力量。南水北调这么复杂的工程，光靠南水北调专家委员会的专家是不够的。于是我们组建了专家库，包括水利部、水电系统、水科院、水规总院，各个地方设计院、国家及地方施工单位，全行业顶尖级的专家几乎都被我们吸纳进来。这个专家库不仅是为招标投标提供技术支撑，同时也提供了工程所需各专业的技术资源。400多名专家在库内可以随时随机提取，哪一个专业工作需要就请哪一个专业的专家。第二个层次，广泛利用各省水利设计院的力量。在设计工作中，一个省的力量不够，我们可以请其他省的设计院进行配合，比如说河南省设计院力量不够，我们就要求河南省设计院和天津设计院签协议，总负责还是河南省设计院，天津院接受它的委托。第三个层次，广泛利用全社会的技术力量。比如说，在施工阶段，我们通过招标在全社会招录技术人员、工程监理，聘用社会上有影响的、有一定实际工作经验的专业工程师。施工单位从全国选择有经验的工程师来做现场经理，或者是现场技术主管。南水北调工程的技术力量，可以说扩大到了全国水利、水电、铁路及工业民用建筑系统，完全摆脱南水北调工程系统的资源限制。

四是项目设计招标、择优选择设计队伍。有一部分项目，特别是技术比较复杂、要求比较紧迫的项目，光靠单独一个设计院的力量难以完成，我们通过招标，选择全国最优秀的设计单位。设计招标阻力很大，操作起来很难，哪个设计院都不愿意放弃自己的利益、提供前期工作的资料，但我们还是进行了尝试，推动了这项工作。设计招标最困难的地方，就是地质勘探水文观测等资料在设计院手中。其他单位中标，让设计院将资料拿出来，是相当困难的。如果没有地质勘探及多年水文、气象、降雨等资料，谈何设计。所以，设计招标的第一步，必须把前期工作的产品市场化。说白了，就是地质勘探等设计资料应归设计出资者所有而不是由承担设计的设计院所有，只有转变了这种观念和成果的所有权，设计工作才可能进入建设市场。

（二）制度完善

一是明确设计标准、编制设计规程。这都是单项工程开工前要做的，南水北调的设计规程和设计标准，施工规范及质量要求在前面已说到。

二是发扬技术民主、严格决策程序。这一点，对于南水北调这样的大工程实在太重要了。技术上的问题，绝对不能用行政命令的方式解决，必须通过充分的技术论证，充分吸纳专家和工程师的意见，在广泛听取意见的基础上，实行集体技术决策。在技术问题上，一定要相信事情是越辩越明的，有时候还需要开展学术争论和辩论。集体决策包括专家层面的决策和行政层面的决策。专家委员会提出建议和意见，作为专家层面的决策。但专家多是从技术角度考虑的，他们的决策能不能采纳，是否行得通，行政层面就得考虑资金、社会等各方面因素，然后作出行政决策。绝大部分技术方面的意见，都应该得到尊重和采纳，但也存在例外。比如说，有专家认为隔800米建一座桥太多了，2公里建一座就可以。从技术层面上，专家说的是对的。但是在行政上，就要考虑附近村落分布、孩子上学、群众出行等因素。这就需要行政决策，实际上南水北调中线渠道大约800米就有一座公路桥或人行桥，而人行桥多数也是可以通过农用车的。

三是质量保证制度和奖罚制度。这是工作正常开展的基础。在这方面，我认为南水北调是我们在建工程当中最完善的。这些制度包括技术管理、质量管理、调度管理、计划管理、资金管理等等，每个方面的制度都有了系统的规定，明确的要求和奖惩的条件，具有很强的针对性和可操作性。这些制度形成一个相互联系又各具特长的制度体系，随着工程建设深入发展和客观条件的变化，不断地进行补充、完善，成为工程进度、质量和成本控制的重要保证。

四是实事求是适时进行设计变更。作为一般水利工程，是非常忌讳设计变更的，变更越多，工期拖延和投资增加就越多。但是，由于自然条件不可能完全掌握，施工环境也会随时发生变化，任何工程又都不能摆脱设计变更的问题。在南水北调工程上，我们始终清醒地认识到设计变更是不可避免的。1400多公里路线，十年时间的工期，在那么大的时间跨度和区域跨度上，如果说没有变更几乎是不可能的。变更不可怕，重要的是必须本着实事求是对国家负责和对人民负责的原则，本着技术可行和使用可靠的原则去进行设计变更。一要及时。对发现的问题及时作出决策，改变设计或完善工艺，时间越及时，损失越小。二要求实。工程变更必须结合工程当时当地的实际，切忌闭门造车，隔窗看花，要深入工地现场研究、现场决策。三要广泛听取意见。对同一设计变更，往往设计、施工、监理及地方政府的意见是不同的，从不同角度及不同利益看问题往往发生分歧，这就要求管理单位全面听取各方意见，从工程安全大局出发，坚决维护国家利益，保障人民群众的合法权益。四要多方案比选。任何设计变更都不是唯一的，要有多方案的技术经济比较和质量进度论证，综合各方面的因素，根据变更项目的特点选择整体效益最大化的方案。

（三）开展技术稽查

国内在建工程，多有工程稽查，但很少有技术稽查。开展技术稽查，是南水北调工程特有的。

之所以搞技术稽查，一是我们考虑到设计的复杂性和多层次性，担心初步设计的单项工程和整体的工程功能能否完美地结合在一起。开展技术稽查，是为了保证技术要求得到贯彻，保证协商成果得到落实，也有利于设计单位衔接，有利于投资的有效控制。

二是从设计单位本身来说，出于利益角度来考虑问题，他们总希望投资越大越好，因为投资越大，拿到的设计费越高。变更的投资越大，施工单位甚至地方政府也会有利，通过稽查，可以较大限度地避免这种情况出现。

三是设计单位之间互相竞争，互不通气，加强设计稽查，也有利于协调设计单位之间的矛盾，贯彻总体设计原则，发现设计中存在的问题。因此说设计稽查是南水北调工程的一个特殊手段，在设计和施工中起了很重要的作用。

（四）现场实验，提供借鉴

南水北调工程，遇到很多其他工程中没有遇到过的问题，没有现成经验可循，每当遇到这种情况，我们多采取现场实验的方式，探索经验，提供借鉴。

一是把京石段作为南水北调工程的大试验段。当时郭庚茂同志在河北省任副省长，分管河北省的南水北调工作，他经常对我说："南水北调中线京石段率先开工，我们给你们当试验段了。”我说：“当试验段好啊！京石段早建成早收益，给北京2亿吨水，每年收益4个亿。同时，你们也作出了大贡献，对南水北调中线工程建设提供借鉴。”事实的确如此。比如说，在河北出现的征地问题、在建设当中体制磨合问题、地方利益诉求问题，河北是这样，河南也是这样；工程技术问题，在河北遇到的大型渡槽混凝土开裂问题，渠道衬砌冰冻问题，引水渠通水后管理问题，甚至光滑的渠道造成人掉下去难上来的问题，诸如此类的问题，实际上河北做了试验、探了路，对整个南水北调顺利进行起了很大作用。而且，现在南水北调中线京石段的运行已经五年，将为南水北调中线今后运行管理提供重要借鉴。

二是PCCP管工艺试验。PCCP管工艺的试验，贯穿到设计、制作、安装的整个流程。我们先参照小断面的PCCP管生产工艺，制作了一节8米直径的PCCP管，经过验收不合格。只有重新修改设计、改善工艺，制作新的PCCP管后，进行材料检验、强度试验、打压试验等程序，这样的试验反复多次直到满足所有设计要求后，在取得大量参数的基础上编制设计标准，施工工艺、质量标准逐步形成一套规范的工艺流程和验收标准。在成功制作大断面PCCP管的基础上，根据PCCP管的段长和重量，研究设计起吊器具和运输工具，制定回填碾压的厚度和标准以及质量检查、检验的方法和要求。这一套工艺的每一个环节，几乎都是经过试验确定的。

三是膨胀土（岩）试验。规划设计的时候，国内尚没有强膨胀土条件下大型渠道的成功先例，小断面的弱膨胀土渠是能避开就避开，能换土就换土。但是，南水北调工程避不开这个问题。因为，把整个膨胀土区绕过去，要增加很长的距离，而且绕过去，离城市又太远。像安阳就是一个绕不开的膨胀土区。局部的实验室试验也难以完全模拟现场的条件，不具代表性。无奈之下我们只有在河南安阳进行了膨胀土及膨胀岩试验。膨胀土是一种特殊的黏性土，干燥状态下非常坚硬，遇水以后就膨胀松垮。在膨胀土区修堤筑路，没有下雨是硬的，下雨后雨水渗入土中，大面积被水饱和的土层就往下塌。在不同膨胀度的安阳地区，我们分别取了两段做试验。试验中，每一个渠段采取四五种不同的支护方法，有的表面喷混凝土，有的混凝土下面喷设不同厚度的砂浆，砂浆下面有不同厚度的沙垫层，还有的设置防渗涂料或土工膜等等。总的思路是防止水的下渗，阻断水与土的联系。经过各种不同方式的衬砌，在经过较长时间过水监测后，进行多参数对比，选择抑制膨胀作用最好的工艺。这个试验花了很多精力和时间。

除了上面这几种典型的现场试验，其实还有很多其他的现场试验，比如穿黄工程隧道衬砌方式方法及混凝土参数选择、跨河的大型渡槽混凝土裂缝的防止和处理等等，都进行了现场试验。

应该说，南水北调工程在应对和解决技术挑战上是比较成功的，取得了大量技术成果。在技术创新方面，南水北调工程已经获得115项专利。这些科研成果，不仅指导了南水北调工程本身，也对全国其他同类型的工程建设提供了借鉴，为工程质量提供了技术支持和保障。到现在为止，南水北调东线工程已如期通水；京石段工程已运行五六年，由河北省向北京供水10亿立方米；南水北调中线主体工程已基本完工。当前所进行的技术验收和专家鉴定认为，已验收工程均符合设计要求。但是，还将面临通水和时间的考验。

从工程成本来看，南水北调工程成本得到了有效控制。10年来南水北调工程增加的500多亿概算，绝大部分是物价上涨和国家政策调整带来的。这说明尽管设计变更频繁，但采取包括技术措施在内的多种节约投资的措施后，投资控制也是比较成功的。

（本文发表于《百年潮》2014年第4期，由中央党史和文献研究院干部李树泉、谢文雄、文世芳采访、整理）

我国第一颗原子弹爆炸试验决策的经过

宋炳寰

宋炳寰，曾在国防部国防科学技术委员会二局任参谋，从事核武器研制、试验的组织管理工作，参加了原子弹爆炸试验的准备和实施工作。在第一颗原子弹爆炸前，被派到由当时二机部和国防科委联合组成的临时机构、代号为177的专门办公室工作。曾多次去周恩来、林彪、贺龙、聂荣臻、罗瑞卿等处呈送与第一颗原子弹爆炸试验有关的绝密文件，并两次当面向周总理呈送文件和报告情况。

完成爆炸试验前的各项准备工作

1960年初，我国依靠自己的力量正式开始研制第一颗原子弹，取1959年6月20日苏联领导人赫鲁晓夫拒绝按照两国政府协定向中国提供原子弹的样品和设计的技术资料的年月——“596”为原子弹的代号。第一颗试验用的原子弹是按内爆原理设计的，核装料为高浓铀235，核爆炸装置重1550千克。

到1964年8月，第一颗原子弹用的高浓铀235部件已加工出来；原子弹的理论计算、实验、设计、生产加工都按计划全部完成。

我国于1958年开始组建核试验基地。核试验场在新疆的罗布泊西北地区。第一颗原子弹爆炸试验现场的工程建设是1963年4月陆续展开的。主要项目有铁塔、控制、指挥、测试、效应试验、机场、道路、通信等工程。

经过艰苦努力，到1964年6月底，254项工程按预定计划全部完工，质量都达到了使用要求，为第一颗原子弹在102米高的铁塔上爆炸试验和以后进行空中爆炸试验创造了良好的条件。

我国第一颗原子弹的研制工作和试验的各项具体准备工作是在周总理直接领导下进行的。国防科委、国防工办、二机部会同军内外有关部门全面组织了这次试验的各项具体准备工作。

1964年4月11日，周总理主持召开中央专委第八次会议。会议要求二机部与国防科委在1964年9月10日以前，做好第一颗原子弹在铁塔上爆炸试验的一切准备工作。是否进行试验和何时试验，待请示毛泽东主席和中央政治局常委后决定。会议还同意成立一个核武器试验的总指挥部，由副总参谋长兼国防科委副主任张爱萍担任总指挥，二机部副部长刘西尧任副总指挥。

从1964年5月开始，参加第一颗原子弹爆炸试验的军内外各单位人员陆续进入核试验现场展开准备工作。到8月中旬，核试验现场的各项准备工作已大体就绪。

与此同时，二机部在青海的221厂（即西北核武器研制基地）加工好了用于参加联合预演的“596”装置模拟弹，并于8月23日安全地运到了核试验现场。

为了在近似于正式试验的条件下对全试验场区各项准备工作进行全面、系统的总检查，从中取得试验的直接经验，以确保正式试验时一次成功，在张爱萍、刘西尧的主持下，核试验现场于8月23日至9月1日进行了包括原子弹的装配、遥控起爆、测试、剂量侦察、取样、回收成果、防护洗消和各项指挥保障的全部预演工作。预演分单元（单项）演习与联合演习两步进行，并着重抓了原子弹的装配与控制系统两个主要环节。

通过预演，对试验的准备工作做了全面、系统的检查，取得了进行正式试验的直接经验。核试验党委针对预演中发现的问题，进一步提出“不放过一个小问题，不带着问题进行试验”的要求，并以“五定”（定人员、定职务、定位置、定动作、定关系）为主要内容，整顿思想，整顿组织，修订了规章制度和操作规程，逐一研究解决组织上、技术上存在的问题，研究制定了试验程序与指挥方法，并成立了主控站、安全撤退、回收取样等指挥所。

到1964年9月1日，正式试验用的原子弹已加工好，核试验现场的各项准备工作已基本就绪。

这时，我国第一颗原子弹爆炸试验的条件已经具备，是否进行试验和何时试验，这一重大议题被提到了党和国家最高领导人的议事日程上。

爆炸试验时机选择的决策经过

当时有许多信息表明，美国有人策划对我国的核设施“动外科手术”（进行袭击），妄图从根本上消灭中国制造原子弹的能力，阻止我国掌握核武器（在美国白宫后来解密的绝密档案中已证实确有此事）。

我国第一颗原子弹爆炸试验用的102米高的铁塔

面对这种严峻的形势，周总理在9月16日下午和17日上午，主持召开中央专委第九次会议，研究第一颗原子弹正式试验的时机和近期继续发展核武器的战略设想等问题。

9月16日的讨论中，周总理说："我国第一颗原子弹爆炸试验的时间要做两手准备。如果今年不试验，原子弹放在哪里？要防止被炸掉。能不能不经过在铁塔上爆炸试验，就直接进行空中爆炸试验？测量数据能够得到吗？要把在铁塔上与在空中这两种爆炸对外的影响比较一下。可能今年10月试验不太合适，要准备在明年试的方案，后年争取把原子弹搞到导弹上，进行两弹（原子弹、导弹）结合试验。"周总理还说："试验时机要向主席汇报后决定。这算是一个方案，我们要多考虑几个方案。"

9月17日，周总理在中南海国务院会议室同与会的贺龙、李富春、李先念、薄一波、陆定一、罗瑞卿等12名中央专委委员和列席会议的几位部长、副部长们综合分析了国际、国内形势，慎重地研究了第一颗原子弹正式爆炸试验的时机。

周总理说："关于第一颗原子弹试验的进度问题，我们从战略上设想是现在就搞，即使遭到帝国主义的破坏也在所不惜。苏联赫鲁晓夫不让我们搞原子弹，说我们搞不出来；美帝国主义威胁要轰炸我们，但我们搞出来了。这可能引起帝国主义的重视，要炸我们。但我们发展核武器的前途是定了，即使被破坏了，我们还能再生产。这向全世界表示我们打破了美、苏两家的核垄断，证明少数核大国控制、垄断不了。如果它不来轰炸，也会引起美、苏的重视，它们会包围我们，恨我们，孤立削弱我们，说我国扩张。但世界各国将重视我们，也向世界表明我国国际地位的提高。所以，我们要设想一下原子弹炸响后的情况，再决定爆炸试验的时间。国庆节前下决心。另一方面，今年若不行，就是明年四五月份搞。还是一样，每年总是会有些国际会议要赶上，就让他们嚷嚷去嘛。时机如果来不及，就推到后年试验。这有个好处，不仅进行铁塔上爆炸试验，还搞空中爆炸试验，后面还有两弹结合试验。1966年九十月两弹结合要试验。在铁塔上炸、空中炸、用导弹炸，这些都不改变战略形势，只是在三线建设的第二套生产基地还没搞好，有些脱节。还不能大批生产，航弹、导弹都是如此。”

周总理还说：“真正有大的用途还是在导弹上装核弹头。为了和第二套生产基地衔接上，则要推迟到1970年才能试验。推迟一些时间再试验，人家可能会低估我们，轻视我们，说我们不行，说我们害怕舆论。但我们不能中断，要继续搞，我们埋头干上五六年，把第二套生产基地建好，衔接起来。当然，帝国主义仍然要封锁我们，我们的困难仍是很大的。第一颗原子弹的试验时间问题要考虑一下，就是今、明、后三年。明年比较适中，今年可能紧一点儿。”

在讨论中，罗瑞卿建议是否安排在10月份试验，请周总理考虑一下。他还向与会者介绍了9月12日美国《商业周刊》中披露的一条消息：美国人获悉苏联也想破坏中国的核设施。这很值得我们警惕。接着，张爱萍报告了为保护我国的核设施及核试验而采取的防空兵力部署情况。

罗瑞卿还说：“我们的原子弹炸响了以后，在世界上一定会引起一阵骚动。美国、苏联是否就来轰炸我们，那他们也得考虑要承担的后果。我们今年试验或推迟到明年、后年进行原子弹试验，所带来的后果都是一样的。”罗瑞卿还着急地说：“如果要推迟到1970年再爆炸原子弹，我们这些人要退休了。”

在讨论中，贺龙、李富春、李先念、薄一波、陆定一等，也先后就在什么时候进行第一颗原子弹爆炸试验发了言。贺龙建议，爆炸试验的时间要提几个方案。

经过与会者充分讨论，就第一颗原子弹爆炸试验的时机议出了两个方案：一个方案是早试，安排在10月份炸响；另一个方案是晚试，先抓紧三线研制基地的建设，择机再试。

会议结束前，周总理说：“如果要在今年进行试验，需要在9月25日以前定下来。我再找一些资料研究一下，报请党中央、政治局常委决定。不管今、明、后年哪年进行试验，你们的准备工作仍要积极进行。二机部、五院、国防工办都要积极准备，松懈不得。如果从战略上考虑推迟试验，我们的各项工作要干得更好。1964年至1967年的各项工作安排，要照中央专委办公室提出的建议去办。地下核试验要加速准备，试验的利弊要估计足。总之，第一颗原子弹试验的时机由中央部署，你们一点儿也不能放松。”

9月20日，罗瑞卿向中共中央、毛泽东主席呈送了《关于首次核试验时间的请示报告》。这个报告在汇报了原子弹、控制和测试、安全防护、气象、指挥保障、生活保障、参试人员思想状况等准备情况后说：“根据以上准备情况和气象预报，以今年10月份试验为最好，其次是11月上中旬。11月下旬以后天寒地冻，许多工作不好在野外进行，不宜试验。如需要推迟，则要到明年四五月间，气象条件比较合适。由于原来各项工作都是按10月份试验进行准备的，因此，如果推迟试验时间，这些问题需要重新研究。”“究竟何时正式试验，请中央早日决定。如果定在10月份试验，需要在9月下旬定下来（因弹的运输、装配、测试需20天左右的时间），以便进行准备；如果今年不试验，也需要定下来，以便安排过冬。”

9月21日，周总理致信毛泽东主席：

主席：

瑞卿同志送给主席的这个报告，想已阅及。

中央十五人专门委员会于本月十六、十七两日开了两次会，讨论了关于核爆炸及其有关问题，急需待主席回后当面报告，以便中央早作决定，时间以不迟于二十四日为好。因为如决定今年爆炸，以十月中旬到十一月上旬为最好，而事前准备时间至少需二十天；如决定明年四五月与空投航弹连续试炸，也需要在十月作过冬准备；如需从战略上进行考虑，推迟爆炸，使之与第二套新的基地的建设和导弹及核弹头生产相衔接，也需要有方针上的决定。

同时，瑞卿同志拟于明（二十二）日出外视察，国庆节前回来，如主席能于明日约谈，可告他晚走一天；如明天分不出时间，他出去后，还有张爱萍、刘西尧、刘杰等同志可以报告。开会时，除常委外，还请约彭真、贺、陈三同志参加。

究竟如何，请告林克或徐业夫以电话告瑞卿和我。

周恩来

九月二十一日下午七时

当晚，毛主席在信上批示：“已阅，拟即办。”

9月22日下午，周总理在毛泽东、刘少奇等参加的中共中央政治局常委扩大会议上汇报了中央专委议出的早试与晚试的两个方案。会议研究了罗瑞卿9月20日的请示报告。毛主席从战略上进行了分析，并指出：原子弹是吓人的，不一定用。既然是吓人的，就早响。会议果断地决定按10月份早试的方案进行。

9月23日下午，周总理在三座门会议室召集贺龙、陈毅、张爱萍、郑汉涛（国防工办副主任）、刘杰（二机部部长）、刘西尧、刘柏罗（中央专委办公室副秘书长）、周家鼎（周总理办公室军事秘书）、王亚志（周总理办公室军事秘书）等开会，传达了他与毛主席、刘少奇等研究的决定，并对正式爆炸试验的有关工作做了具体部署。

这时，贺龙插话说：“刘杰、刘西尧都不要去蹲点了。爆炸试验原子弹是天大的事。”

周总理接着说：“保密问题，不能假手许多人。我这次得小病，传得很广。天晓得，多一个人知道，就当新闻。希望你们对家里人也不说，不要一高兴就说出去。邓颖超是老党员、中央委员，不该说的我不向她说。任何人不该知道的，不要知道。前几天开会的人不一定都通知。我们决定这件事也只是中央政治局常委和中央军委的两位副主席（指贺龙和陈毅）、彭真同志。你们在核试验场那边的人，不该知道的不要知道。我们这里的人，还有刘杰、郑汉涛同志。我们希望它响，万一不响，只好待明年。不响，外边也可能不会知道，但也要准备它不响。”

稍停片刻，周总理说：“原子弹的确是吓人的。主席有更大的战略想法：原子弹是吓人的，不一定用。既然是吓人的，就早响。今晚还要找参加试验的专家研究一下，万一不响，后果如何，要研究一下。响了，影响就大了。要把风向、放射性微尘飞散距离详细计算，搞出资料。要准备回答问题，内部先统统研究一下。我们境内问题小一些。”

周总理具体部署说：“要防止敌对势力破坏。响了以后它可能马上报复，也不一定喽，但总是要有些准备。国防工办、军委提出要求，总参准备嘛，防空、公安、保卫，总是有几道防线。美国可能动员世界签字国，说你违背了部分禁止核试验条约，要惩罚你。当然有些国家是被迫的。也可能美国、苏联接着核试验，它们要捞些政治资本。”

在张爱萍报告了对核生产基地及核试验场的防空部署以后，周总理说：它也可能是破坏你的生产基地，用联合国名义惩罚你，目标对着兰州、包头、玉门等地。这几处生产基地的防空部署，刘杰要负责检查，刘杰、郑汉涛要同总参研究。我们要用全力保护。如果不破坏，可能是打政治仗、学术仗。打政治仗请外交部准备。

周总理对刘杰说：有些关键的技术资料、样品、设备，重复的要拿出一些，转移出来，准备翻版。我们战略上并不是指望核武器，三线建设拖长点也不要紧。

张爱萍报告了保卫二机部工厂的布置情况后，因有预先安排的外事活动，要提前退席，便向周总理请假。周总理说：告诉外交部，今后不要安排他们参加外事活动。

当张爱萍要走时，周总理要张爱萍检查一下衣服兜里有没有写字的纸条，要掏出来。张爱萍检查完衣兜后才离开会议室。

周总理接着说：一定要保护好我们自己的专家，东西要转移保存下一部分。不是破釜沉舟，一锤子买卖。国防工办、二机部要注意，要一线及早转三线，还要有协作厂，要早一点儿布置。

周总理对李旭阁说：“今天晚上要问一下张爱萍，他负责安排的事项在讨论安排完以后，写个文件交给我，我向聂总（指聂荣臻）谈一下。”

最后，周总理说：“张爱萍去核试验场后，由罗总（指罗瑞卿）直接抓。刘杰在北京抓，今晚规定出一些暗语、密码出来。我们也就是我、贺总（指贺龙）、罗总三人抓。”

此时，陈毅因刚参加完其他活动才赶来参加这个会。

周总理对陈毅说："你可不能讲啊！"陈毅知道周总理是在提醒他在以外交部部长身份接待外宾时不能说了出去。他爽快地回答："我不讲噢！"然后，周总理对陈毅说："请你在外交上做个准备，要准备些资料。外交部谁负责这事？"

陈毅答："乔冠华（外交部副部长）负责。"

落实周总理的各项指示

当天晚上，张爱萍遵照周总理的指示在三座门会议室召集紧急会议，与有关部门负责人一起研究落实周总理在下午会议上的指示。张爱萍在传达了中央关于早日进行核试验的决定后说：一定要高度重视保密问题，坚决落实总理指示，切实做好保密工作。运输正式试验用的原子弹的火车、飞机，装载好后，要铅封，严密交接手续，学习荷兰人的做法。试验时间，争取在10月中旬。

在听取二机部第九研究设计院副院长乔献捷关于正式用的原子弹运输工作的安排后，张爱萍说：运输中的公安保卫工作，仍按8月间预演运"596"装置模拟弹时的办法，由乔献捷找公安部四局局长程诚安排。火车车皮由总参谋部军事交通部安排，9月25日24时前，6个车皮要到达221厂；9月28日启运，10月2日或3日到达乌鲁木齐。李旭阁你立即告军事交通部徐斌部长安排。运输工作由乔献捷、恽前程（空军司令部作战部副部长）负责，仍然是8月间运输时原来的一套人马，照样在乌鲁木齐铺开摊子。运输要特别注意精心检查。明天要找史进前（总政治部保卫部部长）、程诚谈谈安全保卫工作。

张爱萍说：同北京通电话联络的代号，由李旭阁同二机部一起编一个代号表，几个关键问题要向北京报告，如东西到了，装好了没有，上铁塔了没有，爆炸时间，雷管插上了没有等等，几个暗号要一说就清楚。

会议还对二机部重点工厂的防空警戒与仪器、资料、产品、专家的临时疏散，核试验场区与北京分别组织专门的办公室并开通直通电话传递重要情况等问题作了具体研究和布置。

9月24日上午，张爱萍继续开会，布置并研究确定了有关保密问题、公安部加强原子弹运输安全问题、二机部有关仪器资料等临时疏散问题、气象保障问题。

9时20分，李旭阁接到王亚志传达周总理指示的电话，总理指示：(1)试验日期最好是在10月20日以后，当然也不是绝对的，如果10月下旬气象恶劣，也可以在中旬试验。阿富汗国王10月17日来访，18日到北京，要避开这两天。(2)核试验现场的试验安排、原子弹爆炸成功怎么样、不成功怎么办、出现各种情况产生什么影响以及该怎么办、二机部工厂有关仪器资料等的疏散问题、安全防护、防空问题等，除了已报总理以外，要写一个书面报告，以便给其他首长看。

9月24日下午，张爱萍就准备政治斗争、学术斗争的资料问题同相关部门的负责人员进行了商谈，议定了分头准备的事项。

24日晚，张爱萍把23日晚和24日上午、下午三次会议具体研究和布置的情况向周总理、贺龙、罗瑞卿写了书面报告，并附上了《试验场区向北京报告的明密语对照表》。密语对照表中规定：实弹（即正式爆炸试验的原子弹），密语为“老邱”；原子弹装配，密语为“穿衣”；原子弹在装配间，密语为“住下房”；原子弹在铁塔上的密闭工作间，密语为“住上房”；原子弹插接雷管，密语为“梳辫子”；气象的密语为“血压”；原子弹起爆的时间，密语为“零时”……

9月25日上午，张爱萍、刘西尧向聂荣臻元帅汇报了第一颗原子弹试验准备工作进展情况及中央政治局常委的决策。聂荣臻是9月18日由外地回到北京的。9月16日、17日的中央专委第九次会议，他没能与会。

为了做好北京与核试验现场的联络工作，9月25日，二机部和国防科委组织了一个联合办公室。这个联合办公室的成员共5人，有张汉周（二机部办公厅主任）、郑存祚（二机部办公厅秘书处处长）、李鹰翔（刘杰部长秘书）、高健民和我。张汉周为办公室主任。这个办公室的代号叫“177办公室”。

177办公室的任务是，在刘杰的领导下，担负同核试验现场的核试验委员会办公室（代号为“20号办公室”）的密切联系，向中央有关首长的办公室及军内外有关部门传递、报告有关第一颗原子弹爆炸试验的重要情况。

177办公室设在二机部办公大楼二层5号房间，在刘杰部长办公室的隔壁。为了工作保密的需要，房间的两个窗子和门都钉上了两层毯子。这样做，一是外边看不到室内的工作情况，二是对外起到隔音的作用。

总参通信兵部为177办公室配备了带有保密机的电话，沟通了与20号办公室之间的电话联络；架设了177办公室与周总理、贺龙、聂荣臻、罗瑞卿等首长办公室之间的直通专线及手摇电话单机；还规定了在电话中要使用的有关首长的代号。

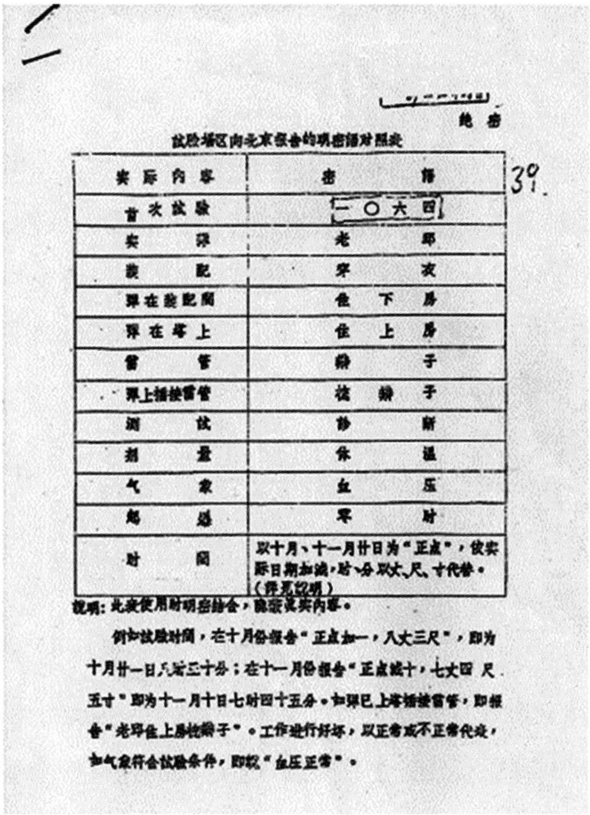

绝密

试验场区向北京报告的明密语对照表

实际内容	密语
首次试验	一〇大四
实弹	老邱
装配	穿衣
弹在装配间	住下房
弹在塔上	住上房
雷管	辫子
弹上插接雷管	梳辫子
测试	静新
剂量	体温
气象	血压
起爆	零时
时间	以十月、十一月廿日为“正点”，按实际日期加减，时、分以丈、尺、寸代替。（详见说明）

说明：此表使用时明密结合，隐密真实内容。

例如试验时间，在十月份报告“正点加一，八丈三尺”，即为十月廿一日八时三十分；在十一月份报告“正点减十，七丈四尺五寸”即为十一月十日七时四十五分。如弹已上塔插接雷管，即报告“老邱住上房梳辫子”。工作进行好坏，以正常或不正常代表，如气象符合试验条件，即报“血压正常”。

第一颗原子弹爆炸试验《试验场区向北京报告的明密语对照表》

押运“老邱”的专列火车，是9月29日14时24分从221厂发车的。途经西宁、兰州、哈密等火车站，于10月2日21时38分安全准时到达乌鲁木齐。专列火车经过的沿线，都有公安干警警戒；到了两省交界处，两省公安厅厅长亲自押送，并办理安全运输交接手续。“老邱”安全抵达乌鲁木齐后，于10月3日、4日用军用飞机分五个架次安全运到核试验场区铁塔下的装配间。在此期间，高浓铀235部件在公安部四局副局长高仑和二机部第九研究设计院实验部副主任胡仁宇的押运下，乘军用专机直接运到了核试验场区。

“零日”、“零时”确定的经过

张爱萍、刘西尧于9月27日下午乘飞机返回核试验场区。晚上，张爱萍立即召开核试验委员会党委会，传达了党中央和周总理的指示，并对爆炸试验前各项准备工作进行了详细的研究和布置。会议结束时，张爱萍特别强调：正式试验的时间不向下传达，专心做好试验前的各项准备工作，待命。

从9月28日起，各参加试验的单位随即展开了正式试验前的各项准备。由于有8月底全场区各项准备工作已进行过单项演练和综合预演的工作基础，因此，到10月9日，各项工作进展都比较顺利。在这12天中，核试验党委和核试验委员会论证并最后确定了“零时”的各种标准（包括气象），确定了紧急“刹车”的时机，修订了剂量标准与安全防护守则，布置了核试验场外放射性烟云径迹侦察、地面沉降观测及下风方向地区居民的安全措施，安排了不利情况下人员的紧急转移方案，拟订了出现早爆、误爆情况的处理方案。在铁塔上、铁塔下、主控室、安全检查站等重要地点，都指定了主要领导同志亲自指挥。

从10月8日起，各部门、各基层单位，一律采取领导、专家、群众三结合的方法，召开技术民主会议，对各项工作进行最后一次总检查。充分发扬民主，动员大家回顾所负责的工作，摆出还存在的任何一个小问题，然后，经过充分讨论，提出切实可行的解决办法，并经上级批准后再采取措施，以达到“不放过一个小问题和不带着问题进行试验”的目的，保证一次试验成功。

10月9日下午，根据核试验场区的气象预报，10月16日到20日之间将有一次符合试验条件要求的好天气。于是，经核试验委员会党委常委会议研究，提出了拟将第一颗原子弹爆炸的日期（即“零日”）选定在10月16日到20日之间。另外，张爱萍派总参作战部参谋、20号办公室主任李旭阁于10月10日晨乘专机直飞北京，向周总理呈送由张爱萍、刘西尧签署的关于试验准备工作情况及正式试验日期建议的书面报告。

李旭阁乘坐的3241号飞机于10月10日15时55分在包头降落。然后，他转乘已在此等候的3641号飞机，于晚上8点多在北京西郊机场降落。奉刘杰部长指示，我和李鹰翔乘专车去西郊机场接李旭阁。在机场，李旭阁把张、刘的书面报告交给了我和李鹰翔，由我们送交王亚志。

20时25分，高健民接到20号办公室郭汉彬（刘西尧秘书）用密语发来的电话：“11号首长叫马上告李参谋，今天对血压又论证了一下，正点减五，可能出现好血压。”（11号，是张爱萍的代号；血压，是气象的密语；正点减五，是10月15日的密语）。此电话记录及刘杰部长10月10日给周总理的报告连同张、刘的书面报告，是刘杰派我和李鹰翔同行乘专车一并送交王亚志签收的。

刘杰10日给周总理的报告，主要是报告对周总理9月23日下午所做的关于二机部重点工厂防空警戒、转移关键性资料、设备和产品以及保密工作等指示的落实情况。

10月11日1时许，周总理审阅了张爱萍、刘西尧的书面报告和刘杰10日的报告，以及177办公室抄正的电话记录稿。周总理同意张、刘来信所说的一切布置。他在1时半给毛泽东、刘少奇、林彪、邓小平、彭真、贺龙、聂荣臻、罗瑞卿写了一个报告，并附上了张、刘的报告和刘杰的报告，送他们传阅核批。随后，周总理另写给刘杰一封指示信。

周总理11日1时半写给毛泽东等的报告，当时我们并不知道具体内容。数十年后，这个报告的内容已在《周恩来传》和《周恩来文化文选》中公开发表。内容如下：

主席、刘、林、邓、彭、贺、聂、罗各同志：

送上张爱萍、刘西尧两同志从现场经飞机送来的十月十日三时报告，请予审阅。现一切已准备好了，拟经保密有线电话以暗语告他，同意来信所说的一切布置，从十月十五日到二十日之间，由他们根据现场气象情况决定起爆日期、时间，并告我们。

另外，送上刘杰同日报告请阅。防空方面请罗总告总参负责检查、联系和指挥，转移资料、设备、仪器和保密工作，由刘杰负责督促进行。

关于起爆有效后的宣传和政治斗争，正在进行准备，当另告。

周恩来

十月十一日一时半

11日18时半，刘杰部长在人民大会堂福建厅参加了周总理召开的会议。周总理就第一颗原子弹爆炸试验中的防空措施、核爆后对放射性烟云进行空中取样分析、核爆炸成功后公开宣传和政治斗争等问题同与会者作了具体研究和布置。

大约19时半，刘杰向177办公室的同志传达了周总理在1时许写给他的指示信的内容：

刘杰同志：

张、刘两同志十月十日三时十分的书面报告已阅。望告张、刘，同意他们来信所说的一切布置。从十月十五日到二十日之间，由他们根据现场气象情况决定起爆日期和时间，在决定后告我们。你们来往电话均须通过保密设备以暗语进行。

你的十日报告已阅。关于防空方面，已请罗总告总参负责检查、联系和指挥。关于转移和保密两方面，即由你负责督促进行。

周恩来

十月十一日

根据刘杰的指示，我同李鹰翔一起立即草拟了向20号办公室传达周总理批示主要内容的电话稿。

13日9时15分，高健民接李旭阁加密电话告："预计今天上午核试验党委常委开会，研究血压（气象的密语）问题。现在看，血压情况和报告大致符合，今天已刮5～6级风，风大比较好，一般是大风过后会出现好天气。上述情况，请向金子谷（罗瑞卿总参谋长办公室主任）、王亚志透露一下。”

10时58分，我接到20号办公室郭汉彬的加密电话报告：

177办公室：

老邱昨天（12日）22点30分穿好衣服，住下房。

20号办公室

10月13日

（老邱，是正式爆炸试验的原子弹的密语；穿好衣服，是装配完毕的密语；住下房，是指原子弹在铁塔下的装配间）

我用保密专线电话将上述电话报告的内容，分别向王亚志、金子谷、何家为（贺龙元帅办公室秘书）、刘长明（聂荣臻元帅办公室主任）做了报告。

随后，王亚志又来电话告："总理问：零时以后对苏联到印度的航线有无影响？如有，影响程度怎么样？有或者无，是为什么？"李鹰翔在13时25分将这一问题转告20号办公室姚献新（国防科委二局参谋），请前边研究回答。

14时47分，我接姚献新电话答复如下："关于对苏—印航线影响问题：苏—印航线距场区西约1200公里（到喀什），放射性烟云扩散不到，只在烟云绕地球一周（约60天左右）到达该航线空域时，可能造成很轻微的本底增加，从10~15居里/升（本底）增加到10~14居里/升，对人身无影响。"

14时58分，我接总参作战部金耀鸣参谋电话："82号首长问：地面风会不会刮东风？为什么？"

我立即打加密电话向20号办公室姚献新询问。

他告诉我："核试验场区地面风经常刮东风和东南风。对苏—印航线主要是高空风的影响（3000米以上），地面风对此无影响。因为核爆炸后的放射性灰尘粒子很大，很快可以落下，扩散不到那里。此外，也不选择在刮大东风的时间爆炸。"

从上面我和高健民、李鹰翔在13日接到的几个电话中可以看出，周总理是在繁忙的工作中正在思考有关原子弹爆炸成功后的宣传工作和政治斗争以及国际问题。

13日晚饭后，周总理在钓鱼台6号楼向乔冠华、吴冷西（新华社社长兼《人民日报》总编辑）、姚溱（中央文稿起草小组成员）交代任务。

周总理向他们宣布："近日将在罗布泊附近爆炸第一颗原子弹。把你们找来就是要起草一个新闻公报和一个政府声明，这都要在今晚写好。要送毛主席审定，待爆炸成功后发表。"

周总理向他们三人讲了他设想的政府声明的要点。然后，他们三人依据周总理谈的思想，经过一番议论、列出布局结构和遣词造句、书写修改，在14日凌晨2时左右，先后起草出政府声明和新闻公报。周总理看过草稿后对他们3人说，稿子大体可用，个别字句我要斟酌一下，就可以送毛主席审定了。

14日凌晨，我签收了总参机要局柳士俊同志送来的张爱萍、刘西尧在13日下午发给周总理、林（彪）、贺（龙）、聂（荣臻）、罗（瑞卿）的电报抄件。他向我提出：给林彪的一份电报应该送谁签收？我思考了片刻后答："待上班后请示首长后再定。我先来签收。"

张、刘在电报中汇报了12日晚核试验党委常委会议传达和研究落实周总理、罗总长的指示的情况及今后几天要着重抓的几项工作。会议对原子弹万一引爆不成功的问题进行了专门研究，认为必须做好这方面的准备。估计不成功有两种情况：一种是在发出起爆指令以后，由于铀238自发裂变产生的中子引起"自燃"走火的提早核爆炸，使爆炸当量减少，达不到预期目的；另一种是只发生了化学炸药爆炸，没有发生核爆炸。针对可能出现的这两种万一引爆不成功的情况，会议研究提出了应对的初步设想。待详细研究出几个可行方案后，另专门报告。

14日9时50分，我电话向金子谷请示了总参机要局不知道给林彪的这一份电报应送谁签收上述一事。

不久，金子谷电话答复我："总长讲，这个电报应马上送林总阅，林总对这个事非常关心，写林总办公室叶群主任亲收。"

随后，我通过电话与叶群取得了联系，她要我到军事博物馆主楼外的东楼找她。10时20分，我将林彪的那份电报当面交叶群签收。她说：今后总参机要局送这件事的电报时写："林总办公室叶群主任交林总亲拆。"她还说：爆炸试验成功后，为了保密，你在电话上只说一句"买卖做成了"，我就知道了。

13时20分，我接王亚志保密电话："82号首长问前边零时定了没有？血压情况如何？因为还有一系列的准备工作要做。请打个电话正式问一问前边。"

14时10分，我接环克军加密电话，答复如下："11号首长讲，昨天（13日）晚上研究了血压，因为血压的情况很复杂，定不下来。今天晚上6点钟继续研究，恐怕一时还定不下来。定下来以后，马上报告。"

实际上，自从周总理11日凌晨1时半批准在10月15日至20日之间选择零时以后，张爱萍等与中国科学院气象学家顾震潮等及气象预报人员一起，在昼夜掌握研究气象的变化，紧抓10月16日左右的天气情况。

14日18时，张爱萍主持核试验党委常委会议，对气象做了慎重研究。根据近几天昼夜密切对天气的监视及全面分析，常委会确定：10月16日进行正式试验；在铁塔下待命的已总装配好的原子弹，即于18时30分开始吊往铁塔顶部的密闭工作间。

18时25分，高健民接到李旭阁发来的加密电话报告：

177办公室：

根据对血压情况的分析，经过党委常委会研究确定，以正点减四作为零日。零时待后报告。因此，老邱今日18时30分开始住上房。请指示。

20号办公室

1964年10月14日18时20分

（正点减四，是10月16日的密语；开始住上房，是指原子弹开始吊往铁塔顶部的密闭工作间）

18时45分，李鹰翔向刘杰部长汇报了上述电话报告内容，刘杰嘱："立即带上抄好的电话记录，乘专车面报周总理办公室和罗总长办公室。"

19时50分，我和李鹰翔乘专车同往罗瑞卿办公室面报。因罗瑞卿同贺龙已去青岛参观一次军事演习，我们面告了金子谷，并请其立即设法报告。

20时30分，我和李鹰翔来到中南海周总理办公室面报。王亚志将电话记录送周总理审阅。周总理写亲笔信做了如下批示：

刘杰同志并告成武同志：

同意正点减四作为零日，请以暗语立复张、刘两同志。零时定后，望即告

周恩来

十月十四日廿时卅分

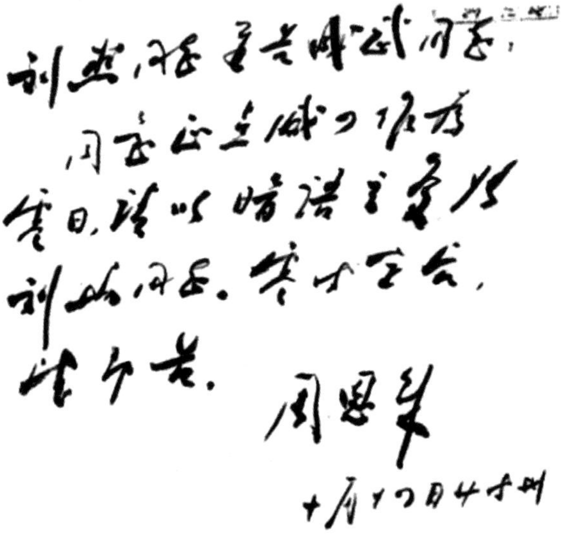

刘杰同志并告成武同志：
同意正点减四作为零日，请以暗语立复张、刘两同志。零时定后，望即告。
周恩来
十月十四日廿时卅

周总理给刘杰的亲笔信

在此之前的晚7时，周总理在对政府声明等三个文件草稿进行了斟酌、修改后，他就公开宣传我国第一颗原子弹爆炸试验一事起草了报告，请毛泽东、刘少奇、林彪、邓小平、彭真、贺龙审阅，内容如下：

有关爆炸原子弹的宣传和政治斗争的工作，昨天已在书记处、后来又向主席，做了报告，并得到同意。现在先将已拟好的三个文件，即政府声明、新闻公报、中央通知的草稿，送请审阅。其他还有致各友好国家政府首脑信、外交部通知、对外宾外国记者谈话要点，将陆续送审。我国这次试验，决定采取公开宣传办法，以便主动地击破一切诬蔑和挑拨的阴谋，并利今后斗争。爆炸时间，前方还在作最后研讨，今晚方能定夺，当另告。

20时55分，李鹰翔用保密电话将周总理20时30分的批示告金子谷，并请其一并转报在外地的罗瑞卿和贺龙。

22时30分，李鹰翔和我一起把周总理批示改为暗语，用加密电话告20号办公室李旭阁。

14日晚，周总理打电话要刘杰到西花厅去一下。到达总理办公的房间后，总理问刘杰："前边13日发来的电报看过了吗？"

刘杰答："看过了。是今早上班后看到的。"

"有什么看法？"

刘杰说："我认为，发生化学炸药爆炸的可能性不大。因为，多次的聚合爆轰试验没出过问题，说明我们对聚焦技术的掌握是好的。至于铀238自发裂变产生的中子而引起提早核爆炸的问题，到底有多大的几率，需要请专家再研究一下。"

周总理点头同意，说："你明天就布置人研究这个问题，尽快把结果告诉我。"

15日早晨一上班，刘杰就来到第九研究设计院设在北京的理论部。因领导原子弹理论设计工作的副院长彭桓武和理论部主任邓稼先已于10月8日去核试验现场了，刘杰就找理论部第一副主任、理论物理学家周光召，向他布置了任务：对这一颗原子弹的铀238自发裂变产生的中子引起提早核爆炸的几率有多大，提出论证看法。

刘杰说：核爆炸在即，时间紧迫，8小时内要作出回答；进行精确计算从时间和人力上看是不允许的，作出估算即可；要高度保密。

周光召一听任务如此紧急，便提出可否请长于中子理论的物理学家黄祖洽和数学家秦元勋一起来完成。

刘杰表示同意，并说："不准其他人参与了，请你们抓紧吧！"

15日上午，在核试验现场，核试验党委常委再次研究气象。经慎重研究，他们断定16日的气象符合试验条件的要求。因此，常委会议确定：16日15时为零时。随后，张爱萍、刘西尧于12时签署向周恩来、林彪、贺龙、聂荣臻、罗瑞卿请示批准零时的电话报告稿。

12时刚过，我接到李旭阁发来的加密电话，内容如下：

82、林、83、84、85：

经党委常委会研究，根据血压情况，零时定为正点减四，十五丈。请指示。

11

12

1964年10月15日12时

（林，即林彪；83，是贺龙元帅代号；84，是聂荣臻元帅代号；85，是罗瑞卿总参谋长代号；十五丈，是15时的密语）

我接完电话，于12时5分向刘杰部长、张汉周主任汇报了上述电话报告的内容。刘杰命我另纸抄正一份不含密语的电话报告记录，然后和李鹰翔同行乘专车前往周总理办公室送呈。

我和李鹰翔到达中南海西花厅王亚志办公的房间不久，就看到周总理和邓颖超同志走进王亚志的房间。我们二人立即起立向总理问好。

周总理亲切地同我们俩握手，问我俩的姓名和工作单位。

在李鹰翔回答完后，我回答说："我叫宋炳寰，是国防科委二局的参谋。"此时，总理打量了我的便装衣着后，和蔼地对我说："噢，你是国防科委的呀！"

然后，周总理从李鹰翔手中接过由我抄正的那份张爱萍、刘西尧请示批准零时的电话报告记录，转身坐在王亚志的办公桌前，聚精会神地审阅。此时，我见邓颖超同志主动退出了房间。

12时半，周总理审阅完后，当即另纸亲笔做了如下批示：

刘杰同志，并告成武同志：

请以保密电话复张、刘，同意零时定为正点减四，十五丈。

周恩来

十月十五日十二时半

李鹰翔接过总理的批示后，我俩向总理辞别。然后，我们乘专车出了中南海西北门，就近来到毛家湾林彪住处，向其办公室主任叶群送交了张爱萍、刘西尧请示批准零时的电话记录及周总理刚才的批示。叶群圈阅后，我俩于13时5分，将上述请示及批示送杨成武圈阅；13时15分，送聂荣臻办公室主任刘长明阅；13时30分，送罗瑞卿办公室主任金子谷阅，并请他向罗瑞卿和贺龙报告。

13时40分，我们俩返回二机部办公大楼，立即将周总理的批示送张汉周主任阅。

13时45分，张汉周将周总理的批示，用保密电话和暗语告诉了李旭阁。

傍晚，我在走廊见到李鹰翔引领周光召走进刘杰部长的办公室。我想他是来交卷的吧。

不一会儿，刘杰来到177办公室，让李鹰翔同王亚志联系，他准备去向周总理送一个报告。

在等待王亚志回电话的时候，刘杰部长心情愉快地让我和李鹰翔看了刚才周光召送来的报告："经估算，我国第一颗原子弹爆炸试验成功的可能性超过99%。"落款处是周光召、黄祖洽、秦元勋三人署名。

刘部长从总理处回来后对我俩说："刚才，总理看了周光召三人的报告后，问我怎么考虑我们的这次核试验的结果，我回答说有三种可能：第一是干脆利落；第二是拖泥带水；第三是完全失败。根据目前的情况来看，第一种可能性是最大的。"刘部长还对我俩说："总理对我的回答是满意的，但总理叮嘱我一定要做好以防万一的准备工作。"

当刘部长讲完这些，我立即想道：为了落实周总理叮嘱的"要做好以防万一的准备工作"，为了让总理明天尽快得到核爆炸后的结果，为尽早发表新闻公报提供确切的依据，应该建议20号办公室把明天在电话中要报告的重要内容预先起草好电话草稿；还应考虑到万一有线电中断，要预先起草好供电台发报的电报草稿。于是，我向刘部长汇报了上述想法。

经刘杰部长同意，我于22时10分向20号办公室罗汉奎（国防科委二局参谋）发了以下加密电话：

20号办公室：

为了使82号尽快得到零时后的正确结果，并尽快供发表新闻公报，望你们零时前准备好电话稿，并准备好在有线电中断时用的无线电报稿。

有何意见，望告。

177办公室

10月15日

22时30分，高健民接李旭阁加密电话：有线电中断后，用小功率电台与乌鲁木齐联络，乌鲁木齐到北京中断，核试验现场直接与北京沟通无线电联络。11号首长已同意，并已由严西江（核试验基地司令部通信处处长）告总参通信兵部。

原子弹爆炸试验成功

在零时确定后，杨成武、刘杰遵照周总理的指示，分别通过总参作战部、总参气象局、空军、防化学兵部、国防工办、国防科委、国家卫生部等有关部门，对防空措施、核爆炸后放射性烟云径迹侦察、放射性微尘测量与监督、重点工厂的警戒与疏散、空中航行安全的管制措施、无线电通信联络的准备等项工作做了进一步检查和最后的落实。

16日凌晨3时，张爱萍、刘西尧等再次听取气象发展情况的汇报，对气象做了订正，维持按15时爆炸的决定。

凌晨4时，张爱萍、刘西尧等驱车到铁塔下检查原子弹的最后准备工作。二机部第九研究设计院院长李觉向张、刘等报告："原子弹塔上安装质量符合试验技术要求，引爆系统动作正常，插接雷管前的准备工作已经完成，请批准6时半开始插接雷管。"在现场的党委常委张爱萍、刘西尧等七位同志签字批准插接雷管。

8时10分，我接20号办公室姚献新加密电话报告：

177办公室：

8点钟老邱住上房开始梳辫子。

20号办公室

1964年10月16日

在我接完姚献新这个电话报告后，我顺便告诉姚献新：赫鲁晓夫下台了。

原子弹开始插接雷管以后，张爱萍、刘西尧等驱车来到720主控站。这是控制原子弹起爆及全场区测量仪器动作的主控站。他们在此检查起爆前控制系统准备完成情况，并等待原子弹插接雷管的最后结果。

在铁塔上担任插接雷管、系统导通、接通电源、安放探头等项工作的技术人员一丝不苟地按操作规程完成各道工序，又再次进行自检、互检并签字。

此后，张爱萍、刘西尧等还对准备在零时以后进入核爆炸现场侦察的防化分队的准备工作做了检查。

在北京，刘杰部长在16日上午对二机部重点工厂的警戒与疏散等工作做了进一步检查和最后落实。他还请高健民处长对核爆炸后放射性烟云径迹侦察等工作做了进一步检查和最后落实。

11时38分，高健民接20号办公室姚献新加密电话报告：

177办公室：

10时30分梳完辫子。11时30分第一次检查完毕，结果正常。

20号办公室

10月16日

这一电话报告的内容，我于11时54分和12时，分别报告金子谷和王亚志。

12时50分，我接王亚志加密电话报告："关于有线电路发生故障保证联系不间断的问题，总理同意无线电事前先沟通好，保证及时畅通。具体措施由通信兵部立即安排。"

13时左右，刘杰部长收到周总理的一封指示信，内容是：

刘杰同志：

在十二时后，当张、刘回到指挥所时，请你与他们通一次保密电话，告以如无特殊变化，不必再来往请示了。零时后，不论情况如何，请他们立即同我直通一次电话。

周恩来

十月十六日十二时

在对一些关键部位实际检查并掌握了一切准备工作正常以后，张爱萍、刘西尧等回到指挥所。

13时30分，刘杰与张爱萍通了保密电话，传达了周总理12时指示信的内容。张爱萍告诉刘杰："一切正常。最后撤离的人员已于12时56分撤离720到201。血压情况比预计要好。"（720，是主控站所在地的代号；201，是核试验现场指挥所所在地的代号）

13时40分，李鹰翔把上述刘杰与张爱萍通保密电话的内容报告了王亚志。

此时，刘杰部长在想：二机部的几位副部长，他们每人分工负责的工作都跟第一颗原子弹爆炸试验有关，遵照总理"你们知道这项任务的人不要太多了"的指示，先前没有把起爆时间确定的情况告诉过他们。现在是告诉他们的时候了。于是，刘部长回到自己的办公室，准备把零时已定的事告诉几位副部长。

恰在此时，钱三强副部长来到刘杰的办公室。刘杰说："三强同志，时间定了，今天下午3点钟爆炸。"刘杰看了看手表，又说："快到了，还有个把小时。看来是会响的，但也不排除万一的可能性。"

钱三强听后，很激动，顿时热泪盈眶。他马上坚定地说："会响的，会响的！"

14时30分，张爱萍、刘西尧等进入距离爆心约60公里的白云岗观察所。

张爱萍以保密电话直接向周总理做了简要报告：试验前的各项工作均已完成，一切正常。

周总理批准按时起爆。

时间在一秒一秒地过去，1964年10月16日15时，这个震撼世界的时刻即将到来。

刘杰部长同我们177办公室的五个人，个个脸上都显现出紧张而又激动的表情。我极力控制着难以平静的心情，两眼紧盯着手表上走动着的秒针。

15时到了。我们几个人的眼睛又都移到了连接核试验现场的那台黑色的专用电话机上，希望快点响铃，马上知道试验结果。

15时4分左右，那台黑色的专用电话机响了。张汉周主任抓起电话，由于他过于紧张，话筒没有抓好，掉在了桌子上。刘杰部长马上向前一步，抓起电话说："喂！我是刘杰。""我是张爱萍。原子弹已按时爆炸，试验成功了！"

随后，177办公室的几位同志把原子弹爆炸功的消息，分别用保密电话向林彪、贺龙、聂荣臻、罗瑞卿、杨成武的办公室做了报告。

聂荣臻元帅早在14时20分左右就在他的办公室等待爆炸试验的消息。当聂帅知道我国第一颗原子弹爆炸试验成功后，他非常高兴，当即与周总理通了电话，互致祝贺。随后，聂帅嘱办公室主任刘长明向177办公室发来他口述的转告张爱萍、刘西尧的贺词：

爱萍、西尧同志：

消息传来，甚为兴奋，特向你们并通过你们向全体参加这一试验工作的同志们致以热烈的祝贺。

聂荣臻

1964年10月16日15时7分

彭真得知第一颗原子弹爆炸试验成功的消息后，也向177办公室打来电话祝贺："完全按照你们的计划成功了，很好，向你们表示祝贺，并转告全体同志。"

毛泽东三次指示查清是不是核爆炸

原子弹爆炸后，在核试验现场和核试验场区以外，零时以后的各项工作按照预先的部署及行动方案紧张而有秩序地展开着。

大约15时15分左右，周总理给刘杰打来电话说："我已向主席做了报告，主席说，是不是真的核爆炸，要查清楚。"

刘杰立即给张爱萍打电话，把毛主席的指示转告他。

张爱萍说："爆炸后看到了火球，火球已经形成蘑菇云了。"不久，周总理又给刘杰来电话，传达了毛主席的指示：“还要继续观察。”

当刘杰再次向张爱萍转达毛主席的指示时，张爱萍说：“蘑菇云已上升到几千米高，而且稳定在空中。我问过王淦昌同志，他根据爆炸后的景象判断，认为肯定是核爆炸。”

于是，刘杰第三次向周总理报告张爱萍刚才的上述回答，并说：“请总理和主席放心，原子弹确实是爆炸试验成功了。”

后来，周总理再次来电话，向刘杰传达毛主席的指示：“还要继续观察，详细查清楚，要让外国人相信。”

15时31分，高健民接到李旭阁打来的保密电话告：“预先埋设在铁塔以西500米处的有线电遥测探头已测到放射性剂量为7000仑/小时。”

15时38分，高健民又接到李旭阁电话告：“防化兵侦察分队报告：距离铁塔以西1600米处的地面已侦察到放射性沾染剂量为4仑/小时。”高健民将上述两次电话内容向刘杰部长做了报告，也向王亚志做了报告。稍后，高健民接王亚志电话告：“试验的结果如能早一点儿出来，希望前边早一点儿报告。”15时50分，刘杰部长向张爱萍转达了王亚志的上述电话内容。

此后，张爱萍、刘西尧立即抓紧掌握零时前预先安排的一些快速测量项目的速测结果和宏观景象的报告。

15时58分，刘杰部长打电话告王亚志：“根据前方报告已测到了地面放射性沾染的数据看，看来肯定是核爆炸了。请向总理请示一下：试验结果若要早一点儿报告过来，是否先报告定性的结果？”

张爱萍、刘西尧等还组织专家对初步取得的速测数据和宏观景象进行研究分析。

专家们都肯定这次爆炸确实是原子弹爆炸，并列出了六条理由：(1)爆炸以后，烟云上升到8千米至9千米高度；(2)空中剂量侦察、地面剂量测量，证实烟云放射性剂量和地面放射性剂量都相当大；(3)爆炸后铁塔已完全消失；(4)火球发光时间在3秒钟以上；(5)在距爆心23千米处记录到冲击波的超压数据，距离爆心500米处的一些金属测量探头被打坏；(6)从蘑菇状烟云的外观上看，与一般文献上所报道的原子弹爆炸蘑菇状烟云外观相同。

专家们还初步估计这颗原子弹爆炸的威力TNT当量在2万吨以上，并列出了六条根据。

听了专家们的研究分析以后，张爱萍于17时50分同刘杰通了保密电话，把他与专家们研究分析的上述几点看法告刘杰，请其转报总理。

随后，张爱萍、刘西尧又将上述研究结果正式发电报上报周总理、林彪、贺龙、聂荣臻、罗瑞卿并报毛主席、中央、军委。

傍晚，毛泽东、刘少奇、周恩来、朱德等党和国家领导人接见了大型音乐舞蹈史诗《东方红》的3000余名演职人员。照相后，在退场时，毛主席跟周总理咬耳朵说："要不要把那个好消息告诉大家呀？"周总理笑着说："向大家宣布以后，全场的人都会高兴得蹦起来的！"

在陪同毛、刘、朱等领导人退场后不久，周总理回到大厅，他兴高采烈、大步来到大厅中间的扩音器前说："同志们坐下！安静！安静！"总理边说边上下舞动双臂。然后，周总理激动地说："告诉大家一个好消息：今天下午3点钟，我们的第一颗原子弹爆炸试验成功了！"顿时，会场3000多人热烈鼓掌，笑呀，蹦呀，跳呀，全场欢声雷动。

周总理幽默地告诫大家："同志们，大家可以欢呼，可以鼓掌，你们要小心，可不要把地板跳塌了哟！"

周总理还要求大家暂时保几个小时的密，电台没有广播之前，先不要随便传播。

此后不久，我们很快得到了日本东京的消息，说中国可能在它的西部地区爆炸了一颗原子弹。但是，由于同时在海上发生了地震，两个地震波相混，因此，还要进一步鉴别才能确认。

接着，又收听到了美国关于中国爆炸了原子弹的广播。

在收到了张爱萍、刘西尧的正式电报，并得知日本和美国已经公布了中国爆炸了原子弹的消息后，经毛主席同意，周总理决定，中央人民广播电台于23时广播了新华社发的关于中国第一颗原子弹爆炸成功的《新闻公报》。

深夜里，北京街头人群蜂拥，争读《人民日报》散发的红字《号外》。

从对外发布消息这件事，我们可以看出毛主席和周总理处理重大战略问题的非凡魄力和冷静、认真、谨慎的态度。

当晚，中共中央和国务院给核试验委员会和全体参试人员发了贺电，热烈祝贺第一次核试验成功的巨大胜利。

新华社还发表了《中华人民共和国政府声明》。声明中强调指出："中国进行核试验，发展核武器，是被迫而为的。""中国政府一贯主张全面禁止和彻底销毁核武器。如果这个主张能够实现，中国本来用不着发展核武器。""中国政府郑重宣布，中国在任何时候、任何情况下，都不会首先使用核武器。"

10月17日，周恩来总理致电世界各国政府首脑，转达中国政府在16日声明中提出的关于召开世界各国首脑会议讨论全面禁止和彻底销毁核武器问题的建议。

这次原子弹爆炸后，取得了火球、烟云的景象记录，测到了裂变反应动力学常数及光辐射、冲击波、早期核辐射、放射性沾染等杀伤破坏效应以及对核爆炸烟云样品放射化学分析等方面的完整数据。根据对上述多种测量数据的综合分析，这次爆炸威力为2.2万吨TNT当量，与理论设计值基本一致，试验取得圆满成功。试验结果证明，我国第一颗原子弹核装置的理论设计、制造和装配工艺以及各种测试方法、测量仪器和自动控制设备都达到了比较高的水平。

中国第一颗原子弹爆炸试验的圆满成功，是中国核武器发展史上的第一个里程碑，它标志着中国国防现代化进入了一个新的阶段，为进一步发展核武器奠定了坚实的基础，也使中国成为继美国、苏联、英国、法国之后世界上第五个有能力自行研制原子弹并实施核试验的国家。

（本文发表于《百年潮》2014年第7期，
由《百年潮》杂志编辑杨琳编辑）

国家计委经济研究中心创建时期的回忆

王梦奎

王梦奎，河南省温县人。1956年6月加入中国共产党，1964年毕业于北京大学经济系政治经济学系。1979年至1987年9月，在中共中央办公厅研究室、中共中央书记处研究室工作，任研究员、经济组副组长。1987年9月至1990年7月，任国家计划委员会委员、经济研究中心常务副主任。1990年7月任国务院研究室主任。1998年3月至2007年6月任国务院发展研究中心主任。中共第十四届中央候补委员，第十五届中央委员；第十届全国人大常委会委员、财政经济委员会副主任。

筹建经过

我于1987年8月从中央书记处研究室调任国家计委专职委员，协助常务副主任房维中同志管经济研究工作。因为参加起草党的十三大报告，11月底十三大闭幕后才正式到任。紧接着就参加起草总理在七届人大一次会议上的《政府工作报告》，实际上在计委做事不多。直到筹备组建国家计委经济研究中心，才忙乎起来。

国家计委成立研究机构，是姚依林提出来的。他说："计委要有一个强的研究机构，要集中一些人才，出一些大的观点和思路，并负责重要文件的起草。"姚依林当时是中央政治局常委、国务院副总理兼国家计委主任。

1988年3月全国人大批准了政府机构改革方案，国家经委和国家计委合并，组成新的国家计委，姚仍兼任主任。1989年12月，邹家华接任国家计委主任。

国家计委成立研究机构的事，1988年3月政府换届之前，在讨论机构改革方案的过程中，就开始酝酿了。机构改革涉及许多下属机构的调整和人员的安排，这也是成立研究机构的一个现实考虑。

1988年4月，国家计委决定，由桂世镛、我、杨振家、徐振、王积业5人组成筹备组，筹备组建经济研究中心。4月12日召开第一次筹备工作会议，讨论组建必须解决的问题，包括中心的名称和性质，中心和所属研究所的关系，中心本部的机构设置和人员编制，由国家计委和国家经委转过来的顾问老同志的安置和待遇，以及办公用房问题，等等。当天就向国家计委领导写了一份筹建经济研究中心的报告，很快获得批准。

关于这个研究机构的名称，在讨论中曾设想过“研究中心”“研究与发展中心”和“经济研究中心”几个选择，最后采用了“经济研究中心”。按照国家计委的要求，经济研究中心不是秘书班子式的工作机构，也不是纯理论研究机构；不同于高等院校和社会科学院，也不同于其他部委的研究机构。要研究带全局性、长远性、战略性的重大问题，同时也研究当前经济生活中的新动向和新趋势，向国家计委提供科学的决策依据，可供选择的方案和可行的对策，同时也承担国家计委部分重要文件起草工作。国家计委设想，把经济研究中心和过去成立而同属国家计委的国家信息中心和中国国际工程咨询公司，作为科学决策的三大支柱。1988年7月15日，人事部正式批准，在原国家计委计划研究中心的基础上，组建国家计委经济研究中心。原计划研究中心只有不到10个人，开始组建经济研究中心后被习惯地称之为“小中心”，全部并入了经济研究中心。这种“借壳上市”，是机构改革中常用的办法，因为可以不增加机构的数量，容易获得中央编办批准。实际上新组建的经济研究中心和原来的计划研究中心，不论在规模上和职能上，都有很大不同。

经济研究中心由国家计委副主任桂世镛兼任主任，我和杨振家、徐振、王积业为副主任。任命书是姚依林9月14日签署的。桂世镛主要做计委的事，屁股不坐在经济研究中心，我作为常务副主任主持工作。我侧重于抓研究工作，还经常出去参加中央文件起草和中央指定的其他研究工作，经济研究中心的党务和行政工作主要是杨振家抓的。杨当过计委老资格的副主任宋劭文的秘书，在计委人缘熟悉，办事细致周到。徐振原来是国家经委体制改革司的司长，主要负责合并过来的经委几个研究所的联络和善后事宜。王积业是计委经济研究所的所长，担任中心副主任后仍兼所长，基本上不管中心的事。1988年底，又增补两位副部级干部董绍华和周之英为副主任，但都不在中心上班。董原来是国家经委干部，在中国工业经济联合会另有工作，周在计委另有工作。当时中心本部共56人，除从"小中心"转过来的几个人外，还从经委转过来一些人，从计委机关调入一些人，也从别的单位调入几个业务骨干。组建时期朝气蓬勃，来自四面八方的人有很好的合作共事关系，给我留下深刻的印象。

经济研究中心下属七个研究所：国家计委的经济研究所和投资研究所，从国家经委并过来的技术经济研究所、能源研究所和综合运输研究所，以及新成立的国土规划研究所和人力资源开发利用研究所。投资研究所本来叫基本建设研究所，是国家基本建设委员会的下属机构，国家建委撤销后划归城乡建设和环境保护部，1987年又划归国家计委。基本建设是学习苏联的概念，仔细推敲，内涵并不十分清晰，实践中基本建设投资和技术改造投资分头管理也常纠缠不清，国家计委和国家经委在投资资金管理的权限上经常发生矛盾，国家经委撤销后这种情况不复存在。考虑到基本建设和技术改造都是投资行为，很难截然划分，所以在中心筹建中我建议把基本建设研究所改为投资研究所，大家一致同意，新名称一直沿用至今。此后基本建设这个概念逐渐退出人们的视野。

国家计委原来有个副部级的派出机构叫地区协作办公室，机构改革中撤销了，改组为国土规划研究所，归口经济研究中心管理，业务工作仍由计委地区司指导。人力资源开发利用研究所是在国家经委原来拟议整合成立的研究机构的基础上组建而成的。七个研究所都是司局级的实体，具有很大的独立性。经济研究中心和研究所的关系是松散型的，只管各所的机构设置、所长副所长的任免、重要研究课题的确定和协调，并不干预其日常事务。

原来挂靠国家计委的中国计划学会和中国基本建设研究会（相应地改成了投资研究会，后来又改组整合为中国投资协会），以及挂靠国家经委的中国产业经济联合会也改为挂靠国家计委经济研究中心，由中心代管，但不干预这些社团组织的具体事务。

经济研究中心本部设立综合组、科研组、编辑信息组、国际交流组、办公室和顾问联络室，都是正局级单位。设顾问联络室，是因为国家计委和国家经委原来有69名副部级以上离休干部，其中有24人被聘为计委或经委的顾问，机构改革中取消了部委顾问之设，如何安顿这些老同志，新的计委领导煞费苦心。采取的办法是，原来未聘为顾问的，不再新聘；原来聘为计委或经委顾问的，转为经济研究中心顾问。这些老同志不少是正部级，做经济研究中心顾问实在是有点委屈，担心他们有意见。经济研究中

王梦奎（前排中）与国家计委经济研究中心的同事

心设顾问联络室，随时听取这些老同志的意见和要求，向计委领导反映。我们知道小马拉不了大车，也不去打扰这些老同志，主要工作就是力所能及地搞好服务。连顾问聘书也没有发，以避免显示出级别的降低。实际上事情并没有那么复杂，老同志都很顾全大局，谁也没有为难我们，时间久了顾问之事自然不了了之。顾问联络室的主任钱炳昭，做过姚依林的秘书，是个非常能干的人。

国家计委原来设想，把经济研究中心和计委下属的国家信息中心、中国国际工程咨询公司，一样定为部属总局级即副部级的机构。理由是，经济研究中心下属七个研究所、三个社团组织，以及中心本部六个内设机构，都是正局级单位，中心定为总局级便于领导，也顺理成章。但在精简机构的大背景下，这个设想很难实现。我到中央编制办公室交涉，和主其事的副主任吴佩纶商谈，没有成功。计委的对应之策是，为了显示经济研究中心的"级别"和"规格"，从成立之日起一直由计委副主任兼任主任。这次到中编办商谈，在编制问题上倒是取得意外进展。中心本部是新建机构，我们本来想申请70人的编制，但根据那个时代各类申请项目"头戴三尺帽，拦腰砍一刀"的惯常做法，我们提出120人的编制。讨价还价的结果，被砍去1/3，定为78人。因此，在组建过程中，没有发生过编制方面的困难。经济研究中心成立初期没有办公用房，中心本部挤在计委大楼顶部搭建的临时建筑里。七个研究所分散在多处办公，除计委经济所条件稍好外，其余也都拥挤。我们争取国家计委把经济研究中心的办公用房建设列入计划，并且跑了几个地方选址，最后选在距计委比较近的木樨地。20世纪90年代后期在那里建成了国宏大厦。

创建初期的课题研究

经济研究中心筹备之初，提出"边组建，边开展研究工作"的方针。组建工作大体就绪后，就全力以赴开展研究工作了。组建过程中人员的调配，也是着眼于研究工作的开展，注重网罗人才。从"小中心"转来的周荧和刘日新，从经委合并过来的王大成，从计委业务司调入的罗精奋、邵宁和周富祥，新调入的林兆木、黄范章、杨德明、郭树清和韩文秀，都是优秀的研究人员，涵盖老、中、青不同的年龄段。

各研究所都聚集了一批相关领域的专家。研究工作基本上是“所自为战”，中心只是同各研究所协商，讨论确定重点课题计划。中心所承担重点课题，由中心本部组织完成，个别重大课题研究有时也抽调研究所的人参加。筹建阶段费精力比较多的，是反复和各个研究所讨论“三定”方案，通过对内设机构的设置和调整，确定各所的研究方向。

这个阶段我主持的课题研究，主要是两项：

一是关于物价改革的研究。1985年以后物价普遍上涨趋势已经非常明显，1988年更是愈演愈烈，中央决定加快价格改革步伐，要国家计委提出价格改革方案。筹建经济研究中心的时候，就决定由我负责进行关于物价问题的研究。国家计委从4月下旬到5月下旬，开始由房维中和桂世镛主持，后来由我主持，开了10次座谈会，先后邀请薛暮桥、徐雪寒、勇龙桂、吴敬琏、张卓元、王珏、周小川等几十位经济学家座谈，广泛征求意见。我先前已经对物价问题作过一些研究，3月以后作过几场报告，座谈会后综合专家意见和个人研究心得，写了一份详尽的《汇报提纲》，5月26日在国家计委作专题汇报。在此基础上，经济研究中心又经过多次讨论，6月形成《价格改革基本思路（初稿）》，报国家计委参考。我们的研究报告分析了物价大幅度上涨的原因，认为围绕价格问题所暴露出来的矛盾必须下决心及早解决，否则将会造成严重后果。我们提出，价格改革的长远目标，是使各种商品和生产要素的比价趋于合理，而且具有不断地再生产这种合理比价关系的机制；所谓合理，就是商品价格能大体反映其价值和市场供求关系，各行业大体能获得平均利润。这个目标需要比较长的时间，经过若干次的调整和改革，才能逐步达到。价格改革的近期目标，是初步理顺价格关系，把目前明显不合理的比价关系调整过来；把生产资料价格双轨制改为单轨制；整顿中间环节，理顺生产领域和流通领域的关系。这需要5年或者更长的时间。我们不赞成“先稳后改”，也不赞成不顾通货膨胀的严峻形势而加快价格改革，而主张采取边稳边改的方针，并且提出在货币信贷、财政税收、收入分配、外贸外汇和固定资产投资诸方面必须采取的措施，以及价格调整的方法和步骤。这份报告在相当程度上反映了国家计委的主流意见，是和激进的“价格闯关”不同的稳健物价改革方略的一个比较完整的表达。我在研究过程中深切感到，讲一般原则和道理比较容易，难的是对形势的具体分析把握，以及提出切实可行的政策建议，当时在讨论物价问题的会议记录上即兴写下“画鬼魅易，画犬马难”的话。

二是关于中长期规划的研究。这项研究不像物价改革问题研究那么顺利，主要是因为时局突变。国家计委关于“八五”计划和十年规划的先期研究工作起步比较早，经济研究中心是在完成关于价格改革的研究课题之后才着手的。先是组织各研究所就相关问题作专题研究，1989年初由我主持进行综合研究，集中一些人在石景山八角井原国家经委的一个招待所讨论和写作。国家计委副主任丁关根到那里听过一次汇报，姚依林到国家计委听过一次汇报。姚以寡言著称，这次听汇报也没有讲什么话，只是在我说到现在情况比较复杂，很多事情还看得不很清楚的时候，表情严肃地轻轻点了两下头，这大概就是赞同的表示了。我们很快写出报告稿，没有来得及深入讨论，就发生了严重的政治风波，人就撤回来了。在严重的通货膨胀和政治动荡形势下，关于中长期规划的讨论暂时搁置，转而致力于治理整顿。

政局稳定后课题组没有再集中，由我和林兆木、郭树清、邵宁，以及经济研究中心的其他几位专家，反复讨论修改多次，于1990年6月初形成《“八五”计划和十年规划总体构想（征求意见稿）》，报国家计委参考。这份综合性的长篇研究报告，包括十年经济增长目标、中长期战略方针、宏观态势和总量平衡、结构转换和产业协调，这样四个大的部分，共54个条目，2.5万多字。报告认为，后10年国民经济在1990年基础上再翻一番是可能的，物质条件是具备的。提出的战略方针是：抓住时机促进产业升级转换，以交通为重点充实基础产业，扩展第三产业，改造加工工业，提高建筑业水平；优先发展应用科学和技术工艺，加快科学技术向现实生产力转化，保证教育有一个大的发展；妥善处理改革与发展的关系，坚持稳定中求成长；妥善处理消费和积累的关系，调整消费结构，抑制消费早熟。在国民收入分配、资金供求、利用外资和国际收支平衡、财政收支、劳动就业等方面，都提出一些相应的政策建议。在经过1989年政治风波，社会上普遍存在悲观情绪的情况下，报告提供了乐观的中长期发展的总体构想，是一份有前瞻性的深度研究报告，现在看也还有些新意。这是我第一次主持关于中长期规划的总体研究，对于后来参加起草党的十三届七中全会《关于制定国民经济和社会发展十年规划和“八五”计划的建议》，主持起草李鹏总理就此在全会上所作的说明，都大有益处。

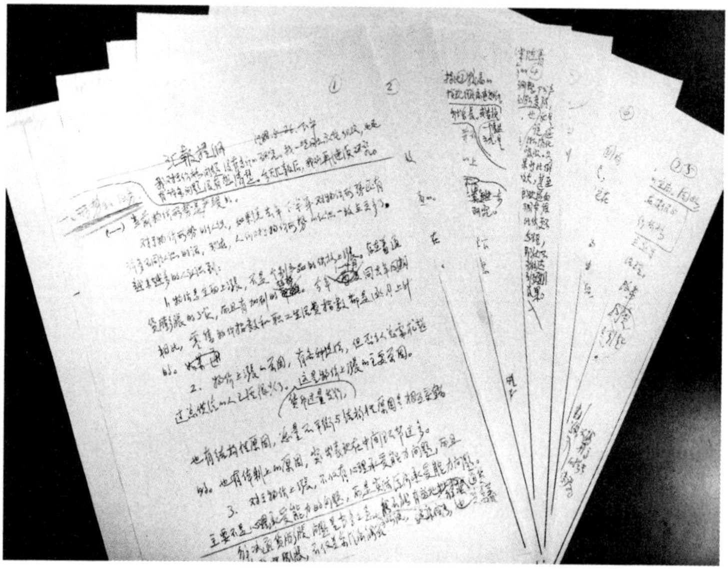
汇报提纲

1988年5月，王梦奎写的关于物价问题的《汇报提纲》

国家计委经济研究中心于1990年11月9日至14日在武汉召开全国计委系统研究工作会议。参加会议的有各省、自治区、直辖市、计划单列市计委（计经委）主管研究工作的副主任和经济研究机构的负责人，国家计委经济研究中心各单位及所属各研究所的负责人，共97人。我作了《经济形势和经济研究工作》的报告，在经济总量平衡、经济结构调整、提高经济效益、改善国民收入分配格局，以及计划和市场，这样一些重要方面，对现实存在的两难选择作了比较深入的分析，提出一些需要研究的问题。在当时不少人对经济形势和发展前景感到困惑的情况下，这次会议在全国产生了积极影响，报告被一些地方作为内部文件转发，有几家报刊摘要发表。这是我第一次主持全国性的会议并作主旨报告。

经济研究中心创建初期的重点研究课题，适宜公开发表的，曾经集结为两本书公开出版。一本是上海人民出版社出版的《现实与抉择》，包括中心本部和各研究所共15篇研究报告。另一本是人民出版社出版的《新时期我国经济的宏观调控》，这是我和林兆木、郭树清主持完成的，中心许多专家都参加了。前面说的《“八五”计划和十年规划总体构想》，作为这本书的附录公开发表。

参与起草中央文件和其他研究工作

我从参加党的十三大报告起草前后，经常参加党中央和国务院文件的起草。文件起草就那么为数不多的一些人，一般是由上面点名，要谁去谁去，大多不是由本人所在单位派遣。我调离中央书记处研究室到国家计委，参加文件起草和其他一些临时性的研究任务，非但没有减少，反而“越陷越深”，成为经常性的营生。

十三大闭幕不久，即接通知参加政府工作报告起草。十三大后赵紫阳任总书记，李鹏为代总理，下一年的政府工作报告将由李鹏作。报告起草组由袁木负责，参加者有桂世镛、我和谢明干，以及另外几个年轻人。我们11月26日讨论写作提纲，30日邀请首都新闻界人士开座谈会。12月1日上午国务院会议赵紫阳和李鹏交接工作，李鹏履新，当天下午就和起草组谈政府工作报告起草问题，讲了对政府工作的考虑。之后就是走必经的程序，写出初稿，多方征求意见，国务院和中央讨论，如此这般，工作断断续续，直到1988年3月全国人大闭幕。这时国家计委已经决定筹建经济研究中心，我就全力以赴转向筹建工作了。

这次全国人大会议对物价上涨幅度过大问题高度重视，批准的价格改革方针是继续走“放、调、管”相结合的路子，逐步理顺价格体系和价格管理制度，但后来没有实行这样的方针。1988年夏天，在严重通货膨胀条件下贸然进行“价格闯关”，8月中旬中央政治局在北戴河召开扩大会议，通过《关于价格、工资改革的初步方案》，提出5年内职工工资平均增长1倍左右，零售物价涨70%左右。消息发布，人心惶惶，引发全国性的银行挤提和商品抢购风潮。8月下旬中央改变方针，把经济工作重点转向治理整顿，放缓价格改革步伐。为了适应这种转变，释疑解惑，中央宣传部委托我主持起草《关于当前经济形势的宣传参考提纲》。这份基调稳健而积极的宣传提纲是我和林兆木写的，找国家体改委的两位同志讨论过。10月7日上午，胡启立主持召开中央宣传思想工作领导小组会议讨论我们写的这份《提纲》，出席的有芮杏文（中央书记处书记）、温家宝（中央办公厅主任）、王忍之（中宣部部长）、穆青（新华社社长）、袁木（国务院研究室主任）等人，我作为文件起草人参加了这次会议。与会者除讨论《提纲》外，还海阔天空议论，对思想宣传方面的混乱状况深表忧虑。10月中旬《提纲》作为全国宣传部长会议文件印发，下旬又作为中央宣传部和国务院研究室文件下发全国，通知中说明，“这个提纲是为广泛深入地进行形势教育编写的，主要供县级以上党政领导干部和宣传部门干部学习、使用。”实际效果如何，我交卷后没有过问。《提纲》交卷不久，我就参加了中央组织的关于苏联东欧局势的研究工作。在1989年春夏之交中国政治动荡的时候，苏联东欧表面上似乎是稳定的，但很快就发生了比中国更严重的动荡。苏联和东欧局势的演变，中央十分关注，根据中央政治局常委指示精神，1989年12月成立苏联和东欧国家局势研究组。研究组的任务，是分析苏联东欧演变的内外原因、经过情形和未来走向，编辑有关材料，研究对应之策，供中央参考。经江泽民和宋平同志批准，研究组由王维澄（中央政策研究室主任）、王忍之（中宣部部长）、袁木（国务院研究室主任）、李淑铮（中联部部长）、田曾佩（外交部副部长）、卢之超（全国政协副秘书长）、滕文生（中央政策研究室副主任）、王梦奎（国家计委经济研究中心副主任）八人组成，王维澄牵头。研究组下设办公室，承担具体的专题研究、资料编辑、情况反映和研究报告的撰写工作，由卢之超、滕文生、王梦奎负责。研究组成员都是各部门负责人，不可能专做此事，主要是议论和决策，是比较虚的，日常工作由办公室负责，卢之超主持，他忙不开时由滕文生或我主持。开始要求我全力以赴，因为国家计委工作离不开，经协商两边兼顾。办公室先后从中联部、中宣部、中央党校、安全部、总参三部、国防大学、中国社会科学院、人民日报、北京大学等单位，借调30多人参加研究工作，到1992年初结束。我1990年到国务院研究室后，比在国家计委更忙，就很少参加这项工作了。

我在国家计委工作期间参加的中央最后一项活动，是1990年7月10日，出席江泽民总书记召集的专家座谈会，作关于改善国民收入分配格局的发言。我分析了经济体制改革10年来国民收入分配体制和分配格局的变化，用统计数据说明国家财力过于分散的状况，说这对于我们这样一个进行大规模建设，需要大量积累资金的国家来说，是个很大的问题。我认为，改善国民收入分配格局，是“八五”时期和整个90年代必须采取的一项重大方针，也是经济体制改革应该追求的目标之一。我建议改善国民收入分配格局的思路是：照顾既得利益，注重增量调整；照顾大多数人的既得利益，限制少数人的既得利益；把“正门”开得大些，把“旁门”关得紧些；清理优惠办法，少开新的口子；通过体制改革影响国民收入分配和再分配，包括价格改革、社会保障制度改革和住房制度改革；改革税收制度，加强税收征管。我讲完后，江泽民悄声问李鹏：王梦奎还在国家计委吗？李说，正要调国务院研究室。因为没有关扩音器，大家都听到了他们的悄声对话，我意外地知道了自己工作变动的确切消息。林兆木告诉我，在他参加的下一次座谈会上，江泽民提到国家财力过于分散的问题，说：昨天听了王梦奎的发言，真是心惊肉跳。这次发言，对尔后中央下决心进行财税体制改革，把财政包干制改为中央和地方分税制，可能有点积极影响。

国际交往

到国家计委之前，我有过两次出访的经历。一次是1980年初，参加中国代表团出席达沃斯论坛，就是后来的世界经济论坛，当时叫欧洲管理论坛，会后在瑞士、法国和西德参观访问；一次是1986年6月，参加中央书记处研究室代表团访问东德。这两次都是走马观花性质的参观，没有深入考察。在计委那几年，在对外交往方面有新的拓展，开始进行较为深入的专题考察，并且主持国际讨论会。

1988年12月3日到15日，我率领国家计委宏观经济管理考察团，对瑞典和奥地利进行专题考察。这是我第一次率团出访。出发前我们广泛搜集阅读现有资料，请有关专家进行座谈，了解两国的历史、现状和对华关系。我还写了一个比较详细的考察提纲，供全团人员讨论补充。考察期间，分别与两国政府的财政部、中央银行、社会事业部、经济研究所、雇主组织和劳工组织，以及奥地利的经济部、瑞典的工业部进行专题座谈，还考察了两国的国有企业及其管理体制。每天晚上，全团开会总结一天工作，讨论第二天考察的细节，明确哪些情况需要了解，在什么机构提什么问题。斯德哥尔摩地近北极，冬季日照很短，冰天雪地，这种讨论倒成了度过难熬长夜的好办法。因为准备充分，考察取得预期成果。归来就两国的财政金融政策、工资物价管理、社会福利政策，以及国有企业的管理，写了一份总报告和五份专题报告。报告没有什么空话，而是如实说明考察所见所闻，具体介绍两国情况，着眼点都是当时国内最为关注的改善宏观管理和治理通货膨胀问题。瑞典和奥地利是由社会民主党长期执政的经济发达国家，通过这次考察，我对这种类型国家的经济体制和政策，有了比较切实的了解。

1990年5月14日至19日，我主持召开了中美经济学家“中国经济改革与政策”讨论会。这是在1989年政治风波之后，在中美关系比较紧张和困难的时刻，两国经济学家第一次高层次的会晤。出席的经济学家，中方有桂世镛、刘国光、张培基、黄范章、卢春恒、林兆木、郭树清等10多人；美方有帕金斯、登伯格、拉迪、菲尔德、哈里·哈丁等10人，都是研究中国经济的专家。美方学者是抱着重重疑团而来的，主要问题是：中国的经济改革是否在治理整顿中倒退了？治理整顿是否必要和能否成功？我方本着“不卑不亢，多做工作，求同存异，增进了解”的精神，介绍中国的实际情况，既坦诚陈述当前的困难，又积极展示发展和改革的前景，增进了美国学者对中国的了解。美国学者也提出了一些可供我们借鉴的意见和建议。开始有些紧张对弈的情绪，会议进程中友好气氛增加。我在闭幕词中，肯定每个美方学者提交论文或者大会发言中一两个有意义的观点，受到美方好评。得悉统计学家菲尔德发言那天正值生日，我以会议主席身份在会上表示祝贺，桂世镛代表国家计委送一件生日小礼品，美方学者深为感动，菲尔德用他很不熟练的中国话说，今年的生日在他的一生中是“空前绝后”的。这是我第一次主持国际讨论会，为日后的国际交往积累了经验。

在国家计委期间，有过两次走马观花式的出访，也都有收获：

一次是1990年2月，和国务院发展研究中心几个同志到韩国参加第二次东方经济研讨会，会后在汉城、釜山等地参观访问，接触了一些经济界、文化界和政界人士，观察到中韩关系发展的巨大潜力。回来我写了一份《韩国印象》的报告，建议同韩国建立更密切的经贸和科学文化合作关系，并争取早日正式建交。一次是1990年8月20日至30日，参加中联部组织的中国人民争取和平和裁军协会积极分子代表团访问苏联，成为苏联解体前夕社会政治和经济状况的目击者。此前几个月参加中央组织的关于苏联和东欧问题的研究，对于苏联的情况已经有所了解。这次在俄罗斯、乌克兰和立陶宛，访问了工厂、农庄、农场、电站、港口和农民家庭，还有列宁格勒州和敖得萨州党委，以及苏联科学院远东研究所，和不同阶层人士举行16次会见和座谈，更了解了不少苏联社会政治经济的生动真实情况。归来写成《苏联见闻》，登在中央政策研究室供中央领导参阅的一份内部刊物的增刊上。这篇考察报告详细记述了所见所闻，说：“苏联发生了严重的经济危机，近三五年没有好转的希望。”“从上到下对改革前途感到困惑，不知道下一步怎么走，不知道明天会发生什么。”还说：“我们在访问中强烈感到，苏共的力量和作用已经被严重削弱，正在丧失执政党的地位。”“苏联已经从组织最严密的国家变得分崩离析。”“如果抛开社会制度问题，恐怕可以说，从彼得大帝到斯大林逐渐建立起来的统一的俄罗斯大帝国正在瓦解。这是不可挽回的。这对欧洲政治地图和整个世界形势有重要影响，对于我们国家也有重要影响。这是我们90年代面临的新的国际格局的一个重要方面。”这些判断，不久都不幸而言中了。

1990年8月，王梦奎（右一）在苏联科学院远东研究所与专家座谈

调离国家计委

访苏回来，我就到国务院研究室工作了。本来，中共中央6月16日即发出《关于王梦奎同志任职的通知》，国务院7月21日任命我为国务院研究室副主任。因为原定以经济学家的民间身份访问苏联，访问回国才公开宣布。

这次工作变动又是一次三岔路口：中宣部、中央文献研究室和国务院研究室都提出要我去。我经常在报刊发表文章，帮中宣部写过《关于当前经济形势的宣传参考提纲》，中宣部要我去在情理之中。中央文献研究室要我去，听说是那里要选一个副主任，条件是搞经济的，在中央机关工作过的，做过文献编辑整理工作的，同时具备这三条的人很少，恰巧我都符合。国务院研究室是新组建单位，也需要经济专业的人。这一次工作调动，中组部没有征求我的意见，但到国务院研究室工作，视野更广阔，不脱离专业，又能发挥个人专长，这正符合我的意愿。

我于1987年8月到的国家计委，1990年8月离开，整三年时间。从1988年4月筹建算起，在经济研究中心是两年五个月。这三年，我对宏观经济有了比较多的研究，也积累了领导一个研究机构的经验，对于以后在国务院研究室和国务院发展研究中心担任领导工作，都有益处。

顺便说说，后来在1995年的政府机构改革中，国家计委经济研究中心和其他几个单位，合并组建为国家计委宏观经济研究院，我出席了7月11日在人民大会堂举行的成立大会。为适应计划经济体制向市场经济体制转变的需要，在1998年的政府机构改革中，国家计委改称国家发展计划委员会；2003年又和国务院经济体制改革办公室合并，组成国家发展改革委员会，简称“国家发改委”。宏观经济研究院相应地先后成为这两个委员会下属的研究机构。宏观经济研究院成立以来取得可观的成绩，成为国内外有影响的研究机构。宏观经济研究院把国家计委经济研究中心视为其前身。2008年7月15日，我出席了国家发改委宏观经济研究院暨国家计委经济研究中心成立20周年纪念大会，见到许多当年经济研究中心的老人。纪念大会是在宏观经济研究院的办公地国宏大厦举行的。这是我第一次也是唯一一次到国宏大厦，看到那里优越的办公条件，敞亮的会议大厅，回想起经济研究中心创建时期在计委大楼顶层加盖的临时建筑里工作的艰苦岁月，看到国家建设的进步和研究机构的壮大，抚今追昔，感到由衷的高兴。

（本文发表于《百年潮》2015年第1期，
由《百年潮》杂志编辑杨琳编辑）

安娜·路易斯·斯特朗六次中国行

赵风风

安娜·路易斯·斯特朗，美国著名的进步作家和记者，中国人民的老朋友。

斯特朗一生追求进步，向往革命，坚定支持人民革命运动。在她那个时代，资本主义显示出无法解决的社会和政治问题。她周游世界，寻求真理，积极探索不同民族走向社会主义道路的方式，希望能找到她自己国家足以借鉴的经验教训。在此过程中她对中国在内的许多国家的人民革命运动给予了无私的帮助，始终不渝地支持世界各国人民的民族独立和解放事业，赢得了中国在内的许多国家的人民的尊重。

赵风风女士1958年在廖承志安排下成为斯特朗的秘书兼翻译，照顾她的生活，陪伴她走过了生命的最后一段。

俄国她去得太晚了，没赶上革命，
所以“提前到中国，以便到时候能在场”

斯特朗一生六次来到中国，每次都处于中国革命最关键的时刻：1925年那时候是刚刚发生了省港大罢工；1927年，那个阶段是国民党右派在上海大肆屠杀共产党人之后；1938年是在第二次国共合作和抗日民族统一战线形成时期；1940年，统一战线开始破裂时期。她的第五次访问让她在中国名声大噪，毛主席向她提出“一切反动派都是纸老虎”的著名论断。最后，从1958年起，她定居中国。

要说起为什么会来中国，就不得不提她与俄国的关系。斯特朗在1921

年的时候曾经以社会工作者和报纸记者的身份去了俄国。用她的话来说，那个时候列宁领导下的俄国政权建设是一个“世界上从未有过的最巨大的试验”。她曾亲身参与到新生苏维埃政权的妇女和儿童工作中。

就是在莫斯科工作的时候，她认识了一个叫达琳娜·苏查诺瓦的女人，这个人应该是在国家出版局任职，通过她，斯特朗认识了托洛茨基，托洛茨基是当时负责国防的政治委员，在中央委员会中是仅次于列宁的人物。斯特朗那个时候可以说是风华正茂，她的美貌、才华很快引起托洛茨基的注意。斯特朗开始每周去教托洛茨基英语，那段时间他们俩过从甚密，斯特朗回忆录里记述过一些具体细节，她甚至可以使用托洛茨基的汽车，并开始着手为他写传记。正是由于和托洛茨基的交往，使得斯特朗的政治见识迅速增加。也正是从托洛茨基口中，她知道“世界上最激动人心的革命运动是在中国”。（1925年，苏联支持的国民党已把它的控制范围扩大到整个广东省及其省会广州），而斯特朗自己曾经说过，俄国她去得太晚了，没赶上革命，所以“提前到中国，以便到时候能在场”。

她很有预见性地说：中国的未来“存在于被捣毁了的农会之中，存在于那些千千万万农民的希望和经验之中”

斯特朗最早一次来到中国时（1925年），中国政治舞台上最活跃的是军阀势力，所以，她最早关注的是一些军阀，但结果比较让她失望。张作霖妻妾成群，在女权主义的她看来张肯定不是什么好人物；冯玉祥在她眼中是一个朝秦暮楚、不断倒戈、讨好政敌的投机分子；吴佩孚她也看不上，用她的话说就是一个老旧、传统的旧军阀。于是在先后拜访这些人后，她去了上海，在上海她认识了宋庆龄，宋庆龄的气质、风采给她留下了很深、很好的印象，宋庆龄建议她去广州，因为那个时候在广州国民党和中共正在掀起第一次大革命高潮，斯特朗又很想去香港，但是由于那里刚刚发生了省港大罢工，官方是禁止通过香港的船只在广州码头靠岸的。宋庆龄就通过宋子文让她成行。宋庆龄显示出的能量让她还是比较震撼的。她们以后也一直保持着很好的关系。

广州当时的情况是，国民党右派刚刚刺杀了廖仲恺，廖仲恺的妻女在积极从事一些妇女活动和左的运动。她对此做过记录。值得说的是，斯特朗很关注她所访问过的国家中妇女所起的作用，她和李德全（冯玉祥的夫人）、何香凝（廖仲恺的夫人）、宋庆龄等都是互相欣赏，一直保持很好友谊的。

当时，一个有意思的地方就是在广州还有鲍罗廷，他们早就认识并很熟悉，在莫斯科的时候，就是和托洛茨基关系比较密切那段时间，她曾经搞过一个赫尔会馆，就是一个俱乐部，为了消除俄美隔阂搞的那么一个俱乐部，那时候鲍罗廷的夫人和她一起搞这个事情，鲍罗廷和她在更早的时候就认识，那个时候也积极参与过这个事情。在广州，由于苏联对国民党的经济及各项援助，鲍罗廷当时作为广州与国民政府的苏联顾问具有左右全局的影响力，是个举足轻重的人物。鲍罗廷是很高兴见到她的，因为当时很少有外国记者来到广州报道革命情况，斯特朗把从鲍罗廷这儿了解到的中国工人运动、反帝运动报道给了世界。

斯特朗与朱德一家

到了1927年，她访问了莫斯科之后又一次来到中国。此时，蒋介石领导的北伐取得巨大胜利，蒋也成为国民党中的头号人物，这个时候的蒋介石也完全摒弃孙中山联俄、联共政策，鲍罗廷对蒋介石压迫农工、反对中共的做法很不满，加之他们在北伐上种种意见的不一致，鲍罗廷和蒋介石的关系也从一致到不一致到敌对。蒋介石已经完全独立，急于摆脱苏联顾问。不管是在军事上、政治影响力上已经完全占了上风。鲍罗廷的影响力越来越弱，工人运动继续被镇压，鲍罗廷希望通过冯玉祥的力量牵制蒋介石，但局势已经不受他控制了。最后的结果就是宁汉合流，国共决裂。但是鲍罗廷本人对中国革命形势的判断还是很乐观的，斯特朗曾经写过鲍罗廷跟她说的话："你是不是认为，当我们在俄国搞革命时，我们在10月里干了一件大事？好，现在这场革命要大得多。这是占全球人口四分之一的人民。是世界上最大的大事。"这个时期，她报道了日益高涨的工农运动和反对帝国主义为后台的军阀的国内战争，也报道了由于蒋介石和汪精卫的背叛而导致许许多多人流血牺牲的革命失败。她悲愤地写下《千千万万的中国人》一书，向全世界报道国民党蒋介石对中国革命的叛变和镇压。根据她对中国社会的考察、观察和判断，那个时候，她就很有预见性地说过：中国的未来"存在于被捣毁了的农会之中，存在于那些千千万万农民的希望和经验之中"。

在全面抗战爆发后，斯特朗第三次来到中国，严格意义上讲，也就是在她1937年第三次来中国的时候，她开始关注中国共产党。1934年红军进行了长征，1936年发生了西安事变，这些事情，美国记者斯诺都进行了报道，斯诺的报道吸引斯特朗又一次来中国，她专程到晋西北访问了朱德将军的司令部，继而访问了华北各战场。她不知疲倦地穿梭于斗争激烈的敌后各条战线之间，结识了朱德、贺龙、刘伯承等这些十几年后成为共产党的杰出领导人的人。她还见到了周恩来和夫人邓颖超，和他们进行了深入的聊天。几个月接触后，她第一次了解了八路军这样一支人民军队，了解了八路军的政策、主张、战略、方针和他们所做的事情。她根据采访记录写成了《人类的五分之一》一书，不仅讴歌了共产党领导下的伟大的人民战争，而且向全世界报告：中国抗战必胜。

最早将皖南事变的真相向世界做了报道

斯特朗第四次来到中国，是在1940年底，当时抗战正处于僵持阶段，中国很多大城市沦陷，在国民党内部反共、投降的声音很多。国民党发起第二次反共高潮，制造了皖南事变。

这个事情刚发生后，对皖南事变的报道，一开始都是诬蔑新四军是叛军的消息。当时国民党的新闻检查制度很严格，外国记者的报道必须经过国民党的中央宣传部下面的国际宣传处审查才能发表，所以，真实的消息根本传不出去。

这样的情况下，我们是通过一些国际友人的协助才把消息传出去的，最早是斯诺，是廖承志告诉斯诺这个消息的，但斯诺报出去这个事情以后，国民党不承认，反过来还污蔑斯诺造谣。后来，有一些驻重庆的外交官从不同渠道证实了这个事情，蒋介石才算一定程度上承认有这个事情，但是又狡辩说是新四军先袭击了他们的部队。

蒋介石为什么怕这个事情，是因为他是要靠统一战线争取国际援助，美国对蒋介石援助与否取决于他是否能有效地组织联合抗日，蒋介石这次围歼共产党所领导的抗日部队，这个事件的真相如果让世界知道，将会影响他需要的国际援助。所以，他对此是有所顾忌的。

斯特朗是怎么拿到这个消息的？在1940年底，也就是在她第四次来到中国，当时她从路易·艾黎那儿了解到，国民党是在统一战线掩盖下攻击共产党的。在重庆，斯特朗见到了周恩来，那个时候周恩来是作为八路军代表住在重庆。周恩来向她介绍了国民党破坏国共合作、破坏统一战线的一些具体的事实。斯特朗之前从爱泼斯坦那儿听到过新四军的行动方案，最关键的是周恩来对她谈了他自己的分析，之前，新四军一直是从上海伸延到其他地区进行小部队行动，所以，要是撤退的话，就得不到保护。而这些部队大部分是依靠当地人民的支持才能生存，在转移中，蒋介石既不提供粮食也不提供资金。所以一旦执行了蒋介石的命令，共产党的所有部队都会集中到华北，这就会成为日本人靶子，蒋介石就可以控制华中和华南。

之后，周恩来给了她一部分材料。周恩来一开始是不让她发表的，因为那个时候发表的话国共的冲突肯定会激烈起来，授人以柄嘛。斯特朗回到美国之后，那个时候都是重庆新闻检查所的通稿，就是说新四军是叛军。应该是在2月的时候吧，她就收到廖承志的信让她发表这些材料。这样就印证了斯诺的报道。

其实找报纸发表这些东西还是比较困难的，斯特朗本来是想在《纽约时报》上发表，但是没能如愿，最后在《纽约先驱论坛报》上发表了，不过条件就是不以斯特朗的名义，这个报社的一个记者要以自己的名义以特稿发表，斯特朗同意了。当然这篇“特稿”也让这个记者一夜成名。

Letter from China

by Anna Louise Strong

NUMBER 70 | 1 YUNG KE LU | APRIL 14, 1970

IN MEMORIAM — ANNA LOUISE STRONG

1885 1970

Dear friends,

In Letter No. 69 Anna Louise Strong told you it might be the last, adding:

"However, I have always preferred round numbers. I am not entirely happy to end the year of 1969 with Letter No. 69. We are now entering the year 1970. I hope that in the first six months of that year I may be able to write a last 'Letter.' I want to make it an account of my personal feelings about the new China and the effects which China has had on what might be called my lifelong quest.

"That will then be Letter No. 70 and the final one."

It was not to be. She tried though. She worked into January until too weak even to dictate. Still she would not abandon the project, discussing it as recently as March 25, four days before her death.

So we are sending you this final Letter No. 70 as a memorial of Anna Louise Strong.

Your dear friend was seriously ill for two years; fortunately she suffered no pain, even at the end. She lived so long because of her iron will to work and serve and because of the loving care of the Chinese people.

She had every imaginable care — a team of doctors and nurses, constant attendance of the Chinese comrades who helped in her work, and encouragement from friends. On his visit, Premier Chou En-lai found time for a long consultation with the doctors, urging redoubled efforts.

We share your grief. We also share Kuo Mo-jo's moving appreciation of Anna Louise Strong and his certainty that **"a new world will soon come into being, the world that you long looked forward to and fought for all your life, a world that will bring emancipation for all mankind."**

A group of friends.

Anna Louise Strong, Noted American Progressive Writer, Dies in Peking

Peking, March 29 (Hsinhua News Agency) — Anna Louise Strong, noted American progressive writer, died of arteriosclerotic heart disease this evening in Peking at the age of 84, after failing to respond to long medical treatment.

Before she passed away, Chou En-lai, Premier of the State Council, Kuo Mo-jo, Vice-Chairman of the Standing Committee of the National People's Congress, as well as comrades and friends from the U.S. and other countries living in Peking went to see her at the hospital.

Peking Ceremony Pays Last Respects to Noted Progressive American Writer Anna Louise Strong

Peking, April 2 (Hsinhua News Agency) — A ceremony was held here today to pay last respects to noted American progressive writer Anna Louise Strong before her portrait and ashes.

In the hall where the ceremony was held were a portrait of Anna Louise Strong and the urn containing her ashes. An inscription hung across the hall read: "May Anna Louise Strong live forever in our memory".

The portrait was flanked by wreaths presented by our great leader Chairman Mao and his close comrade-in-arms Vice-Chairman Lin Piao. The white ribbons on the wreaths bore this message: **"To progressive American writer Miss Anna Louise Strong, a friend of the Chinese people"**. There were also wreaths from Comrades Chou En-lai, Chen Po-ta, Kang Sheng and Chiang Ching, from Comrade Li Hsien-nien, from Comrade Kuo Mo-jo, from Comrades Tsai Chang, Teng Ying-chao and Tsao Yi-ou, from Comrade Shih Shao-hua and the organizations concerned. (P.T.O.)

刊载斯特朗逝世消息的《中国通讯》

其实这个事情，我们都知道，斯特朗是一个非常争强好胜，在各方面，作为记者她不畏艰险跑各地就是为了获取独家的新闻素材，她也有这个能力。但她肯定知道这个消息的重要性，在事关中华民族大义的事情上这么高风亮节，不得不说她还是很有气度的，她不想辜负周恩来。

毛泽东关于“一切反动派都是纸老虎”的论断随着斯特朗的报道而变得人所共知

后来，她和中共的高层，有了普遍和广泛的接触，譬如朱德、刘少奇、周恩来，当然还有毛泽东。她后来多次反复提起，那段日子是她终生都难忘的愉快的日子。她甚至还专门出过一本书《中国人征服中国人》，里面都是1946年到1947年在延安、陕甘宁边区、晋察冀边区以及东北解放区采访的纪实。

我们知道之前的记者，最多也只是深入到延安，斯特朗很聪明地利用一个驻扎在共产党辖区的迪克西小组的美军观察小组，按规定，他们可以从北平向延安及共产党控制地区里其他37个点进行经常性“观察”飞行。利用这个机会，她走访了很多地方。延安、陕甘宁边区、晋察冀边区、东北解放区她都去到了。延安那时候是中共总部，就是在延安，毛主席向她发表了《一切反动派都是纸老虎》的著名谈话。纸老虎那次谈话其实不光是谈了纸老虎，她和毛主席的谈话内容其实是很丰富的，从国共两党之间达成政治解决的前景、土地改革到国际关系。

毛泽东给斯特朗的印象，斯特朗在文集中有过描述：“毛直率的谈吐，渊博的知识，和诗一般的比喻，使他的谈话成为一次我所经历的最为鼓舞人心的谈话。我从未遇见过有人使用如此鲜明而又充满诗意的比喻。”

关于“纸老虎”的这个细节，她没有具体和我讲过，不过她的书中有谈到。说起“纸老虎”，其实一开始陆定一翻译成“Strawman”（稻草人），陆定一想用一个对称的词翻译成英文。斯特朗有点迷惑，就问毛泽东：“是指Scarecrow（吓鸟的草人）吗？”一旁的马海德领会了二者的区别，是他插话说，“不是稻草人，是纸老虎，papertiger。”毛泽东还补充：“一切反动派都是纸老虎，看样子很可怕，但一下雨就完了。从长远观点看问题，真正有力量的是人民。蒋介石——纸老虎。”当斯特朗还询问是否能够报道毛泽东称蒋介石是一只纸老虎，毛泽东告诉她：“你可以说如果蒋拥护人民的利益，他就是一只铁老虎。如果他抛弃人民并向他们发动战争——这就是他正在做的事——他就是纸老虎，雨水会把他冲掉。”就这样，毛泽东关于“一切反动派都是纸老虎”的论断随着斯特朗的报道而变得人所共知。

她是第一个系统地把毛泽东思想介绍给外界的人

斯特朗最早在1947年的时候就写过《毛泽东的思想》，根据刘少奇、陆定一等当时党的领导人与她聊的毛泽东和他的思想来源等材料写的。最早发表在美国纽约一家叫《美亚》的杂志上面，写毛泽东在马克思主义方面的创造。当时别的作家主要写成就，斯特朗最早关注了理论。

斯特朗和那个时候延安的领导们的关系非常密切，一件事可以反映。1946年在延安时，朱德总司令60周岁的生日宴会没有邀请她（因为当时有政策），她就自作主张要去，结果第二天，一份大红请帖就送过来了。他们之间是很随便的，关系很好，譬如生日宴会上，毛泽东说：“你看朱德，他在这里已经过了好几个冬天了。他和蒋介石同岁，但是蒋的头发全白了，而朱德的白头发却很少。”斯特朗就讲：“但蒋在南京过得舒舒服服，而朱德是住在窑洞里。”“我不相信蒋就过得那么舒服。”毛泽东还反驳她。

通过采访毛泽东、刘少奇、周恩来、朱德等共产党的领袖，斯特朗认识到，他们是些“头脑敏锐、思想深刻和具有世界眼光的人”。她表示，“中国是我愿意度过后半生的地方”。

斯特朗对周恩来很崇拜，她对周恩来的态度有点像我们现在的追星族。有一件事是，周恩来、朱德他们经常和斯特朗打牌。有一次周恩来从南京回来，她又邀请周恩来打牌，但是周恩来说“稍后即来”，其实就是婉拒，马歇尔调停时期，事情很多嘛。第二次邀请，周恩来还让人这么回复。于是斯特朗就自作主张地去找周恩来，她到枣园，冲过门卫直接走进了主要会议室，在当时中共中央委员们诧异的注视下说她想要见周恩来。周恩来把她拉出来后很严厉地教训了她一顿。斯特朗回来后哭着对她当时的秘书李敦白说："他接着训了我一顿，他真的训了我一顿。"

1958年，我刚当斯特朗秘书没多久的时候，有一次，我们被邀请参加在北京饭店举行的除夕舞会。她先和贺龙（当时的副总理）等跳了，然后说她累了就回到楼上房间休息。当我告诉她周总理来了的时候，她立马来了精神。周总理和一个少数民族姑娘跳完后就来到斯特朗的桌边。周总理祝斯特朗新年快乐，请她跳舞。曲子太快，当时斯特朗已经73岁了，她怕跟不上，但又不愿意错过这个机会，就在800多人面前跳了。她回来后非常兴奋："这些人都知道，我是今年第一个和周恩来跳舞的人。"深夜1点多钟回到房间时，她给朋友们写了密密麻麻10页纸的信说这件事。

在她80岁生日时，我们中国领导人像庆祝长辈大寿那样为她专门做寿，斯特朗当时收到了两张贺卡，一张是毛主席送的，一张是周总理送的邀请出席她的生日宴会的请帖，中央领导还专门包下一架专机，拉着她和她的30多位中外朋友到上海的锦江饭店，为她举办生日宴会。

晚年编辑《中国通讯》，向世界介绍中国

斯特朗是在1962年创办《中国通讯》的，这是周总理的建议，她曾经向总理表示过对在美国发表文章的渠道感到焦急，周总理就建议她每月写一篇综合通讯，寄给那些有意了解中国消息的人们。她就立刻和唐照明商量了经费和出版方面的细节。她就是这样说做就做。第一份《中国通讯》应该是在1962年9月出版的，其主要内容就是向国外介绍中国的情况，回应外界的一些疑问。因为我们当时官方的对外宣传比较生硬，《中国通讯》尺度就大得多，主要是斯特朗一人撰写稿件，后来有很多种语言，由一些专家翻译成多种语言，然后寄到国外，再翻印分送。一开始，美国左翼把《通讯》看成是一个理论家老太太在漫不经心地表达自己的看法，后来发现《通讯》往往能准确地预测官方的政策，就越来越受到美国国务院的密切注视。而但凡读到《中国通讯》的普通读者，也会被她文章的独特视角所吸引，并对斯特朗的文风赞不绝口。

周恩来和邓颖超在海南岛同斯特朗合影

1958年，斯特朗实现了在中国度过后半生的愿望。廖承志安排我给斯特朗做秘书，我看到的斯特朗是一个工作勤奋、生活简朴的人。她一天也没有离开过打字机。跑遍中国的大江南北，去采访啊，去和工人、农民、战士们谈话，搜集资料，然后写作。她写文章也是精益求精，总是首先考虑到读者的兴趣和要求，每篇文章至少写两三遍，有时甚至七八遍，直到自己满意为止。她是一个非常非常勤奋而且优秀的新闻工作者，她不满足于报道，对一件事总有她自己的理解与分析，她的新闻报道都很有价值和深度。

我还经常看到她拿自己的积蓄支持美国人民的进步事业和美国黑人的斗争。但她自己却非常节俭，衣服总是补了又补。1955年，苏联政府为她平反，恢复名誉并赔偿了她一大笔钱，她得知当时越南南方解放组织的抗美战争正处于最激烈的时候，就把这笔钱捐给了越南南方的民族解放阵线。

她对待工作是非常认真的。在她74岁的时候，听说新华社正在组织一个记者团访问西藏，她就向周总理要求允许她也参加。她那个时候已经70

多岁了，周总理犹豫不定。但是斯特朗非常坚决，没有办法，总理最后只能答应。我也和她一起去了。她就是这样追求独特的人，她当时就想着这样的话她就将会是访问拉萨的第一个美国妇女，也是访问拉萨年龄最大的美国人。

我们乘坐的第一架飞机没有加压密封舱，到西宁时，斯特朗就病倒了。第二天，我们本来准备乘一架没有加压密封舱的小军用飞机飞越唐古拉山脉，但由于暴风，飞机推迟起飞。别人都打算趁此参观当地有名的东关清真寺，斯特朗躺在病床上，已经不能活动了。她也还是没有错失捕捉新闻素材的机会。她要我去参观清真寺，然后告诉我："要能说出是谁，看起来是什么样，他们要干什么和你对他们有何看法。"

三天后，她的身体恢复了，我们和《人民日报》的唐力、《伦敦工人日报》的阿兰·宁顿和《真理报》的一个记者等几个人一起又乘坐专门为她准备的飞机飞到了拉萨，这是总理知道她生病后又特别安排的。

在拉萨，刚恢复的她就浑身是劲儿，报道扫盲运动、农业和小工业开展的成效。然后就急着回北京，她惦记着第一个返回北京，就可以最先发表消息压倒同行。

总之，斯特朗是一个丰富生动而有趣的人，她有坚定的勇气、坚强的性格、执着的信念、无穷尽的旺盛的精力。当然她脾气也不好，很暴躁，所以会有人说她是一个很难相处的人。她有很多朋友，这些人甚至在隔了几十年后仍会想念她。包括那些爱她的或者与她发生过争执的人，一个人最难得的就是别人对她的怀念，斯特朗就是这样的人。

1970年3月20日，安娜·路易斯·斯特朗逝世后被葬在八宝山革命烈士公墓，墓碑上刻着郭沫若的题字："美国进步作家和中国人民的朋友"。

（本文发表于《百年潮》2015年第1期，
由《百年潮》杂志编辑杨琳采访、整理）

国有银行改革历程回顾

杨凯生

杨凯生，经济学博士，研究员。1985年进入工行，历任中国工商银行规划信息部主任、深圳分行行长、总行副行长、中国华融资产管理公司总裁。2004年9月起，历任中国工商银行股份有限公司常务副行长兼党委副书记，中国工商银行股份有限公司行长、副董事长、党委副书记。2014年3月3日期担任中国银监会特邀顾问。全国政协委员。

国有银行的改革背景

中国银行业的改革，整个历史进程可以说是从20世纪80年代初开始的，以工、农、中、建这四大银行分别恢复、分设、成立，特别是以中国人民银行1984年开始专门行使中央银行职能为标志拉开序幕的。

我们党的金融活动，实际上早在红军时期就有了，无论是在井冈山、瑞金，包括长征路上还是后来到陕北。工商银行新疆分行的一个网点有一个小陈列室，其中就收藏展示了毛泽民同志在新疆搞我们党自己金融事业时的一些珍贵历史资料。新中国成立前的1948年，我们党在河北石家庄正式组建了中国人民银行，为新中国成立以后建立我们自己的金融体制做了准备。新中国成立初期搭建的金融体制，一直持续了整个计划经济时期，基本上是模仿苏联。50年代初国家还派过一些同志去苏联学习、了解他们金融体系的运作情况，中国人民银行原副行长尚明同志曾经和我说过，他当时就是去苏联考察学习的几个人之一。

计划经济模式下，中国人民银行既管理国家货币发行，又从事存、贷、汇等银行业务，在计划经济时代发挥了重要作用，对资金的归集、使用，对支持当时经济的发展，为我们建立独立自主的工业体系等方面都作出过重要贡献。70年代末改革开放正式拉开序幕，随着改革的不断深入，对计划体制下的银行体系的改革就势在必行了。中国人民银行从1948年开始一直到1984年既行使中央银行的职能，譬如货币发行、货币政策的制定，同时又具体承办城乡居民的储蓄存款，工商企业的存、贷、汇，既是中央银行，又是一家商业银行，这显然不适应进一步深化经济体制改革的需要。1983年9月，党中央、国务院决定由中国人民银行专门行使中央银行职能，把它原来承担的城乡居民储蓄存款、工商企业存贷汇业务整建制划出来，成立一个新的银行就是中国工商银行，来办理这些业务。1984年1月1日，中国工商银行开始正式营业，这是中国金融改革史上的一件大事。说我国金融改革史，我经常说可以从工商银行的成立说起，因为工商银行的成立，标志着中国人民银行开始正式专门履行中央银行的职能，意味着中国出现了真正的中央银行。至此，计划经济下“大一统”的银行体系被以中央银行领导和四大专业银行为主的二元银行体系取代。

《关于经济体制改革的决定》开启我国国有银行企业化改革的道路

1984年10月，党的十二届三中全会作出《关于经济体制改革的决定》，提出了社会主义商品经济理论，邓小平评价说是写出了一个政治经济学的初稿，这个决定也开启了我国国有银行企业化改革的道路。四大银行成立之初，是有专门分工的：中国银行专门从事外汇业务；工商银行主要办理城市居民的储蓄存款，办理工商企业的存款、贷款、结算；农业银行主要解决农村的金融服务问题；建设银行主要负责基本建设行业的存款、贷款、结算业务。但改革进展之快超出了人们的预料，没过几年，这个格局就发生了很大的变化。当时比较形象的说法是：工商银行下乡了；农业银行进城了；建设银行从脚手架上下来了；中国银行上岸了。这说明原来意义上的专业银行的分工已经被打破，几大银行相互交叉、相互竞争的局面已经开始出现，体制内专业银行的企业化改革已初见成效。与此同时，为实现把我国的专业银行办成真正的商业银行这个目标，我们分离出了政策性金融业务，从1994年国家相继成立了专门办理政策性信贷业务的国家开发银行、中国进出口银行及中国农业发展银行。这期间，还有一件很重要的事情就是体制外银行体系在这一阶段的增量改革，银行金融机构开始多元化。新型股份制商业银行、地方商业银行及信用社等开始纷纷出现。1979年10月，国务院批准成立中国国际信托投资公司，各地纷纷效仿成立地方信托投资公司。城市信用社也蓬勃发展。1986年，工行上海静安支行成立证券营业部，这是证券公司的雏形，证券交易开始出现。1986年，组建了股份制的全国性综合性银行——交通银行，此后陆续建立了一批全国性或区域性的股份制商业银行。为促进地区经济发展并深入参与国际经济循环业务，1986年成立了招商银行，还有第一个以企业为主体出资人的保险公司——平安保险；第一个向社会公开发行股票的商业银行——深圳发展银行。从1995年开始，中国人民银行开始在16个城市进行在城市信用社的基础上组建城市合作银行（城市商业银行前身）的试点，同年2月中国第一家城市商业银行——深圳城市银行成立。这一阶段体制外金融机构的迅速大量增长，可以说是我国商业银行制度中十分具有市场化意义的改革。

1983年，中国工商银行成立大会现场

这个阶段的改革充分体现了我们国家在转型发展中的智慧，即通过体制外银行体系增量改革的迂回路径，规避了直接进行体制内专业银行体系改革所需要的较大改革成本，实现了银行体系的平稳过渡。同时，这也表明我国银行体系的市场化程度有了不断的提升。90年代中期金融改革中还出现了一件比较大的事情，那就是1995年的《中华人民共和国商业银行法》的颁布，虽然有些人现在对这部法律还有一些意见，但我们应该充分肯定它的历史作用。这部法律的颁布实施标志着我国对银行的管理由单纯的行政管理进入了法制化轨道，商业银行的经营行为从此必须遵从《商业银行法》。

《商业银行法》从法律上确立了国有商业银行的地位和属性，明确了国有商业银行要以效益性、安全性、流动性为经营原则，实行自主经营、自担风险、自负盈亏、自我约束。之后，1997年爆发了亚洲金融危机，东南亚不少国家出现了金融动荡，有些国家甚至出现了政治动荡，从这次金融危机中我们国家也进一步看到了金融工作的复杂性、重要性，看到了防范金融风险的复杂性、重要性，从而下决心加快推进我国银行业改革的步伐。

中共中央关于经济体制改革的决定

（中国共产党第十二届中央委员会第三次全体会议一九八四年十月二十日通过）

一、改革是当前我国形势发展的迫切需要

二、改革是为了建立充满生机的社会主义经济体制

（下转第二版）

1984年10月，党的十二届三中全会通过《中共中央关于经济体制改革的决定》，提出了社会主义商品经济理论

1997年召开了第一次全国金融工作会议，总的精神就是防范风险，会议制定了许多化解金融风险的重大措施。1999年开始，相继成立了信达、华融、长城、东方四家资产管理公司接管四家银行剥离的不良资产。这对积极化解银行体系的风险，为后期国有商业银行的财务重组，包括在管理体制、产权模式和组织形式等方面的全面改革进而上市打下了坚实的基础。

当时国有银行不良贷款比较多，成因非常复杂。例如，90年代中后期，随着经济市场化程度的提高，国企改革的问题凸现出来。国有企业当时有不少历史包袱，例如企业办社会，政企合一等等。因此要加快国有企业改革，要脱困，就要解决这些问题，而企业改制实际上是要花钱的。譬如减员增效，就势必会出现一些工人下岗。安排下岗工人，处理企业改制过程中的一些债务，这都是企业改制所必需的成本。按理说，国有企业改革的成本应由国家来负担，但那个年代我们国家的财政能力有限，所以在那个特殊的历史时期，企业改制的成本基本上是由银行来承担了。比如对贷款的处理，

1986年，工行静安证券营业部代理延中和飞乐股票发行

企业贷了一笔款，本来设定了抵押，但抵押物处置之后，要先安置工人，银行贷款就无力偿还了。企业改制的成本由银行承担，这在当时实际是整个改革中以时间换空间的一种做法，当然这也造成了银行不良贷款的飙升。

当时有人说中国的银行技术上已经陷入破产，实际上我是这么看的：当时企业是国家的，银行也是国家的，政府作为老板、有权决定把做一件事的成本从左口袋掏出来或者右口袋掏出来，在当时历史条件下这么做是一种简便的、可操作的选择。但银行因此形成的大量不良贷款一直背着是不行的，特别是亚洲金融危机的教训提示我们要高度重视这个问题。于是1999年先后成立了信达、华融、长城、东方四家资产管理公司来接收不良资产，接收不良资产实际上又一次把负担从左、右口袋倒手了一次，资产管理公司接收不良资产是按账面价值来接收的，一块钱不良贷款拿一块钱来买。按理说一块钱不良贷款是不值一块钱的，市场化的做法是应该评估的。当时一共剥离了1.4万亿不良贷款，四家资产管理公司拿1.4万亿的钱从四家银行手里买了1.4万亿的不良贷款。目的之一是支持商业银行改制，让商业银行卸掉历史包袱；二是支持国有企业进一步脱困。当然，这些资产管理公司处置不良贷款会有损失，损失由国家承担。当时有个《金融资产管理公司条例》，规定资产管理公司等价收购银行的不良贷款，最后处置的损失由国家来承担。这样做还有一个意义，就是不良贷款从银行剥离之后，可以由资产管理公司对不良贷款实行专业化处理，从而在处置不良贷款的问题上更精细、更有效率。当时资产管理公司的任务就是整天琢磨怎么把这些不良贷款处理的回收价值最大化。

应该说资产管理公司在实际运作中发挥了重要的作用。商业银行把不良资产剥离出去以后，有条件完全的自主经营了，这就为国有商业银行的改革提供了一个新起点。生产企业负担也减轻了，促进了国有企业扭亏脱困，推动了现代企业制度的建设。总体看来我国资产管理公司不良资产处置回收率达到了国际较高水平。

1999年10月19日，中国华融资产管理公司成立

国有银行改制上市过程中的资产处置问题

在1999年将1.4万亿不良贷款剥离至四家资产管理公司后，几大银行上市，是2004至2006年的事，这中间隔了几年。其间确实又进行了第二次剥离。现在评价金融改革的成果，有人质疑，当时几大银行进行了1.4万亿不良贷款的剥离，为什么没过几年，又出现了不良贷款，又要进行财务重组？于是得出了一个结论：国有的银行是搞不好的。其实，不少人并不了解第一次剥离1.4万亿是并不彻底的，为什么说不彻底？原因有二：一是剥离处置是要成本的，剥离得越多，财政承受的损失就越重，即期要支付的成本就越高。当时在财政能力有限的情况下，不敢一次性从银行剥离太多的不良贷款，于是我们人为设定了一个1.4万亿的剥离额度。同时，在剥离不良贷款的过程中，还对部分企业实行了债转股。而债转股中的部分贷款当时还是可以正常付息的，这些贷款在银行并不算不良贷款，将它们剥离出来主要是为了帮助一批企业降低负债水平。这样做就在本已有限的剥离额度中又挤占了相当一块。二是第一次剥离后，银行在推进自身改革、加强自身管理的过程中，对不良贷款统计分类方法做了重大改革。以前对贷款的定义

是按正常、逾期、呆滞、呆账四级来分类，这种简单地以是否出现逾期和逾期时间长短来判断是不是不良贷款的方法是不合理的。上世纪末本世纪初，银行对贷款开始采取五级分类方法：即正常、关注、次级、可疑、损失。这样一来，判断一笔贷款的质量，不仅仅要看能否按期还本付息，还要看其他多种因素，这种分类显然更科学、更严谨，这样做的结果就让原来老办法分的时候看不出来的不良贷款显现出来。所以，本世纪初银行不良贷款又一次集中冒出来的历史背景，简单地说一个是第一次根本就没有剥干净，还有就是统计方法更严格了。这之后，银行财务重组，对不良贷款的历史包袱彻底进行新老划断，明确责任、改制、择机上市，这就带来了2003年中国银行、建设银行开始财务重组和改制，2004年工商银行开始财务重组和改制，这些银行逐步都变成了股份制银行。2005年中国银行、建设银行上市，2006年工商银行上市。

2006年10月27日，工行在香港和上海两地同时上市，
时任行长杨凯生在上海证券交易所敲响开市锣

几大银行在改制过程中都引进了国外投资者，有的人就说引进国外投资者把国有资产贱卖掉了，这个说法是站不住脚的。上市时我们都希望股价能卖出更好的价格，这就要增加投资者的信心，而适当引入外国投资者特别是著名的外国投资者在国际市场上是有增信作用的。必须指出的是，

几大银行引入国外战略投资者都是溢价的，价格都高于净资产，入股价与净资产价值比值超过1.19倍。工商银行就达到1.22倍，也就是说国有股入股的价格是一块钱一股，引入外资的时候已经是1.22倍了。上市时又进一步溢价，工商银行上市的价格，我记得香港是每股3.07元，上海是每股3.12元，实际上股权是大大增值了。拿国有股东来说，五大银行上市以来，净资产增加29136亿，约增加3.6倍，国有股权获利超过27500亿元，其中现金分红约11000亿元（股改上市前由于微利乃至亏损，国家并未从银行获得多少利润回报）。在满了锁定期以后，有的外国投资者在市场上转让套现了，赚了一些钱，但这不能说是我们的国有股贱卖了。股权增值的机会对所有的投资者来说是均等的。拿工商银行来说，国外投资者的股份仅仅占我们股份的百分之七点几，股权的增值，谁得的实惠最大？显然是我们的国家和众多投资者。几大银行改制、引资和上市不存在国家损失的问题。

关于我国银行业存在垄断现象的说法是否有道理呢？首先，不得不说清楚的是，在任何一个国家，银行都是特许经营的行业，开办银行都必须具备一定的资质，都必须获得监管部门的许可。在一些人奉为自由市场经济圭臬的美国，开设银行的审批手续并不比我国简单。因此不可以说因为无法随意办银行，办银行必须经过监管部门的严格审批就是国家垄断银行业的表现。其次，可以再进一步看看我国银行业目前的资本结构，目前工、农、中、建、交五大银行中非国有资本的占比超过了20%，民间资本在全国性的12家股份制商业银行中的占比约为41%，在145家城市商业银行中的占比约为54%，在农村金融机构（337家农商行，147家农村合作银行，1927家农信社）中民营资本占比超过了90%。因此简单地说经过30多年的改革开放，我国银行业仍然还是由国有垄断是不符合事实的。

也许有人又会问，虽然从股本结构来看，不能说我国的银行业完全是国有垄断的，但工、农、中、建、交五大银行规模是如此之大，认定我国银行业存在大行垄断的结论应该是成立的吧？我们不妨再来作一点分析。世界上衡量一个国家大银行究竟大到了什么程度，往往是考察其银行业集中度，其中最主要的指标是资产CR5（即一国前五大银行的总资产占该国银行业资产的比例）。

我们可以将美国、日本、德国、法国、英国、意大利、加拿大、澳大利亚、西班牙、荷兰经济体量排名居前的10个发达国家，以及巴西、俄罗斯、印度、南非四个金砖国家的银行业集中度（资产CR5）与中国作一些对照和比较。

在这14个国家中，除印度之外，其余各国前五大商业银行的资产占该国银行业资产的比例都高于50%，尤其是10个发达国家银行业CR5的比例相当高，最高的澳大利亚、荷兰超过了90%，德国、加拿大超过了80%，西班牙、法国、英国、意大利超过了70%，美国、日本也在50%~60%之间。而这些国家的银行业集中度，基本都是在20世纪80年代之后随着金融自由化进程的加快而明显提升的。我曾与美国一些著名的银行家以及监管官员交换过意见，他们似乎无一例外地都认为这一现象还会继续下去，美国银行的数量将会继续减少，银行业集中度还会进一步提高。在金砖国家中，巴西、南非、俄罗斯的银行业集中度近些年来也一直在持续上升。

而中国银行业的市场集中度走向与世界各主要经济体是相反的，我国的CR5这些年来是快速下降的。从1998年至2013年三季度，我国五大银行的资产占比从63%急剧下降到44%，下降了近20个百分点，而且目前这一势头仍在增强。姑且不去讨论这一与全球市场走向不一致的现象究竟是对是错，其对中国社会经济发展的影响究竟是正面因素为多还是消极作用为多，但起码可以得出的结论是，那种认为我国银行业存在着大银行垄断的判断并没有多少道理。

几大银行股份制改造后的新变化

改制上市可以说给几大银行带来了脱胎换骨式的变化，主要体现在三个方面：

一是从公司治理机制上看，几大银行完全按照上市银行的模式运作，有了比较规范的董事会、监事会、股东大会，每年开若干次董事会。每季度要向市场披露季报，每半年要披露半年报，每年要披露年报。机构投资者、中小股民以及媒体的监督让上市后的银行始终感受到经营的压力。银行每年都在香港和北京两地同步召开视频发布，国内外的投资者和新闻媒体都可以在现场或者通过视频、电话向管理层提问。这在改制上市之前是没有的事情。改制后不良贷款率、利润率等指标都是经过国际会计师事务所审计的，要签字并出具报告，上市之后银行经营管理的透明度大大加强了。

二是从经营业绩上看，股改上市后几大银行累计上缴税收，再加上国有股权分红和股权增值部分，不仅全面覆盖了国家在银行改制中的两次剥离不良资产成本，而且实现了国有资产的保值增值。依靠自力更生和国家政策支持，化解了经济转轨时期形成的巨额不良资产包袱。作为衡量风险抵御能力核心指标的资本充足率和拨备覆盖率都达到了国际上的领先水平。从业务发展上看，几大银行不仅奠定了在国内市场的领先地位，还步入了世界领先大银行之列，在存款、贷款、总资产、一级资本、营业收入、利润、市值、品牌价值等多项指标上都领先全球同业。

三是从经营管理水平上看，通过转变发展方式，几大银行努力实现了速度、规模与结构、质量的协调统一，实现了资本、收益、风险的相互匹配和动态平衡。推进经营结构和盈利结构的战略性调整，开辟了投资银行、电子银行、现金管理、私人银行、资产管理、贵金属、养老金、理财、票据等一大批新兴业务领域，不断拓展新的发展“蓝海”。非存贷利差收入占总收入的比重超过了50%，过于依赖存贷利差收入的增长方式和以资产规模扩张为主要特征的经营模式得到了明显改善。还有一个最为显著的进步就是全面风险管理机制得以完善，建立、健全了各类风险的识别、计量、预警以及监测的技术模型和操作方法。近年来，经过监管部门长期的持续跟踪、评估和验收以及国际机构的检查，目前已批准我国几大银行正式实施资本管理高级法。这标志着我国主要银行风险管理的框架、原则、技术以及IT系统建设等各方面已经与国际规则接轨。

回顾我国银行业的整个改革历程，我们不能忽视其中的政府决策推动的作用，因此在股改之后也有人质疑股改上市后由于国有股仍占大头，是否存在政府干涉商业银行运作的行为。说到政府干涉银行的具体经营行为，事实上，从20世纪90年代后期开始，尤其是在国务院层面，就没有这种情况了。我在工行工作了30年，担任总行一级的管理职务也超过18年，我个人的体会是，如果说在20世纪90年代之前还多少有过一些政府直接干涉商业银行运作的情形的话，这些年来情况已发生了根本性的变化。我们始终坚持商业银行的运作原则，特别是作为上市公司，这是基本要求。比如说，工行现在给中小企业的贷款占企业贷款的比重已经超过75%，个人贷款也高于企业贷款，这从一个侧面证明了银行自主经营的模式。目前中国政府对银行业的管理主要是通过几家监管机构来实现的，但监管机构并不干预银行具体的经营行为。

我认为，中国银行业改革最大的一个特点，就在于始终坚持党的领导。在改革进程中，我们经受住各种风险考验，攻克一系列难关的根本原因，就在于坚持党的领导不动摇。我们自觉把银行经营发展放到全国经济金融工作大局中去谋划和推动，保证了党的路线方针政策在银行的全面贯彻落实。我们自觉坚持"两手抓两手硬"，把推进现代金融企业建设与推进党的建设有机结合起来，使改革发展始终沿着正确的方向前进，使我国特有的政治优势成为银行现代金融企业建设的重要推动力量。这与政府干预银行经营是两回事。

中国经济和金融下一步面临的挑战

经济新常态从"新"到"常"，是一个经济转型、转轨的过程，在这个过程中新旧问题并存，新老矛盾交织。对于中国银行业来说，适应新常态也是一个艰难的过程，将面临许多方面的严峻挑战。

一是来自于风险管控的挑战。在经济增速放缓、结构调整推进的过程中，部分行业将持续承压，部分企业经营困难加剧、偿债能力下降，经济上行期掩盖的风险可能加速暴露，银行的信贷资产质量面临严峻的考验。

二是来自于金融市场变化的挑战。也就是商业银行一直都非常关注的利率市场化和金融脱媒化。2012年开始，我国利率市场化步伐显著加快，现在只剩放开存款利率上限这最后一步了。利率市场化的初期必然带来银行利差的收窄。与此同时，随着近年来我国金融市场改革的持续深入，金融脱媒趋势也进入加速期。这一方面促进了社会投融资结构的多元化，使银行贷款在社会融资中的占比持续下降；另一方面给银行的存款基础带来了较大冲击，抬高了银行的资金成本。面对这种新的趋势，商业银行如果不及时变革，在金融体系中的作用与影响力将会不断削弱。

三是来自于监管收紧的挑战。随着巴塞尔协议Ⅲ在全球范围的实施，中国商业银行在国内外市场都面临更加严格的监管要求，会有更多中资银行进入“全球系统重要性银行”名单。新的监管规则对银行的资本充足率水平提出了更高要求，银行必须探索低资本消耗的集约化发展模式。而更加严格的流动性风险管理规则，则要求银行进一步优化流动性管理机制和策略，提高资金来源稳定性和融资多元化程度。

经济新常态给银行经营带来了许多严峻挑战，更为银行业实现更长时期、更高水平、更可持续的发展，提供了新动力和前所未有的机遇。我们既要有直面挑战的勇气和信心，更要有善于在新常态下捕捉新机遇的智慧与能力。简单举个例子，目前互联网金融正在深刻改变传统金融的经营模式、制胜要素和竞争格局。在未来新一轮的互联网金融发展中，商业银行将会充分发挥自身优势，更加积极地运用互联网思维改造经营管理模式，创新产品和服务，全面提升竞争能力。以工商银行为例，目前已经初步构建起集支付、融资、金融交易、商务、信息“五大功能”于一体，较为完备的互联网金融服务和运营体系，相信通过几年的发展，可以进一步确立在互联网金融领域的应有地位，打造一个全新的E-ICBC。

（本文发表于《百年潮》2015年第3期，
由《百年潮》杂志编辑杨琳采访、整理）

回忆毛主席首次来杭州时的警卫工作

曲琪玉

曲琪玉，1927年出生，1941年加入中国共产党，先后任杭州西湖公安分局局长、中央警卫处（毛泽东警卫处）副科长、科长、副处长、处长，中共中央直属机关事务管理局副局长。

据原国务委员王芳的回忆，毛主席一生来杭州44次，最多时一年就来过5次。毛主席第一次来杭州是1953年底，我有幸在王芳的领导下参与了毛主席第一次来杭州时的警卫工作。

打牢警卫工作的基础

1952年，经过三年的镇压反革命运动，潜伏在杭州市的国民党残余势力与特务据点基本被肃清。杭州市公安局将迎接毛主席及其他中央首长到杭州的警卫安保工作提上了议事日程。当时公安战线上遇到的最大困难就是缺少干部，特别是缺乏党员身份、忠实可靠、富有警卫工作经验和一定文化知识的干部。为此，在地方政府的支持下，一方面招收大批工农分子和进步学生充实公安干警队伍，以逐步替换留用的旧警察；一方面开办杭州市人民警察培训班（后改为浙江省公安干部学校），培养自己的业务骨干。有了可靠的人员基础后，市公安局成立了两支安保队伍，一支是侦察情报队，归张世祥、郧家箴领导的侦保处（后改为政保处）

负责；另一支是便衣保卫队，归易成铸领导的警卫处（后改为交际处）负责。

1952年11月，王芳任浙江省公安厅副厅长兼杭州市公安局局长。为了给人民群众创建一个安全、祥和、优美的休闲环境，也为了确保毛主席等中央首长来杭州时的绝对安全，他对杭州市的公安工作提出了“打扫院子，迎接客人”的明确要求。为此，我们对相关地域进行了全面的摸底排查，分析研究了杭州警卫工作的形势和特点，明确了工作的基本方向，采取了相应的安保措施。经调查，当时杭州全市有各种寺庙500余处，仅西湖风景区内就有169处。其中部分和尚、住持、游僧及尼姑的历史背景复杂；各主要景点的商店、茶室、照相馆、旅社、餐馆、游船码头等旅游服务设施，解放前绝大部分被当地的恶霸、地痞、黑社会、官僚资本家和特务机关所把持，而我们为毛主席及其他中央首长安排的主要驻地刘庄、王庄、大华饭店等都在西湖景区内。为了坚决清除西湖地区的残渣余孽，全面开创杭州城内的治安新局面，尽快使其达到“清如水、明如镜、无死角、无隐患”的防范目标，省公安厅对杭州市的公安工作做了如下部署和调整：

一、1952年12月，在王芳的统一领导下，成立了“省市公安局”。将当时浙江省的警卫工作和外事接待工作结合起来，统一由“省市公安局”交际处负责，处长由杭州市公安局副局长易成铸兼任。该处设立了“点线保卫科”，由我任科长。当时的杭州市政府还没有设旅游局和园林局，西湖景区内所有的宾馆、饭店、餐馆、商店、茶社、照相馆、书画苑、游船等旅游服务设施，都算“特种行业”，统一划归“点线保卫科”直接领导和监管。不久，鉴于西湖地区的特殊地位，省委决定由王芳兼任西湖区委第一书记，我被任命为西湖公安分局局长兼点线保卫科科长，主管西湖景区内的“职业保卫点”工作。张秉业为西湖分局副局长兼治安科科长，主管北山、玉泉、净慈、龙井、灵隐等地和西湖水上派出所，强化社会治安和特种户口管理工作。从市局侦察情报处选调侦察员王汝良担任西湖分局侦察科科长，负责加强西湖景区内的庙宇、饭店、旅社、街道等重点单位和区域的明察暗访工作，随时打击国民党潜伏特务和武装匪特的破坏活动。这种区别于其他省市公安机关的机构设置，是浙江省的特殊历史地位和安保工作环境所形成的，也是公安战线上的一个创举。

二、西湖分局全面接管西湖景区内的全部“特种行业”（有些茶楼、饭庄是按照党的赎买政策有偿收归国营的）。通过审查甄别内部人员，清理了土匪恶霸、地痞流氓、反动党团骨干、黑社会帮派组织及反动会道门等成员近百人。

三、将西湖景区内所有的“特种行业”改造为西湖分局下辖的“职业保卫点”，所有留用的员工身份也改变为西湖分局的正式职工。这些“特种行业”一方面为社会服务，一方面监控辖区内的治安情况。为了震慑和防止社会上一些地痞流氓对西湖各风景点及各个保卫网点的骚扰与破坏，经上级领导批准，西湖分局下辖所有“特种行业”的经营执照上，“老板”（现在叫法人）都换上了我的名字及单位名称。

西湖分局利用这些“特种行业”，在西湖景区内相继建立了200多个公安“职业保卫点”。这些网点，不但是我们强化安保工作的眼线和前沿阵地，也要照常对外经营服务，照章纳税。既然以做买卖为掩护，就会有收入。为此，西湖分局还专门设立一个财会办公室，所有网点每天的经营收入都要按时上缴。解放初期，党政机关缺少干部，特别是女干部。当时上级只给配备了一个会计，没有合适的女同志担任出纳工作（部队上的女同志少）。后经组织批准，将我爱人刘永亭由市公安局秘书处调至西湖分局当出纳员。她当出纳员后，经常一个人身穿解放军的军装（当时公安干警还没有配发专门的制服），骑自行车行走在西湖景区内，将各网点的经营钱款装在一个麻袋中，再送交市财政局。我从她的日常工作中能够及时了解掌握各个“职业保卫点”的治安和经营情况。同时，一个女同志每天有规律地骑车带着一麻袋钱，单独往来于各景点间竟无一次遇到意外，也反映出西湖景区内的治安工作已经很有成效。

为了充实安保力量，我们还从省公安干校培训出来的一批忠诚可靠的复员军人、工农分子和当地职工中选拔出积极分子，派入各个“职业保卫点”担任领导。记得当时各网点的负责同志有：楼外楼饭庄的姜松龄、蒋水根；太和园餐馆的乐永昌；天外天饭庄的章金堂；西湖饭店的张究天；杭州酒家的吴蛟林、邓铁；大华照相馆的周磊君等。以茶室、商店为掩护的网点负责人有：平湖秋月景区的王仁谋、三潭印月景区的王德元、灵隐寺景区的徐恒聪、黄龙洞景区的封耀松、九溪十八涧景区的丁吾庄、放鹤亭景区的陆方华、双照亭景区的朱世林、岳坟景区的迟在正、玉泉寺景区的傅宝云、龙井景区的钱兰丁、虎跑景区的祁长德、烟霞洞景区的高文华、六和塔景区的张守楷、丁家山景区的吕文德、六公园景区的孙云祥、玉皇山景区的郑世庭等人（由于年代久远，大部分网点负责同志的名字我已经记不得了）。

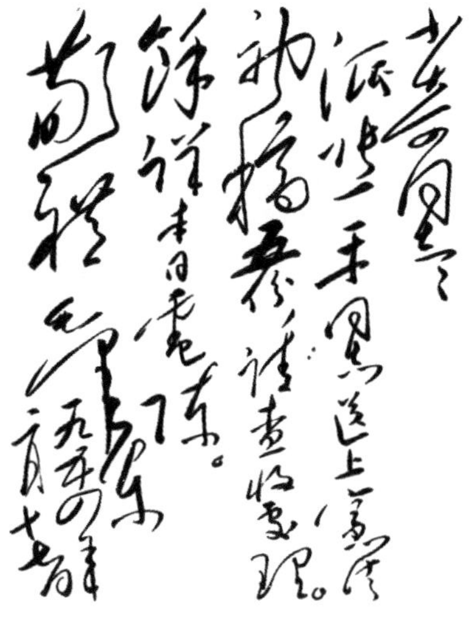

毛泽东在杭州就《中华人民共和国宪法（草案）》修改问题给刘少奇的信

在王芳的直接领导下，西湖景区的安保工作最终实现了星罗棋布、点线联网全覆盖，采用以警卫与安保“内紧外松”相结合；公开震慑与秘密监视相结合；线路布岗与点站布控相结合；职业掩护与民警巡查相结合；专业力量和群众协防相结合的工作方式展开，为确保杭州重点地区、重点警卫对象的绝对安全，奠定了牢固的基础。

确定警卫工作方案

1953年12月，终于盼到了毛主席要来杭州的消息，我和同事们的心情一样，兴奋之余还有些忐忑不安。警卫工作无小事，我们一遍遍地仔细研究制定警卫方案，认真细致地巡查西湖景区的各个保卫网点，生怕因一时疏漏发生意外。

毛主席来杭州时，会被安排在西湖景区的刘庄下榻。刘庄位于西湖西岸西里湖的丁家山下，是晚清广东举人刘学洵耗巨资购建的一处庄园，占地约30多亩。解放初由浙江省人民政府没收后划归铁路部门使用，主席来杭前临时腾出作为接待用房（现在已改建成西湖国宾馆）。刘庄三面环水，形似半岛。东面，与它隔湖相望的是苏堤，过了苏堤便是西湖。西面横贯一条杨公堤马路，进出刘庄只有两条小马路与其相接。这里环境优雅，景色秀丽，是个很好的休闲之地。然而，将刘庄作为毛主席的下榻之处，不单是考虑这里的湖光山色更胜一筹，主要是其附近居民为数不多，且周边的地形便于我们警戒布防。

当时省委研究的警卫工作方案为：毛主席在杭州的驻地警卫和接待工作由王芳统一指挥，市局交际处处长易成铸负责刘庄驻地的警卫工作。由于当时我还兼任交际处二科（警卫科）副科长之职，王芳将我调入刘庄直接参与对主席的警卫任务。他还分配二科警卫干事纪希义、王维秀等同志协助我具体负责主席在杭州外出时的警卫工作；同时选调二科的汪龙和、孙恭莆担任主席的服务随员；再让我选调一名厨师到主席小灶上帮厨。另外从便衣保卫队中抽调部分骨干人员，由队长曹焕林、黄平负责其他中央首长的随身警卫和驻地安保工作，同时还要在首长们外出时提前派出警卫人员控制交通要道、桥梁、涵洞和制高点等。有关物资供给等后勤保障工作由交际处总务科的叶勃新、乔宜亭负责。

为了解决通讯联络问题，经王芳批准，给所有的“职业保卫点”安装了电话，并给我们西湖分局“点线保卫科”增设了通讯报话台，由交际处的常福庆主管，并配备了经有关专家新近研制的“超短波”报话机（此项设备当时并不过关，主席第二次来杭州时才投入使用）。

为了给毛主席选调一名政治可靠、厨艺高超的厨师，我几乎跑遍了西湖分局管辖的所有饭店、饭庄和餐馆，终于在岳坟景区的楼外楼饭庄选中了韩阿富。韩师傅出身贫苦，为人忠厚老实，菜烧得也很出色，特别是他的“西湖醋鱼、糖醋排骨、叫花鸡”等，堪称上品菜肴。将他调到刘庄给毛主席小灶帮厨后，主席对他的工作十分满意，从此不再以吃湖南菜为主而开始吃浙江菜了。

杭州的冬天十分寒冷，经常会下大雪，西湖上有时也会结冰。当时南方的室内没有暖气设备，为了解决毛主席来杭时的取暖问题，王芳在事先请示了公安部部长罗瑞卿后，提前从北京运来一批铸铁炉子和烟囱，安装在刘庄的各个房间内。可我们没有人会生这种炉子，为了找个政治上可靠的炉火工，只好从杭州警备区的部队里选拔。但当时部队中农村兵、解放兵（俘虏）多，而会生炉子的北方城市兵少，最后有个营职副教导员承担了这份工作。主席来时，每天由他负责一家一户地生火炉。

毛主席一行来杭州的几处重要住所有刘庄、南山路113号、北山路84号和大华饭店等，这些驻地的外围警卫由杭州警备区的部队承担。而主席下榻的刘庄，则由张耀祠带来的中央警卫团干部大队一中队的战士（全是连排级干部）负责站岗放哨。

毛主席一行人分乘三列火车同时到达。前导车主要是警卫部队乘坐，第二趟为主席的专列，后卫列车上除了部分警卫战士、工作人员外，还装载着其他物资设备及主席的一辆吉斯防弹轿车和另外两辆吉姆、别克小轿车。专列被安排停靠在杭州市郊笕桥镇附近的一处铁路支线上，王芳已安排杭州铁路公安处的同志提前检查并且控制了这段铁路支线。

担任毛主席的警卫随员

1953年12月28日凌晨，毛主席第一次来杭州时刚好过完他的60大寿。主席一贯反对为他祝寿，也许正是这个原因他才有意将自己的生日安排在火车上度过。主席这次来杭州的主要目的是在西湖边上找一个清净的地方，为即将召开的第一届全国人民代表大会起草《中华人民共和国宪法》。那次他在杭州住了78天。我作为主席在杭州外出活动时的警卫随员之一，经常伴随在他左右。

毛主席及其家人住进刘庄，陪他同住的有汪东兴、张耀祠等北京来的部分警卫和相关工作人员。我们市局交际处的警卫人员随王芳也住在这里。罗瑞卿、杨尚昆住南山路113号，这里解放前曾是蒋介石的别墅。陈伯达、胡乔木、田家英等住北山路84号院30号楼，这是汤恩伯的别墅。别墅前有一排平房，作为主席办公的地方。临时来杭向主席汇报工作的其他中央首长住南山路西湖边上的大华饭店。

毛主席在杭州期间，大部分时间是乘车去北山路84号办公。每次出发王芳都带着我们几个警卫随员一同前往。从刘庄外的杨公堤路到北山路沿途都是西湖分局的辖区，行前我都做了警戒和布控。主席在杭州时，中央的日常工作由刘少奇负责。他每天都要与主席通话，重大事情由周恩来和邓小平到杭州当面向主席请示。对他们到来时的警卫工作，王芳也做了安排，主要是交际处一科的同志负责。

毛主席在杭州时，除了亲自主持起草新中国的第一部宪法，还听取了中共浙江省委主要负责同志的工作汇报，并且先后外出视察了浙江省的萧山、诸暨、新登、德清、绍兴等县的农业社，还考察过杭州梅家坞龙井茶园和钱江果园等。主席每到一地都要和社队干部及普通农民谈话，调查了解基层情况。为了安全起见，我们让主席戴着口罩与群众见面，这也是无奈之举，主席不大认同这种做法，有时会摘了口罩和农民聊家常。好在那时刚解放不久，又没有电视，普通群众认识主席的不多，只知道他是个大干部，没想到会是毛主席。

毛主席在杭州每次外出都乘坐他从北京带来的那辆苏制七座吉斯防弹车，这辆车的爬山性能极好，只是底盘沉跑不快。该车由警卫局交通科科长周西林驾驶，他在延安时就给主席开过车。主席临走时，罗瑞卿、汪东兴考虑到主席还会再来浙江，就把这辆车留在了杭州。王芳将这辆车的保管工作交给了他的驾驶员宋文祥。淮海战役前，我在山东兵团保卫部给王芳当秘书时，宋文祥曾是他的骑兵警卫员。部队进城后，宋文祥学会了驾驶技术，成了王芳的专职司机。后来，主席再来杭州时就不带专车司机了，由宋文祥和另一位司机负责给他开车。

毛主席在杭州时经常工作到深夜。由于睡眠不好，主席保健组的周大夫曾建议他改变一下战争年代养成的夜里办公的习惯，多出去走走、爬爬山可能效果会好些。主席采纳了周大夫的意见，曾兴致勃勃地爬过五云山、北高峰、玉皇山、保俶山、狮子峰、城隍山、北山、天竺山和莫干山等，在杭期间几乎爬遍了市内所有的山。他对杭州的自然风光情有独钟，每星期都要出去爬山锻炼，有的地方还去过多次。每次回来他都感到兴奋、舒服，而且对去过的地方都会有一番赞叹，甚至多次写诗抒发自己的情怀。

毛主席到杭州后不久就去攀登五云山。五云山在杭州城的西南，钱塘江的北岸，海拔400多米。这里山峦起伏，群峰叠翠，风景宜人。王芳带领我们一起陪毛主席登山，同行的还有汪东兴、叶子龙、毛崇恒、李银桥、孙勇、侯波、周大夫等北京来的部分同志。车队直接开到五云山下，主席上山后汽车转道去灵隐寺方向的天竺山下等候。爬山时主席的卫士长李银桥随手在路旁的竹林里捡了根竹竿递给他。从此，只要主席去爬山，都要带着这根竹竿。后来主席将这根竹竿带回了北京，爬香山、玉泉山和游览十三陵时也手不离竿。这根被主席把玩得油光锃亮的竹竿，几乎伴随他走遍了祖国的大江南北。一次，越南劳动党主席胡志明到北戴河会见毛主席，看见他从联峰山下来时手里拄的这根竹竿，就向他讨要留作纪念。没想到主席恋旧，竟没舍得送给胡志明。

毛主席爬的五云山，属西湖分局管辖的范围，事前我已经做了布控。那里的游人稀少，山上山下都被公安干警清理干净，主席上山时几乎看不到行人。登上五云山后，在山顶的真际寺门前，主席主动提出要和大家合影。当时我们有纪律，不能随意要求和首长照相，因此主席一提议，大家都很高兴。于是由侯波给大家拍了照，那是我第一次和毛主席照相，这张珍贵的照片至今被我保存着。

毛主席爬山时随意性很大，经常不按我们事前安排的线路走。他曾对王芳说过："我从不愿走回头路。"这常常给我们的警卫工作造成被动局面。记得一次主席在北山路84号办公后，下午就近去爬保俶山，看完保俶塔后应该沿着山上的小路经初阳台、紫云洞、栖霞岭下山，在岳坟附近上车回刘庄。不想他走到半路却转道从保俶山背后的黄龙洞方向下山了，这可急坏了王芳，他立刻命令我和孙恭莆两人去岳坟调车。我和小孙在山路上高一脚矮一脚地奔跑着，不一会儿就汗流浃背，气喘吁吁了。后来小孙实在跑不动了，我只好把他丢在山上，独自一人跑下山去。见到主席司机周西林等人说明情况后，立即带车队绕道驶向黄龙洞。到了黄龙洞景区山门外，未见主席一行出来，急忙进去寻找。黄龙洞茶室也是西湖分局的一个“职业保卫点”，当我找到主席一行时，看见王芳等人在茶室陪着主席喝茶呢，负责这个保卫点的封耀松忙前忙后地正在为大家倒茶。几年后，小封也被调到中南海当了主席身边的卫士。

毛主席第一次来杭州时曾经三上北高峰，每次都是从不同的地方爬上去，再从其他方向下山。北高峰是杭州的制高点，在上面看西湖和杭州城视野开阔，大有“一览众山小”的感觉，所以主席总想爬此山。但北高峰道路崎岖，上山的石板路面破损严重，且树木稀少，杂草丛生，比较荒僻。为了保障主席的绝对安全，每次上山前我们都做了精心的布置。事前派民警将上山的三条道路全部封锁，除了禁止游人上山外，还以演习、开会为名，疏散了山路两侧所有的居民、和尚、闲杂人员等。新中国成立初期，当地的老百姓非常拥护共产党，只要是政府出面组织的事没有不服从的。这样一来，主席上山时所到之处门可罗雀，使一向喜欢接近群众的他有些不高兴了。一天下午，主席爬北高峰时看见路边的农舍家家门前落锁，就一声不吭地只顾向前走。下山时坐在一棵大松树下休息，忽然从一处农舍里跑出一只大公鸡，挺胸昂头地径直走到主席身边，咕咕地叫个不停。看见这只大公鸡，主席笑了，对王芳说：“王厅长，看来你只管住了这里的老百姓，却没有管住这只大公鸡呀！我们到这里来，没有群众欢迎，还有大公鸡欢迎我们哩！”虽说是句笑谈，但大家都听出了他是对我们的警卫工作提出批评。

1954年，毛泽东在杭州五云山和工作人员合影

那次爬北高峰回来后，毛主席即兴赋诗一首，并将此诗交给王芳看，搞得王芳很紧张。他拿着主席的诗词，召集我们开会。我们几个看了主席写的《五律·看山》，诗中写道："三上北高峰，杭州一望空；飞凤亭边树，桃花岭上风。热来寻扇子，冷去对佳人；一片飘飘下，欢迎有晚鹰。"据王芳的分析，主席说的"三上北高峰，杭州一望空"，指的是他几番所到之处，看不见杭州的老百姓。飞凤亭和桃花岭这些旅游景点也不见游客，让他只能是"热来寻扇子，冷去对佳人"。佳人指的是西施，这里比作西湖。特别是最后那半句"欢迎有晚鹰"，"晚鹰"指的就是那只大公鸡。大家听后觉得他分析的有道理，我认真考虑了一下对他说："像北高峰这样荒僻的地方，不控制绝对不行。主席批评咱们，咱们可以作检讨，可一旦出了事，咱们连检讨的机会都没有了。"王芳也赞同我的意见，随后对我说："下次安排主席去玉皇山，你们先拿出个方案来。"玉皇山夹在杭州城和西湖之间，南面紧邻钱塘江，是个市内比较热闹的去处，白天上山问题不

1965年3月，毛泽东和本文作者在武汉东湖

大。我们可以安排主席上午10点以后上山，这样，遛早的市民大都已经下山了。山上的素菜馆是我们的“职业保卫点”，可安排主席中午在山上吃饭。再抽调部分便衣保卫队的同志提前上山，一面执勤，一面“游览”，和其他游客融在一起便于控制现场。主席一上山，即刻派民警封锁上山的道路，准下不准上。另外，玉皇山的道路没有台阶，坡度较大不太好爬，可就近从警备区抽调两匹马来备用。王芳听了我汇报的方案，觉得可行，就批准了。

这一天，我们一起陪毛主席上玉皇山。走不多远，主席发现后面跟着两匹马，向王芳问明原因后说：“我是来爬山的，不需要骑马。”让两个战士把马牵回去了。上山后见有许多游客在此观光游玩，主席很高兴，就主动上前和一些群众打起招呼。大家见到毛主席来了，都热烈地鼓起掌来。中午在山上的素菜馆吃饭，上菜时主席一看，有许多鸡鸭鱼肉，就一脸严肃地对王芳说：“不是说吃素菜吗，怎么又上荤菜呢？”王芳连忙解释：“这些都是用豆制品和面筋做的，样子像鸡、像鱼，但的确都是素食。”主席一听，很有兴趣地品尝起来。这次主席吃得十分高兴，连连称赞这里的饭菜做得好。从那以后，主席再到其他地方考察参观时，我们大都是这样做的。

1954年3月14日，我们怀着依依不舍的心情送别毛主席回北京。后来，我们这些曾为毛主席服务的同志中有十几个被陆续调到中南海，继续为毛主席服务，其中有当厨师的韩阿富、当卫士的封耀松、当服务员的钱水涛、当理发员的周福明等人。我也于当年的9月28日到中南海报到，此后在毛主席身边做警卫工作，一干就是14年。

（本文发表于《百年潮》2015年第5期，
由国务院机关事务管理局龚喜跃采访、整理）

海湾战争前夕随钱其琛出访中东四国

郑达庸

郑达庸，1935年生，天津市和平区人。中东问题专家。1958年毕业于北京大学东方语言系阿拉伯语专业，入中国外交部工作。1985年任外交部西亚北非司副司长。1987年至1990年任中国驻阿拉伯也门共和国大使。海湾战争前夕受命担任中国驻伊拉克共和国大使，亲身经历了海湾战争的全过程。

奉调担任中国驻伊拉克大使

1987年初，我到阿拉伯也门共和国（简称“北也门”）任大使。1990年5月22日，南北也门（南也门全称为“也门民主人民共和国”）结束多年武装冲突，宣布统一。一国不能有两位大使同时在任，6月初，中国外交部通知我回国，下一站，是去伊拉克当大使。

去伊拉克工作，我觉得有些突然，但我对这个国家不算太陌生。在北大读书时，我就读过《阿里巴巴与四十大盗》等家喻户晓的民间传说。毕业等候分配时，我曾被借调新华社工作两个多月，任务是收听巴格达电台广播，提供有关卡塞姆政权的消息，这使我从“天空”中初步认识了伊拉克。后来我曾接待伊拉克代表团，通过和伊拉克朋友接触，对这个国家有了一些感性认识。应该说，我对伊拉克并非一无所知，但担任大使就不一样了，工作对象是陌生的伊拉克当局，万万不可掉以轻心。

1990年6月下旬我回到北京后，即去外交部报到。谈话后方知，即便南北也门不统一，国内也要把我调回，因为前不久中国一位国家领导人访问伊拉克时，使馆领导是临时代办，大使已空缺一年多。领导人说，这么重要的国家，不能长期没有大使，要尽快解决。为此，部里考虑让我先去阿联酋待命，待任命手续办完直接前往巴格达，国书由信使送达。但因人大审批手续需要时间，部里决定让我回国等候。部里领导同志说：很快，最多十来天，你就要赴任。我赶紧看材料，了解情况，走访有关部门。7月中旬，人大常委会通过了任命，这是我第二次出任大使。我不由想起去北也门当大使前，亚非司司长章曙对我的嘱咐：对新的任务，除了认真努力完成之外，要以“如临深渊，如履薄冰”的心态，这样才能避免犯大的错误。我把这个嘱咐牢记在心。

海湾局势剑拔弩张，战争一触即发

当时伊拉克和科威特的争端陡然升温，两国同时向边界增兵。争端突出表现在三个方面：一是领土问题。1961年科威特宣布独立，伊拉克不予承认，并对科提出领土要求。1963年伊拉克复兴党上台，宣布承认科独立，但两国没有划定边界，多次发生边界武装冲突。两伊战争结束后，伊拉克指责科威特蚕食伊领土。二是伊拉克指责科威特和阿联酋石油超产，导致国际油价下跌，伊损失140亿美元。三是伊拉克称同伊朗打仗是为了保护阿拉伯民族，伊拉克理应免除偿还对科威特等阿拉伯国家于战争期间所欠债务（两伊战争期间伊拉克欠债700多亿美元，其中欠科威特等海湾国家债务350亿美元）。

我还没出发，海湾地区的形势已经成为举世瞩目的热点。8月2日凌晨2点，伊拉克对科威特发动闪电式进攻，出动5个师的兵力，350辆坦克，近千辆装甲车，数十架轰炸机、直升机，十几艘舰艇，攻占科威特布比延岛和瓦尔巴岛。当日下午，伊军占领科威特全境。科元首埃米尔萨巴赫和首相萨阿德逃往沙特避难。几天后，伊拉克宣布科威特是伊的第19省，定名“卡迪西亚省”。两伊硝烟未尽，萨达姆又“发威”了。

国际社会对此反应十分强烈，伊拉克入侵科威特当天，联合国安理会通过660号决议，谴责伊军入侵科威特，要求伊拉克立即无条件撤军。美国的“独立”号航母等6艘舰只迅速开往海湾。美国还制定了“沙漠盾牌”计划，向沙特和海湾地区大举运兵，英法等北约国家也纷纷派出军事力量。8月10日阿拉伯首脑会议召开，20个阿拉伯国家中，埃及等12国同意派部队保护沙特。不久，20个国家参加的多国部队进驻沙特。

与此同时，伊拉克扣押“敌对国”在伊、科的人员作为人质，极力周旋，有意将占领长期化，进而变为既成事实。萨达姆还提出“挂钩论”，强调：科威特问题必须同解决巴勒斯坦问题联系起来，要想让伊拉克从科威特撤军，以色列必须撤出约旦河西岸、加沙地带以及叙利亚的戈兰高地。

10月中旬，美国“沙漠盾牌”计划大体完成，驻扎海湾地区的三军总兵力达21万人。伊拉克则在边界集结43万军队。10月下旬，伊拉克分批释放人质，释放300名法国人、14名美国人、33名英国人，并许诺释放苏联人。美国担心伊拉克使用“人质外交”，还担心西方或苏联搞“绥靖政策”，分裂反伊联合阵线，通过安理会继续对伊拉克施压，同时增兵20万。伊拉克则决定增兵25万，萨达姆要求对话，遭美拒绝。这时的海湾局势已是剑拔弩张，战争一触即发。

中国代表团积极争取和平解决争端

中国作为负责任的大国，立场很明确：必须恢复科威特主权和领土完整；伊拉克撤军不能同巴勒斯坦问题挂钩。安理会讨论对伊动武问题，中国原则立场是先做各方工作，积极争取和平解决。如安理会最后作出对伊动武决议，则视情况而定。

1990年10月15日，约旦国王侯赛因向中国驻约旦大使提出，希望中国派高级特使访问伊拉克和海湾地区。此前，阿曼、巴勒斯坦也提出类似建议。许多阿拉伯国家向中国派来特使，科威特、约旦、沙特的外交大臣先后到北京进行工作访问，伊拉克则派第一副总理拉马丹来陈述伊方观点。中国也有足够理由派员出访：一、中国是安理会常任理事国，世界五大国之一；

二、中国同阿拉伯国家长期保持友好合作关系；三、对海湾危机，中国立场公正，不带私心，不谋私利；四、中国同冲突各方都能说上话，尤其是刚同沙特建交（1990年7月），有条件到海湾大国沙特听听意见。有利中国出访的形势还有一个，即8月2日海湾危机以来，美英法等成了伊拉克对立面，断绝了直接官方接触，更谈不上官员往访。有分量的阿拉伯国家奔走一番后，也有意无意地对伊拉克有所回避，阿拉伯国家领导人希望中国去海湾做做工作。走出去，用实际行动说明中国反对一切形式的霸权主义，维护地区与世界和平的外交政策，对中国扩大在中东和海湾地区的影响、提高国际地位都有好处。

着眼海湾和平，经再三斟酌，11月初，中共中央决定：钱其琛外长出访埃及、沙特、约旦和伊拉克四国。代表团成员有：西亚北非司司长王昌义、驻科威特大使管子怀、驻伊拉克大使郑达庸、外长秘书沈国放、西亚北非司副处长杨洪林、礼宾司副处长王华根、西亚北非司三秘李华新、翻译室随员姜江。出于工作之便，管大使不去伊拉克。我作为正式成员参加代表团，但我还没赴任，也没有递交国书（根据国际惯例，新任大使必须递交国书或国书副本后方能开始活动），好在我是钱外长的随行人员，伊方又已知道我是新任大使，问题不大。我们在伊拉克活动时，伊方委实把我当成大使。组织上的这种安排有先见之明，对我日后开展工作极为有利。

钱其琛出访，举世关注国际斡旋，哪怕仅有一线希望，也要争取和平解决。经与四国政府及有关国家紧急商定，访问日程是：11月6日至7日访问埃及，7日至9日访问沙特，9日至11日访问约旦，11日至12日访问伊拉克。出访前钱其琛强调，这次出访性质特殊，主要是到海湾现场做些了解和调查。我们的方针是：广泛听取各方意见，不带解决方案，不充当调解人，劝说伊拉克从科威特撤军，争取海湾危机和平解决。危机爆发已三个月，形势仍然紧绷，伊拉克“骑虎难下”，美国“箭在弦上”，看不出哪一方有退让之意。国际上，大家都唱和平调，争取政治解决，很得人心。

钱其琛外长与埃及、沙特和约旦三国政府领导人会谈

以往钱外长出访，一般乘坐民航班机，但由于联合国实施制裁，伊拉

克已无国际航班进出，代表团便改乘专机，经向联合国专门负责对伊制裁的661委员会申请，获准飞经伊、科上空。波音767型专机于11月6日上午9点从北京起飞，连续飞行12个小时，于当地时间下午3时半抵达开罗。第二天上午，埃及总统穆巴拉克来到代表团下榻的子午线酒店，同钱外长见面。他曾多次访华，同中国领导人比较熟悉。老朋友谈话，坦诚相见。穆巴拉克告诉钱外长，7月24日他曾走访伊拉克、科威特和沙特，萨达姆对穆巴拉克说，伊拉克不会对科威特采取军事行动。穆巴拉克随即把这个许诺告诉科威特和沙特，还和沙特国王商量，一起安排伊、科领导人在沙特吉达会晤。吉达会晤还未结束，伊拉克就发动了侵略。萨达姆言而无信，看来早有预谋。穆巴拉克说，希望钱外长访问伊拉克时，让萨达姆意识到局势严峻，不从科威特撤军，对他本人，对他的国家，都会带来巨大灾难。埃及一直规劝萨达姆从科威特撤出，但屡遭拒绝。

钱外长表示，一定会向伊拉克说明，怎样做才能保全自己的国家，也希望埃及继续利用自己的影响，为和平解决继续作出努力。总统又说，萨达姆若不响应国际社会的呼吁，那就只剩下军事解决了。钱外长问，那么，还有没有不流血的方法呢？穆巴拉克严肃地说，不流血，伊拉克必须撤出科威特，没有别的不流血的办法。谈话结束后，钱外长稍事休息，又同埃及副总理兼外交部部长阿卜杜勒·马吉德进行了简单的会晤。

11月8日下午，钱外长在利雅得与沙特外交大臣费萨尔亲王进行会谈。会谈一开始，亲王风趣地问，中国的人口统计完成了吗？钱外长说，大约11.3亿人口。亲王惊讶地说，每年增加一个澳大利亚？大家都笑了，会谈气氛顿时轻松下来。亲王表示，沙特期待中国支持让伊拉克撤军，使科威特合法政府恢复职能，在中国和安理会支持下恢复这个地区的和平。沙特诚挚地希望中国发挥作用，为地区和平奠定基础。钱外长说，我们的立场很明确，自“8·2”事件（即伊拉克攻占科威特）以来，我们在安理会对有关决议都投了赞成票，并且严格执行决议。他还强调，中国特别重视沙特在中东海湾和国际事务中的作用。

11月9日晚，代表团飞抵约旦安曼机场。第二天上午，钱外长先同约旦副首相兼外交大臣卡西姆会谈，中午会见了国王侯赛因，约旦的态度与埃及、沙特并不完全相同。约旦领导人表示，约旦也一直呼吁伊拉克撤军，并立即释放人质，强调在国际框架内和阿拉伯范围内解决危机。问题是，有些方面施加了巨大压力，使得和平努力无法继续，有人推动阿拉伯国家采取行动，目的是企图霸占地区资源。国王抱怨说，国际社会一味对伊拉克禁运，没有人同他对话。国王赞赏中国原则立场，希望钱外长能以更好、更易为伊拉克接受的方式，和伊拉克领导人展开直接对话。钱外长说，中国在海湾危机问题上并无私利，只是希望危机能和平解决，为解决中东其他问题创造条件。当前，国际社会对解决海湾危机已有共识，如果伊拉克能采取一些灵活行动，尤其在撤军问题上明确表态，将有助于国际社会争取和平解决的努力。

1990年11月8日，钱其琛（前排左二）抵沙特访问，
沙特外交大臣费萨尔亲王（右）在机场迎接

与萨达姆会谈，摸清了萨达姆的"脉搏"

11月11日中午，代表团乘坐的专机降落在萨达姆国际机场。由于制裁，国际航班多半停飞巴格达，机场显得冷冷清清。伊拉克外长阿齐兹等高级官员在停机坪迎接，双方仅仅寒暄一下，代表团即前往国宾馆。车行驶在巴格达街道，这里的气氛和前几个国家明显不同，冷峻而紧张。政府高级官员一律着复兴党党服，头戴贝雷帽，足蹬黄色军靴，动作很军事化。代表团成员心里都清楚，真正的重头戏开始了。

下午1时，钱外长同阿齐兹会谈开始。钱外长说，这次来，是表达中国政府对海湾形势的关切，出访目的，是同几个国家的领导人探讨和平解决海湾危机的可能性。接着，他简要介绍了之前访问的情况，强调通过访问，感觉海湾局势危险、紧张、严峻。在访问过的会谈中，各方观点不尽一致，但两点认识是共同的：一、许多国家领导人，包括伊拉克的朋友在内，都认为“8·2”事件是不能接受的。二、可以说，我见到的领导人都强调一点，希望和平方式解决。当然，提出和平解决的思想，没有人能反对。绝大多数国家真诚希望和平解决危机。一致认为，如果战争爆发，对阿拉伯国家、对海湾、对伊拉克，不是损失问题，是生死存亡问题。

阿齐兹主要谈了六点：一、安理会中，美英法都没有同伊拉克对话，特别是美英，拒绝对话。二、“8·2”事件并非本地区唯一问题，主要问题是巴勒斯坦问题。三、我们亲身感受到来自以色列的实实在在的威胁。以色列有可能对伊拉克进攻。以色列就是美国的一部分。四、这次美国亲自来到本地区，将直接参与地区形势最重要的变化。国际上正义的影响很小，为动摇伊拉克经济，阿联酋、科威特、美国等西方国家对伊拉克进行有组织、有计划的阴谋活动。五、“8·2”事件是以上几点造成的后果，结果不能同原因分开。六、美国为了保护以色列，让伊拉克投降，这是不可能的。战争不符合伊拉克利益，但是把战争强加给伊拉克，我们别无选择。

休息之后，会谈继续。阿齐兹抢先说，之前我们谈的是地区问题，现在谈伊拉克遇到的问题。两伊战后，美国等西方国家担忧伊拉克军力强大，想摧毁伊军工厂和导弹基地，打击伊拉克领导人；科威特降低油价，导致伊拉克欠了大量债务，经济困难。科威特想把伊拉克推向危险边缘。这个地区存在三个问题，要解决中东的老问题，实质上就要解决巴勒斯坦问题。第二个问题是伊、科统一问题，这个问题不能谈判。第三个问题是真正解决地区性问题，需要销毁全部毁灭性武器，消除战争根源，地区之外的国家保证不对本地区使用核武器。安理会不断作出反对伊拉克的决议，伊拉克不接受这些决议。我也对联合国秘书长说，这是在缺席审判伊拉克，关闭了和平道路。

阿齐兹说到“关闭和平道路”时，钱外长打断他的话说，我想做几点评论，说明中国的立场。首先，中国政府主张国与国之间的争端要用和平方式解决，反对军事手段入侵。这个原则包括中东问题。其次，中东所有问题都应该解决，不解决，中东是动荡的、脆弱的。我们主张，在联合国召开中东和会。把中东问题完全同海湾危机联系起来解决，很困难。我还要补充一点，即便伊拉克有灵活表示，国际活动增强，问题也不容易解决。但对话是可能的，解决危机的机会会增加。但是，不能排除偶然事件促使美国采取行动，局势一旦失控，可能爆发战争。

阿齐兹不动声色，面无表情。旁边的官员听得很仔细，好像在掂量钱外长的话。也许，未经萨达姆授权，阿齐兹不能深谈，只能不厌其烦地重复老调，回避占领科威特的实质问题。思想上和职权上的局限性，让他不能越雷池一步，直到最后他也未置可否，但看得出他明白钱外长说话的分量，尤其在动武问题上。

会谈就这样在沉闷的气氛中结束了，离开了谈判桌，晚宴上的气氛活跃了很多，钱外长和阿齐兹的谈话更像是聊天，但颇耐人寻味。钱外长问阿齐兹：科威特是独立国家，是阿拉伯国家联盟成员国，伊、科有外交关系，互派常驻大使，你们怎么能不顾这一切，军事占领科威特呢？阿齐兹很沉得住气，不愧是外交老手，他笑了笑，侧过头对钱外长说：科威特能算是一个国家吗？人口总共几十万，几乎一半人口常年居住国外，到了热季，全国几乎空了，都到美欧避暑。科威特存在国外银行的钱，比存在国内的还多。对钱外长的提问，阿齐兹难以正面回答，只能这样狡辩，言下之意，你说它算得上一个国家吗？算不上主权国家，那理应被吞占。我忽然想到，在谈判桌上，阿齐兹可不敢这么回答吧。在谈判桌上，他煞有介事地大谈阿拉伯光复失地大业，如今，一股脑儿抛在脑后，真相毕露了。席间闲聊，伊拉克外长吐露天机，说了实话。居然说科威特本来就不是一个国家，理应据为己有。说阿齐兹是萨达姆的“辩护士”不无道理，毫无羞愧地把黑的说成白的。

1990年11月11日，伊拉克外长阿齐兹（左）宴请中国代表团，右为郑达庸

第二天中午，钱外长会见萨达姆。前往萨达姆办公地点，可不是一件简单的事。车队在城里兜来兜去，不知转了多久，忽然在一栋高大建筑物群停下来。我们走进会客室，停留一会儿，又被引出来，换车，换司机，再出发。车开得很快，到了一处类似军事驻地。从门卫到官员，清一色的复兴党党服。有的佩带手枪，有的手持冲锋枪。卫兵的眼睛注视着每个角度。早就听说萨达姆的办公地点和住所很神秘，甚至有说即便是萨达姆住宅，住的也不一定是萨达姆本人。我不由想起在也门当大使时，一次也门总统萨利赫在萨达姆结束访问时到机场送行。驻也门使团应邀到机场。停机坪上停放着萨达姆的专机——美制波音747客机，另外一处停有一小型喷气式客机。萨达姆在萨利赫陪同下同送行者一一握手、挥手告别后，一行人进入专机。这时我想，萨达姆走了，我们也可以“打道回府”了。谁知，专机舱门突然打开，萨达姆走下舷梯，与几个随员走向另一架飞机。我想，可能是出于安全考虑，换了飞机，担心有人暗算吧。这时，一位同我很友好的阿拉伯国家使节小声问我，你看萨达姆在哪架飞机里？我回答，他刚刚上了另一架飞机呀！这位大使笑了笑，摇摇头说，不一定，还没准他根本没下飞

机，还在专机上呢！我还在琢磨的时候，他又说，也没准换飞机了。我猛然醒悟，对呀，听说萨达姆有好几个替身，哪个是真，哪个是假，谁知道？自己太幼稚了，没想到送行看到这么一场“戏”。那天，萨达姆到底上了哪架飞机，永远是个谜。

代表团终于到了目的地。萨达姆站在办公室中央，同钱外长、随行人员一一握手。他身穿复兴党党服，身高一米八五的样子，腰间别有手枪，足蹬短靴，身体微胖，但没有肚腩（据说他下令官兵减肥，超重者去职）。握手很有力，蓄一字胡，胡须浓密，嘴角好像有点儿歪（听说曾经中风，患过面瘫）。

钱外长同萨达姆会谈大约两小时，中间有片刻休息，那时，萨达姆才把手枪取下放到桌旁。钱外长首先递交杨尚昆主席给萨达姆的信，萨达姆看过信，请钱外长转达对杨主席的问候。钱外长重申了前一天同阿齐兹会谈的主要立场和观点，并表示会认真听取总统如何和平解决问题。萨达姆则用缓慢的语调重复着伊拉克一直以来的观点，譬如科威特蚕食伊拉克领土，偷窃伊石油；美国企图全面控制中东石油，在“8·2”事件之前，就说要用军事手段打击伊拉克；科威特问题必须同巴勒斯坦问题联系起来解决，等等。在否定科威特主权时，萨达姆竟强词道：科威特本是伊拉克领土的一部分，如同香港是中国的一部分。随后，他突然转换话题，问道，美国是否真的要打仗？

钱外长面色严峻，严肃反驳：香港问题完全不同于伊、科关系。香港自古是中国领土，是被英国霸占了100多年。中国采取和平方式与英国谈判，最终达成解决香港问题的协议。而伊科有外交关系，互设使馆，都是联合国成员和阿拉伯国家联盟成员，无论如何，伊拉克占领科威特是不能接受的。接着，钱外长说：中国一贯主张，国与国之间的问题应该通过和平谈判解决，不使用军事手段，这一立场绝不会改变。针对萨达姆所问美国是否真的要打仗，钱外长强调，我们担心战争的危险在增长。联合国决议没有说哪个国家派军队，而美国和盟国在组织联军。任何偶然事件都可能引发战争，战场就在阿拉伯地区。阿拉伯国家，包括伊拉克，会遭受严重损失。

要争取推迟、减少、避免战争。有许多工作要做，这就是为和平进行外交努力的目的。听了钱外长的话，萨达姆说道：在没有得到美军撤出的事先保证，伊拉克任何明确表态都可能导致严重后果。必须同美国撤军、解除对伊拉克制裁等所有问题联系起来。为实现这一目的，应该对话、交谈，包括海湾危机的一系列问题。说到这儿，萨达姆忽然站起身来，钱外长立即起身同他握手告别。会谈到此结束。

在巴格达停留一共两天，代表团最大的收获是，第一手摸到了萨达姆的脉搏，他的确“病得不轻”。碰到这么一个讳疾忌医、油盐不进、“刀枪不入”的患者，你想救他，他不接受，只好让他咎由自取、听天由命了。

出访前后的插曲

11月7日傍晚，钱外长会晤埃及总统穆巴拉克后，代表团从开罗飞往沙特“夏都”塔伊夫，拜会科威特元首埃米尔贾比尔·艾哈迈德和王储兼首相萨阿德。埃米尔和萨阿德都激动地向钱外长控诉了伊拉克对科威特的占领和掠夺、对科威特人民的大肆屠杀。1985年我曾随姚依林副总理访问过科威特，见过埃米尔。这次再见，他变化太大了。埃米尔脸色苍白，身体消瘦，还有些驼背。的确，就在不久前，国家被占，人民惨遭杀戮，国家财富被抢掠一空，如今逃命他乡，作为一国之首，怎能不忧心忡忡。他的目光不很明亮，常凝视前方，说话声音轻微沙哑，不时干咳。显然，健康状况大不如前。由于身体原因，埃米尔讲话不多，钱外长与他的会晤进行了35分钟就宣告结束了。次日上午，钱外长去设在沙特首府利雅得的海湾合作委员会（GCC）总部，同秘书长比沙拉会谈。这场会谈，是沙特方面有意作出的安排。原因很可能在于，比沙拉是科威特人，他也是有苦要诉，有话要说。在塔伊夫见到流亡中的科威特王室，加上在利雅得与比沙拉的会谈，给人留下深刻印象。他们日夜焦虑的是：伊拉克侵占科威特已经三个月，萨达姆在拖延时间，企图使侵科成为既成事实。一旦科威特被正式并入伊拉克，复国无从谈起。而此时此刻，阿拉伯国家存在分歧，他们特别担心，有人会支持把侵科问题同巴勒斯坦问题挂钩，以解放阿拉伯被占领土为幌子，掩盖伊拉克对科威特的非法占领。同时，他们担心国际社会分裂，有的国家出于自身利益对萨达姆妥协，牺牲掉科威特。看来，他们对政治解决已经丧失信心，要求安理会作出对伊拉克动武决议。而对中国，希望不要调解，支持安理会动武决议。

1990年11月12日，钱其琛在巴格达会见阿拉法特

11月12日上午9时，钱外长还利用会见阿齐兹和萨达姆中间的空歇，去巴勒斯坦解放组织主席在巴格达的官邸会见了阿拉法特。与比沙拉的论调截然相反，阿拉法特同意萨达姆的“挂钩论”，明确支持巴勒斯坦问题同科威特问题一起解决。

关于出访计划，做了两次大的调整。一次是在出发前，我前面讲到的出访日程是调整后的方案，因钱外长出访前，10月31日上午，传来美国务卿贝克将于11月3日访问中东，希望6日下午在埃及开罗会晤钱外长的消息，中国同意了。鉴此，中国对出访顺序做了调整，钱外长在开罗会见穆巴拉克前增加一次与贝克的会晤。当时，由于1989年政治风波，美国正在对中国实施所谓的制裁，双方尚未恢复高层会晤。中国外长和美国务卿“巧遇”开罗，这是对外的说法，实际是之前安排好的。从贝克的谈话来看，他急于会见钱外长，一是美国重视中国在联合国安理会的作用，很想摸清中国关于美国对伊拉克动武可能的反应，中国的一票很重要；再就是“先入为主”，对中国施加影响：谁也不得干预美国在海湾危机的主导地位，打乱美国的战略部署。而这场为时一个半小时的会谈对中国也很有利，代表团出访伊始，先摸到美国的底牌，第一手了解到美国立场。第二次大的调整是在沙特会见费萨尔后做出的。沙特方面建议中国代表团对沙特的访问分成两段，第一段先由外交大臣会见钱外长。很明显，沙特想在钱外长会见萨达姆之后，听听萨达姆的最新表态。代表团同意了沙特方面的建议，礼宾官员和机组颇费心机，调整路线，为再返沙特作出特殊安排。钱外长会见萨达姆后，如约返回沙特，在吉达先与费萨尔第二次会晤，又与国王法赫德会谈，向二人介绍了与萨达姆会谈的情况。法赫德也阐述了沙特的立场观点，并对中国的努力表示感谢。至此，中国代表团紧张的中东四国之行方告结束。

至今难忘的出访经历

海湾危机，有深刻的历史、国际背景。危机发生后，作为关键性角色，美国立场强硬，萨达姆冥顽不化，局势向兵戎相见演变也就成为一种必然。早在“8·2”事件发生不久，我遇到老领导、外交部原副部长何英，他直截了当地说：“美国运去那么多的兵力，不是为了打仗才是怪事。而且，进了海湾，还会走吗？再说，以萨达姆的顽固性格看，他进了科威特，还会再出来吗？伊不撤军，美国不就有了动武的理由吗？”后来的形势发展也的确如此。所以，中国代表团是在国际和平努力障碍重重、危机日益滑向战争边缘的严峻形势下出访的，事情本身就很有难度，访问一结束，代表团就已意识到，战争已经不可避免。但是，这次出访，是新中国成立以来首次作为联合国安理会常任理事国，为争取和平，防止战争，采取的具有深远意义的一次重大外交行动。这次行动宣传了中国的正义立场，突出了中国的大国地位，中国的政策、主张经得起历史检验，中国在维护地区稳定与世界和平方面的重要性充分显现。

在这次紧张的出访中，我一直在钱外长身边，钱外长也是海湾危机期间唯一访问过巴格达的安理会常任理事国的外长，我从他身上学到了很多。几乎每次会谈，无论会谈对象是谁，钱外长都要强调“中国不充当调解人，不带解决方案，劝说伊拉克从科威特撤军，争取海湾危机和平解决”的方针，既了解对方的意见和希望，也宣传中国的严正立场和主张，体现了高度的责任感和原则性。而每场谈话，内容具体，观点明确，又重点突出。在伊拉克，钱外长重在表明，以任何理由武力侵占别国领土，都是不能被接受的，避免战争对伊拉克有利，伊方对此要有相应表示；对沙特、科威特，充分理解和同情他们的处境，表明中国反对侵略、主持正义的公正立场，同时说明军事解决对他们来说也不是最好的选择，而应根据安理会有关决议解决危机；至于埃及、约旦，主要是了解他们对伊拉克的实际态度，共同探讨和平解决危机的可能性。谈话几乎句句触及问题实质，又不失灵活性，体现出了高超的外交艺术。会谈一场接着一场，节目分量真够重的，大家都很疲劳，钱外长比我们年长，依然认真充分地阐述中国的政策主张，敬业精神令人钦佩。几场谈话下来，大家亲身体会到形势不妙，钱外长却神情自若，谈笑自如，大有举重若轻之风。这么多年过去了，我回忆起当年的“四国出访”，犹如经历了一次生动的学习班，在自己的外交生涯中打下深深的印迹。更为直观的收获是，在这次出访中，我第一线参加外交活动，第一手了解海湾地区事务，提高了外交水平，为我出任驻伊拉克大使，在海湾战争期间处理好各项紧急事务奠定了重要基础。至于海湾战争期间和战后中国使团的活动，以及战争中发生的故事，我在新近出版的《三进巴格达：中国外交官亲历海湾战争》一书中，都做了比较详尽的记述。

（本文发表于《百年潮》2015年第6期，
由《百年潮》特约记者潘鹏采访、整理）

2000—2008年新华社改革发展之路

田聪明

1943年5月生，陕西府谷人，2000年6月至2008年3月任新华社社长、党组成员、中国记协主席（从2006年开始）。中共十四大、十五大、十六大、十七大代表。中共十四大、十五大当选为中央纪委委员。中共十六大当选为中央委员会委员。第十一届全国政协常委。

二进新华社

1974年组织决定将我借调到新华社内蒙古分社工作，在那个特殊时期里，我对当时新华社报道"不实事求是"很反感。所以，我本意不想去，只是服从组织决定去新华社内蒙古分社。可在借调工作半年多的时间里，我听了一些"老新华人"通过新华社的发展历程讲他们的认识、体会；翻阅了一些新华社的历史资料；从参加采访活动和与分社、总社同志的接触中，观察到了新华社一些独有的思维方式、工作原则和领导作风等。我的认识改变了，在新华社决定正式调我做新华社记者时，我欣然同意了。

2000年我二进新华社，对"本来意义上"的新华社的认识更深了。新华社最基本的职能就是"党和人民的'耳目喉舌'"，所坚持的原则，就是"以真实为生命""讲时效""讲全国观点"等。从1931年11月7日，新华社的前身红色中华通讯社（红中社）在革命根据地瑞金创办时起，就是一方面将党的决策部署和党政军民的活动，及时播发电讯稿；一方面抄收国民党中央社和外电电讯，及国民党中央电台的新闻，如实整理后报送中央领导参阅。中国进入全面抗战时期，为了适应党的统一战线政策，党中央决定红中社更名为新华通讯社（简称“新华社”）。新华社的影响力进一步显现出来了，这就是：每播发一个电讯稿，都是传达党的政策主张和实践活动。这对土地革命战争和抗日军民都是一个鼓舞，对日伪人员和国民党反动派是一个震慑；每一篇参考报道，都能为中央领导作决策提供一些重要参考依据。因而对党领导的革命战争和根据地建设发挥了有力的推动作用。

随着党的工作重心由农村向城市转移和全国形势的发展，特别是新中国成立后，中央对新华社的职能逐步提出了新的要求，这就是：政务院于1950年赋予的“国家通讯社”职能；时任新华社社长的胡乔木同志根据中央的精神于1951年提出“消息总汇”职能；毛主席于1955年提出“世界性通讯社”的职能。但仔细分析，这些要求都是在“党和人民的耳目喉舌”职能和“以真实为生命”等基本原则下，结合各个时期实际所做的具有时代特征的概括，核心都是为增强新闻报道的影响力，为推动党的中心工作有效实施提供舆论支持。其他的如技术通信、行政后勤服务，及后来进行的经营等事业也都在不断发展，但都服从和服务于履行上述四项主要职能。在改革开放新的历史时期，必须全面坚持和履行四种职能。“党和人民的‘耳舌’”就是要及时播发宣传党的路线、方针、政策的重大新闻，反映人民群众的实践活动和意见、建议、呼声，供中央及地方主要领导决策参考；“国家通讯社”就是要坚持“全国观点”，确保报道导向正确，维护国家主权、统一，以国家利益为最高利益；“消息总汇”就是要为中外媒体及非媒体用户提供内容丰富的新闻稿件；“世界性通讯社”就是要把世界各国的情况采集回来告诉全国人民，把中国的新闻及时传播出去。这就把发挥“党和人民的‘耳目喉舌’”的作用，从国内范围扩大到世界范围。在当前国际局势政治多极化，经济全球化，不同文化和价值取向相互激荡和我国不断扩大对外开放的形势下，必须强化履行职能的意识。

我担任新华社社长期间对改革的总体设想和认识

新华社的改革发展是在新的形势下，在过去改革发展基础上的深化和继续，带有全面性、系统性和探索性。所以，我们在抓改革发展中不仅要坚持统筹考虑、全面安排、分类指导、分步实施、逐步到位的原则，而且要使改革发展的目标围绕着新华社体制、机制的基本架构更加科学、合理、高效和有利于建设中国特色的世界性通讯社而开展。

继续深化改革的目标主要有以下几项：

一是使新华社从上到下特别是国内各分社领导能集中主要精力抓新闻信息报道，即一手抓采集播发（传统形式的报道、新形式的报道、媒体形式的报道），一手抓营销（落地）服务。而党务、人事、财务、技术和行政后勤等，都紧紧围绕新闻信息报道展开。二是驻外分社要从讲实效出发不断优化布局和人员结构，充分发挥驻外总分社在组织地区性重点报道和营销中的作用。三是充分依靠当今先进技术兴社。首先要把国内外记者自采的和能收集到的各种新闻信息资源整合共享，形成一个集采、编、发为一体的多媒体数据库工作平台。四是新闻信息采集与新闻信息产品的营销分开运作，即“两分开”。既保证记者深入调研，使报道客观、公正、全面，防止“有偿新闻”，又保证营销人员集中精力为用户服务，反馈用户意见，发展有效用户，进而不断提高报道质量、采用率和影响力。五是建立总社统一领导的报道系统，既充分发挥总社编辑部、编辑在报道中的主导作用，又充分发挥分社、记者在新闻信息采集中的主动性与创造精神。六是建立起全社统一的新闻信息产品营销系统。既能充分发挥管理职能部门和营销总平台组织、协调、服务和依规监管的作用，又能充分发挥各分平台在开展营销、开拓市场、反馈用户意见等方面的主动性和创造精神，不断提高新闻信息稿件的落地率，不断为采编人员提供用户和公众的意见。七是新闻信息报道要坚持及时为用户提供最新的准确新闻信息，为中央提供决策参考依据，实现正确的舆论导向和“三贴近”的统一，为受众服务。要搞成本核算，考虑投入产出比，坚持社会效益和经济效益的统一，以社会效益为最高原则。八是在改革发展中逐步形成一套精干、高效的工作机构，形成一套适应新华社事业发展的队伍建设、思想作风、管理体制和运行机制。

其中特别值得一提的是，新华社实行的“采编营销‘两分开’”的原则。最早是在2001年5月“护牌行动”（即在全社范围开展维护新华社声誉的活动）中提出的。当时主要是为了把采编人员从职责上与报刊发行、招揽广告等营销活动“择开”，包括以后又从利益上“择开”，目的都是为防止发生“有偿新闻”“有偿不闻”等“毁牌”行为。

这方面首先碰到的是对新华社的经营工作怎么认识的问题，如“搞什么”“怎么搞”等。有的同志容易一般地与路透社等外国通讯社类比，更多人脑海中的经营就是多赚钱，主要目的就是增加个人“工资外收入”。而我经过调研的认识是，新华社的经营应该主要是营销新华社的新闻信息产品，目的主要是提高新闻报道的覆盖面、采用率，增强影响力。同时，还要反馈用户对新华社新闻信息产品的意见，促进报道质量的不断提高。这样，新华社的经营本身就成了履行新华社职能的一个方面。

2000年7月4日，新华社党组召开扩大会议对改版后的新华网进行审查。
田聪明（右一）在会上讲话

为此采取的措施，一是规定总社各编辑部将原来所有经营活动剥离出来。其中，新闻信息产品的营销业务全部整合到新成立的营销总平台，其他经营业务交总经理室。国内各分社成立营销分平台，驻外总分社配备营销负责人和工作人员。国内分社营销分平台、驻外总分社的营销工作，上与总社营销总平台的各项经营业务相对接，下与新华社的新闻信息产品用户相连接，负责全社新闻信息产品在本分社所在地区的所有营销工作。营销总平台、分平台的营销工作，包括向媒体用户、非媒体用户推荐新华社的新闻信息产品；与采用新华社新闻信息产品的用户进行洽谈、签署协议，并按协议规定进行管理、服务和收取费用；听取用户对新华社新闻信息产品的意见、建议，并向各编辑部、分社反馈。

二是规定总社各职能部门、各编辑部和国内各分社不办报刊，不再从事经营活动。已办经营实体和报刊，或整合到保留的企业、社办报刊中，或关停；各社办报刊的发行要逐步交由营销平台代理，广告业务要逐步由社属中国广告联合公司（中广联）代理。因而，所有编辑、记者不得从事报刊发行和经营活动，集中精力搞报道。

三是各职能部门、各编辑部和各分社所需事业经费、专项（大型设备、设施和基建等）经费，全部作预算，由总社计财局全额拨款；各分社营销平台进行成本核算，利润上交总社营销总平台、支出作预算汇总社营销总平台，由社计财局按“收支两条线”管理。

四是从事营销工作的人员一律不发记者证，因而不得从事新闻采访活动，集中精力搞营销。在后来的实践中逐步体现出，“采编营销‘两分开’”的重要意义在于，不仅保证了新闻信息报道的客观公正性，保证了营销总平台、分平台的工作逐步走向专业、有序、有效运行，更重要的是保证了记者、编辑集中精力搞新闻信息报道，营销人员集中精力抓新闻信息产品的营销。从而既可不断提高新闻信息报道的数量、质量，提高报道的覆盖面、采用率、时效性，又防止了犯“有偿新闻”“有偿不闻”等错误的可能性，保护了记者、编辑和营销人员，大大增强了新华社的影响力。新华社实行“采编营销‘两分开’”的原则，得到了中央领导的充分肯定，并很快在中央各主要新闻媒体推行，后来就成了全国新闻战线普遍遵守的原则。

新时期“科技兴社”指导思想下的几大举措

改革是促进新华社更快速发展的动力，而先进技术则是促进新华社尽快发展的有力支撑。所以，先进技术的运用是新华社改革的题中之意，我们明确提出“科技兴社”的指导思想。这方面我们主要做了几个大的项目。

1. 建设“多媒体数据库”

长期以来，特别是改革开放后，随着多媒体的发展，新闻竞争日趋激烈。我一直认为，新华社的新闻资源是最丰富的，因而最有优势。因为新华社分布在国内外那么多记者，每天都会发回各种报道的稿件，即使有的没有被播发，但资料仍在。加上新华社是我们党直接领导建立，并一直坚持下来的新闻机构，图文等历史资料也很多。可我就任新华社社长不久就发现，这些丰富的资源在许多情况下是“只能说不能用”。主要原因是这些资源分散在各编辑部、分社甚至在记者、编辑手中，成了“事实上的”部门甚至个人所有。

从2001年开始下决心建“多媒体数据库”。这就是将新华社所掌握和每天采集的所有文字、图片、图表、音频、视频等资料，运用先进的信息技术手段全部集中到一个平台上，分类储存，供全社各编辑部编发新闻报道稿使用，以此来实现全社新闻信息资源的整合、共享，使新华社的丰富资源优势真正变成了新闻报道优势。

由于建立“多媒体数据库”涉及采写、编辑、传输、营销、储存及保密管理等各部门、各方面，而通信技术更是要贯穿各方面的全过程。所以，就请了各方面的专家进行了反复论证，精心施建，做了大量协调工作。

建成后的“多媒体数据库”，其运行模式是：记者每天从国内外采写的图、文、音视频报道稿及时传送到“多媒体数据库”的“内库”，也叫“待编稿库”（过去已收集到的所有报道，也全部集中到了库里）；各编辑部和报刊编辑可以随时从“内库”中选取“待编稿”进行编辑，经终审发稿人签发后及时传送到“外库”，也叫“成品稿库”；国内外与新华社签了协议的新闻信息用户，可按程序随时从“外库”中选取所需采用的稿件。

“多媒体数据库”的建成和运行，第一次将全社所有新闻信息数据整合到一起，第一次实现全社各编辑部和报刊的资源共享，从而大大方便了记者、编辑、营销人员和用户，大大增加了新华社发稿量，大大提高了报道的时效性，因而使新华社报道的采用率提高、影响力不断增强。

2. 新华网“改版”

我2000年6月30日到任，7月4日召开社长办公会听新华网改版的汇报。我听后，觉得汇报中关于新华网的总体定位和发展方向的设想，以及发稿方式、内容分类、栏目设置等都可以。我的一贯思想是“万事开头难”，大的原则和切入点明确后，具体问题只能在实践中逐步完善。一周后改版后的新华网就正式运行起来了。

由于新华社有丰富的新闻信息资源，也由于当时中国的互联网真正运行的很少，新华网运行后点击率、浏览量很快上去了。由此就很快引起了各方面的强烈反响，特别是时任中央政治局委员、书记处书记、中宣部部长、中央宣传思想工作领导小组组长的丁关根给予了很大关注。两个多月后，他在新华社主持召开了现场会，中宣小组、国新办和首都各主要新闻单位的负责人与会。蔡名照副社长代表新华社在会上比较全面地介绍了新华网的情况。然后，丁关根讲话，充分肯定了新华网，肯定了新华社办新华网的工作，并对全国发展互联网提出了要求。会后不几天，人民日报社白克明社长带领报社的一些同志到新华网参观，并说是丁关根让他来的。

后来，新华网的点击率、浏览量在全球1000多万个新闻网站中，排名进入百强，影响力不断扩大。国务院办公厅决定将中国政府网建在新华网上后，中央精神文明建设指导委员会的文明网、中央政法委的平安网、国务院振兴东北等老工业基地办公室的振兴东北网，及中华新闻传媒网等，都建在了新华网上。这既是对新华网的充分肯定和看重，又有力地促进了新华网的发展，大大增强了新华社的影响力。

3. 抓住机遇发展“新形式报道”

新华社的“新形式报道”，是我借用了“新形式电影”的提法，并将新华社一直以来的新闻通稿称为“传统形式报道”，将改革开放后逐步发展起来的报刊称为“媒体形式报道”（报刊形式报道）后概括而来的。新华社的“新形式报道”，除了新华网、“新华08”外，还有依托新华网播发的手机短信、手机报、网络视频，及音视频、《经济分析报告》等。

2001年11月7日，新华社社庆70周年纪念活动期间，
社长田聪明与老社长朱穆之（右一）在一起

首先提出开办手机短信、手机报的是信息中心。大约是2003年春节后，从分管社领导到部门领导，都觉得这件事应该办，也能够办，但也都有些顾虑，主要是认为这种报道形式是新事物，一怕不允许，二怕“出纰漏”。对此，我听后的态度就是办、快办。为了稳妥起见，先从发布有把握的内容做起。首先从各编辑部已经播发的新闻稿中选取人们最关注的内容，用最简短的语言，以最快的速度发手机短信，以简明、快速取胜。

手机短信开通正值两会召开，好的反映从社内向社外发展，各编辑部、技术部门和营销平台都说好。我在国外访问时，主要靠收手机短信了解国内外的最新信息。有了办手机短信的经验，手机报就好办多了。

不久，为了整合资源，理顺关系，降低成本，将手机短信、手机报的发布业务全部集中到了新华网。因为内容新华网编辑部都有，选取哪些内容编发手机短信、手机报，新华网的编辑也都有这个能力；而技术上又可以“群发”，覆盖全国；管理上新华网在各分社都设有“地方频道”，发展用户和服务，也均可由营销分平台进行。所以，手机短信、手机报很快成了新华社一个比较“热销”的新闻信息产品，用户发展很快。

紧接着，在新华网上开办“网上视频”，要求他们与总编室协调联系，对新华社音像部的内容要编发好。同时，对中央和省级电视台公开播出的内容，也可以全部或剪辑播出，注明来源就行。后来，广电总局批准新华网播放“网上电视”。

另外，还抓了一个新形式报道是《经济分析报告》。这个新产品的诞生，首先是由于新华社能够即时掌握丰富的国内外经济信息资源，特别是多媒体数据库建成运行后优势更加显现；尤其重要的是因为新华社传统形式的经济参考报道已经满足不了国家有关方面的需要，迫切需要一些专题的、分析有深度的新产品。所以，这个产品面世后很快就有了不少用户，这又促使这个产品质量的不断提高。

有一件事不仅大大提升了新华社《经济分析报告》的社会地位，也大大鼓舞了从事《经济分析报告》编写、翻译和编辑的同志们。2004年春节前夕的一个晚上，时任国务委员兼国务院秘书长的华建敏来看望新华网（政府网）、《经济参考报》《中国证券报》和信息部的同志们。在视察中，华建敏一边看一边和我们说：“我们一年用的钢材，国产加进口达到2.8亿吨，不知道都从哪里来，用在什么地方了？谁能讲清楚啊？”我说：“新华社可以试着给搞一下。”

送走华建敏已是10点来钟，信息编辑部即抓紧做。到第二天下午的五六点钟，关于我国当年的钢材使用情况和下一年钢材使用情况的预测《分析报告》，分上下两本送到了华建敏办公室，共五六万字。据说，当时华建敏及办公厅的同志大为吃惊，说：“就是抄也得用一些时间啊！”

华建敏当即要我们将《经济分析报告》报送总理等国务院领导。从此，新华社扩大了《经济分析报告》报送领导的范围，不少领导同志常在报告上作批示。消息传开，全国地市以上领导同志、领导机关和经济部门的订阅量也大大增加，还有的领导同志和综合经济部，以及有的省（区、市），常邀请新华社就某个行业、某个地区的经济情况作出分析报告。

2006年，民众对猪肉等农副产品涨价反应比较强烈，可是生产部门、商务部门及统计部门的数字往往不尽一致，中央领导就觉得有些不好下决心。于是信息编辑部又提出搞《全国农副产品价格监测报告》，我当即表示了三条：一是完全同意，二是《监测报告》的内容要加上农业生产资料价格，三是尽快搞，明天就部署，尽快为中央决策提供参考数据。

新华社内部管理机制改革中的硬骨头——财务改革方案的实施

改革开放20多年，留到现在才改的都是难改的。最难的还主要不是人们的习惯势力和触及少数既得利益者的“反弹”，而是各级领导班子的、领导干部的责任心、勇气、意志和作风。但改革是中央的既定方针，我们就必须坚定执行。

1. 财务“零基预算”“一级法人，两级管理”

当时的大背景是国家规定从2001年起，事业单位的财务由定额包干转为预算管理。而在新华社内部又连续发生了几件事，一是参编部原主任夏海涛因贪污被判刑；二是《半月谈》杂志将1000万元资金违规存到了天津工商银行，被诈骗，司法部门正在调查；三是信息中心因“私分公款”被北京市海淀区检察院调查。经了解，这些钱社计财局都不掌握。就是说，在定额包干的体制下，社内各单位的财务虽然是新华社统一管，由新华社对财政部负责，但实际情况是有不少钱没有管起来。于是我就让蔡名照副社长马上召开各单位负责人会议，看还有多少钱在计财局掌握之外。我特别交代：“只要如实说清了，并按规定将游离的钱交计财局了，一般可不追究。”当天给我反馈的情况是，仅总社直属事业单位就收回了7000多万元。我当时说了几句动情的话：“如果新华社今天有几个人被判刑，明天又有几个人被处分，还有人被调查，不要说对党、对事业，就是对他们的父老兄弟、妻子儿女都无法交代。”从此时起，我更多的是把“预算管理”的实施与廉政建设、保护干部连在了一起。

经过两年多的学习、调查、思考，自己初步理出了新华社实行全面预算管理首先要解决的一些主要问题：一是“日常经费”和“专项经费”如何预算？二是新华社的财务需要实行“零基预算”，即所有资金全部纳入预算。但由于摊子大、下属单位多，而且分布在国内外、业务活动方式各不相同，如何管？三是预算是按年度做，如果年初没有“预算”，而实际工作中又出现需要，以及做了预算而实际工作中又不需要的经费开支怎么办？四是职能部门、派出机构、直属事业单位、直属企业，有的只有“支”，有的“收”“支”都有，该怎么实行预算管理等。在2002年8月底的民主生活会上，我提出了解决预算管理中主要问题的基本思路，是“零基预算”即全部资金纳入预算，并实行“一级法人，两级管理”和部门预算的财务制度。特别强调做预算，不论是收还是支，都要实事求是，不能做假账。做预算“头戴三尺帽”，审批预算“拦腰砍一刀”的做法不可取；所有预算项目和资金额，全部由社长办公会作决定，从我开始个人不批一分钱，也就废除了“一支笔审批”的做法；所有收支事项和资金数额，全部公开，接受审计部门和干部职工的监督，强调重点是监督社长等。

具体讲，一是关于“日常经费”和“专项经费”的预算可分开搞。即各部门和派出机构的“日常经费预算”，包括年度内的工资福利费、差旅费、公益活动和办公用品等各项费用，各单位都要于上年第四季度一次如实上报，总社最晚于当年一月一次审批下达。而“专项经费预算”，包括基本建设、房屋维修、重大设备改造更新等，各部门和派出机构要做好论证，一项一报，总社一项一审批；二是关于年初“预算报告”中有些没有“预到”的事项经费支出，一般要在事前作“追加预算”报批手续。特殊情况可先口头说明事后报告或决算中解决。只要实际工作需要就予以保证。至于做了预算不需要了，随时报告或年终决算时了结；三是关于“收”“支”的关系。这方面已经明确职能部门、编辑部不搞经营、不办报刊，就只有支没有收；各分社营销分平台的“收”和“支”，也明确由总社营销总平台统一核算，向计财局负责。但与分社的“事业经费预算”有些交叉，我的原则，就是“收支两条线”：应该收的全部收，不收、少收、多收都要在考核中扣分，收后按时如数上交总社计财局；该支的全部给予保证，由总社营销平台与计财局结算。为此，各部门、单位只设一个银行账户，国内各分社可设两个银行账户（营销分平台一个）这就废除了所有“小金库”。这些原则，经上下反复征求意见，并经社长办公会议讨论，就定下来了。

2003年社工作会前，我和南振中、徐锡安（社党组副书记、副社长）一起专门向新到任的中央主管领导李长春作了汇报。李长春作了重要指示，给予了充分肯定。但我也深知落实的任务很重，特别是财务预算管理，不仅对全社的新闻信息报道和改革发展稳定等至关重要，而且事关员工的切身利益。所以，除了强调“执行力”，还必须讲究方式方法和工作效率，做好深入细致的宣传解释和协调工作。

在具体落实过程中，我和大家一起学习、调查、思考，并在实践中比较、反复、交换。当碰到下级解决不了的问题时，我就和他们一起研究解决办法。当时感到最难解决并要盯住解决的问题，一是专项预算。一次计财局提交社长办公会审议的几个专项预算，有的单位的报告没说清，计财局的审核报告也没说清，包括一些在我看来很简单的事项，也常被我问得说不出话来。所以在会上给予了严厉批评。可冷静下来以后，又觉得他们确实是没经验，光批评、只有压力是不行的。于是第三天我就到了计财局有关处室，给他们“减轻压力”并一道研究解决办法。实际情况是：那个处当时已经收到的专项预算报告有100多件，他们都没有审核意见。有些比较急的项目报告单位还天天在催问何时批下来？这是我原来没有估计到的。由此感到光要求他们收到报告后10个工作日内给“回复”（行、不行、补充材料、进行论证等），很难行得通。包括他们认为可行了，并报社长办公会审议了，但由于说不清而挨批评，再加上还有那么多专项预算报告压在手里不知道该怎么办，他们的压力确实是可想而知的。

所以，我就首先作自我批评，说要是能早点儿到他们处调研可能会好些。然后告诉他们如何尽快解决“存量”报告，不压“新增”报告的办法，并强调不清楚的事就尽快下到报告单位调研，多问、问清楚；如果自己认准了的办法而与报告单位有分歧，就当面沟通，并问专家、上级，包括向我咨询。当时我还提意聘用一些有经验的老同志组成基建项目咨询小组，收到这方面的预算报告就向他们咨询，或与他们一起去实地论证；对重要技术设备的预算报告，请技术局论证提出意见。

二是有经营业务的直属事业单位，主要是社办报刊的预算，既有支，又有收，怎么做。我当时定的是实行以“成本核算”为中心内容的预算管理，包括投入、回报和向出资人总社上缴一定利润等预算。

三是直属企业的预算管理。企业预算管理的原则就是不论收还是支，都要“明细”。参照这个企业当年全年账目的明细，不论收项还是支项，制定来年需增加和需减少的开支，按这个账本“明细”项目的保留、增、减，一项一项记下来，明年的“预算”也就能做出来了。

四是为了既认真坚持“一级法人”，又认真地实行“两级管理”，为了不影响有经营业务的企事业单位的工作，我还向这些单位发了法人授权证书。

就这样，全社所有财务的“全额预算管理”实行了，虽然还要继续完善，但有了基础，起了步。后来好多同志说正是“全额预算管理”清理了“小金库”，为全社的廉政建设奠定了基础，成为防止干部犯错误的一条重要措施。据说新华社是中央巡视工作中唯一没有发现局级领导干部经济案件的单位。

2. 规范“工资外收入”分配

我刚到新华社时，除基本工资以外的收入叫“工资外收入”，有时也叫“奖金”，现在的事业单位叫“绩效工资”，基本是一回事。

在调研中很多人提到夏海涛的事，而且对参编部“工资外收入”分配即使从原来的每人每月9000元降到5000元意见也很大，仍认为不公，最少的单位每人只有300元。我就让相关人员了解各部门单位和国内分社人员的“工资外收入”分配情况，结果是差距很大。如31个国内分社社长，他们的年“工资外收入”，最多的近10万元，最少的不足3万元。因为那时的“工资外收入”分配，很大一部分来自本部门、本单位、本分社的经营创收，而经营创收的条件又有很大的不同，不是想搞就都能搞好的。干部职工对同在新华社的部门和单位工作，员工的“工资外收入”水平如此悬殊意见很大，认为分配太不公平了，因此影响很多人的积极性。

“工资外收入”的问题，社党组十年前就讨论过，几次讨论都认为“太复杂”就拖下来了。“太复杂”的主要是些什么问题？一是怕规范收入分配后影响“创收大户”的积极性。如参编部每年要给总社交一两亿元的利润，万一收入减少了怎么办？二是认为考核很难办，因为财政部每年都给事业编制人员划拨奖金，但因为要求必须经业绩考核，按劳分配。可这么多职能部门、新闻编辑部、派出机构、直属事企业单位，一两万人分布在国内外，怎么考核啊？三是“规范”就会有增有减，增好办，减就会很难。

我一开始就感到“工资外收入”分配必须规范，但如何规范需要学习、调研。到了2002年底，我提出在2003年开始规范，并将自己在两年半学习、调查、思考中逐步形成的主要原则提了出来：一是规范的范围是总社职能部门、新闻编辑部、派出机构、直属事业单位，而直属企业可先继续按国家有关国有企业的规定，按经营效益进行考核分配，具体办法另定；二是各部门、分社、事业单位职工的所有工资收入全部由暗变明，纳入“工资外收入”中，经过业绩考核分配，要照章纳税；三是各部门、分社、事业单位职工“工资外收入”的平均水平可以有所不同，但差距不能大，而单位内部则要对职工进行绩效考核，按劳分配，不搞平均主义；四是要根据目前掌握的可用并可持续的财力，确定一个职工总体收入水平，并按有关规定拿出一个分层级的“工资外收入”分配方案；五是要把工作做细，特别是原来“工资外收入”水平高的单位，可以逐步实现与其他单位职工收入水平大体相当的要求；六是实行规范的“工资外收入”分配方案要在社内全体人员中公开征求意见，所有工作要符合财务制度；七是各级领导要带头，要从我开始，以适当“少拿些钱”来换取领导改革和做工作的“主动权”。

这些原则，社党组会和社长办公会反复讨论，都赞成。但形成具体方案时，又提出两个老问题：一是全社绝大多数单位、绝大多数员工的收入有较大幅度的增长，但原收入水平高的三个分社、三个部门和单位员工的收入，不仅没有增长，而且在今后的增长中还要比其他单位员工少增，恐怕工作不好做。二是考核如何搞，没有经验，不考核就不让发，怎么办？

对前一个问题我说：“解决的办法无非两种：一是按现在定的原则，他们单位职工的‘工资外收入’总体水平，以在今后每年少增一点儿的办法，逐步实现与其他单位大体相当；二是彻底调查他们原来收入的来源、分配的政策依据等。如果都符合规定，可以继续照他们现行办法实行，但如有违背政策规定的，则要按规定收回过去所发资金，并追究有关人员的责任。

问他们执行哪一种？最后那三个分社和三个部门都同意执行第一种办法。

关于实行考核的事，我的意见是逐步来，我说："刚开始起步，考核办法可以不完善但不能没有。"当有些部门负责人仍"叫难"时，姚光就说"先从我计财局开始，最晚2003年春后拿出一个考核办法供参考。"别的单位则不好议论了。至此，把规范"工资外收入"分配原则和方案的工作，做到了"有意见提不到桌面上，不满意也觉得只能如此"了，可以实行了。

还有就是在规范"工资外收入"分配方案中，领导干部与职工总体水平的比例如何掌握。我始终尊崇"不患寡而患不公"的古训，我也经常想到毛主席讲到井冈山时期红军的几句话，即在极其艰难困苦的条件下能够坚持斗争、发展壮大而不溃散，主要原因一是苦惯了，二是官兵都一样。所以，在研究这个方案时，坚持从我开始尽量"少拿"。当时有个数据，类似新华社这样的单位、类似我这样的人，与职工的"工资外收入"平均水平之比，最少的是3∶1，最多的是13∶1。我经一压再压，与分管报道的正部级社领导又少了5个百分点。觉得再压就会影响到其他领导了。最后，我的"工资外收入"水平与职工的平均水平是1.7∶1。

3. 建立全面的"考核评价体系"

新华社的"考核评价体系"是2003年正式开始实施的，但从2000年6月到任不久，就是我学习、调查、思考中的一个重要问题。最紧迫的是不考核有奖金也不能发，所有职工在企盼。我深感这是一项最难做又必须要做的事，加上我"做什么像什么"的一贯原则，就使我对这项工作做得非常辛苦。

建立对各级党政组织、党政干部职工的考核评价体系，是中央一直要求做的。新华社在2002年曾请中科院、国家统计局专家征求新华社考核评价体系的意见时，有专家说："中组部的方案还未出来，但已经搞了10年了。"我说："我们这样做无疑是执行中央的要求，但主要是新华社实际工作的需要，且很紧迫，甚至可说是逼着做的。"

确实是这样，财政部给新华社事业拨款中有"奖金"这一项，只是由于没有考核评价体系，无法在分配中体现按劳分配原则而不让使用。当然，要使全社职工"工资外收入"分配水平做到基本公平，需要做一系列工作，但建立考核评价体系是“必须的”。更重要的是建立考核评价体系，可激励干部职工的积极性，更好地履行新华社的职能，增强影响力。

我深知建立考核评价体系很难，但能以此为“理由”而不搞吗？显然不能。我的结论是：难归难，但办法肯定有，只要“盯着搞”，一定能搞出来。正如我们陕北的一句俗话：“牛头太烂，多费几炉柴炭。”

我们首先弄清楚了建立考核评价体系“难”在哪儿？“公开”不是问题，而是必须体现“公平”，即不论单位之间、员工之间，考核的指标、程序的设定等，都要能体现“公平”竞争，反映真实的“实绩”，且要做到“可比”。

为此，我们坚持的主要原则：一是所有机构、所有人员均要纳入考核，个别人确无法参加考核，奖金最多只能拿平均数；二是为了“可比”，将各单位分为职能部门、新闻编辑部、社办报刊、国内分社、驻外分社、直属事业单位、直属企业七个系列考核，其中对不同区域的分社设差别系数；三是考核指标的设定要尽可能全面反映被考核单位和被考核者的职责和实际业绩，各项考核指标以实绩的定量及事实为主，民意测评（无记名打钩）为辅（权重低）。为此建立健全了全社各项工作的统计系统和工作规范要求；四是有奖有罚，多奖少罚。基本是被考核单位中奖1/3，罚1/6；奖励、扣除奖金总额的比例是7.5∶2.5；五是各部门、单位、分社都要制定细则，允许结合实际对其中层机构、员工进行考核，但基本原则要全社统一，不得有随意性；六是将考核作为一个过程来抓。在全过程中，第一要公开，定量指标要“日清月结”“半年一汇总”，年度作结论。第二是各考核责任部门，要按职能分工及时受理各种反映，接受监督，要求做到信息灵、反应快、处置得当、从善如流。第三要在保持稳定中完善，既要坚持先定规则后办事的原则，又要及时将实践中所反映考核评价体系的意见作出分析，所有合理的意见均要按规定程序吸收到其中。一般要待下年实行，特别重要的，要提交社长办公会审定后实行等等。

“万事开头难。”新华社的考核评价体系是从总社营销总平台及各国内分社营销分平台开始的，是鲁炜副社长2002年结合营销平台组建、业务开展和管理制度建立健全一道实行的。2003年全面推开，但关于新闻信息报道这一块的考核，由于涵盖了总社各新闻编辑部、国内外分社、社办报刊等，相当复杂。尽管由何平副社长牵头，夏林副总编辑、新闻研究所陆小华所长等下了很大功夫，还请了中科院、国家统计局、社科院等方面的专家对方案作了反复论证，还是推迟了半年，于2003年7月1日开始实行。其间，我曾连续修改过八次，并同何平他们当面沟通了八次。

新华社考核评价体系一边实行，一边完善，效果是越来越明显，主要是对干好干坏一个样的状况有了较大改变；各部门、单位、分社领导都觉得比较好管理了，思想工作的作用也明显了。特别是年轻记者的积极性大大提高了。他们精力充沛，反应敏捷，劳动效率高等优势发挥出来了，并得到了认可。记得当时宁夏分社一个20多岁的记者，年收入达到了16万元，大大超过了我。我得知后说："这就对了！"

在实施过程中，每年都会有些"微调"，但实践证明基本思路和框架是符合新华社实际的，是可行的。我退下来六年多的2014年冬，社人事局一位负责同志来看我时说，中组部有关局的同志说，新华社的考核办法至今在各部门和地方中都是好的。

2004年5月，田聪明在欧洲总分社（布鲁塞尔）揭牌后，
陪欧盟委员会主席普罗迪参观分社

新华社的实践证明，改革发展的效果比预料的要好，但对改革发展的艰难程度感触也很深。确定正确的改革发展思路很重要，但将思路真正变成现实则要付出更多的心血甚至代价。经验教训的关键都在各级领导的“执行力”上。我体会一是“理通天下，事在人办”，坚持把中央的精神同本部门的实际结合起来，以求真务实、百折不挠的精神状态抓好改革发展。二是“说服自己，说服别人”，任何一项改革决定，领导干部必须要想得清楚，讲得清楚，写得清楚；既要随时听取意见，又要及时鲜明地做好工作，通过言传身教、事实说话和典型剖析，统一思想认识，解决实践中的问题，将改革发展的思路变成干部职工的行动。三是“要想别人不动摇，首先自己不动摇”。在改革发展中很容易出现动摇，因为在改革发展过程中，遇见的不是“拦路虎”，而是“拦路羊”，矛盾确实很多；无论改革还是发展均无现成经验，只能在实践中探索。所以，各级领导干部对改革发展不动摇，进而使全体员工不动摇。我曾说：“改革发展成于坚持，毁于退缩。”四是“信息要灵，反应要快，处置得当，从善如流”。因为要抓好改革发展的各项工作，就要随时了解群众意见和实践情况，随时坚持正确的，改正不正确的，以此来保证改革发展决策的正确性和贯彻落实的坚定性。

（本文发表于《百年潮》2015年第7期，
由《百年潮》特约记者史鉴采访、整理）

激情燃烧的青春岁月

——忆我在太行抗日前线抗大的战斗生活

齐心

齐心，习仲勋同志夫人。1939年参加革命，后入抗大一分校学习。1939年8月入党。抗大五期毕业后，在长冶干校任队长兼教员。1940年调抗大一分校从事文书工作。1940年底奔赴延安。

今年是抗日战争胜利70周年，在这庄严的历史时刻，我不禁心潮澎湃，激动不已。70多年前在太行抗日根据地战斗生活的日日夜夜又浮现在我的眼前。那是我15岁至17岁人生最美好的青春岁月，没有父母的呵护，没有家的温馨，没有少女的娇嗔，有的只是艰苦卓绝的战斗洗礼和激情燃烧的革命情怀，我的青春献给了中华民族伟大的解放事业，我为此感到骄傲和自豪。本文回顾我那一段战斗生活，作为对抗战胜利70周年的纪念，同时表达对关心爱护我的抗大老校长何长工同志，对与我并肩战斗过的战友们，以及引领我走上革命道路的姐姐齐云的深切怀念和敬意。

曲折参加革命

1937年，我13岁，父亲在太原赋闲，经济上没有收入，全家生活陷于困境。母亲带我和弟弟回老家河北高阳县城内东街老房居住，姐姐齐韫（后改名齐云）早在1936年初已去北平寄居在姑母家，在北平师范大学附属中学上高中。我在高阳县立女子完小六年级上了一个学期后，也去了北平和姐姐一起寄住在姑母家。

姐姐思想进步，除了在学校参加抗日救亡活动，在家时每天都高唱革命歌曲，如《义勇军进行曲》《毕业歌》《开路先锋》《梅娘曲》《大路歌》等，我也学会了不少。在姐姐的救亡歌曲和进步思想熏陶下，我心中产生了深重的民族危机感。

这年夏天，当我考上北平市立女一中时，传来了卢沟桥的炮声，七七事变爆发。二十九路军英勇奋战，北平市民同仇敌忾。我亲眼目睹在南长街四条一号（姑母家）路口，二十九路军堆积沙袋准备巷战，心中振奋不已。但二十九路军在前线遭受重大牺牲之后，被迫撤退。

这年7月29日北平沦陷，我在姑母家门口马路上亲眼目睹了日本鬼子的机械化部队，炮兵、坦克、步兵及骑着洋马斜挎着花环的骑兵，狂妄地在大街上耀武扬威，我心中充满了怒火。恐怖笼罩了古都北平。姑母家中也都在时刻准备应付日军查抄、搜捕。

我的姐姐齐韫当时刚18岁，正在北平师大附中读书，是中华民族解放先锋队队员、中共党员发展对象，因她在群众中有威信，地下党组织让她担任学校学生会主席。当时姐姐的政治面貌已暴露，不宜继续留在北平，遂于当年8月带着我一同撤离了北平。撤离是由中共地下党领导进行的，我们是第12批疏散的平津流亡学生。我们的目的地是太原，同行者有十来个男女师生，为了缩小目标，扮演了各种角色，如乔装打扮为父女、夫妻、兄妹等。在火车站上，我们从凶神恶煞般的日本宪兵的刺刀行列下穿过，一上车就分散到各车厢，分头而坐。我和姐姐及她的同窗好友阮学文一组，恰好和一位年长的天津商人坐在一起。姐姐穿一件淡蓝色旗袍，白色半高跟皮鞋，仪态优雅，像一个贵小姐，我穿了一件粉红色的小褂和姐姐亲手给我做的黑背带裙子，和阮学文及穿绸大褂的商人一起，很像是一家人。火车行到廊坊车站，突然上来一队叽里呱啦说日语的日本兵，列车上顿时充满了紧张不安的气氛。

到天津时，那位商人领着我们下车，再次从日本鬼子的刺刀行列中穿过。日本鬼子特别仇恨具有爱国传统的平津学生，只要看到穿学生制服的或怀疑是学生的就抓到日本宪兵司令部审问。我们三人在天津商人的掩护下没有被抓，其他人都被抓了。好心的商人把我们送到天津法租界，在他的一位朋友家中住了一夜。第二天，我们十多位同伴都各自脱险，会合在事前约定的地点。大家各自讲述了如何应付敌人的故事。扮演父亲的老师说，日本鬼子从扮演女儿的女生箱中搜出一把水果刀，狠狠地把刀子往桌上一插，问："你要杀人吗？"扮演父亲的老师就说："她一个女孩子怎么会杀人呢？"质问得鬼子哑口无言。还有一位年龄较大的大学生，看起来胆子很小，说是信佛教的，他说："我当时心里直念金刚经！"惹得大家哄堂大笑。

我们从天津坐小轮船到了塘沽，顺利地转乘了英国大轮船。脱离危险的大批平津学生公开出现在英轮的甲板上高唱《义勇军进行曲》《松花江上》《毕业歌》等救亡歌曲，发表抗日救亡演讲，群情振奋，慷慨激昂。

我们沿途经过烟台、青岛、济南、开封等地，每到一地都由当地政府接待，住学校，睡地铺，吃馒头喝稀饭就咸菜，觉得很新鲜，一点也不觉得苦。在烟台，我们品尝了烟台苹果和烟台梨。在济南时，山东省政府主席韩复榘给我们发了路费，并讲了话，我们还品尝了有名的山东煎饼。在青岛我们参观了炮台，并照相留念。在去开封的路上，在沿途的车站停车时我们都进行讲演和高唱革命歌曲。

到了太原，我和姐姐暂住在阮学文家，当时日军正不断轰炸太原，我们不得不天天跑着躲警报。中秋节之后，姐姐得知她初中母校山西平民中学已疏散转移到徐沟县，我俩即去了该校继续读书。大约过了两个月，1937年11月8日太原失守前，时任长治县县长的父亲派人接我和姐姐到了长治，因父亲不是阎锡山嫡系，我们去后不久父亲即被免职。当年初冬父亲带我们到阳城县赋闲。当时我党在晋东南已创建了抗日根据地，姐姐已与当地革命同志取得联系。此时，阳城已建立了中国共产党领导的抗日政权，县长是李敏之（后改名林耶），他的夫人林贞（原是上海工人）任县妇联主任。这年春节和元宵节，县长夫妇在县政府驻地邀东北大学校友聚会，姐姐也被特邀，并带我同去参加这些活动。因为姐姐革命歌曲唱得好，大家欢迎不止，姐姐便大大方方地唱了一曲《梅娘曲》，歌词为："哥哥！你别忘了我呀！我是你亲爱的梅娘，你曾坐在我们家的船上，嚼着那鲜红的槟榔……"姐姐也让我唱了一小段京戏《莲英惊梦》，戏词为："你把那冤枉的事对我来讲，一桩桩、一件件，件件桩桩对小妹细说端详。”林贞亲手包了江南风味的肉馅元宵，在座的十多位都是北方人，大家感到很新鲜，格外高兴。

在这期间，我不但接触到很多革命同志，也看了一些革命书籍，如《毛泽东印象记》《二万五千里长征》和斯诺写的《西行漫记》等，思想上很向往革命，崇敬中国共产党、八路军。关心我的林贞想让我做儿童团的工作，姐姐则想让我去晋城八路军训练班。正在酝酿我如何参加革命时，我却病了，头剧痛、高烧多日，流了很多鼻血，嘴和胳膊都肿了，身体虚弱得走路都要扶着墙。1938年初，日军调集3万多兵力分九路大举进攻晋东南抗日根据地，就在此时日军轰炸了阳城这座小山城，接着就要发起进攻。一天，姐姐突然穿一身军装，背着背包回家来和父亲辞行，她向父亲行了一个军礼，说她参加游击队了，并对我说：“你刚病好，我带不了你。”结果我失去了在1938年春参加革命的机会。

日军侵占阳城后，父亲带着家人逃出县城，住在离县城较远的一个小山村。那些日子里，我常想念仍在沦陷区杳无音信的母亲和弟弟，但我更加思念姐姐，因为只有见到她，我才能参加革命。有时，我一个人到村外树林子里去唱《松花江上》，我把“我的家在东北松花江上”唱成“我的家在河北大清河上”，把“爹娘呀！爹娘呀！”唱成“娘呀！娘呀！”唱到“什么时候才能欢聚在一堂”时，就禁不住放声大哭。

一天，姐姐派人送来信说：“你已经不小了，怎么不为自己前途着想呢？”我意识到姐姐是在召唤我参加革命，于是就跟着送信人走了，没有和父亲说一声。走到半山腰，父亲追上来了，他不放心我跟这个人走，我只好随父亲回去，结果又一次失去了找姐姐的机会。但我仍不甘心，后来父亲带着家人转移到另外一个县的村庄逃难时，我煮了几个鸡蛋，拿了些干粮，藏在门后想偷跑，结果又被父亲发现了。父亲说：“你碰上国民党兵怎么办呢？”我终于醒悟到盲目偷跑终不是办法。后来随父亲去了西安，结束了这一段逃难生活。

当时西安正是春夏之交，我闲住在家，苦闷之极。夏秋之季，恰好父亲的世交好友陈光斗（决死队纵队长）正在山西驻防，父亲即托付陈夫人带我同去山西，在那里遇上了决死队董天知（1940年百团大战时牺牲）和董愈公两同志。董天知和姐夫魏健相识，不久前他还收到过魏健的信。陈光斗向他谈了我急于找姐姐要求参加革命的情况。他们决定帮助我，并在路经西安时征得了我父亲的同意，使我最终得以在西安与他们会合，并一同奔赴晋东南抗日前线。我们在河南渑池过黄河到山西，经垣曲、阳城、晋城到长治与姐姐、姐夫相逢。此时，姐姐已怀孕。在长治过了春节，姐姐亲自送我去屯留抗日军政大学一分校驻地，介绍我到女生队学习。从此，我踏上了革命征途，成为一名光荣的八路军战士，这一天是1939年3月18日，时年15岁。

抗大生活的日子

姐姐当时已改叫齐云，送我到抗大一分校时，她对接待我们的校部领导同志说："我妹妹是一张白纸，染成什么颜色就是什么颜色。"吃午饭时，那位经过长征的老红军陪我们一起吃饭，他端了一洋铁盆菜放在桌子上，和蔼可亲地说："我们抗大吃饭是打冲锋照镜子，吃菜谁也不谦让，很快把菜吃完，还端起盆来把菜汤喝光。"随后，姐姐拿了校部的介绍信，从校部驻地到距离不远的岗上村女生队驻地队部报到，在队部见到队长陈彤（东北人）、指导员王宏（东北人）、副指导员邵黎（西安人），姐姐告别时，叮嘱我说："你们队上还有好几位经过长征的红军同志，你应该好好向他们学习。"

1938年党中央在延安作出了到敌后办学的战略部署，由何长工、周纯全率领抗大总校的一部分学员东渡黄河，通过日军的封锁线，历经艰险于1939年1月到达晋东南山西屯留县，创立抗大一分校，校部驻地是故县镇。何长工、周纯全分别担任正、副校长。抗大一分校是八路军前方总部的随营学校，地处太行根据地的抗日前方。抗大一分校的学习生活充满了军事化、战斗化、革命化的气氛。下面是我对抗大战斗、学习生活的一些回忆。

紧急集合：军事训练首先要适应紧急集合。因为处在战争环境，随时都会遭遇敌人的突然袭击，所以，每周至少要有一两次紧急集合。每次紧急集合，学员们都以最快的速度穿好军衣，打好绑带和背包，戴好军帽，扎上皮带（睡前绑带、皮带都放在军帽里），穿好鞋，由班长带领到队部列队集合，炊事班的同志也背着灶具一起集合，全队集合速度约十分钟，集合完毕，队领导简单说明敌情，即带队出发转移，直到天亮前又回到原驻地时才知是演习。为适应战争环境，女生队吃饭时间限制在十分钟之内，到时间，值日区队长一吹哨，立即整队集合。

抗大一分校旧址

出早操：每天天不亮，起床号一吹就集合出操，进行班、排、连教练，由区队长轮流值日领队出操，一般是姿势教练，有时还进行着装演习。

练习打靶：每天支架瞄三角，练习打靶。我第一次打靶打飞了，第二次打中十环，体会是：枪的准星尖对准缺口时，稍低点，因为弹道是弧形的。

严格遵守军纪：服装整齐、动作灵活、作风严谨、有礼貌，外出见领导喊报告并敬礼，同志之间相遇互相敬礼。有上级或外界人士来巡视工作或参观时，队部常派我持枪在队部站岗。

站岗放哨：一般夜间是两个人站岗，用燃香来计时间，两个钟头换一次岗。姐夫魏健曾送给我一块手表，我立即把它交出作为站岗时公用，计时就方便多了。记得我还放过流动哨，夜间一个人持枪在村子里警惕地巡逻，这对我锻炼很大。我们处在日伪、国民党、共产党三个政权对立的环境中，夜间放流动哨有被敌人摸哨的危险，据说男生队有一位近视眼同志就被敌人摸了哨。

抗大一分校的军事课程主要是讲授《论持久战》《游击战》等，还讲过军事学。讲游击战时，还配合做过实战演习，记得在演习中刘抗同学（新中国成立后曾任中国纺织工业部技术司司长等职，于2012年去世）佯装受伤，在阵地上喊："轻伤不下火线！"戴近视眼镜体弱的一位四川同志（大学生）佯作日军俘虏，被大车拉走。政治课程主要是学习《社会发展史》《政治经济学》《抗日民族统一战线》等。

我们上课一般在露天，坐在背包上，有时在驻地岗上村天主教堂里。过去我很少写信，此时，我已能记笔记，是用紫药水泡成墨水用蘸水钢笔书写。队部还曾调我到校部用复写纸抄写过东西，我虽然文化基础差，但进步却是明显的。

队上经常组织一些小分队到本村或外村向群众宣传抗日救亡，控诉日军的种种暴行。我们经常用革命歌曲发动群众，如《支前歌》歌词曰："小小的灯儿暗幽幽，丈夫打仗把我丢，不悲不伤我也不愁，给他缝件衣裳解忧愁……"《拦羊歌》歌词曰："高高山上拦绵羊，王家三姐好模样，东洋强盗到南乡，杀得鸡飞狗跳墙，王家三姐奸淫死，高高山上不见羊，拦羊人儿暗悲伤，拿起刀枪干一场！"

我们还参加挖防空洞和种菜等劳动。有一次种菜时，不小心把姐姐送的心爱的钢笔掉到井里，我幼稚地要求把我用辘轳井绳放到井里去寻找，由于大同学的阻拦，才没有下去。

我们每天生活在激动人心的革命歌曲声中，我最喜爱的是《抗大校歌》，歌词是："黄河之滨，集合着一群中华民族优秀的子孙。人类解放，救国的责任，全靠我们自己来担承；同学们，努力学习！团结、紧张、严肃、活泼，我们的作风；同学们，积极工作，艰苦奋斗、英勇牺牲，我们的传统；像黄河之水汹涌澎湃，把日寇驱逐于国土之东，向着新社会，前进！前进！我们是劳动者的先锋！"每次全队集合，都要唱《大刀进行曲》，每当唱完

“大刀向鬼子们的头上砍去”！大家便齐喊一声“杀”！甚是威风。《三大纪律八项注意》也是经常唱的歌。我们特别注意在实际行动中遵守群众纪律，驻防时每天帮房东打扫院子、挑水，在离开时，要把居室内外清理干净。在队伍行进中我们经常唱《八路军军歌》（后经修改部分歌词，改名《中国人民解放军进行曲》），歌声使队伍步调整齐，英勇豪迈。

我们每人有一个缸子，吃饭、喝水、洗脸、漱口、洗脚都用它。虽然战争生活非常艰苦，但并不觉得苦，因为团结友爱温暖着每一个人的心。不管谁买一个馒头，一班人都分吃一口。在年、节假日里，全队同志和队领导围成一圈席地而坐，每人发一个熟土豆或一把大红豆，当作茶点。当然，有时还会改善生活吃一顿肉，伙食委员王军同学（新中国成立后曾任黑龙江省副省长等职，于2014年去世）是胶东人，把“肉”念成“油”，常惹得众人大笑。她还有一个拿手的节目是学老大娘哭，盘腿坐在地上边拍大腿边哭道：“我的天哪！”表情煞是生动。

每周我们都有一个生活会，大家交流思想和感受，新来的同学则要全面介绍个人和家庭的情况，以增进彼此的了解和相互间的团结友爱。

我深切体会到抗大是培育革命英雄主义、革命乐观主义，建立革命人生观的大熔炉。抗大熔炉把我从一个刚刚参加革命的新兵，锻炼成一个具有坚定革命理想的战士，并很快成为一名共产党员。

1939年夏，抗大一分校筹备党的18周年纪念展览时，组织让我去做讲解员，纪念活动由于日军7月“大扫荡”而中断，反“扫荡”斗争随之展开了。在反“扫荡”开始轻装时，我把从家中带来的呢子大衣和蓝缎被面捐给了校部文工团做服装道具，只剩下一条被里做了个夹被。第一次急行军，快步经过泥沙滩后又走了一夜，第二天继续行军，感到特别困倦，我掉队了。

党组织已把我列为发展对象，为了考验我，把我调到队部当通讯员，负责与营部的联络。当时，我已经习惯了急行军，不再掉队，反而和队部文书张志专（新中国成立后曾任全国妇女干部学校校长，于2007年去世）当了行军中的收容队，她赶着小毛驴驮文件，我扛着枪，一起收容掉队的同志。

队部每天不分昼夜派我去营部通讯联络，我扛着长枪跑来跑去，什么都不怕，感到很自豪。有一次，营长问我：“你们女同志为什么剃光头呢？”我笑着回答他说：“我们女同志为什么不可以剃光头呢？”剃光头是为了适应战争环境的需要，因为既无法洗理，又没梳子，更怕长虱子。过去驻防时，只有一个走村串户的剃头挑子，不但给我们很多女同志剃了光头，而且还给我刮过一次脸。那时，我们这些年轻的女战士，为了适应战争环境，什么都不顾忌。

我不分白天和黑夜，不断接受命令，沿着山野里的陌生路去送信，不怕狼、不怕日本鬼子和武装汉奸，每天完成任务回到队部，立即就趴在炕沿上或长条板凳上睡着了。经过这一次参加反“扫荡”战斗的锻炼和考验，我具备了入党条件。我于1939年8月14日，在山西省平顺县一个村庄里由女生队指导员邵黎、副指导员孙敏介绍，加入了中国共产党，当时我实际年龄只有15岁。一同宣誓的还有同班同学赵莉。邵黎介绍我时说：“齐心同志不够入党年龄，但是她革命坚决，经过上级党组织批准入党，按党章（1938年党的六届六中全会规定年满18岁才能入党）规定18岁转党，候补期两年。”并提醒我说：“齐心同志家庭环境比较优越，入党后应加强思想锻炼。”我的入党誓词是：“保守秘密，永不叛党，忠于革命，忠于党，革命到底，为共产主义而献身！”我被编入党小组开始过组织生活，当时党组织尚不公开，全队只有易辉是公开党员，党小组长是吴国英（新中国成立后改名吴梅香，在全国妇联工作，已离休）。

1939年秋，队领导批准我去看望姐姐。姐姐于1939年在山西平顺县生了第一个孩子，是个女孩，我画了一个路线图，一个村、一个村边问边走，才摸索到西湾村，见到姐姐母女。该村驻有抗大一分校卫生所，当时正准备召开军民联欢会，要我去参加排练歌舞节目，我高兴地去了。有一次我郑重地问姐姐：“大姐，你入党了吗？”她惊讶地说：“你问这干什么？”因为当时党组织是秘密的，她为了保守秘密始终没有说她是共产党员，后来我才知道她早在1938年初就在山西省阳城县入了党。然而我却对她说：“我已经入党了。”姐姐说：“一个青年走这条路是光荣的！”

日军又要“扫荡”了，我的假期也满了，但对姐姐很是放心不下，我忧虑地说：“你刚生孩子怎么办？”姐姐豪迈地回答：“不要为我过虑。”因为我要归队了，姐姐带我到小饭铺吃馒头，在那艰苦的年代，馒头就是最好吃的了。我依依不舍地向姐姐告别，出了村走着走着，不小心一下子跌到水沟里，衣服全湿透了，只好又回到姐姐处多住了一夜。翌日经过姐夫魏健工作的行署时已是中午，吃了拌有干豆角的小米稀饭，就愉快地归队去了。

我们在平顺县山区驻防期间，我的同班同学易辉（新中国成立后任中国兵器情报所政治部副主任，于2013年去世）是队上的民运干事，在派出做民运工作时，突然遭遇日军追击，她誓死不当俘虏，毅然跳崖而摔断腿，在深沟里昏迷了两天两夜。我们队上给她写了慰问信，还送了慰问伞。校长何长工挥笔题了“宁为玉碎，不为瓦全”八个大字表彰她。

抗大毕业转战长治

1939年秋后，抗大一分校由平顺县驻地转移到壶关县山区，我们女生队驻在神郊村大庙里。后来，副校长周纯全带抗大一分校去了山东，校长何长工留在晋东南的一分校留守处等待抗大总校来会合。

姐夫魏健工作的专署位于距离抗大女生队驻地只有五里的树掌村，在开大会时，我常看到他和何长工校长坐在主席台上。此时，我已经抗大五期毕业，本来去山东的名单里也有我，但姐姐齐云愿我留在太行做青年工作。组织上还考虑让我去国民党军队做统战工作，姐姐不同意，她认为我不成熟，去那里太复杂。后来长治县县长张夑堂到抗大一分校要干部，组织上即决定派我和王军到长治县干校工作，王军任妇干队队长，我做指导员。何长工校长亲自接见我和王军，并对我们说：“你们女同志要有政治家的风度，大错误可是犯不得呀！”何校长语重心长的话给我留下深刻的印象，一直铭记在心。

我和姐姐告别时，正值凛凛寒冬，在树掌村的行署见到她时，见她留着短发，穿一身比较新的灰军装，显得英俊洒脱。见姐夫还穿着草鞋，我就买了两双毡靴送给他们。姐姐也是临时来的，晚上他们睡在炕上，我睡在办公桌上，第二天我就去了长治干校。长治干校校长是个四川籍的老红军，有一教员也是刚从抗大一分校调去的。另有两位女同志，一位是河南人，原任县妇联主任；另一位是文化教员，本地人。不久，何校长下达指示说，候补党员不能当指导员，我就改任队长兼教员。学员是从区、乡妇联主任中选派来的，还有的是放了足的小脚妇女，我带她们参加反“扫荡”时，她们背着背包，挂着手榴弹，急行军时没一个掉队的。我当队长兼教员，每天带领出操，经常在队前讲话，还教唱抗日歌曲。睡的是地铺，吃的是小米或玉米稠粥。淳朴的妇女干部学员和我如同亲姐妹一般，我头疼脑热伤风感冒，很怕扎针，她们就七手八脚地一拥而上，把我按在用草或麦秸铺的地铺上，强制给我扎针，这些给我留下了难忘的回忆。

1939年日军冬季“扫荡”时，王军早已调到县政府做秘书，我调去参加县政府的战地工作团。一天，我们随县政府到长治县的西火镇，该镇是陈赓领导的八路军一二九师三八六旅刚攻克的村镇，街上还贴着日伪汉奸的反动标语，其中一条：“打倒七分像鬼，三分像人的张大麻子！”赫然在目，这是敌人在谩骂污蔑抗日县长张夑堂。

我奉命到村妇联主任家布置召开群众大会，主人热情地让我吃了一碗糠糊糊，驱散了寒气。当我回到团部（县政府）时，他们正在用砖头架炉灶熬粥。忽然“啪啦啦、啪啦啦”响起了机关枪声，顿时一片混乱。通讯员报告敌情：“敌人骑兵和炮兵迂回包围！”张县长立即命令突围，当时幸亏有三八六旅的一个团用一挺机关枪在村口掩护我们突围。敌人的大炮声和机枪声响成一片，只听见子弹在空中呼啸而过，更危险的是打在地上的子弹，“突突突”“扑扑扑”扬起了阵阵尘土，不时地还听到几声轰鸣的炮声，我们不成队伍地跑着，子弹密集时就跑得快些，稀疏时就慢些，地上散乱地丢弃着一些办公文具、复印蜡版等。

我看到张县长在枪林弹雨中，牵着马用手枪朝着敌人的方向射击。我身处激烈的战场，不禁感到异常的激动和振奋，“宁死不当俘虏”的誓言在耳边回荡，完全没有恐惧，甚至还想回村拿我遗忘的挎包。突围中，我看到老乡儿子背着老母亲仓皇奔跑，还惊恐地喊着：“老黄来啦！老黄来啦！”

（老黄是指穿黄色军衣的日本鬼子）。

西火镇是一个盆地，当时处在日军炮兵、骑兵迂回包围之中，我们在三八六旅一挺机关枪掩护下，得以从村子的一个缺口突围，穿过敌人密集火力，绕道上山才得以脱险。我给姐姐写信叙述了这次突围的遭遇，并说，我们刚刚收复这个村镇，还不了解敌情就盲目乐观地布置动员群众回村，召开祝捷大会，多亏群众大部分躲在山里没回来，否则后果将不堪设想。另外，信中还说张县长拿着手枪朝敌人方向打了几枪，并无目标，貌似勇敢，实是惊慌失措的表现。我当时的看法很幼稚，对张县长这样评价是不恰当的。

我们从西火镇突围之后，来到离长治县城约60华里的荫城镇，刚把县政府的牌子挂出来，敌人又来袭击，我们就又立即转移，如此连续多日，每天都要走几十里地。当时我和王军被称为“风云儿女”，随着县战地工作团在本县范围内和敌人近距离周旋。

调回抗大

1940年1月我们被调回抗大一分校留守处，不久即和总校合并。当时抗大总校也已经转移太行根据地，校部驻地先是在武乡县蟠龙镇，后移到黎城县霞庄，罗瑞卿、滕代远先后担任总校副校长，何长工担任总校教育长。抗大总校后期，徐向前任校长，何长工任副校长兼教育长。

一天，何长工通知我到他处，对我说：“你父亲作为阎锡山派来的代表到八路军总部谈判，态度比较好，他说他是受骗的。”我马上表态说：“我和他断绝父女关系。”因为我认为我和父亲是两个阵营，决不能含糊（父亲后来随傅作义将军起义，新中国成立后参加了人民政府的工作，于1956年逝世）。

1940年夏，八路军在华北对日军进行百团大战时，天天有捷报传来，校部经常召开军民联欢会，开展拥军爱民活动，我和机要员小段合演拥军爱民小节目。

我还教驻地群众唱拥军的歌曲，歌词是：“青天呀蓝天，这个蓝蓝的天，这是什么人的队伍上了前线？叫一声老乡听分明，这就是坚决抗战的八路军！这就是坚决抗战的八路军！”

我在抗大总校校部总务科当文书时，曾住在一个观里，观里的住持是一位老道士，我常帮他扫院子，他还给我吃过当地最好吃的焖面，那是把豆角切成丝，和面条放在锅里焖熟，当地叫炉面。

1940年夏秋之交，我被调到卫生处当文书。秋季日军又要“扫荡”了，为此，抗大总校也做了反“扫荡”部署，决定去山里背棉衣。我们卫生处整队去山里之后，因棉衣少，去的人多，我也没背得上棉衣，就跟着前面的几个人往回走。不料前面的人一转眼走进一个村庄不见了，我还以为他们仍在我前面，其实是到老乡家去买柿子了，我不知情，就更加快脚步往前走，越走天越黑，我的确有些心慌了，因为随时可能遇上武装汉奸，另外路也不熟悉。正在着急地走着，突然遇上校部总务科管后勤的许股长（是一位老红军），正在忙于备战布置粮草。他惊讶地发现了我，忙把我带到他办公室去，让人给我做了烙饼炒鸡蛋，还让我先在热炕上睡一会儿，等天快亮时再归队，以免黑天半夜遇上武装汉奸。我在热炕上睡至天将黎明，才向这位敬爱的老红军告别返回驻地。回去后天已大亮，我因为中途掉队违反了纪律受到批评。掉队途中路遇老红军这件事在我记忆中是永不能忘记的，使我深深地感受到革命队伍的温暖。

我们抗大一分校在1939年冬曾唱过一首反“扫荡”歌曲，歌词十分雄壮：“烈火燃烧在太行山上，愤怒充满了每人的胸膛，鬼子们各路进攻来‘扫荡’，杀人、放火、奸淫又抢掠。山川震惊、林木震荡，展开游击战争，打到敌人后方，兄劝弟，儿别娘，来一个反‘扫荡’！”然后重复唱“展开游击战争，打到敌人后方，兄劝弟，儿别娘，同心协力打东洋！来一个反‘扫荡’！”

反“扫荡”开始时，在行军途中，曾遇见抗大一分校女生队同班同学绰号叫“李逵”的刘勇（因她说话嗓门大而起此绰号，新中国成立后曾任北京市农业机械局副局长，于2006年去世），她在1939年初与八路军炮兵团（当时八路军只有这一个炮兵团）政委邱创成结婚。她看到我时，从马上下来，掏出一把炒豆子给了我。我还看到彭总爱人浦安修穿着缴获的日本军大衣，站在马前，目送着我们的队伍过去。在急行军中，前面的同志传来一碗带泥汤的小米稀饭，前面的同志喝一口，再传给后面的同志，每人喝一口，一个接一个地传送下去，直到把这一碗稀饭喝完。

在这次秋季反“扫荡”中，抗大总校分两个梯队突围，我们是晋冀鲁豫边区，回旋余地很大，时任总校教育长的何长工，实战经验丰富，由他率领校部等单位组成的第一梯队，较顺利地突围，由山西经涉县过漳河转移到冀西河北邢台地区校部驻地浆水镇；由总校训练部长王智涛率第二梯队（训练部、卫生处等单位组成）在山西黎城县小卧铺山上与敌周旋了40多天，我当时在卫生处当文书。王智涛部长留学苏联学过军事，对军事条例比较熟悉，但实战经验少，使我们经常处于紧急状态和急行军之中，且大多是在秋雨绵绵的夜间转移，在转移前要把白天的饭吃了，吃不太熟的玉米碴子饭。有一天白天在山底下遇到敌人追击，我看到背小孩行军的女同志艰难地走着，伤病员发出令人心碎的呼叫：“我要死呀！我要死呀！”那情景真让人心痛。夜行军中，秋雨淋淋，背的背包被淋，连背包里的衣裳都湿透了。天亮后，看到每个人都是一副泥脸，大家相视而笑。行军没有敌情时，前面的同志摔倒了，后面的就小声唱《国际歌》中的“起来！”在这种艰苦的战斗环境中，同志们都充满了革命的乐观主义和革命友爱。在行军途中，尽管肚子饿，也吃不上饭，但树上的柿子掉了下来，地下长的萝卜就在路旁，没有一个人去拿，我们牢记八路军的群众纪律，一刻不松懈。

在百团大战中，日军伤亡惨重，从此，日军把它在中国的主力调到华北频繁“扫荡”，实行惨无人道的“三光”政策，妄图把抗日根据地变成“无人区”。我根据地军民则针锋相对，开展了艰苦卓绝的反“扫荡”斗争。

在1940年秋季的反“扫荡”中，关家垴战斗是八路军炮兵和步兵在黎城关家垴配合作战的一次激烈战斗。我们在小卧铺山上，亲眼目睹这一战斗场面。我们所在山头的天是蓝蓝的，战场那边的山却是硝烟弥漫，枪炮声惊天动地。第一道防线上的伤兵一下来，我们马上拥上去致敬、慰问。敌人非常残暴，我们的野战军战士由于连续作战体力下降，拼刺刀时有时两三个人与一个敌人拼，那情景真是气壮山河！

百团大战后，我们和敌人处于艰苦的相持阶段，敌人的频繁“扫荡”，加上“三光”政策，使根据地军民处在极端困难的境况。后来，我们经过40多天和敌人周旋的战斗生活，终于突破包围圈，经涉县渡过了漳河，向冀西邢台目的地前进。

冬天脱棉衣渡河，全身麻木，不觉寒冷，过了河就跑步前进。快到目的地时，校部宣传队迎了上来，用快板热烈欢迎，唱道：“同志们，辛苦了，胜利了，前面不远就是目的地！”鼓励我们战胜疲劳奋勇前进。到达邢台抗大总校卫生处驻地一个距离总校驻地不远的村庄，我们终于和总校会师了。

卫生处王指导员做了这次反“扫荡”的总结报告，表扬了一些同志，其中也有我，并正式宣布我转为中共正式党员。我时年16周岁。

在这段时间我睡的是石板炕。晚饭后，就搂树叶烧炕，前半夜烫得睡不着觉，后半夜冻得睡不着，这使我腰部疼痛，并留下了后遗症。当时环境艰苦，群众以柿子糠充半年口粮。我看到房东家里一大锅清水煮很少的小米，多以蔓菁或是萝卜充饥。

奔赴延安

1940年底，我被调到干训队学习，当时我们和张汶等几个同志，夜里合着盖被子，以便取暖。此时，总校决定疏散女同志到地方工作，并决定我和陈彤、王军、林毅、张汶、赤茜（郝治平）一同离校。张汶、赤茜留在北方局党校学习，我和陈、王、林四人原是抗大一分校的，决定去延安学习。离校前，何长工（时任总校教育长，原抗大一分校校长）对我们四人讲：“你们到延安去，政治文化理论水平又会提高一步。”

组织上决定我们四个女同志去延安后，我们即从冀西邢台地区出发，到了山西辽县（现左权县）八路军总部所在地，住在八路军前总招待所，那只是有一个大炕的大房间而已。当时，原总校校长罗瑞卿正在和赤茜谈恋爱，他来看她时，竟站在门槛羞怯得不好意思进房门。

我在总部遇到姐夫魏健，他时任山西平顺县县长，正在总部参加县长会议。他穿了我姐姐穿过的旧棉军衣，虽然拆洗得很干净，但显得很短。他买了些花生、柿饼给我吃。我从总部回到招待所的第二天，就踏上了去延安的路程。出发前，我给姐夫写了一张便条说："我们要出发了，我到延安学习两年就返回太行山，再会吧，1943年！"我们背着背包走出村一两里路，姐夫追上来，给了我一点边币，同时还介绍了几位在延安的东北大学同学和战友，如佟冬、王一民、林枫等，并叮嘱我要警惕坏人。

我们到延安的队伍由几部分人组成：（一）八路军前方总部一部分人，其中有前总政治部副主任陆定一、曾演过阿Q的赵品三及夫人、一位背着孩子做青年工作的女同志、一队日本俘虏和一个朝鲜人，他们要到延安去日本工农学校学习，还有我们四个抗大总校的女同志。（二）一一五师、一二九师团以上的军政干部，他们大都是经过长征的红军干部，去延安刚成立的军政学院学习。除了我们四个女同志和日本俘虏之外，其他人都骑着马。这一大队人马由野战军掩护。

这支队伍临时指挥部政委是陆定一，司令员是尹先炳（一二九师旅长）。我们白天走了60里山地，下山前召开了军人大会，动员大家不要掉队。下山后就是敌占区，夜间在平原上紧急行军120里，通过了敌人控制的同蒲路、汾河、白晋公路几道封锁线。我们走得很快，同蒲路封锁线一闪而过，然后又渡过汾河和白晋公路。在公路上，是四列横队跑步前进，敌人的探照灯从碉堡打出来照得公路明晃晃的，不时地还打出冷枪。因为日军出兵"扫荡"晋绥根据地，我们通过以上封锁线时都较顺利，然后宿营在游击区的一个村子里，村子马上封锁了消息，只准进人，不准出去。白天走了60里山地，记得下山时一丈多深的沟，竟一跳而下，夜间又跑了120里平地，脚腕非常疼痛。

我们四个女同志在被封锁的村子里，得到暂时的休息，为了取暖，我们把身体埋在老乡的麦草堆里，只露出一个头，也只是打个盹就又出发了。我们由交城游击区进入晋绥根据地时，遭遇到日军的"扫荡"。我们队伍没带电台，随时都有可能遭遇敌人，途中都是露营，经过日军"扫荡"制造的"无人区"，看到很多被烧毁的房子和黑咕隆咚的窑洞。老乡都跑到深山里去了，锅都砸了，好不容易找到一口锅，就去河里破冰打点水，捡些被烧毁的房子零碎木头烧水洗脚，以便继续行军。我们在老乡的地窖里找到一些土豆，便写个条子说明原委，并留下足够的钱给老乡。煮了土豆除当时吃，还要再留几个做第二天行军的干粮。夜间，捡些小木柴烧一堆火，我们四人围坐在火堆旁，坐在背包上打盹、睡觉，还要不时添柴以免火熄灭。那时正值十冬腊月，脸都冻坏了，就把我的毛衣拆了，每人织了一个脸罩御寒，到延安后陈彤还为拆了我的毛衣而惋惜。

一天傍晚，还没有到达当天预定的宿营地，因为天太冷，陆定一让我们提前十里宿营。第二天到达原定宿营地时，才发现敌人昨晚就住在那里，看到到处都是丢弃的罐头盒和香烟盒，大家庆幸陆定一决策英明，幸亏昨天提前十里宿营，否则必然和敌人遭遇上了。我们在行进中，有时前卫尖兵看到敌人，有时后卫与敌人接上了火。一次我们正准备进一个村子，敌机忽然轰炸了那个村子，接着敌人步兵就抢占了该村，尹先炳司令员机智地指挥我们绕过村庄上山脱险，山上刺骨的朔风钻进我们的毡军帽，像针扎一样，但我们都很兴奋，因为我们又一次避开了敌人。

我们到达黄河岸上，看到被日军蹂躏过的村庄，家家户户室内空空，一无所有，门上贴着白纸（家里有被杀害的亲人），一片凄凉。从山里躲避回来的老乡控诉着敌人的暴行，一路上看到的都是敌人惨无人道的“三光”政策所造成的惨状。

渡过黄河，到了陕甘宁边区的葭县，鸡娃子叫来，狗娃子咬，纺线织布生产忙，一派生机，和黄河对岸的景象截然不同。当地的人们热情款待我们，让我们住在暖窑热炕上，吃热腾腾的小米干饭和酸菜。入夜，我们放心地睡了一觉。到了米脂县，陆定一总结时，指出全体同志对三大纪律八项注意都做得很好，还表扬了我们四个女同志。我们女同志住在县妇联，孙克悠、文漪两位妇联干部接待了我们。

在欢迎会上，那位朝鲜人代表日本战俘上台讲话，说他们也是日本军国主义的受害者，迫使他们离开父母妻子，到中国屠杀中国人民，他们以亲身经历控诉日本军国主义的罪行，表示也要参加革命，反对日本军国主义，反对侵略战争。日本战俘中有两个与我们接近过的，一个叫阿布，一个叫村山。阿布是到村中找花姑娘时被俘的，村山是小贩出身，这是他俩亲口向我们介绍的。

后来到了绥德，那是绥德地区的中心县，是该地区党政军领导机关所在地。驻军三五九旅旅长王震、政治部主任王恩茂安排我们这支队伍休整，请我们吃饭，看了话剧《雷雨》，还召开了军民大会，声讨国民党反动派发动的皖南事变反共暴行。

我们在绥德过了春节，就迈开大步奔向延安。到延安后，我们四人都分到中央党校学习，当时中央组织部的秘书柳文和我谈话，说："你们几个都在抗大学习工作过，就不必再上一般的学校了。虽然你入党不久，为了培养青年干部，也让你上中央党校学习。"这时是1941年春二月，我17岁。从此告别了抗日前线的战斗生活，掀开了我革命生涯中新的一页。

我于1939年至1941年间，在民族危亡的紧要关头投身革命并直接走向抗日前线，经过战争的考验，从一个懵懂无知的少女，成长为一个坚强的共产党员和革命战士，矢志为革命事业贡献毕生。在太行抗日根据地的战斗经历是我人生中永远的丰碑，它影响和鼓舞了我以后整个的人生道路，对此我永远珍视并终身铭记。

（本文发表于《百年潮》2015年第8期，
由《百年潮》特约记者姚建萍编辑）

在改革开放中建设新闻出版强国

柳斌杰

柳斌杰，2002年3月至2007年4月任中华人民共和国新闻出版总署党组成员、副署长。2006年11月任新闻出版总署党组副书记。2007年4月至2013年3月任新闻出版总署署长、党组书记职务，国家版权局局长。2013年3月任清华新闻学院院长，第十二届全国人民代表大会教育科学文化卫生委员会主任委员。中共第十七届中央委员。

新闻出版是人类文明传承和知识传播的主要载体，是与人类文明进步事业相伴而行的。它担负着传承文明、记录历史、普及科学、资政育人的重大使命。

我国的新闻出版业是对人类作出过重大贡献的行业，众所周知的古代四大发明中，就有造纸术和印刷术两项是属于这个行业。这两项发明，不仅使我们的祖先把几千年文明记载下来，传之后世，惠及当代；也给人类知识积累和文化传播创造了物质、技术条件，得到了全球的赞誉。马克思、黑格尔以及西方科学史的学者，都高度评价了东方的这个成就。连《圣经》的出版者，也称赞中国的这两项发明，“使宗教福音能够远距离传播”。正因为如此，我国历代政权都十分重视治书修史，出版了大量的历史文献，给我们留下了丰富的经典、名著和古籍资料，是中华民族取之不尽的传统文化宝库。

新中国成立后，党和国家更加重视新闻出版事业。在毛泽东亲自提议下，中央人民政府27个部门中就有出版总署、新闻总署两个部门负责领导新闻出版事业的恢复和发展。通过解放区的新闻出版单位进城接管旧政府官办机构、推进公私合营、创办新的新闻出版单位，很快就建立了新闻出版的新体系，担负起了出版马列主义著作和毛泽东著作、出版新的教科书的任务，以党报为核心的新闻传播体系也形成了。到50年代末，整体势头已相当好。后来，由于两个原因：一是三年困难时期，纸张奇缺，报纸、图书、杂志出版几乎被砍掉了一大半。二是由于“文化大革命”的破坏，图书封存、报纸停办，几乎只有“两报一刊”的声音和“红宝书”的发行，新闻出版事业遭受重创。

改革开放后，邓小平关于加快恢复出版社，把印马列、毛选的纸调出来印教科书，恢复大学高考和各类学校的教学秩序的果断决策，使新闻出版业走上拨乱反正之路。随后，在党的十一届三中全会精神指引下，新闻出版业逐步恢复发展、探索改革。党的十六大以后，我国新闻出版呈现出大改革、大发展、大跨越的新局面。到2012年底，我国图书年产40多万种，总发行80亿册，市场动销品种230万种，是改革初期的几倍到十几倍，总量和品种稳居世界第一，全球40多个主要书展上中国图书都是主力；我国报纸有1900多种，年发行总量420多亿份，居世界第二位；我国印刷业总产值达1万亿，居世界第三位。在我国文化产业23000多亿的总值中，新闻出版业就占了18000多亿。我国已经成为一个名副其实的出版大国，全球出版的中国世纪已经到来。中央领导同志多次指出，新闻出版是文化体制改革的排头兵、文化产业发展的主力军，为整个文化体制乃至整个事业单位的改革提供了重要经验。

新闻出版改革开放的历程

当代中国的新闻出版业，是中国特色社会主义伟大事业的重要组成部分，既不能固守计划经济时代形成的僵化模式，也不能照搬西方国家的市场模式，必须解放思想、实事求是、与时俱进。在改革开放中探索适应中国特色的社会主义新闻出版发展之路，这就决定了新闻出版改革开放的艰巨性和复杂性。30多年的新闻出版改革，大体经历了探索性改革、适应性改革和实质性改革这样三个阶段。

第一阶段：1978年至1992年，以解决“书荒”为重点的探索性改革

改革开放之初，各行各业都面临拨乱反正、百废待举的艰难局面。当时，新闻出版业也处在极其困难的时期，大部分出版社、报社、杂志社被关闭，大部分历史经典和学术著作被当作“封资修”打入冷宫，大部分专家学者、学术权威还没有平反、解放，整个新闻出版业处在衰退、萎缩、挣扎的状态，全国处在“书荒”之中。恢复高考，没有纸印教科书，邓小平亲自协调把全国印马列、毛选的纸都调了出来；考生复习外语，买不到外文字典，不得不到个人家中去借；在校学生，为了买一本好书，常常是半夜四点就起来去排队；一本书稿进了印刷厂，因无力排校往往要等上一年……面对几亿青少年的读书需要和全国人民要把“‘文革’耽误的十年时间补回来”的学习呼声，“书荒”成了大事。怎么办？党中央明确指示：出路只有一条，就是改革开放。于是，新闻出版改革探索上路了。

一是恢复部委停办的出版社，放开地方和高等学校、军队办出版社的政策，把各方面的积极性调动起来。这个举措出台，短短几年间，新创办的出版社就增加了300多家，一下子缓解了出版难的问题，各类出版物都出来了，缓解了图书市场的压力。

二是放开发行市场，改变由新华书店总发行的单一模式，改由新华书店、出版单位、民营摊点共同发行的模式，减少计划控制和中间环节，使图书市场多元化、发行渠道多样化，允许创办城乡民营书刊销售点，较好地满足广大读者的需要。

三是图书印刷厂转企改制，打破“大锅饭”，实行多劳多得，搞活内部经营，释放生产能力。也有序批准一部分非出版印刷厂，在具备出版印刷的条件下，承接印书的任务，以改变图书印刷周期太长的问题，增加图书出版的印力。

四是除办好时政类的党报党刊外，开始试办各类新型的报刊，比如，科学技术类专业报刊、群众生活类的都市报刊、娱乐休闲类的文化报刊，还有妇女、儿童、老人、商业等各类报刊，新闻、文化传播内容更加丰富多彩。

当然，这个时期的改革还没有触及管理体制等深层次的问题，有些所有制方面的试点后来也因政治气候的变化而停止了。整个探索也只停留在“有计划的商品经济”这样的基点上，这与国家经济体制改革是相适应的。尽管如此，这一阶段的改革也取得了显著成果，到1992年，整个新闻出版生产能力比1978年提高了10倍多，图书市场和舆论引导能力有所改变，人民群众精神文化生活也比较丰富了。

第二阶段：1992年至2002年，以应对加入世贸为重点的适应性改革

1992年后，我国改革开放步伐加快。在党的第14次代表大会上正式提出我国经济体制改革的目标是建立社会主义市场经济，给我国各方面的改革开放带来了新机遇。此后，还有一个重要事件，就是中国选择了更大的开放——启动了加入世界贸易组织谈判，而加入世贸最艰难的谈判之一就是关于文化市场开放问题。文化，涉及我国意识形态，既要开放又要安全，这是敏感问题。加入世贸，中央决心已定，文化市场开放，必须要以改革开放来应对。为此，中央印发了关于加快新闻出版影视业改革的意见，以应对文化市场开放为重点推进改革。这就决定了此后的新闻出版改革，必须适应加入世贸组织之后的文化市场需要。所以，可以把它叫作适应性改革阶段。

由于世贸谈判中，我们没有拿下“文化例外”的优惠条件，这就意味着我们与西方要在同一市场上竞争，而我们当时的新闻出版单位还是清一色的国家所有的事业单位，没有市场主体等基本要素，更没有统一开放、竞争有序的市场。于是，就把着力解决“谁来竞争？怎么培育市场？怎么抵御文化渗透？”这些问题作为改革思路。

一是组建新闻、出版集团，作为“事业性质、企业化经营”，以此作为市场竞争的准备。于是，在政府推动下，中央和省、市的党报集团、广播电视集团、出版集团成立了，一共90多家集团。由于是党、政、企、事不分，其实都是改名翻牌，所以没有实质性改革，到后来又都取消了，因为违反市场规律，但在当时是很大的改革。

二是放开民营书报刊发行市场，特别是放宽零售市场准入，一下子催生上万家民营书店，街头、巷尾可以买到书报刊了，方便了群众。音像出版可以向民营企业发牌照，光盘生产线、光盘销售一下就起来了，也带动了录放机生产。

三是允许中外合资办印刷厂、中外合作办期刊，以便学习市场开放需要的知识和经验，引进外国文化管理的办法。尤其是对港、台文化企业先行先试，当时的要求是“凡对外开放的政策，首先让港、台同胞先享受”。所以，港台大的印刷业都进来了，至今也是我们印刷业的主要力量。

四是调整图书报刊进出口企业和管理政策、管理办法，主要方向是既要符合世贸规则，又要加强管理，避免风险。进出口权集中在国有企业，外国公司经营书报刊必须要遵守我国规定，按批准的目录办理。民营企业经营外国图书要从进出口公司进货。书报刊、音像制品对外出口，则完全开放，中外公司都可经营。这些改革任务，规定在加入世贸组织之前完成，加入世贸后的五年保护期内还要深化，以适应对外开放。

事实证明，这阶段改革是努力的，但成效是有限的，说明那个阶段我们对改革开放认识还不深刻，还没有抓住新闻出版体制机制创新这些根本问题。

第三阶段：2002年至2012年，以转企改制为核心的实质性改革

新闻出版的真正改革是从党的十六大开始的。“三个代表”重要思想把文化首次提到党的纲领上，党的十六大报告以“三个代表”重要思想为指导，把文化分成了公益性文化和经营性文化两大类，相应地提出了加强文化公益服务和发展文化产业的任务。这个决定，一下子厘清了文化改革发展的思路，使文化体制改革进入了宽领域、深层次、突破性的阶段。

党的十六大以后，党中央针对文化改革方面思想不解放、体制没理顺、机制障碍多的问题，提出要按照十六大报告中关于“三个解放出来”和一切落后观念都要坚决冲破、一切束缚发展的做法和规定都要坚决改变、一切影响发展的体制弊端都要坚决革除的要求，整体推进文化体制改革。为慎重决策，党中央决定先行试点，在取得经验的基础上再全面部署。于是，以新闻出版为重点的三年新的改革试点从2003年开始。此次选定试点单位35家，除了七家文艺院团外，全是新闻出版单位，试点地区九个，也主要集中在新闻出版这类产业属性强一些的领域。

中央文化体制改革试点工作意见下发后，新闻出版方面组织力量，在200多个单位进行了实地调研，随后立即出台试点方案，提出“分清性质、分类指导、重点突破、以点带面”的工作方针，积极、大胆、稳妥、有效地展开试点工作。新闻出版是个多功能、多业态、多品种、多结构的行业，又具有意识形态和文化产业的多重属性，改革是相当复杂的。我们首先强调“分清性质”，因为性质决定体制、体制决定机制、机制决定运行。例如，图书是市场产品、发行是市场交易、印刷是工业生产，这些就定为经营性文化产业。而时政类的党报、党的理论刊物、民族出版、盲文出版，要执行党和国家指令性的新闻、出版任务，不能用市场调节，就定为公益性的公共服务事业。性质定了，就分类推进。经营性的新闻出版单位要转企改制，面向市场、竞争发展，建立现代企业制度。公益类的新闻出版单位主要是搞活机制、深化内部人事分配改革，创新发展，提高服务社会的水平。通过三年工作，顺利实现了中央确定的改革目标，15家出版、发行单位完成了转企改制，有的还在股份制、公司制上进行了探索。六家报业分三种情况完成试点任务：一是四家党报开展了经营和宣传报道业务两分开，组建了报业集团，形成了集团办报和多种经营并举的模式，宣传把导向，经营做保障。二是一家经营性的报纸完成了转企改制，组建了有限责任公司。三是一家都市报类报纸，完成了转企改制，并进行了公司制改造，在香港成功上市。

新闻出版的改革突破，受到党中央的高度肯定，成功的经验在全国进行了宣传、推广。正是在这个试点基础上，党中央出台了全面深化文化体制改革的决定。从2006年开始，中国的文化领域展开了大改革、大发展的画卷，毛泽东多年希望的社会主义文化建设的新高潮终于到来了。这阶段新闻出版改革有如下一些特点：

一是触及了宏观管理体制。所有的新闻出版单位与各级政府都实现了管办分离、政企分开、政事分开、政府与中介组织分开。政府由办新闻出版转变为管新闻出版，由管脚下转变为管天下，由管经营转变为管政策、管调控，打破了新闻出版体制上的苏联模式，使新闻、出版、发行、印刷、音像生产经营单位成为独立法人，能够自主经营、自我发展。

二是加强了新闻出版公共服务。加强新闻出版公共服务功能，不仅是改革的一个重点，而且也充分体现了中国特色社会主义文化建设性质。这项改革实现了政府主导、社会参与、市场手段、群众共享。理清了党委、政府、新闻出版单位在文化民生上的责任，一下子解放了服务能力。民族出版、农家书屋等新闻出版六大惠民工程逐一落地，促进了公共服务体系的形成。

三是促进了新闻出版产业的发展。新闻出版单位转企改制，造就了一大批文化产业的市场主体，不仅提升了文化软实力，而且增加了新闻出版的硬实力。通过改革，全国新闻出版的总资产翻了三番，市场销售增长了十倍以上，利润年平均增长达15%以上，高的出版企业达到30%~50%，职工收入提高2~3倍，解放了新的文化生产力。

四是繁荣了新闻出版市场。由于对内对外市场开放、民营书业异军突起、公共服务性政府采购和市场竞争四大因素，使得新闻出版市场发生了根本转变，中国成为世界第一的新闻出版大市场，也成为国际书展的有力竞争者。中国出版由“书荒”变成“书海”，全世界所有的好书在中国都能同步上市，各类人群需要的图书都能得到满足。报刊由“散户”变成了集群，时政类、文化类、科技类、学术类、生活类、妇女儿童类……应有尽有，出口到世界170多个国家和地区。政府依法加强了市场管理，不断整肃市场，“扫黄打非”、反对低俗，保证了市场竞争有序、健康繁荣。

五是激活了新闻出版创造力。由于深化改革，调动了所有新闻出版单位和从业者的积极性，新闻出版的创造力得到释放。公共服务单位充分运用政策，加大了投入，提升了传播能力和服务能力，10亿册图书、几千万份党报免费进到农村社区。新闻出版企业充分利用市场资金、资源，创新工艺、技术，发展数字出版，使我国图书生产能力、发行能力迅速提升。新闻出版从业者和民营新闻出版单位，积极性更高，他们通过发挥创造力，获得更高的社会价值和经济利益，一大批高学历、高水平、高素质的人才投身新闻出版战线创业、发展，推动了新闻出版业的大繁荣。

到2012年党的十八大召开之前，整个新闻出版改革基本完成了理顺体制、转企改制、创新机制、完善体系、科学发展等主要任务，整体管理模式和运行机制转到了创新发展、建设新闻出版强国的轨道上来了。

新闻出版改革的基本做法

我国新闻出版的改革开放是在吸取了已经进行的经济体制改革、政治体制改革和教育体制改革、科技体制改革的经验教训的基础上进行的。在综合设计和具体做法上，既注重研究改革的一般性矛盾，也注重研究行业特殊性的矛盾；既考虑意识形态属性，也考虑作为商品生产经营的产业属性；既着眼解放新闻出版生产力，也着眼发展新闻出版生产力。把这三者统一起来，提出推进改革的一套做法。重点有六个方面：

第一，推动三大改变

一是转变思想观念。改革中首先碰到的阻力是陈旧的思想观念，转变观念是必须要解决的第一难题：长期的阶级斗争，使意识形态上“左”的思想根深蒂固，加之20世纪80年代改革中出现了曲折，人们对新闻出版领域的改革噤若寒蝉，怕出政治问题；也有人留恋“大锅饭”“铁饭碗”，害怕身份、利益的变化，反对改革；更多的是习惯于计划经济、国营模式，担心进入竞争发展不适应。思想领域的问题实质上都是用旧观念看待新事物。要改革必须先要过好解放思想、转变观念这一关。于是，我们下定决心，以十六大报告“三个解放出来”和“三个一切”都要冲破的要求为武器，深入学习邓小平关于改革开放的思想，统一思想认识，转变思想观念，调动大家自觉投入到改革开放中来。

二是转变政府职能。计划经济的特点是政府包揽一切，既是运动员也是裁判员。在新闻出版行业这一点更加突出。局长就是社长，局就是社，政企、政事不分，从投资到市场都由政府包办。要让政府、企业、市场各自回归本位、各行自己的职责，就必须实现政企分开、政事分开、政府与市场中介分开，管办分离，政府职能由办出版转变到管出版，由经营出版转变为依法监管。如果职能不转变，改革就无法进行下去。为下决心突破这个难点，总署带头转变职能，把总署所属的35家名牌出版社剥离出来，组建了中国出版集团，交给了市场；把总署办的著名的新华系列的印刷厂，组建成中国印刷集团，人、财、物全部交给了国资委；把总署所办的新华书店总店、地区性的书店一律剥离、下放后分别变成了独立经营的中央和地方企业。几万人的大军只留下几百名公务员，权小了、钱少了、利益链没有了，但政府的职责清楚了，管理模式改变了，为深化改革创造了条件。由于新闻出版总署自我改革的带动，两年内全国都实现局、社分设和“四分开”，政府职能完成了根本性转变。

三是转变经营体制。新闻出版行业，是一个通过载体把文化、知识、信息，编辑、加工、制作、传播到社会和个人中去的过程，它生产的是文化产品，古今中外都是通过市场传播。我国直至“文化大革命”前，出版社都是企业，新闻单位也都是经工商登记的经营者。但是，“文化大革命”后不知什么原因都变成了所谓“事业单位”（找不到中央的政策依据）。加入世贸时，为了进入市场，又都变成了“事业单位、企业化管理”。这种经营体制不伦不类，计划经济“大锅饭”的所有弊端原封不动地被保留，市场经营的一些“新病”又出来了。人员能进不能出，干部能上不能下，收入能多不能少，单位能生不能死，谈不上什么经营性、创造力、竞争性，正如邓小平讲的，“不改革就是死路一条”。体制改革是改革的核心，要打攻坚战，我们用了五年时间来完成这个转变。结果是530多家出版社转企改制，组建了出版公司或出版集团，充满活力地进入市场；3000多家报刊社完成了转企改制，成了独立的法人实体；发行系统上万家单位进行了市场化改造，多数实现了统一配送、连锁经营、电子商务、物流服务；全部印刷单位都建成了产权清晰、分工明确、自负盈亏、自我发展的新兴企业；音像电子出版、动漫出版、数字出版和互联网出版，也都按照现代企业制度的要求深化了改革，走上市场轨道。与此同时，对公益性新闻出版单位，也进行了体制改革，内部实行新闻宣传业务和印刷发行广告等经营性业务两分开，该放的放开，该管的管好。在人事、分配、劳动、投资、经营、政府采购等体制方面也做了相应的配套改革。

第二，重塑三大主体

一是重塑市场主体。搞市场经济，企业是主体，而当时新闻出版市场上没有市场主体，只有一些允许经营的事业单位。所以，中央要求要加快转企改制，重塑一批具有实力、竞争力的市场主体。为此，我们把功夫下在转企改制上。按照具体的条件和环境，制定了转企改制的操作规程和配套政策，分期、分批地落实新闻出版单位转企任务，到2012年底，撤销了4000多个事业单位，核销了几十万个事业单位编制，使企业和员工成为命运共同体，担当市场主体的重任。体制一变，活力大增，新闻出版业的市场竞争力发生突变，两个效益显著提高。为了改变市场主体分散、偏小的问题，同时进行股份制、公司制的改造，把“小舢板”打造成“航空母舰”，组建了中央所属和各地所属的报业集团39家、出版集团37家、期刊集团15家、发行集团25家，一批印刷集团和新媒体集团也应运而生，加上民营书业和中外合作企业，合格的市场主体形成了，支撑了整个新闻出版市场和传媒产业的发展。

二是培育服务主体。建立公共文化服务体系，是文化体制改革的重要任务之一。要建立新闻出版公共服务体系，必须要有合格的服务主体，承担政府主导的公共服务职能。我们选择了党报党刊、国家通讯社、广播电视新闻频道、人民出版社、民族出版社、盲文出版社，少数民族语言文字和对外传播的各类传播载体，作为主流传播渠道和事业法人，按照明确职能定位、改革内部机制、增强创造活力、提高服务质量的要求进行了改革、改组、改造，使之成为公共服务主体，全心全意地为人民群众、为基层老百姓服务。国家则加大投入，完善基础设施建设，并按照“养事不养人”原则，采用政府采购产品和服务的方式，支持这些事业型新闻出版单位的发展。

三是明确管理主体。实行政企分开、管办分离后，政府的职责就是管理。这样各类管理的主体就到位了：政府是宏观管理的主体，担负宏观调控、政策调节和市场监管的责任；行业协会组织担负维护行业利益和行业自律的责任；主管单位担负重要人事推荐、重大项目审核、重大投资和资产处置的审批责任；企事业法人则依法享有自主经营、自主管理、自负盈亏、自我发展的权利，而且要履行依法管理、合法经营、合法服务的义务和相应的社会责任。彻底改变了那种多头管理、无人负责的混乱局面，建立起了现代新闻出版管理的基本框架。至今，管理到位，运行良好。

第三，实施六大惠民工程

一是国家传播力建设工程。面对全球化传播和数字化技术带来的传播业革命，我们在新闻出版领域实施了十多项重大建设工程，提升主流媒体的传播能力，提高国际传播的竞争力，扩大主流声音的覆盖面，构建新的传播平台，创新新闻出版的技术和手段，改变我们的舆论态势。我们实施了“大中华文库”“图书对外推广计划”“经典中国”“亚马逊中国书店”等文化“走出去”重点工程，在国际上大大提升了中华文化影响力。

2007年1月12日下午，“向世界说明中国——汉英对照《大中华文库》全球首发式”在国务院新闻办公室新闻发布厅举行，图为《大中华文库》系列图书

二是全民阅读工程。提高全民素质、培育社会主义核心价值观、培育“有理想、有道德、有文化、有纪律”的新一代公民，根本条件是要读书。一个民族不读书就没有希望。全民读书活动自2005年在苏州、深圳试点后，即行推开，至今我国所有的大、中、小城市都有了自己的读书日、读书节、读书周、读书季，书香之家、书香之镇、书香之县、书香之市活动遍布全国，带动了读书活动，使个人、家庭、社会

都受益。

三是农家书屋工程。为解决广大农村图书奇缺的问题，党和国家批准建设农家书屋，力争要做到村村有书屋、家家有书读。农家书屋可以说是中国有史以来最大的读书工程，短短几年间，由中央财政和地方财政购买的图书、报刊、音像制品及其相应的书架、阅读设备进入到60多万个行政村，每个村拥有2000册图书、30种报刊和上百种音像制品，边远地区使用卫星传送图书的数字阅读。我国公共图书馆办了200多年，才有7.5亿册藏书，而农家书屋藏书已达10亿册，现在财政每年还给每个农家书屋2000元用以更新图书，由农民自己选书。农民群众反映，农家书屋是农民享受的最大文化成果："书中自有致富路""读书让我变命运"。

四是东风工程。这是加强新疆、西藏意识形态斗争，争夺阵地、争夺人心的新闻出版工程。实施十年来达到了"东风压倒西风"的目的，主流文化、主流意识、主流舆论已经掌握了话语权和主导权，文化渗透和反动文化的地下传播得到遏制，整个文化环境发生了变化，有利于新疆、西藏的长治久安和持续发展。

五是民族出版工程。改革了民族出版的传统体制和国家资助办法，解决了民族出版分散、低效的问题。国家按语种组建跨省区民族文字出版基地和协作区，由国家统一规划建设、下达任务和资金，保证各民族的历史、文化、典籍得到整理传承，保证各种语言的教科书能满足各族学生的需要，保证党的决策、国家法律、政府文件的民族文字翻译出版工作，使之能适应当地经济、社会、文化、民生的要求。

六是文化环境净化工程。由于互联网等新媒体的发展，文化环境变得十分复杂，群众反映强烈。为此，我们以"扫黄打非"、"剑网行动"、知识产权保护三大平台为支点，坚持开展文化环境净化工程，抑制文化开放带来的消极因素。严厉打击毒害青少年的淫秽色情信息和出版物，清理网络和市场上的非法出版，减少影视频负面影响。对于国内外的侵权盗版行为，依法查办。坚持使改革开放的力度和我们的管理能力相适应，一手抓改革开放，一手抓依法管理，保证我国的新闻出版业健康繁荣、持续发展。

第四，发展文化产业

新闻出版产品有精神和载体两个方面，就像人的魂和体。改革前，我们只讲魂、不讲体，结果是魂不附体。改革中既要坚持文化精神，也就是筑魂；又要发展文化产业，也就是强体。体不强，文化难以强起来，这个道理很多人没弄明白。美国的文化就是通过它的文化产品占领了全球市场，传达了美国精神。其实美国没有文化部，也没有宣传部，主要靠文化行业协会（例如出版协会、电影协会等）发展相关产业。它的版权产业占到国家国内生产总值的43%，美国前几位的大企业多是文化产业类。我们要改变“西强我弱”的态势，必须下定决心把文化产业搞上去。主要措施是：一是组建现代新闻出版企业集团，实行规模化、专业化、集团化发展，培育五至七家年收入200亿以上的主力“舰队”。目前，中央五家、地方三家已经达到了这个规模，在国际上也进入前列。

二是通过跨地区兼并重组、跨国收购，实现快速扩张，壮大实力。已经有七家实现跨省重组，收购十几个国家的新闻出版企业37个，包括美国、英国、澳大利亚等发达国家的新闻出版企业，提升了国际竞争力。

三是推动上市融资，借助市场力量谋发展。在新闻出版体制改革中，始终重视解决“钱从哪里来，人到哪里去”这个基本问题，投融资体制改革就是向社会、向市场要资金的新办法。实行股份制改造，吸引社会资本进入新闻出版行业，先后组建了600多家国有控股的出版传媒股份有限公司，推出了50多家经过公司制改造的出版传媒企业在国内外上市，直接和间接融资2000多亿元，迅速壮大了资本实力，也提高了出版传媒的公信力，创下了文化领域上市融资的不少第一，在市场板块上一直表现突出。

四是建设产业园区，发展新闻出版产业集群。党的十七大提出，文化产业要以产业园区、产业基地、产业集群的方式发展，加快建立文化产业带。这是对新闻出版产业发展的新要求。我们在原来试点的基础上，制定了出版传媒产业基地建设的指导意见，对产业基地建设的条件、规模、政策、技术、体制都作了规定，调动了地方政府的积极性。先后建成了30个国家级产业集中度高的基地，有出版产业基地、数字出版园区、音乐产业基地、版权产业示范基地和印刷技术创新基地等，这些基地引领了各门类新技术、新业态、新发展，不少基地年产值已经超过200亿，是发展的新亮点。

五是支持新技术、新产品的开发，培育名牌企业、名牌产品和新的增长点。国家建立了新闻出版创新发展项目库，把新技术、新产品开发的项目评审入库，把重要企业的优秀项目也评审入库。由国家组织专家择优立项，由财政发展资金资助实施。特别支持用互联网等数字技术改造传统新闻出版业，用新技术催生数字出版的新媒体，走上了高新技术为引领的科学发展之路。到2012年，技术创新增加的产值就达到2000多亿，一批知名品牌和知名企业成长起来了。

第五，实施了三大战略

一是内容创新战略。内容建设和创新，是新闻出版业发展的核心问题，也是生死存亡的大事。所以，我们始终贯彻创新驱动战略，把内容的创新放在首位。实施了古籍整理出版工程，资助专家学者和出版社挖掘、整理、译介我国丰富的历史典籍，传承优秀传统文化精神，使之为社会主义先进文化建设服务。设立国家新闻出版“三大奖项”，奖励创造精品力作的作家、科学家、理论家、优秀编辑、记者和出版发行工作者。专门设立出版基金，支持创新性的优秀理论、史学、文学、科学及其他有价值的学术著作，资助学术期刊，资助前人未有而今人必需的国家水准的出版项目。这些措施取得显著效果，各个学科领域的创新之作争相问世。

二是版权保护战略。文化创造的价值就是版权，要保护文化创造力就要保护知识产权。所以，我们把保护知识产权的国家战略贯彻到新闻出版改革中。完善了版权保护法规，制定了互联网知识产权保护有关条例、规定，建立了各级版权保护中心，加大了执法力度。每年都开展打击侵权盗版的专项行动，严厉查处网上网下的盗版案件，打击犯罪分子。大力推行软件正版化，维护国家信息安全，扶持国内软件企业创新发展、推广国产自主研发的好软件。整顿版权市场秩序，打击假冒伪劣新闻、出版、数字产品，维护消费者权益。这些适应市场规律的改革措施受到世界知识产权组织和西方大国的高度评价，也激发了文化创造力。近几年，我国版权作品登记量是改革之初的20倍，证明了中华民族是有创造力的，是繁荣新闻出版的重要内容资源。

三是文化"走出去"战略。提高中华文化的国际影响力，是新闻出版的战略任务之一，我们坚持实施文化"走出去"战略，通过市场竞争的方式传播中华文明和我们国家形象。(1) 进行版权合作和出版合作，借助西方主流渠道传播中国。例如，国际50多种著名刊物都有中国编辑的内容出版，因为我们版权合作中有约定，每期1/3的版面传播中国。再例如，毛泽东、邓小平、江泽民的著作外文版，都是与跨国出版集团合作出版，通过它的渠道走向世界各国。(2) 开拓国际市场，为适应国际社会了解中国的愿望，我们推出一大批介绍中国文化、历史、学术和当代政治、经济、社会、政策的著作，译成多种文字在100多个国家的市场销售，在国际图书网上销售，效果非常好。(3) 参加国际书展，展销中国出版产品。现在我们每年参加40多个国际重要书展，每年都有主宾国任务，直接和各国政要对话，宣传中国形象。因为西方政要是书展必到的贵宾，我国主要领导也多次出席过国际书展的活动，以书为媒是最高尚的国际交流活动。这几年，中国新闻出版产品已经是国际书展的亮点，版权交易额大幅攀升，我们已经站在国际出版舞台的中心。

第六，坚持对内对外开放

开放文化市场是我国入世的承诺，新闻出版业对内对外开放也是改革发展的必由之路，更是打破条块分割、地区封锁、垄断经营的武器，它一直与体制改革同步进行。

一是向民营开放。民间治书是中国几千年的传统，有很大的潜力，但我国在改革前是禁止的，不许民营资本经营新闻出版业。随着改革的深入，逐步开放了：20世纪80年代允许个体户摆书摊，90年代批准民资开书店，后来发行环节全放开了，批发、零售都可以，印刷业放开了，数字出版、网络出版放开了。出版工作室出现了，图书策划、组稿、编辑、设计都让搞了。这样一来，整个出版传媒放活了，文化生产力解放了。现在，在出版、传播业中，民营资本和市场能力大约占了一半，在印刷、发行、新媒体方面大约占了70%以上，畅销书、网上作品90%都是民间策划、创作的，民营出版是一支生力军。

二是向社会开放。新闻出版业改革前相对比较封闭，大多是主管行业兴办并经营，力量有限。改革开放后，首先向学校开放，高等学校的出版和校报、校刊发展起来了。接着向国有企业开放，企业的出版、报刊也成为一支重要力量。加上党政机关和地方上的新闻、出版、传媒单位，整个有几十万家，大大增加了生产、消费能力，丰富了人民群众精神生活，解决了政府单一投资、财力不足的发展瓶颈。

三是向境外开放。鉴于新闻出版领域的特殊性，对外开放是稳步推进的，必须与我们的文化安全和管理能力相适应。(1) 开放了印刷业，港台企业在内地建有大量的印刷、复制企业。(2) 开放了发行行业，一批中外合资的发行企业建立，在推动市场体系形成上有积极作用。(3) 开放了高新技术主导的新媒体领域，外国技术、外国管理、外国风投都起了重要作用。(4) 在"走出去"方面，对外国资本、外国企业、外国项目都是开放的，共同开拓国际市场，传播中国文化，他们重在经济效益，我们重在打开国际渠道、参与国际竞争，提高中国影响力，可以说是互利合作、共谋发展。

四是跨国兼并收购，壮大我国在海外的出版、传播能力。这一点前面已经提到了，目前态势很好。

书香中国暨北京阅读季启动仪式

新闻出版改革的主要经验

新闻出版改革是一个复杂的系统工程，既与政治、经济、文化体制改革密切相关，又与社会、民生、新闻出版单位和广大职工利益密不可分，每走一步，都牵动一方，重大问题都是在党中央决策和中央文化体制改革领导小组讨论同意后，结合实际组织实施。

回顾30多年来特别是党的十六大以来，新闻出版大改革、大发展的奋斗历程，我们深深感到新闻出版的每一步改革都要攻坚克难，每一个突破都要付出代价，每一项成果都来之不易。其中，有不少规律性的认识值得研究，有不少实践的成功经验值得总结，作为我们进一步全面深化文化体制改革的借鉴。

简而言之，主要经验有五点：

第一，坚持走中国特色社会主义文化发展道路，以高度的文化自觉和文化自信，创新我国新闻出版管理体制和运行机制。

在面对全球化传播和新技术变革的大势下，一些来自“左”的、右的两方面压力和攻势是极大的干扰。有的以苏联放开新闻出版导致的后果和“颜色革命”为由，夸大意识形态的阶级斗争，反对新闻出版改革；有的照搬西方新闻、出版自由的管理模式和运行机制，攻击新闻出版改革不彻底、不到位。面对这种复杂局面，我们坚定不移贯彻改革开放的总方针，坚持马克思主义新闻出版理论，坚持社会主义先进文化前进方向，以培育社会主义核心价值观、丰富人民群众精神文化生活、激发全民族文化创造力为目的，改革体制、创新机制，发展面向现代化、面向世界、面向未来的中国特色的新闻出版业。道路既定、方向明确，就能排除一切干扰和阻力，坚定不移地完成中央所确定的改革开放任务。

第二，做好总体设计，周密描绘改革的路线图，不留改革的“断头路”、“烂尾楼”。

2012年第41届伦敦国际书展中国展区的外国读者

鉴于一些行业改革总体无设计、“摸一块石头走一程”、中途停顿甚至翻盘的教训，新闻出版改革开放一开始就强调了全方位、系统性，周密地进行了总体设计。例如，宏观管理体制怎么改、经营性单位怎么转、公益性单位怎么改、服务体系怎么建、市场体系怎么建、各种业态怎么改等问题都作了设计。除了总的改革方案外，还同时制定了19个配套的改革文件，后来又补充了7个实施办法。详细描绘了改革路线图，例如：政企分开→企事分开→管办分离→中介组织分开→培育三大主体，每一步都紧密衔接。再如，经营性单位→转企改制→股份改造→公司制改造→组建集团或上市公司→建立现代企业制度，每一步都有规范操作的规则、政策和要求。新闻出版改革一启动，大家就知道落脚点在哪里，有整体性、系统性和可操作性。

第三，及时出台改革开放的配套政策，用政策的力量保证新闻出版改革顺利进行。新闻出版改革中同样碰到人员、利益、资金三大难题，也就是改革开放的成本怎么消化。对于这些问题，我们完全靠政策来解决，使国家、企业、个人三满意。关于个人，我们提出无论转企改制还是事业单位不让一个人掉队，保证他们进入新体制。例如，领导干部，做一次自愿选择：想当官你就到机关当局长，想要钱你就留下当社长，但不能两头占，既想要政府的权又想拿企业的钱，那是不行的，不然，怎么能政企分开？员工分三类自选：老人老办法、新人新体制，中人既可选老办法也可选新体制，结果大家各得其所。关于利益，凡是转变身份的企业职工，一次性解决了社保问题，免除了个人应缴部分，为了保障他们的高收入水平，实行了再保险和企业年金制度，使他们退休后享受较高收入，保护既得利益。退休人员也保持了改革时的收入水平，个人利益不减。解决资金问题，出台了三个方面的政策：一是国家财政支付了转企改制的直接成本，不增加单位负担，叫作用钱买机制；二是转企改制企业享受税收减免，时间是从改制注册企业之日直到2017年，转制早的企业享受十几年优惠，积累资金几十亿，叫作早改早受益；三是设立新闻出版产业基金，支持改革到位企业进行技术创新、研发新产品、建设大项目、改造传播能力，大多数企业由此壮大了资本实力，提升了竞争力。当然，还有土地使用、占用资产、技术创新、走出去等多方面的优惠政策，支持了新闻出版行业的改革开放。

第四，领导决心和执行力是改革成败的关键，主要领导既要挂帅也要出征，用任务书、时间表把责任落实到位。

改革是一场触及灵魂和利益的大革命，阻力和困难不少。在领导干部中，说起来都拥护邓小平的改革开放总方针，但做起来就不一样。有的真改革、有的假改革、有的不改革、有的反对改革，那些“夹生饭”、“翻盘公司”、改名“企业”、换汤不换药的形式主义“改革”，怎么出来的？就是一些人消极改革的产物，给国家造成巨大损失。对此，我们有清醒的认识，下定决心真改革，领导团队特别是主要领导始终是坚持改革不动摇。通过培训、教育，发现一批改革者，发挥带头作用，以“不换思想就换人”的办法，调整一批。这样一来，辽宁、四川、广东、湖南、上海、安徽、江西、河北、重庆、吉林等省市和中央一些主要新闻出版单位，领导思想解放、改革主动，率先在改革上实现了突破，局面一下打开了，其他省市也跟了上来，例如江苏、浙江就是后来居上的。中央领导曾多次讲到，新闻出版改革的实践证明：哪里有改革，哪里就有新局面。至今，这些改革彻底的地方，仍然是创新发展最好的地区，走在全行业的前列。

为了落实改革的举措，新闻出版改革的每一项决策，都有路线图、任务书、时间表，改革办公室实行“台账式”管理，完成一项核销一项，并且同享受政策、项目资助、政府采购等支持发展的措施挂钩，起到改革和发展互相促进的作用。这种办法防止了改革“空转”、有号召无结果的问题，有利于抓落实，也有利于调动领导干部、改革单位的积极性，促进改革不断取得实效。

第五，正确处理改革、发展和稳定的关系，始终把创新发展作为检验改革开放的实践标准。

改革是为发展提供动力和创造环境的，改革是为了更好的发展，不能离开发展搞改革。这是我们始终把握的一条。所以，我们先后制定了资源配置、技术创新、三年翻番、五年规划和建设新闻出版强国的目标，与时俱进调整完善指标考核系统，真正做到大改革带来大发展的局面。双百亿出版集团、报业50强、发行过百万份的大刊、印刷100强、新媒体集团等数量越来越多、实力越来越强。发展始终占据核心地位。

新闻出版改革坚持有序推进，没有出现过影响社会稳定的问题。我们体会有三点：一是实事求是，分类推进，符合客观实际；二是政策到位，企业、事业、个人、单位各得其所，都是受益者；三是行业发展充满活力，企业效益、个人收入都大幅提升，困难的单位摆脱困境，较好的单位全面跨越，人心稳定，行业稳定。这样，拥护改革、支持改革的力量也就越来越大，改革发展的势头就越来越好。

当然，改革还在深化，而且永远是进行时。新闻出版体制改革，仅仅完成了“三个转变”的基本任务，时政类报刊、学术出版、主管主办制度等与事业单位统一改革有粘连的问题，还没有完全到位，新的特殊股、股权激励还在试水。任务依然艰巨，还需研究新问题，积累新经验。

党的十八大以来，以习近平为总书记的党中央，提出了“四个全面”的战略布局，把全面深化改革和全面依法治国作为建成小康社会和实现中华民族伟大复兴的两翼，高度重视新闻出版改革和新闻出版法制建设，作出了一系列明确的决策。我们要自觉地贯彻执行，把十八届三中、四中全会

《决定》中提出的改革任务落实好。当前，尤其是围绕改革开放的总目标，抓住社会主义核心价值观建设、新闻出版强国建设和激发全民族文化创造活力这个中心环节，在继续完善新闻出版管理体制、形成全面引导和依法管理相结合的舆论引导工作格局、健全新闻出版市场体系、加强现代公共文化服务、推动新闻出版融合发展、壮大新闻出版产业实力、提高新闻出版开放水平七个方面，攻坚克难、深化改革，使新闻出版改革再次发挥好改革开放排头兵、先进文化引领者的作用。我相信，新闻出版战线只要坚持深化改革不动摇，就有能力早日实现习近平总书记提出的目标：在改革中"建成几家拥有强大实力和传播力、公信力、影响力的新兴媒体集团，打造一批形态多样、手段先进、具有竞争力的新型主流媒体"，"形成立体多样、融合发展的现代传播体系"。

（本文发表于《百年潮》2015年第8期，
由《百年潮》杂志编辑杨琳编辑）

《晋察冀日报》的游击办报岁月

陈春森

陈春森，笔名黎阳，河北曲阳贾庄人。1938年3月，参加晋察冀军区政治部宣传部工作和边区党委机关报《晋察冀日报》（开始时叫《抗敌报》）创刊时期的编辑工作。在敌后抗日根据地极度艰险的环境中，在晋察冀坚持“游击办报”十年。历任编辑、编辑科长、编辑部副部长、报社编委。现任晋察冀日报史研究会会长。主编《晋察冀日报史》等书籍。

七七事变后，八路军挺进华北，创建了第一个敌后抗日根据地——晋察冀边区抗日根据地，随即创办了《晋察冀日报》。这份创刊于1937年12月11日，至1948年6月14日终刊的报纸，十年半时间共出版2845期，是我党在敌后根据地创刊最早、坚持时间最长的报纸，是在极其残酷的战争环境和极其简陋的工作条件下长年坚持出版的铅印日报，是晋察冀边区党和人民对日寇作战的一面不倒的旗帜。

1938年3月，21岁的我来到五台山，在晋察冀军区参加了八路军。军区政治部宣传部部长潘自力得知我是高中学生，在曲阳县办过抗日报纸《前进报》，说我是军队里急需的知识分子，要求我迅速到《抗敌报》（《晋察冀日报》的前身）报到。我当时有点想不通，说我来参加八路军是为了到前线拿枪杀鬼子的。潘自力对我说，抗日敌后战场没有前线与后方之分，所有工作都是抗击日寇的前线。从此，我在晋察冀日报社经历了十年游击办报的整个过程，其中八年抗战艰苦游击办报的经历更使我明白了潘自力这句话的意义。

游击办报首战告捷

1938年，日寇调集5万兵力，从平汉、平绥、同蒲、正太各线发动了向晋察冀中心地区的多路进攻。敌人的主要目标是摧毁我边区党政军领导机关和主力部队，报社也是日寇围攻的重要目标之一。

报社在阜平县创刊不到三个月，就遭到敌机的疯狂轰炸，大部分设备和纸张被炸毁，同志们只好翻过长城岭，转移到五台山大甘河村继续办报。如何在战争中坚定意志、保存自己、办好报纸，边区党委和报社的领导对此提出了明确要求。潘自力曾在一次抗敌报社的编辑会议上说："报社要在游击状态下坚持出报，要在党的新闻岗位上坚守阵地，要动员群众与日寇战斗到底。你们在敌后办报就是新闻战线上的抗日战士。"

邓拓于1938年春来到报社，接替舒同任报社主任。他召开报社五人会议，讨论在游击战争环境中的编辑工作。大家一致同意他提出的三条意见：（1）不论游击战多么频繁艰苦，出报一定不能间断；（2）增加社论，还要增加评论和短评，加强报纸的抗战政策指导性；（3）油印改铅印，缩短刊期间隔，强化报纸的抗日宣传鼓动作用。

1938年9月，日军开始围攻五台山，一方面打击八路军，另一方面要抢粮。八路军反围攻的战斗异常激烈。那时报社只有十几个人，为了多出几期报纸，尽快将敌人进攻的消息传达给人民，并抓紧进行反围攻的舆论指导，报社没有马上离开五台山大甘河村驻地。8月底，报社发表《加紧秋收与保留青纱帐》《彻底克服太平观念》的社论。9月又发表社论，批评平汉线附近地方割掉青纱帐而使游击队失去活动阵地的做法。随后又连续发了《加紧动员，粉碎敌人的围攻》《怎样进行坚壁清野》等社论。

9月的一天，日寇围攻根据地的部队已经逼近五台山地区，报社迅速部署转移。这是报社自1938年8月16日改为铅印报后，第一次带着印刷机开始“游击办报”的战斗。出发时，报社的队伍（加民工）已有近百人，沉重的印刷设备靠一支15头驴骡的运输队驮运，转移的队伍在长城岭东太行的险峻大山中艰难前行。为了保密，报社番号是“晋察冀军区游击支队”。为了安全，报社的编辑记者都配发了手榴弹，但只有很少的枪支。从此，一支“一手拿笔，一手拿枪”游击办报的新闻队伍活跃在北岳高山峻岭之中，我们也首次感受到了游击办报的艰难。

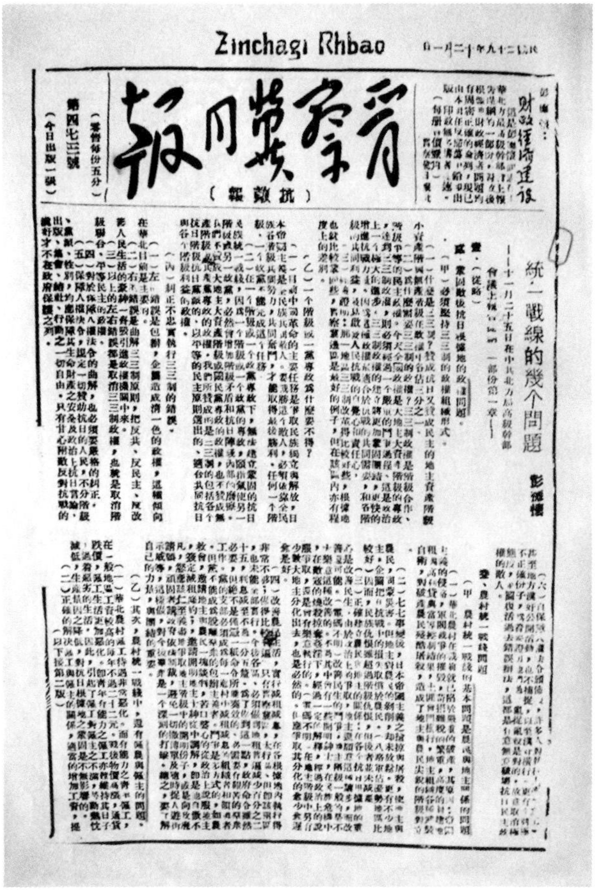
Zinchagi Rhbao
晋察冀日报
（抗敌报）
第四七三号
统一战线的几个问题
彭德怀

1940年12月1日《晋察冀日报》刊登彭德怀同志的文章《统一战线的几个问题》

报社队伍到达龙泉关益寿寺时，敌情已万分紧急。在瓢泼大雨中，邓拓去龙泉关区公所动员当地群众帮助接运印刷机器和物资，并迅速转移到南山的一个只有十几户人家的瓦窑村。报社队伍一到村里，电报收发员马上开始收报，编辑们迅速编辑稿件，工人们架起机器开始印报。我们在瓦窑村住了五天，抢着出了四期日报。报纸印出来后迅速发出去。到第五天，前方报告有敌情，敌人快到龙泉关了，离我们只有10公里，我们只好把印刷机器抬到牲口背上，全体同志迅速转移到了平山县卧龙村继续出报。在那里，我们又奋战了一个多月。

这次在游击中办报共经历了2个月的时间。我们拉着15头驴骡，走了3个县，住了4个小山村。报社的领导和编辑、记者、电台收电员、发行员、印刷人员齐动手，夜以继日地写稿、排版、印刷、发行，抢时间出报22期。这22期报纸的形式和内容都十分丰富。有4开、8开、16开，有两版、四版以及《抗敌外报》（是不用编号的报纸），有社论、新闻，还发表了多篇战地通讯等。《老百姓》《海燕》两个副刊就是此时创刊的，当时我担任《老百姓》主编，顾宁（司马军城）任《海燕》主编。因为出现敌情要随时转移，报社只好在相对稳定时出大报，出不了大报就出小报，出不了正报就出外报，出不了两版就出一版，重要事件及时出《号外》，没有白报纸就用土黄纸。出版的报纸依靠地方政府和民兵及时发送到根据地四面八方。社论评论多、编写快、印刷快、发行通畅、转移迅速是当时我们游击办报的一大特点。可以说，报社第一次转战游击办报首战告捷。

当时，日寇狂妄地叫喊要“南取广州、中攻武汉、北围五台”，边区和全国的抗战形势都很紧急。那时，华北抗日根据地广大军民对抗日战争的认识和如何抗敌备战等问题都迫切需要引导。为此，《晋察冀日报》利用社论、评论提出和解决军民的思想认识问题，发挥了党的方针、政策的宣传指导作用。从1938年9月抗击日寇大举“北围五台”起，报纸适应反围攻大战的迫切需要，一期接一期地发表了许多篇社论。

陆定一到晋察冀边区考察时看过《抗敌报》后，在延安《解放》杂志上发表文章指出：“晋察冀的报纸工作确实是做了模范，并给了我们宝贵的经验。……《抗敌报》在战时每期有权威的社论，极其具体而且实际，没有不切实际的空谈。……是各地办报的榜样。……不仅为晋察冀立了功劳，也为全国的抗日战争立了功劳。”晋察冀边区政府主任宋劭文看过《抗敌报》上关于战时动员组织工作的问题和建议后，立即写文章在报上发表，接受报纸的建议，并采取措施着手解决。边区党报《抗敌报》发表的社论，都是结合各个时期各个方面的实际问题发表的。社论及时，其效果就立竿见影，不仅促进了实际问题的及时解决，而且结合实际，有利于读者政策水平、理论水平的提高。

不倒的旗帜

1939年至1940年两年是报社游击办报的第二个阶段。在这个时期，报社随军区机关转移行军走了五个县，在大迂回的长途行军中，同志们克服一切艰险坚持办报。由于随军区机关行军目标太大，报社三次被围，一次被敌人飞机轰炸，损失惨重。

1939年春天，报社转战到阜平县马兰村。秋冬，日寇调集2万人，分七路围攻阜平地区。晋察冀军区机关和部队从根据地腹地转到外线。敌人扑空以后，穷凶极恶地开始了分区“扫荡”，到处烧杀掳掠，并把《抗敌报》作为打击的重要目标之一。为躲避日军的围攻，报社被迫从阜平县西南的马兰村转移到了北部山区，又向东穿越曲阳、唐县、完县，到达易县。当发现日军尾追包抄过来，报社又赶快向西转，在大山中急行军突围。报社在这次大迂回的行军中，还在唐县的大山里（杨家庵）坚持出版了五期铅印报。这支身背步枪和纸张，牲口驮着沉重的印刷设备的浩浩荡荡的新闻队伍，冒着严寒长途跋涉250公里，经过五个县，被称为敌后游击办报的一次“运动战”。12月3日中午，报社进入易县刘家台以北的芝麻沟时暴露了目标，日军的三队飞机突然袭来，冲着被围困在两山峡谷中的报社行军队伍轮番轰炸，情况十分危急。邓拓命令所有人员急速就地隐蔽，但报社还是蒙受很大损失，几位同志伤亡，部分牲口被炸死或炸伤，一部分铅印设备和印刷物资被炸毁。这时又得到情报，南边唐县的日寇又尾追过来，北面涞源的日军也正向报社驻地芝麻沟地区合围。在这种万分紧急的情况下，报社迅速将牺牲的战友掩埋，将铅印机等印刷物资就地坚壁，趁着黑夜急行军50

公里才冲出合围，几经周折到达阜平县北山区的上下车道，在康儿沟等村庄住下继续出报。

1940年11月7日，《抗敌报》更名为《晋察冀日报》。我们在马兰村才出报2期，从11月9日开始，恼羞成怒的3万日军又分兵13路向晋察冀边区开始了疯狂的冬季“扫荡”。这是日军在百团大战中遭到八路军重大打击后的一次报复性的“大扫荡”，声称要彻底毁灭晋察冀抗日根据地。当得知敌人正在向报社所在地包围过来时，报社从阜平北部的连家沟出发迅速向南转移。当东路敌人从定县、曲阳到达王快附近时，南路之敌已从灵寿、行唐进到阜平城南庄地区，离阜平城不到30公里，情况万分危急。报社同志不得不把一部分沉重的印刷机器暂时埋在沙河北岸，全部人马跨过带冰碴的大沙河，飞速行军到达阜平西南深山中的马兰村。当夜，全报社各部门的同志不顾急行军的疲劳，又马不停蹄地投入编印报纸的战斗，连夜突击编印并发行了两期八个版的铅印日报，将《边区党委为粉碎日寇冬季“扫荡”告同胞书》等信息及时传达给根据地的广大军民，极大地鼓舞了边区军民反“扫荡”的斗志。第二天，敌人再次向报社驻地疯狂包抄过来，当距报社驻地马兰村还有2.5公里时，报社的同志们迅速冲出包围圈，以急行军的速度向着平山县滚龙沟村转移了。

从马兰村转移到平山县滚龙沟后，虽然在阜平方向还有敌人在活动，但当地群山险峻，敌人暂时难以到达。报社抓紧这难得的战斗间隙，经过两天的休整，第三天即开始出报，而且是改出8开两个版的日报，信息量随着工作量的增加而大大增加了。在后来的29天里，晋察冀边区这个在反“扫荡”中发挥着巨大作用的日报连续出版了25期，一张张报纸每天载着党的声音、胜利的战斗消息源源不断地从滚龙沟这个小山沟里发行出去。从此至1943年，报社以滚龙沟为根据地，边打游击边办报，工作面逐渐扩展起来。

1940年12月17日，《晋察冀日报》创刊三周年纪念大会在滚龙沟召开，中共中央北方分局书记彭真和根据地其他领导人胡锡奎、李常青、姚依林等出席。此时，边区冬季反“扫荡”已胜利结束。会上，彭真充分肯定了报社的成绩，把《晋察冀日报》比作“边区人民向新中国前进的灯塔”。他说：“我相信从艰苦战斗中壮大起来的这个党报，有充分力量战胜一切困难，向前迈进。”彭真在给《晋察冀日报》创刊三周年的题词中写道：“《晋察冀日报》是统一边区人民的思想意志和巩固团结共同抗日的武器，也是边区人民忠实的言论代表和行动指针。它将成为边区文化战线上的铁的正规军。”邓拓代表报社宣誓：“一定要为党报事业奋斗到底，为坚持华北抗战、坚持晋察冀根据地奋斗到底！”报社的同志们也纷纷表示，《晋察冀日报》作为一面不倒的旗帜，要更高地飘扬在边区的土地上。

报社在被日寇“扫荡”后的“无人区”坚持办报

在“黎明前的黑暗”中坚持

1938年、1939年、1940年的游击办报，使报社在战火中经受了考验。报社认真总结了抗战初期这几年游击办报的经验教训，提出了在反围攻、反

“扫荡”的游击中加强和改进办报工作的新要求：行军中只要有24小时驻地时间就要争取出报。文章要短小，在3000字内做文章。改装轻便印刷机，全部印刷设备轻装化。组成八匹骡子的精干运输队。精简报社队伍。报社人员分为两个梯队：第一梯队是办报人员，编辑精简到四五个人，每人都配发手榴弹，印刷发行小组带机器设备随队，每期印数最少也要5万份的15%以上；第二梯队是武装梯队，负责侦察敌情，带枪保卫报社的安全。在几个群众基础好的地方分设物资点，将笨重的印刷机器、设备分几处坚壁起来，做到随到随用。建立公开和秘密的发行交通网，使报纸能最快运达，并与军区保持密切的联系。

不久，日军对晋察冀边区的“大扫荡”又开始了。1941年和1943年是日寇对晋察冀边区山区根据地围攻、“扫荡”最疯狂、最残忍、时间最长的两年，也是报社牺牲人数最多、游击办报最为艰难、办报风险最大的两年。

1941年，日本帝国主义为发动太平洋战争，急欲“肃清”八路军，稳定华北占领区，对我晋察冀抗日根据地实行了野蛮的烧光、杀光、抢光的“三光”政策。日军调用了7万兵力，采用“铁壁合围”“梳篦式清剿”“马蹄形堡垒战”“鱼鳞式包围阵”等战术，连续反复进攻，多面分进合击，妄图一举“剿灭”我边区的主力部队和我边区的首脑机关。晋察冀日报社也是日军“大扫荡”的目标之一。

8月13日，日军向晋察冀边区北岳中心区进犯，平汉、正太铁路的敌人迅速逼近平山、灵寿北部山区，离报社驻地滚龙沟已经不太远了。敌情紧急，军区通知报社马上转移。报社为了多出报在原地坚持了十天。到8月23日，报社赶出了九期报纸，连续发了两篇社论：《开展对敌宣传战》和《纪念百团大战一周年》，发了专论《识破并粉碎敌伪的治安强化阴谋》，转发了延安《解放日报》关于八路军、新四军在各地打胜仗的消息，还发表了苏联红军击溃德国三个师的胜利消息。

8月24日，日军已经逼近报社的驻地滚龙沟，报社决定迅速转移，但前进的道路已被敌人切断。此时，报社与军区司令部失去了联系，敌情无法摸清，报社只剩下独立作战一条路了。在这种情况下，报社领导临危不惧，沉着应对，经过简短的磋商后，认为滚龙沟一带群众基础好，地形比较熟悉，决定就留在滚龙沟与敌人周旋。报社领导决定将报社化整为零，组成编辑、印刷、电台、发行等若干小组，分散隐蔽在大山里活动，并随时保持联系，利用游击间隙力争多出报。敌人获知报社就藏在滚龙沟的大山里，于是在滚龙沟外的陈家院设立了据点，封锁了滚龙沟口，把报社团团包围起来。日军在飞机的掩护下，从滚龙沟口由东向西“扫荡”，反复搜山。这天，敌人步步进逼，敌机低空飞来飞去向同志们隐藏的地方轰炸扫射。社长邓拓和政治指导员谢荒田坚定沉着指挥大家隐蔽击敌。邓拓严肃地对秘书杨国权等五人小组的同志们说：“现在情况很严重，大家要从最坏处着想。如果敌人冲上山来，我们就和他们拼了，宁死不当俘虏！你们有手榴弹，在万不得已时，就拉开它与敌人同归于尽。我和老谢有手枪，会把最后一颗子弹留给自己。”报社各小组的同志分散在山上的深沟密林里与敌人周旋，敌人四处搜山，包围堵截，但就是找不到我们的踪影，只能无可奈何地朝山上乱放枪。我是编辑组组长，在战斗的间隙还组织编辑抓紧时间编稿子。在滚龙沟被围困的40多天里，我们还出版了30多期报纸。被传为佳话的“七进七出铧子尖”的故事就发生在这里。

在敌人频繁搜山，报社处境异常困难的情况下，报社的印刷点只好隐蔽到沟掌里一个小山村——铧子尖。所谓铧子尖，是形容这里的山像铧犁的尖头那样陡峭尖利。因为此地只有两户贫穷人家，我们人多没有房子可住，大部分人搭窝棚或露天而宿，而把最重要的“宝贝”印刷机安放在老乡那个没有窗户，四处散发着难闻牛粪味，用乱石垒起来的不足六平方米的破牛圈里，一期又一期的报纸就是从这个牛圈里印刷出来的。虽然条件异常艰苦，但是我们人人斗志昂扬。由于手工操作印报劳动强度很大，加上敌人封锁经常吃不到粮食，大家饿得浑身无力，只好到山上挖点儿土豆、萝卜、白薯充饥。大家日夜轮班出报，每天工作时间很长，实在太累了就在牛圈里铺上一层草，两个人背靠背休息一会儿。那段时间日军频繁上山“扫荡”，敌情一天几变。敌人来了，我们就把机器和印刷用品包起来埋进土里，再盖上茅草进行伪装，然后大家迅速转移。敌人走了，我们挖出机器再继续印刷报纸。在敌人围攻的40多天时间里，我们曾七次埋下机器，又七次刨出机器来印报。同志们就是这样在上有飞机轰炸、下有日军搜山的情况下，克服巨大困难，凭着坚决战胜敌人的勇气和誓死保卫边区的大无畏精神顽强地坚持出版报纸。仅仅在1941年一年中，报社就有10位同志先后壮烈牺牲，还有4位同志因生病无法医治而不幸病故，报社减员严重。

1943年，日本侵略者对华北敌后抗日根据地的“扫荡”已是强弩之末，因此对边区的摧残掠夺空前严重。日寇纠集了4万多日、伪军从平汉、正太、同蒲等铁路沿线的据点出发，向北岳山区猛扑过来。五台、繁峙、盂县、正定、灵寿、行唐等据点的敌人分路向阜平合围。这年的2月，报社从平山的滚龙沟、陈家院又迁回到了马兰村及其附近的栗树庄、坡山村办报。此时的报社仍处在敌人的合击圈内，敌情十分严重。

9月16日，反“扫荡”大战开始后，报社按照“在驻地停留24小时就出一期报”的要求，力争在离开马兰村之前再出一期日报。22日，侦察员报告，东西两面的敌人离报社所在地还有10公里，报社为了争取到一天一夜的出报时间，决定全社动员。只见编辑、电台、印刷、发行等各个部门就像一台机器一样同时转动起来，连夜赶出报纸。每当印出100张报时，我们就欢呼一次胜利；当印到800张时，全体报社人员激动到了极点，大家欢呼跳跃：“800张！胜利的800张！”这欢呼声表达了我们抗日新闻战士心中的胜利喜悦。而此时敌人已经逼近马兰村了，邓拓宣布撤离，全体报社人员立即行动，快速向东南转移。报社人员前脚走，敌人后脚就扑进了马兰村。9月22日这一期报是我们冒着被敌包围牺牲的极大风险出版的，是我们在游击办报中最大胆最英勇的一次对敌斗争。

报社离开马兰村后急行军，躲开了东西两面围上来的敌人，钻进了南山的诚信沟。此时天色已黑，山洪暴发，队伍冒着倾盆大雨，脚踩着山洪冲下来的烂泥浆，奋力爬上四道岭。第二天太阳升起时，大家稍事休息就又准备开始出报，谁知这时我们仍处在敌人的包围圈里，处境十分危险。军区急电，要求报社立即向西转移，到灵寿县西部山区去找可以隐蔽的地方出报。9月24日夜，报社下到山脚，准备通过北营进入灵寿的西北山区。前一天侦察员侦察过北营没有敌人，当报社队伍趁夜进村时，突然与日寇遭遇，走在最前面的人员发现敌人迎面过来时想通知后面的人躲避已经来不及了，双方在近距离密集交火。混战中，报务员郑磊俊被敌人射中倒下，运输队员曹斗斗、报纸发行员安志学当场壮烈牺牲。邓拓正骑马走在队伍的前面，听到枪声骤起，他迅速跳下马，但脚尚未着地，他的坐马就中弹倒地而亡。在敌情不清的情况下不能硬拼，邓拓传令大队后撤。第二天，当我们从受伤的日本俘虏中得知昨晚遭遇的是日军的一个运输队，他们搞不清我们的来历，在胡乱地放了一阵枪后便丢弃物资逃走了。这次是报社同志们在游击中与敌人直面相遇的一次极其危险的遭遇战，虽然不幸牺牲了三位同志，但是使这支年轻的新闻队伍受到了一次锻炼。为了摆脱敌人的围堵，报社继续向外线转移。经过长距离行军，队伍进到灵寿、阜平、平山交界的高山地带，登上了海拔2000多米高的玫瑰坨，跳出了敌人的围攻中心，转到了接近外线的比较安全的地带。

1942年晋察冀日报社领导和同志们在滚龙沟合影

玫瑰坨上的日卜是一个只有两户人家的小山村。一位年过花甲的牧羊老人带着老乡忙着给我们腾房子，热情地接待了我们这支“一手拿笔，一手拿枪”的八路军新闻队伍。当时报社有110个人，小山村根本没有条件解决这么多人的住宿问题，我们就自己动手砍树枝、割茅草，架玉米秸，搭窝棚，连老乡的猪圈、牛棚都利用起来搭成临时编辑室、电台室、发行所。报社只借了老乡两间小草房，这是当时最好的房间了。一间给领导研究工作用，另一间用于电台收电兼印刷。稍事休整后，我们于10月4日就开始在这个小山村秘密出报了。我们在玫瑰坨前后隐蔽了12天，共出版报纸12期。报社发行员、交通员很快与当地发行网打通联系，把连日出版的报纸秘密分发出去。

报社在玫瑰坨出报虽然很隐蔽，但仍很快又被敌人发现了。10月15日黎明，一股日军从阜平城南庄向玫瑰坨上的日卜袭来。在敌人距日卜还有10公里时，报纸还未印刷完成，太危险了。因为这里地处高山顶上，四面开阔，根本无处躲藏，如再不撤离就有被敌人围住全歼的危险。万幸的是，军区得到消息后，及时派来一个团截住了来袭的敌人，敌人被打得狼狈败退，报社终于得救了。紧接着军区又来电，说敌人有可能再来偷袭报复，要我们立即转移阵地。报社马上出发，连续跋涉两昼夜，进到盂平县的龙耳清。这个小村靠近五台县“无人区”，是晋察冀北岳区西南边缘地带，处于反“扫荡”作战的外线地区。报社就在龙耳清这个小村住下来，把反复偷袭报社的敌人甩得很远。

报社利用冲到外线的空当，隐蔽在敌人的封锁沟旁边继续出报。其实这里距敌人据点并不远，只是此时据点里的敌人大都集中到根据地腹地“扫荡”去了，据点里留守的敌人并不多。尽管如此，我们在这里出报仍要冒很大风险。我们就在敌人眼皮底下的龙耳清村隐蔽出报44天，出版了28期报纸。这期间，报社时刻未放松对敌警惕。我们做好了敌人一旦向外线“清剿”，报社就立即转移到“无人区”去的准备。不久，敌人果然发现了报社在龙耳清出报的情况，于是从根据地中心区直接向报社的驻地龙耳清奔袭过来。当敌人距离报社只有10多公里的时候，报社领导一声令下，大家齐动手一天内就把机器和出版物资全部坚壁妥当，随即组织起精干的队伍，只带一架油印机，一台电话机，一台收发报机和新闻稿件，每人带上枪和手榴弹，迅速离开龙耳清，向西跳出河北，转到五台、盂县交界的“无人区”。此时是11月底，太行山上已经是滴水成冰。大家趁着夜色一路急行军而去。太行山山高路窄，“无人区”一片荒芜，只觉飕飕野风和困倦饥寒阵阵袭来，我们找不到一点儿吃的东西充饥。当行军到一处被敌人烧毁的残墙边时，大家靠着墙背着风打个盹儿，稍事休息后又继续前进了。我们这支年轻的新闻队伍，在莽莽太行的“无人区”里忽南忽北，左右穿插。大家顶着凛冽刺骨的西北风前进，上身只穿着一件空心棉衣，下身穿一条单裤（军需供给不上），冷风飕飕地往身上钻。尽管冻得浑身打战，但我们互相鼓励着前进，队伍里始终充满着革命乐观主义精神。邓拓在到达马兰村回顾这一艰难行军时还赋诗一首：“风雪山林路，悄然结队行。兼程步马急，落日水云横。后路歼顽寇，前村问敌情。棘丛探斤斧，伐木自丁丁。”

报社队伍在“无人区”里转战19天，锻炼了斗志，冲破了艰险，保存了实力。当得知敌人已从根据地腹地陆续撤退时，我们又返回阜平马兰村继续出报。

1943年末反“扫荡”大战胜利结束，时任中共晋察冀分局副书记的刘澜涛对晋察冀日报社在反“扫荡”中的英勇表现和工作成绩给予了充分肯定。他说：“三个月苦战中，我们的《晋察冀日报》却始终未停刊，一直为边区人民服务，他们受到群众拥护、爱戴。这就是我们宣传工作的胜利。”在边区反“扫荡”结束后的群英会上，各界代表一致决议表彰晋察冀日报社，指出报社在开辟敌后新闻宣传和文化事业上有突出功绩，在反“扫荡”中克服困难始终坚持办报不动摇，有重大贡献。

一支不畏艰险不怕牺牲的新闻队伍

我们这支满怀抗日救国激情的新闻队伍来自五湖四海。主任邓拓是福建人，副主任洪水是越南人，记者仓夷是南洋华侨。他们那时都很年轻，多数都是20岁左右的青年。抗战中期又来了一些年纪稍长者，如副总编及副社长郑季翘、娄凝先、张致祥、胡开明、李荒等，他们也只有30岁左右。报社这支队伍从抗战初期的十几个人，逐步发展到500多人，抗战结束时达到700人左右。抗战期间，报社进出总人数达到1000多人。

由于报社的骨干都是共产党员，所以这支队伍特别能吃苦，特别能战斗。我们报社是一个团结的集体，大家互相关心，互相帮助，共同进步。编辑部里只有一匹马，是邓拓的坐骑，但是他经常把马让给体弱多病的同志骑。我们是个朝气蓬勃的团队，是个能文能武的战斗队，每人都担负着多种任务，既是编辑，又是记者，还是战斗员。办报时能写稿、编辑；行军时能侦察、放哨、搬运物资设备；遇敌时能与敌人武装对抗。在紧急情况下，编辑记者时常还被派出去侦察敌情，通过敌人封锁线去与地方党委取得联系。

我们这个集体有着不怕牺牲的大无畏精神。在行军、采访和发行中与敌人遭遇、战斗是经常的，我们每个人都随时准备着为抗日牺牲生命。特派记者雷烨在平西、冀东、北岳山区转战四年，写了大量抗战通讯报道。1943年4月，他到平山县曹家庄去采访时被敌包围，他不顾个人安危，组织群众迅速转移，让和他同行的同志带领群众突围，他坚定地说："你们快撤，要死死我一个。"他断后并与敌人交火，打死了好几个敌人后身负重伤，为了不当俘虏，他用最后一颗子弹结束了自己年轻的生命。当地老百姓怀念他，为他立了纪念碑，栽上了"雷烨树"。归国华侨仓夷是报社的优秀编辑记者，在抗战前线8年，发表过通讯100多篇。他在一次执行采访任务时惨遭敌人暗害，牺牲时年仅25岁。优秀发行员霍进礼在送报途中遇敌，壮烈牺牲。医生许力为了掩护报社病号转移而中弹身亡。报社国际新闻编辑组组长、优秀共产党员、从贵州遵义来到敌后坚持抗战的胡畏，电务队台长、技术干部黄庆涛（至今尚未找到烈士的家属），报务员郑磊俊，发行人员、共产党员弓春芳、安志学，印刷工人侯春妮，运输队员曹斗斗在1943年反"扫荡"期间壮烈牺牲。邓拓为这7位烈士赋诗悼念："故乡如醉远，天末切栖迟。沥血输邦党，遗风永梦思。悬崖一片土，临水七人碑。从此马兰路，千秋烈士居。"他们为坚持敌后抗战，为党的新闻事业，把满腔热血洒在了晋察冀的土地上。在游击办报中，报社共牺牲了40位同志，病殁了19位同志，他们永远长眠在燕赵大地上。英雄的遗骸被安葬在老根据地阜平县马兰村的铁冠山边。报社烈士的英名镌刻在阜平县烈士陵园的“忠魂碑”上，永垂千秋！

（本文发表于《百年潮》2015年第9期，
由《百年潮》杂志编辑杨琳采访、整理）

改革开放时期中国专利法的创制

赵元果

赵元果，1932年生，自1979年3月成立专利法起草小组起，参加了我国专利法和专利法实施细则起草的全过程，还承担了我国参加《保护工业产权巴黎公约》（简称《巴黎公约》）的具体工作。在中国专利局成立后，曾任中国专利局法律政策处处长和专利复审委员会副主任，主持了专利复审委员会的筹建工作。

专利制度创建的历史背景

要了解改革开放时期中国专利制度的创建过程，必须要了解国内外专利制度发展的历史。

国际方面，一方面，具有现代特点的专利制度以英国1624年颁布的《垄断法》为起点。19世纪末，实行专利制度的国家达到45个。进入20世纪以来，特别是第二次世界大战后，实行专利制度的国家迅速增加，到1958年增加到95个，至1973年为120个。1980年中国开始筹建专利制度，当时因为我参加专利法起草工作，所以进行了调查研究，结果发现，联合国158个会员国中只有中国和其他几个新独立的小国，如佛得角、科摩罗、吉布提、格林纳达、几内亚比绍、塞舌尔等没有实行专利制度。可以说，到20世纪80年代，专利制度已成为各国普遍实行的一种保护发明的法律制度，并且在不断地发展和完善。专利制度在鼓励发明创造、促进技术进步和经济发展，以及推动各国间的经济贸易和技术交流方面起到非常大的积极作用。20世纪70年代末80年代初，发达国家技术创新对GDP的贡献占50%左右，多的占60%，而中国不到20%。

另一方面，1979年7月1日颁布的《中华人民共和国中外合资经营企业法》第五条规定，外国法人和自然人可以现金、实物、工业产权等在中国合资企业进行投资。该法中所指的工业产权，只能是我国依法批准授予的产权，而专利权是工业产权中最主要的组成部分，作为投资的专利权也只能是由中国专利局依照中国专利法授予。也就是说，该法的颁布，等于向国内外宣告我国将实行专利制度，否则，以专利权进行投资将是一句空话。因此，建立专利制度是使外商将其在中国取得的专利权进行投资的必要条件。国外公司担心卖给中国新技术后得不到专利保护。面对国外强烈的呼声和压力，中国对外开放，就要承担国际义务，迫切需要建立专利制度。

国内方面，清朝时，改革派主张实行专利制度，在光绪皇帝行新政时代，以皇帝的名义对个别发明授予了专利权。1898年，光绪皇帝颁布了我国历史上第一部专利法规《振兴工艺给奖章程》，该章程颁布仅两个月，慈禧太后就发动了政变，将维新运动镇压下去，该章程也随之流产了，使刚刚兴起的专利事业遭到扼杀。辛亥革命后，1912年国民政府颁布了《奖励工艺品暂行章程》，对一些发明给予专利权，但它不是法律制度，只是法规。1912年到1944年的32年间，一共批准了692项专利。1944年，国民政府颁布了我国历史上第一部正式的专利法。但由于国共内战，该专利法没有在大陆实施，只是从1949年起，该专利法才在台湾开始实施。从1949年新中国成立到1985年实行专利法的30多年间，由于“左”倾思想的严重影响和“文化大革命”的破坏，我国实际上没有实行专利制度，实行的是单一的发明和技术改进的奖励制度。

在粉碎“四人帮”后，1978年3月，中共中央召开了全国科学大会，邓小平在开幕式的讲话中指出：“四个现代化，关键是科学技术的现代化”，“科学技术是生产力”，我国知识分子“是工人阶级的一部分”。这些著名论断，指导着我国科技工作的拨乱反正和改革。特别是1978年12月召开的党的十一届三中全会，作出了“把全党工作的着重点和全国人民的注意力转移到社会主义现代化建设上来”的战略决策。我国制定并实行了改革开放的方针政策。在这种新的形势下，亟须建立专利制度：

首先，从实行对外开放政策来说，为了实行这一政策，必须大力发展与各国的经济贸易和技术的交流。为此，需要与一些外国政府签订双边贸易和科技合作协定，我国有关单位与外国企业间的经济贸易和技术的合作，也需要订立相关的合同。例如，要进行贸易，就涉及对新产品、新技术的专利保护问题，在引进技术的谈判中，外商要求以法律保护其新技术，要求在合同中订立相应的条款；要进行科技的交流与合作，就涉及技术成果的权利归属、申请专利以及取得专利后利益的分配等问题。因此，在国际签订的有关贸易和科技合作协定中，一般都含有保护专利的条款。我国同某些国家签订贸易或科技协定时，对方一般也都要求订立有关保护专利的条款。例如，1979年7月7日签订的《中华人民共和国和美利坚合众国贸易关系协定》的第六条全部是有关保护知识产权的内容，基本意思就是双方要根据规定互相给予相应的保护。

其次，中国的科研机构、企业也迫切要求建立专利制度。从科研单位来讲，过去在计划经济时代，科技创新不多，科研工作的选题由上级下达，科研经费由国家拨款，科研成果归国家所有，任何单位都可以无偿使用。这样，使得作出发明创造的科研单位及其科技人员的劳动得不到应有的补偿和报酬，有或者没有发明创造，以及发明创造做多做少都一样，造成大家的积极性不高。改革开放后，科研单位要求进行改革，改变这种状况，以使新的发明、创造能得到法律保护，承认研究者的权利。另外，企业方面，由于改革，企业走向市场经济，提高了自主权，企业之间逐渐产生了竞争，一个企业能否在竞争中站住脚并得到发展，关键在于它能否不断地用新技术装备自己，不断地采用新工艺和研制新产品。因此，一个企业为了保持在技术上的优势，提高其产品的竞争能力，对其掌握的某些新技术和研制的新产品，在得不到法律保护的情况下，为了防止被其他单位仿制和无偿使用，就采取了封锁保密的办法自行予以保护。所以，当时企业也要求建立专利制度。

在客观上产生了中国需要建立专利制度的情况下，中共中央适时地作出了建立我国专利制度的决策，中共中央和国务院领导也多次作了指示。1978年3月，时任中共中央主席、国务院总理的华国锋指示："国家科委要把专利工作统一起来。"明确中国要开展这项工作，并且归口国家科委管理。1978年7月，中共中央在批准的外交部、对外贸易部、对外经济联络部的一份报告中提到："我国应建立专利制度。"这是中共中央第一次明确提出中国应当建立专利制度的文字批示，标志着中央作出了中国建立专利制度的决策。1978年8月，邓小平副主席在一封有关某项科技成果的人民来信上批示："如果成果可靠，应迅速推广，并在国际上取得专利权。"方毅副总理在国家科委研究工作时，也一再提起这件事。

在实行改革开放的新形势下，迫切需要中国建立专利制度，是大势所趋，刻不容缓。

专利制度和专利法的起草过程

一开始，我们对专利法很不熟悉。比如，中国人民大学法学教授、现任中国知识产权法学会名誉会长的郭寿康，当时也是专利法起草小组成员，他1944年在北京大学开始学法律，一直到1979年成立专利法起草小组的35年间都没有接触过专利法。

我们就从调查研究入手，第一，收集国外的有关专利资料。收集到的资料大部分都是外文，我们将其翻译成中文，再印出来供大家参考。仅我们了解专利法是不够的，因为建立专利制度是全国的事，于是在天津市科委的支持下创办了《技术市场报》，用以宣传专利知识，介绍建立专利制度的必要性，通过舆论宣传，让大家了解专利制度的重要作用。

第二，在国内进行调查研究。在筹建专利制度和起草专利法初期，主要就我国建立专利制度的必要性，向国务院有关部委、部分省市科委、部分工厂、科研单位和技术进出口公司等做了调查研究。我们首先到企业了解情况，如上面介绍的，当时企业的保密情况很严重，结果有的厂子就想办法去其他研制出新技术的工厂“偷”技术，这样的例子很多，不利于技术的交流和推广。最重要的是我们到进出口管理部门查阅一些引进技术合同时发现，在涉外经济技术活动中，由于我国没有实行专利制度，导致许多人对专利知识很不了解，吃亏上当的事情极为普遍而严重。

例如：我国一钢铁公司引进的某项目居然买了外国440多个专利，花了2700多万美元的专利使用费。在所购买的专利中，有的是对方正在申请的专利；有的是技术已落后，外商已不采用，我们也不宜采用的；还有的专利与引进的工艺设备要求对不上号，不能使用。而且，专利权是一种具有地域性的权利，外国的专利权在我国是无效的，从法律和国际公认的准则来说，我们不应当花钱买这些专利权并支付专利使用费。

还有就是我国当时铸造汽车发动机的缸体“肥头大耳”，而外国某公司的铸造新工艺能保证缸体壁的厚度3毫米，很轻巧。为了买这项新技术，我们从1980年开始与外商谈判，他们要价高达1300万美元。原因在于我国当时没有专利制度，引进的技术得不到法律保护，因此外商将我国所有铸造厂按年产量500万吨计算该项技术的转让费。

还有上当受骗的，在引进技术中，有的分不清专利技术与技术秘密的关系，将公开出版的专利说明书当作秘密资料花高价买进来。美国的专利说明书20世纪80年代以前是50美分一份，80年代只涨到1美元一份。而我们花钱买的说明书则是100美元一页，比公开的价格高出数千倍（一份说明书一般都有数十页，多则上百页）。更为荒唐的是，在引进的丙烯腈生产技术合同中规定了对所有的、本来是公开的专利技术资料的保密期为25年，甚至远远超过了专利的有效期。

当时除了上当，还有因不懂专利制度丢了中国信誉的。因为，在对外出口中，有的把仿制的外国产品出口到该产品受到保护的国家，或者是拿到展览会上公开展出，造成外国专利权人提出抗议，甚至诉诸法律。其结果损害了中国的声誉，经济上也受到不应有的损失，类似的问题有很多。

再有就是我们曾出口到国外的可折叠的自行车、折叠椅、水稻插秧机、手扶拖拉机的配件，以及某些纺织机械等由于在对方国家得不到专利保护，都曾被人家任意仿制。人家自己能够仿制的产品也就没有必要再进口你的产品了。因此，出口产品被仿制，必然减少或失去我国的出口市场，损害了国家利益。

从国内调查研究当中，我们感觉到，只有实行专利制度，才能更好地、更广泛深入普及专利知识。避免或减少吃亏上当之事的发生。

第三，仅进行收集资料，没有实践也不行。于是，当时由国家科委或国家专利局组团出国访问考察，考察了各种类型的国家，先后到了日本、法国、联邦德国、瑞士、澳大利亚、美国、巴西、罗马尼亚等国，以及欧洲专利局和世界知识产权组织。

另外，把外国的专家请进来给我们讲课，不断地办各种专利训练班、学习班、培训班。再有就是派出去，因为出国考察时间较短，派出去三个月至半年，到那里扎实地学习一段时间。从成立专利法起草小组一直到专利法实施的五六年间，先后派出了200余人次到联邦德国、日本、法国、美国等国家的专利局和欧洲专利局、世界知识产权组织等地进行较长期或短期的学习。这些到国外学习的同志将学习和了解到的有关外国专利工作的情况带回国内。现在专利局的好多干部都是那时培养出来的。

1978年9月，中国正式开始筹建专利制度，由国家科委常务副主任武衡亲自负责领导中国专利制度筹建工作。

1978年12月，当武衡带团去考察日本的专利工作时，受到很大震动。专利制度对日本经济的飞跃发展起到很大作用，鉴于此，更加增强了中国实行专利制度的决心。

因为专利法是实行专利制度的核心，所以筹建专利制度，必须起草专利法。从日本考察回来后，武衡决定成立专利法起草小组，让宋永林担任起草小组组长，还分别从北大法律系、人大法律系、社会科学院法学研究所、中国国际贸易促进委员会法律部等调来段瑞林、郭寿康、夏淑华、胡明正和我，后又调来西北政法学院的汤宗舜、科技情报所专利馆朱晋卿等加入专利法起草小组。

1979年3月19日下午，在武衡办公室召开了起草小组成立会议。武衡指示我们起草一部符合中国国情、学习国外先进经验和与国际接轨的专利法。

国家科委根据中共中央、国务院领导关于“国家科委要把专利工作统一起来”和要求国家科委研究提出我国的专利管理办法的指示，在对内对外调查研究的基础上于1979年10月17日向国务院提出《关于我国建立专利制度的请示报告》。国务院于1980年1月14日批转了该报告，这一批示标志我国政府正式决定建立专利制度。根据这一批示，由国家科委负责组建了中国专利局，武衡任专利局局长。

1978年12月，武衡率团去日本考察专利工作

制定专利制度和专利法过程中经历的曲折

我国1978年开始筹建专利制度、1979年开始专利法的制定，到1984年通过专利法，经过了一个比较漫长和曲折的过程。中国专利法草案经过四五年反复征求各有关部门意见，充分讨论，前后修改了25稿才得以通过，仅国务院常务会议就专门召开了两次会议讨论专利工作。

国内外专利制度的发展历史告诉我们，在建立专利制度的过程中，存有不同意见和争论，甚至在建立专利制度之后，对其利弊仍存在着争论。尤其在我国长期没有实行专利制度，而且受到“左”倾思想的长期严重影响和束缚，加之，人们对专利制度又很不了解，因此对它需要有一个认识过程，这就决定了我国建立专利制度不可能一帆风顺。出现一些曲折，有人对它产生担心、怀疑甚至反对，是难以避免的。在我国筹建专利制度过程中，比较大的曲折有三次。

第一次曲折发生在1980年下半年。当时筹建专利制度工作正在大力进行，原某工业部副部长等三人就我国建立专利制度问题上书邓小平和国务院领导，提出了不同意见，认为我国没有必要建立专利制度。

第二次曲折发生在1981年下半年。在第一次曲折后，通过专利问题座谈会和专利法讨论会两次会议征求意见，进行讨论，与会的绝大多数部门和单位的同志都认为我国应该建立专利制度，并且希望尽速颁布专利法。根据大家对专利法提出的修改意见，将起草的专利法草案做了修改，并将这一修改稿由国家科委和中国专利局送请国务院审查，同时还写了《送审中华人民共和国专利法（草案）的报告》。国务院办公厅法制局对该报告及专利法（草案）送有关部门征求意见，有几个综合性经济部门和机械制造部门又提出一些不同意见。这些意见大都是重复了以前在专利问题座谈会和专利法讨论会上已经发表过的意见，而且许多意见和对建立专利制度的某些疑虑是已经解释过的，这次借法制局征求意见的机会又翻腾出来。因此，上报的专利法（草案）不可能提到国务院常务会议上进行审查，国务院对专利法（草案）的审查工作被搁置起来，直到两年零两个月后，才又提请国务院审查。

第三次曲折发生在1983年7月至9月。由于机械工业部（原一机部）的某些同志对我国建立专利制度的不同意见较大，因此，1983年6月29日，专利局第二任局长黄坤益等四位同志前往该部，与其副部长等七位同志就我国建立专利制度问题交换了意见。该部同志提出12个问题。为进一步统一认识，把这12个问题在报送全国人大常委会之前解决，1983年9月8日，由国务院副秘书长、经济法规研究中心总干事顾明召集机械工业部和专利局同志专门开会讨论。会上，顾明以大量事实和充分的道理，对建立专利制度的不同意见，做了深入的解释和说服。会后，顾明给我们局长打电话，让我们写个材料。根据顾明的意见和武衡局长的指示，我整理出《对机械工业部关于专利法几个主要意见的解释》。这份材料全国人大常委每人一份，对专利法的通过起了一定的积极作用。顾明跟我们说，那一段时间，国务院领导都很积极，经常催问这个事，邓小平说“我们必须加快各方面的建设速度”。此后，机械工业部的领导表示，对我国建立专利制度问题不再提不同意见。于是，从1983年9月底，对专利法（草案）的审议进入立法机关—人大常委会的审议程序。专利法（草案）经人大常委会审议通过后，标志我国完成了建立专利制度的法律程序。专利法（草案）于1984年3月12日经第六届全国人大常委会第四次会议通过，至此，我国建立专利制度的标志——《中华人民共和国专利法》正式诞生。

党和国家领导人对建立专利制度的支持

在第一次曲折中提出反对我国建立专利制度意见的原某工业部副部长上书邓小平后，邓小平很重视，及时作出了批示。邓小平批示当日，国务院领导就批示：“按邓副主席批示，发有关部门参阅。”当时，邓小平办公室打电话给武衡，要求对那位副部长写的材料写个意见，并报送给邓小平。于是，起草小组的宋永林写了一份批驳反对建立专利制度的材料，于9月下旬报送到邓小平办公室。

对起草小组的这份材料，邓小平十分重视，于10月2日批给中央财经领导小组，该小组领导于10月3日批示让国家科委和经委召开座谈会召集专家讨论一下。于是，1980年10月29日上午和30日下午，方毅副总理在国务院会议室组织了许多部门的负责同志参加了座谈会，其中著名人士有钱学森、严济慈、于光远等。大家在座谈会上充分发表了意见，最后方毅做了总结发言。座谈会上大部分同志还是赞成我国建立专利制度的。但是会后，参加座谈会的一机部某同志给方毅写信说要保留他在大会上发表的意见，仍然反对当时建立专利制。座谈会的结果，国家科委和国家经委写了一个报告，报送给了邓小平和国务院领导并中央财经领导小组。

为了更广泛听取各方面对我国建立专利制度的意见，在上述专利问题座谈会召开的20天后，于11月20日至26日，由国家科委和专利局在京召开了全国性的专利法讨论会，大家充分讨论，发表意见。为开好此会，成立了筹备组，围绕对建立专利制度的不同意见，由我编写或主编了16期《筹备工作简报》，供与会同志在会前进行研究参考。此次会议结果同以前一样，仍是大部分人赞成，少部分人反对。

会后，专利制度筹建工作和专利法起草工作仍继续进行。1981年3月7日，我们把专利法起草修改的第11稿送请国务院审查。按照当时的立法程序，报送全国人大常委会审批的法律，首先需经国务院进行审查通过，而在国务院审查之前，需要由有关主管机关征求和协商各有关部门意见，并且取得基本一致之后，才能提交国务院常务会议进行审查。在征求意见过程中，有些部门提出反对意见，这个草案被搁置了。武衡对此深感不安，1982年3月16日写信给中央和国务院领导说，“筹建专利制度已有三年……是三年前在邓小平指示下进行的……只是由于少数人反对，这件事情搁浅了……”对武衡的信，胡耀邦等很快批示，请国务院杜星垣秘书长“查一下专利法为何长期未批下去”。杜星垣请示方毅审批此事，但由于当时专利工作已转到经委，所以，又转请万里批示。万里很积极，说请经委研究处理，是否可以修改报国务院批准。经与经委联系，决定待经委机构改革有了眉目以后再说。对此情况的汇报，中央和国务院领导都圈阅过。

1982年6月底，专利局局长黄坤益根据国务院领导指示，起草了《专利工作的汇报要点》。国家经委于7月3日专门召开办公会议讨论该要点。会后，专利局根据讨论的意见，对《专利工作的汇报要点》进行了修改，待国务院常务会议讨论。国务院常务会议于1982年9月24日专门讨论了专利工作，万里等国务院领导在会上积极支持建立专利制度，并具体提出帮助专利局解决实际工作中的困难。

1984年2月29日，第六届全国人大常委会第四次会议召开，会上提交了专利法（草案）第23稿进行审议。由于会议期间，对搞几种专利问题，仍然有不同意见，于是，3月9日，彭冲、王任重两位副委员长召集部分常委会委员、法律委员会委员以及中央有关部门负责人和专家开座谈会，专门就专利法规定几种专利的问题进行了比较充分的讨论。最后根据汇总意见于3月10日修改出专利法（草案）第24稿，作为提供给各位委员审议讨论和通过的（草案）。委员们经过对专利法的认真审议和讨论，对在本次常委会上应当通过专利法已取得一致共识。但是，对搞几种专利和专利不予保护领域，有的委员尚有疑虑。为了使他们了解有关问题的详细情况，人大常委会法制工作委员会和专利局的领导，还专门单独去他们家里访问，做具体的介绍和详尽的解释。特别令人鼓舞和高兴的是，邓小平对专利法的制定和颁布也很关心。专利法能否在本次常委会上被通过，还不明朗。在这一关键时刻，会议将要闭幕之前，由人大常委会法制工作委员会的领导向我们传达了邓小平的指示，邓小平同彭真说，专利法以早通过为好。邓小平的这一重要指示，对专利法在本次常委会上得到通过具有十分重要的意义。

邓小平的指示使我们有了底气。我们根据委员们在最后一两天的审议中所提出的意见，在第24稿的基础上又精益求精做了少许、主要是某些文字上的修改。1984年3月12日下午，举行第六届全国人大常委会第四次会议全体会议，在此会议的一开始，首先就表决通过了《中华人民共和国专利法》。通过的时间是15时04分。会议通过专利法后，我立即按照预先的安排，打电话给专利局国际合作部，将这一振奋人心的消息，向当时在日内瓦参加世界知识产权组织会议的专利法起草小组成员汤宗舜发了传真，并请他口头先转告鲍格胥总干事，因为他在这件事上做了很多工作，给我们很大的帮助。

建立专利制度和专利法过程中得到的国家帮助

为了促进和协调国际范围内的保护知识产权活动，1967年7月14日，50多个国家签订了《世界知识产权组织公约》。该公约于1970年4月26日生效，与此同时，成立了世界知识产权组织（WIPO）。该组织成立后，其总干事鲍格胥主动与中国有关部门联系，对中国特别友好，不断地邀请中国派代表去参加其专题会议，同时他多次表示不承认台湾，明确拒绝台湾代表团试图参加该组织的一切努力。他这样做的主要目的，一是希望作为联合国的常任理事国的中国能够早日成为该组织的成员国，并进而参加它所管理的《巴黎公约》等国际公约或条约与组织；二是促进并协助世界上人口最多的中国尽早建立对专利、商标、版权等知识产权的法律保护制度。

根据鲍格胥的多次邀请，为了调查研究、了解情况，从1973年至1976年，经中央批准，由中国民间团体中国国际贸易促进委员会，或者由当地使馆派员以观察员身份参加他们的会议。

在同世界知识产权组织接触的几年中，国内有关对外经济贸易部门、国家科委和贸促会等单位一直在酝酿、考虑我国参加该组织的有关问题，但是由于“四人帮”的干扰，“批林批孔”等运动不断，当时大家不敢提出这个问题，认为“多一事不如少一事”。粉碎“四人帮”后，思想开始解放，直到1977年，这一问题才被正式提到日程上来。

1984年3月12日，中国专利局庆祝专利法诞生

随着中国与世界知识产权组织联系的增多和国内形势的发展，中国同该组织的联系也由民间发展为官方。1978年10月，中国政府派代表团出席了在日内瓦召开的讨论《国际技术转让行动守则》会议。会议期间，鲍格胥在与中国代表团国家科委成果局负责人关文魁会谈时介绍了有关建立专利制度、参加世界知识产权组织、参加《巴黎公约》等问题，他特别希望中国能够尽早参加世界知识产权组织，尽早建立专利制度。

1979年5月18日至19日，应鲍格胥邀请，国家科委副主任武衡率国家科委专利工作代表团访问了世界知识产权组织。代表团同总干事鲍格胥和副总干事范纳尔等五人举行了两次会谈，就1978年11月7日和12月12日写给国家科委成果局负责人关文魁的《会谈记录稿》和《备忘录》中所列合作项目，具体进行了商谈，并达成了协议。

1979年11月19日至26日，鲍格胥应武衡邀请率团对我国进行了回访。访问期间，我国专利法（草案）已经起草了第六稿。当时有一个规矩，法律（草案）在未经法律程序通过颁布前不能对外介绍。限于此，尽管鲍格胥在华期间迫切希望了解专利法草案内容，但是我们也没有向他介绍。直至方毅副总理于11月24日接见他们后，在京访问的最后一天晚上，根据邓小平“专利法我们不懂就向人家国外学习嘛”的指示精神才答应向他介绍该草案的内容。由于他第二天一早即将经杭州返程，他很高兴并急于要求听取介绍，表示不参加已安排的在杭州的其他活动。由于时间确已来不及，不可能在一天多的时间内，把有关情况介绍和讨论完。当晚，临时决定派宋永林陪他们去杭州，在杭州期间直至他们离华前，向他们简单介绍一下专利法（草案）的主要内容。详细内容以及对专利法（草案）的讨论，只能在以后相机进行。

1980年1月31日至3月4日，我国派代表团参加了世界知识产权组织在日内瓦主持召开的“修订《巴黎公约》外交会议”。按照武衡与鲍格胥访华时在京最后一天商定的安排，我方代表团中的四位专利法起草小组成员宋永林、郭寿康、朱晋卿和我根据领导的指示，利用参加此次会议的机会，就我国专利法（草案）的第六稿中的内容，同鲍格胥和范纳尔进行了较深入细致的讨论。讨论是在保密约定的情况下进行的，共进行了14次、30多个小时，修改出四个英文稿子。他们两人对这次讨论极为重视，利用会议的间隙、晚上和休息日，同我们进行了认真的讨论。他们不厌其烦地修改，并亲自记录和打字。这是一项开创性的工作，在中国立法工作中是没有的。

在鲍格胥访华后，我国政府决定加入该组织。1980年3月3日，我国向世界知识产权组织递交了加入书。按照《世界知识产权公约》规定，我国于1980年6月3日正式成为该组织成员，并成为该组织的第90个成员国。此后，我国建立专利制度和起草专利法的工作，得到了该组织更为积极的和更多的帮助。

1980年1月31日至3月4日，中国政府代表团第一次参加世界知识产权组织在日内瓦主持召开的修订《巴黎公约》外交会议

专利法的颁布在国外产生的反响

1984年3月12日，我国专利法的通过和颁布，在国际上引起了很大的反响。很多国家纷纷发来贺电祝贺。鲍格胥认为中国专利法的通过是“历史性的成就”，“专利法中所选择的解决方案集中了当代的和通常采用的最明智的解决方案之大成”。德国专利局局长豪依赛尔说中国专利法是20世纪国际立法史上的一个里程碑。美国专利局局长也发表讲话说，中国专利法的颁布是“新技术的世界性技术保护网中出现的最重要的、令人满意的

事态发展”。美国众议院专门写了一个专题报告，反映了我们的专利法是现代化的、先进的专利法。全国人大常委会法制工作委员会原副主任宋汝棼说，我国的专利法是跟国际法律接轨最早，而且接得最好的一部法律。

要保障专利制度运转，从法律和法规来说，仅有专利法还不够，还必须制定专利法实施细则。专利法（草案）第11稿于1981年3月7日第一次送请国务院审查后，我们就立即进行了专利法实施细则的起草工作，并于3月25日制订出《专利法实施细则起草小组计划》。按照计划，我们组织了一个专利法实施细则起草小组。

小组成员主要由专利局法律部、审查部、上海分局、贸促会法律部人员，以及从美国、英国和日本学习归来的人员中各抽调一人，还从当年本局毕业的专利法研究生中抽调两人，共12人组成。小组于1981年4月1日正式成立，具体工作由法律部主办。

专利法专业的研究生在毕业前按领导要求，于1981年4月6日，写出了《中华人民共和国专利法施行细则（草案）》和27张各种专利表格。实施细则起草小组在起草过程中参考了他们写的草案及说明，他们的工作对我国专利法实施细则的起草工作有较大帮助。

鲍格胥还利用其在1981年8月休假期间，依据1980年2月在日内瓦讨论的我国专利法（草案）英文第四稿内容，为我们草写了一份专利法的实施细则、办事规程和所需表格，供我们参考。

1984年11月，实施细则第14稿上报了国务院。国务院研究修改后，于1985年1月19日，批准了该实施细则。

再有一个很重要的事情就是我国加入了《巴黎公约》。《巴黎公约》是国际上保护工业产权的一个最基本的公约，当时已形成一套为各国共同遵循的准则。我们只有在实行专利法前加入《巴黎公约》，成为该公约的成员国，其他成员国的国民才能到我国申请取得专利权，才能促进我国和各国在工业产权领域的合作交流。我们在很早以前就考虑加入《巴黎公约》。在我国专利法通过后，由专利局牵头，与外交部、工商行政管理局、财政部协商，联合签署了由我起草的报告，上报国务院审批。1984年11月1日，国务院总理签署了该报告。此时与最近一次的第六届全国人大常委会第八次会议举行的日期仅差五天，而且会议的议程早已安排确定，如果审议加入《巴黎公约》的议案不能提到这一次的常委会审议，那么，由于该公约规定，自递交加入书之日起三个月生效，才能成为《巴黎公约》的成员国，这样，在第二年4月1日专利法施行时，我国还不能成为该公约成员国。时间极其紧迫。为了能在此次常委会上审议该议案，作为特急工作，经与国务院、外交部和全国人大常委会有关部门紧急联系，最后经彭真委员长拍板同意，将该议案作为特殊情况补列入了此次会议审议的议程。

第六届全国人大常委会第八次会议批准我国加入《巴黎公约》。随后，1984年12月19日，加入书递交给世界知识产权组织总干事鲍格胥。我国于1985年3月19日成为该公约第96个成员国。这个时间是极其适时的。这样，1985年4月1日中国专利法实施那天，公约其他成员国的国民就可以和中国人一样在中国申请专利了。

经过30多年的努力，中国专利制度不断完善，有效激发了全社会的创造活力，提高了企业核心竞争力，国内专利申请量快速增长，专利数量和质量明显提高，发明创造成果不断涌现。自1985年4月我国受理第一件专利申请以来，截至2014年底，仅国内发明专利申请受理量已达388.5万件，技术创新对我国GDP的贡献已超过50%，有力推动了我国科学技术发展，极大地提升了我国科技创新能力，为实施创新驱动发展战略和创新型国家建设提供了重要支撑。具有中国特色的司法和行政执法相结合的专利保护机制，有效地维护了中外专利权人的合法权益，为国内外高新技术的转移和应用，为我国经济的发展，营造了公平有序、和谐竞争的市场环境，增强了国内外投资者的信心，为促进我国经济社会发展作出了重要贡献。

（本文发表于《百年潮》2015年第10期，由中央党史和文献研究院干部李树泉、谢文雄、文世芳采访、整理）

生态文明　美丽中国

姜春云

姜春云，山东莱西人，16岁参加革命，长期在山东工作。1987年任山东省代省长、省长，1988年后任山东省委书记，1992年任中共中央政治局委员、山东省委书记，1994年后，任中共中央政治局委员、中央书记处书记、国务院副总理。1998年3月当选为第九届全国人大常委会副委员长。姜春云身居要职，一向重视生态环境问题，做了大量调查研究工作，形成了一系列生态和生态文明新的理念、观点和思路。

根深蒂固的生态情结

我的生态情结，源于童年、青年时期（1930—1959年）。我1930年出生在山东胶东半岛中部一个农村（莱西县岗河头）。当时家境贫困，生活很苦，但自然生态良好。岗河头，顾名思义，山岗河头。村西边是名曰“九顶梅花山”的丘岗，东边则有一条贯穿莱西县南北的潴河，有九条溪湾水流（西北沟、西沟、西水流、前沟、南水流、东北沟、东沟、东水流、凉水沟）绕村而行，可谓水流纵横，沟湾成网。水面、两岸大都苇蒲丛生，春天一片绿，秋天一片白（芦花）。村里村外，古木大树参天，鱼多、鸟多、各种生物多，一派江南水乡风情。我自幼生活在这样的生态环境里，捞鱼摸虾，戏水畅游，拾草挖菜，对自然生态产生了深厚的感情、难分难解的情结。

万万没有想到，许多年后，绝大部分水流被填平，种了庄稼，盖了房屋，高大的树木被砍光，苇蒲荡然无存，河床干涸，沙也挖光，留下了坑坑洼洼、遍地碎石渣的荒滩。有一次我回去探亲，见此情景，深受刺激，很是伤心，痛惜原有的自然风光消失。我当时对县里的同志说，发展经济、改善群众生活是好的，但不能用毁坏生态的办法，希望采取补救措施，尽快恢复河水，植树造林。为此，还填写了一首《水龙吟·乡情》的词，以抒情怀。这是我为什么几十年来一直关注、研究、推进生态治理、环境保护的重要动因。

我最早对生态环境问题的调研，是从20世纪60年代开始。第一次是对厉家寨治山治水的调查。该村是全国农田基本建设的典型。1957年10月，毛泽东批示："愚公移山，改造中国，厉家寨是一个好例。"1965年9月下旬，我和省委宣传部的一位同事到厉家寨作了调查。地处沂蒙山区的厉家寨，位于三山、五岭、两河之间，水土流失严重，农业产量低而不稳，农民贫困得很。新中国成立后，村党支部带领村民大搞农田基本建设，付出了110万个劳动日，消耗钢铁3万多斤，搬运土石630万立方，建成小水库五座，谷坊、塘坝3000多个，整平土地、修建水平梯田5600多亩，水利化面积达到90%，1.2万亩荒山、河滩全部绿化，粮食亩产由100多斤增加到823斤。这次调查，使我深深感受到山区改土、兴水、绿化，改善农业环境条件的重要性，对农业生态有了认识。当时撰写了厉家寨人按照自然规律、经济规律改造山、水、林、田的调研报告，记述、点赞了厉家寨精神。这篇调研报告，由山东党建刊物《支部生活》登载向全省各地作了宣传。之后，又作了包括山东山区建设方针的调查，农田基本建设的调查，造林绿化的调查，水利建设的调查，13个大队脱贫致富的调查，济南市整顿市容卫生、治理大气污染的调查，以及建设"海上山东"和"黄河三角洲"高效生态综合开发区的调查等。到中央工作后，又在更大范围对生态问题进行了有深度的调研。这些调查研究，极大丰富了我个人关于治理生态环境的经验和感性认识。而这些调查研究又与学习贯彻党中央、国务院一系列的关于生态环境问题的战略决策相结合，与借鉴国内外有关的研究成果相结合，从而形成了不少治理生态、保护环境、实现可持续发展的理念、观点和思路。

经过长时间的调查研究，我也深感由于工业文明在解放发展生产力的同时，实行急功近利、唯利是图的掠夺式开发，严重破坏了自然生态系统，造成资源浪费、环境污染、土地荒漠化，亟须由以人与自然和谐、可持续发展为基本理念的生态文明取而代之。春雨贵似油，润物细无声，天降春雨，万物复苏。生态文明犹如久旱逢甘霖，可以缓解地球生物圈的困境。什么是生态文明，为什么唯有生态文明能够破解全球环境危机？生态文明是人类文明发展的一个新的阶段，即工业文明之后的文明形态。是人类为保护和建设美好环境而取得的物质成果、精神成果和制度成果的总和。生态文明不但是一项战略性任务，而且是一个时代的概念，人类应当由工业文明尽快跨入这个新时代，不可迟疑不前，落后于新时代而被淘汰。

人类社会，历经几千年的农耕文明时代、几百年的工业文明时代，现在已经进入生态文明时代。这是历史的必然。所有尊重客观实际和向往人类美好前景的人们，都应为推进生态文明建设、跨入一个新的时代而作出自己的努力和贡献。

2001年4月，姜春云在北京植树节参加植树活动

在实践中调研、推进生态治理

1997年6月，当时我已跑遍了全国各地，了解到我国华北、大西北和大

西南许多地方水土流失、土地沙化荒漠化或石漠化严重，成为一大祸害，相当一部分沙区农牧民成为背井离乡的“生态难民”。如何破解这个大难题？听说榆林（沙区）、延安（沟壑）治理荒漠化取得良好成效，就带领中央有关部门的同志去作了为期一周的调查。了解到陕北地区自然生态和农业发展与过去相比，有了很大变化，确有成功经验可以总结。特别是延安市的枣花流域治理成效明显。我在现场考察时，当地的农民介绍：过去我们这里人均8亩地（坡耕地），由于广种薄收，1亩地好了收个百十斤粮，遇上灾年颗粒不收，8亩地全种粮还不够吃，现在拿出2亩地建设高标准丰产田，亩产800—1000斤，粮食吃不了，其余六亩造林绿化，种果树和经济作物，荒坡绿化了，收入也有了，生活也好了。我听了深受启发，广种薄收8亩地吃不饱，精种高产2亩地吃不了，腾出的6亩地栽树种果，收入也增加了，多生动的辩证法！我认定这是一条建设生态农业的路子，在全国有普遍意义。于是写了《关于陕北地区治理水土流失、建设生态农业的调查报告》。时任总书记江泽民作了批示，发出了“再造一个山川秀美的大西北”的号召。这次调研和中央领导同志的批示，对随后全国的退耕还林、退牧还草、建设生态农业，乃至西部大开发，都起到了积极的推动作用。当年的8月底9月初，我在延安主持召开了全国加强水土保持、建设生态农业现场会，总结推广陕北地区的经验，对如何根治沙化、荒漠化、加快生态农业建设作出了部署。五年后的2002年9月，我再次来到了延安，目睹小流域综合治理硕果累累，非常兴奋。还填写了一首《满庭芳·延安颂》的词，抒发情怀。

用事实说明问题，把实践经验上升到理性认识，是我几十年来围绕生态问题学习、研究和实践的主要工作方式。我这个人有弱点短处，也有优点长处，我的长处是比较虚心好学、热心调研、勇于实践，并自己动手将学习、调研、实践的成果写成文字。在山东工作48年是这样，1994年到中央工作后，更是这样。坚持学以致用、调查研究、总结经验、自己动笔，形成了一系列有关生态环境的调研报告、讲话、文章和专著。

1982年5月，我到山东潍坊地区五莲县调查研究。五莲县过去也是很穷的山区。多年来，特别是党的十一届三中全会之后，在山区开发建设上，坚持“以造林为主、农林牧结合、多种经营、全面发展”的方针，收到了显著成效。全县林地面积达74万亩，占宜林山滩的71%，林木覆盖率达到27%。1981年全县农业总收入比1978年增长75%，社员人均收入由82.5元增加到187.4元。

在五莲县调研，我们看到不少山村，林木葱茏，绿水长流，山花烂漫，农林牧业兴旺，农民生活也相对富足，社会风气蒸蒸日上。与其他一些地方荒山秃岭、穷山恶水、农民生活贫苦的情景相比，这里可谓风光无限，令人神往；当地干部群众艰苦奋斗、敢为人先的精神，也令人感动。当时我有感而发，写了四首小诗——看五莲山山水水有感，刊登在《大众日报》。

调查组向省委汇报了这次调查的情况，建议在五莲县召开现场经验交流会。省委采纳了调查组的建议，于当年7月上旬召开了有市地县委书记等共264人参加的全省山区建设现场会。会议通过现场参观、交流经验，就山区建设问题统一了思想认识，作出了总体部署。这次会议的召开和会议精神的贯彻，对山东全省的山区开发建设起到了重要推动作用。全省各地普遍行动起来。

1988年6月，我作为省委副书记、省长又一次到五莲县调研，看到1982年以来，五莲县山区建设取得了新的成绩，不但林果面积有了大的发展，小流域治理也搞得好。当即决定于7月5日至8日在五莲县召开全省林业工作会议。会上我就加快发展山东林业讲了话，并讨论修改了省委省政府《关于加速发展林业若干问题的决定》。这次会议有力地推进了山东林业的发展，掀起了植树造林、绿化山东的群众性热潮。2006年4月，我再次来到沂蒙山区，察看了临沂、蒙阴、费县、平邑、莒县、日照、五莲等县市，看到过去贫穷落后的山区，已是山青水绿、林茂粮丰、遍野花海、公路纵横、农户排排新房，一派欣欣向荣的景象。真没想到，当年的山区建设方针调研和山区（林业）建设现场会的召开，经过山区人民的艰苦奋斗，整个沂蒙山区面貌一新，成为奔小康、建设社会主义新农村和美丽山区的先行者。

生态文明理念创新

1984年至1987年我兼任济南市委书记，1984年7月，我到任的前一天，在济南市街道上走了走看了看，见到不少路段垃圾堆积、尘土飞扬，居然还有不少马粪。看了几个公共厕所，都是旱厕，粪便外溢，臭气熏天，进不去人。居民天天要上厕所，而这样的厕所居民能不厌恶作呕？再就是空气污染、噪声污染也很严重。这样的市容卫生、环境状况如果不改变，广大市民能安居乐业吗？！更不要说对外招商引资、招募人才了！当年8月7日，在济南历下区召开现场会，我在会上提出了“十句话”的城市卫生文明标准：马路无尘土，垃圾无堆积，场所无痰迹，市场无果皮，厕所无臭气，处处无蚊蝇，见缝就插绿，行路有秩序，待人有礼貌，服务要优质。这对规范和推动整顿市容、净化环境起到了重要作用。

经过三年的努力，济南的环境卫生面貌大为改观。不但马路干净了，厕所改造了（大部分旱厕改为水冲，无臭味），绿色植被增多了，空气质量也提高了。到1987年年底，全市限期治理的24个重点污染源，治理、搬迁了19个；1蒸吨以上的锅炉改造率达96%，工业窑炉改造率达47%。茶水炉改造率达96%，排烟黑度达标率分别达到90%、41%和92%。同时，大力推行管道煤气、石油液化气，使12万户居民用上了管道煤气，全市居民生活能源气化率达60%以上。推行热电联营和集中联片供暖，建立了全国黄河以南第一个区域性供热系统。经国家环保部门检测，济南市区的大气环境质量优良率在全国50个大中城市中，由过去的最后一位，上升到第九位。我认为，作为领导者，不能只顾经济发展，而不注意环境保护。只有经济发展与人口资源环境相协调，才能走上生产发展、生活富裕、生态良好的文明发展道路。

经过多年的学习、实践、调研，我觉得有必要把实践中促进生态优化的东西写出来。从情感上说，生态环境已经与我的工作、生活融为一体。主编专著、成立“生态文明研究与促进会”，都是多年的思考。首先，鉴于生态环境形势严峻，事关国家、民族前途和人民福祉，责任重大，包括我们老同志在内，都应当为之分忧；其次，从宏观上全面、系统地论述我国自然生态问题的著作还不多见，而自己长期实践经验的积累，有深入研究的基础。同时感到，能为生态环境作一点儿贡献，自己就开心、欣慰，生活也就充实。就这样，我把自己生态实践的感受、体会，与学习、借鉴前人的研究成果结合起来，约请部分专家学者，深入探讨，集思广益，撰写了《中国生态演变与治理方略》《偿还生态欠债——人与自然和谐探索》《拯救地球生物圈——论人类文明转型》《姜春云调研文集：生态文明与人类发展卷》《生态新论》等几部专著。

我国是世界上生态环境恶化最严重的国家之一。然而，我们各级领导、广大干部群众和社会各界，并非所有人都对生态环境问题有充分的认识、科学的理解和应有的作为。在党和政府的号召、引导和推动下，我国的生态治理、环境保护取得了令人鼓舞的成就。但是，毋庸讳言，仍有相当多的人对这件关系民族生存、国家兴旺、社会长治久安和人民生活、生命质量的大事，或者愚昧无知、懵懵懂懂，或者认识滞后、缺乏自觉，或者虽有认识，却无所作为，还没有真正投入到呵护自然、优化生态、保护环境的伟大实践中。更有甚者，至今仍在做违背自然法则和可持续发展规律的蠢事。只顾眼前利益，不顾长远大计，以牺牲生态环境为代价，进行掠夺式开发者，还大有人在！这也正是多年来我国生态环境状况为什么局部好转、整体恶化趋势迟迟得不到根本扭转的主要原因。历史的经验和严酷的现实昭示我们，在全国各级各行各业、在全社会进行一次广泛、深入、系统、深刻的生态环境问题的再教育、再认识，以期在如何看待生态环境的问题上，实现思想认识的飞跃和经济社会发展思路的转换，从而推动生态治理和生态文明建设的跨越式发展，实属必要，十分紧迫。正是基于这样的考虑，2003年我约请了部分热心于生态建设和环境保护事业的专家学者和同事，就中国的生态演变、环境恶化和如何治理的问题，进行了认真的比较深入的研究和探讨。经过近两年的努力，出版了《中国生态演变与治理方略》这部专著。

《拯救地球生物圈——论人类文明转型》一书的编写，下的功夫最大，用的时间也最长。我在深入调查研究、阅读了国内外30多部有关著作和上百万字的文稿资料的基础上，经过深思熟虑，于2012年12月，草拟了3万多字的课题研究提纲，明确了编写这部书的主题思想、目的要求、框架结构和方式方法。然后，约请40多名从事生态环境研究的专家学者和实际工作者参加，从宇宙的演化形成和地球生物圈的大视角，注重对人类发展与自然环境的关系、环境危机、发展不可持续的深层根源及治理对策进行深入的研究、探讨，突出论证了“为什么人类文明必须转型”及如何转型，引证了大量论据、典故及全球多方面的实践经验说明问题。几易其稿，反复修改，在大家努力下完稿出版。

据世界自然基金会《2006年地球生态报告》称，2003年全球人均生态足迹（自然资源消耗量）为2.23公顷，人均生态容量为1.78公顷，人均生态赤字0.45公顷。在173个国家和地区中，112个国家和地区存在生态赤字，4个生态盈亏平衡，57个生态盈余。中国人均生态足迹为1.6公顷，低于世界平均水平，但由于人口数量巨大，人均生态容量为0.8公顷，生态赤字为0.8公顷，高于全球平均水平近一倍。据我国有关专家检测，1961至2003年，我国人均生态足迹逐渐提高，人均生态承载力则不断降低，自1978年开始进入生态赤字阶段，并呈现逐年增加的态势。有的专家测算，“十五”期间，我国年均生态赤字约达1万亿元，总额为5万亿元。产生如此巨额生态赤字的主要原因，是人口剧增和粗放的传统经济增长模式。也就是说，我国经济的快速发展，在一定程度上是靠越来越大的生态赤字、环境欠债维系。掠夺式开发和资源的过度消耗，已经牺牲了太多子孙后代的生存空间和发展机会。这是很不公平、很不文明的，也是难以为继、不可持续的。

解决生态环境问题的要害，在于偿还生态环境欠债，做到“不欠新债，偿还旧债”。这是一件关系国计民生、可持续发展和人民福祉的大事、要事。如同社会上的其他债务一样，生态环境欠债迟早要偿还。早还，成本低、见效快、较为主动；晚还，成本高、损失大、愈加被动。人人皆知，任何借债、欠债都是要付利息的，而向生态环境的借债则是一种特殊的“高利贷”，其不良后果是连锁的、放大的。英国泰晤士河、日本琵琶湖的污染与治理，中国的太湖、巢湖和滇池水污染的治理，都充分证实了这一点。一个城市，大气严重污染，人人受害，男女老幼无一幸免。一处水源被严重污染，首先毁坏的是水生生物，若用这样的水来灌溉，又会毒害农作物，最终是人群和畜禽受害。一方农田遭受了重金属或其他有害物质的污染，那么，其生产的粮食、瓜果、蔬菜，谁吃了谁受害。所以，偿还生态欠债，犹如扑灭森林之火，抢救洪水灾害，实为燃眉之急，刻不容缓！

我们要做的，应该是从“人类征服自然”的误区和“人类中心主义”的狭隘眼界中解脱出来，以大宇宙、大自然、大生物圈的广阔视野，重新审视人类与自然的关系。

第一，人类与自然是“一体关系”——自然是人类依存的整体，人类是自然的一部分。人们通常认为，在生物进化序列和自然组织序列中，人类处于最高位置，所谓“人为天下贵”。一些人据此进一步认为，人类是自然的主宰，可以对自然为所欲为。但这些人没有看到，“人为天下贵”只是人在自然界的位置的一个方面，即人区别于动物的方面，而人在自然界的位置更为重要、更为基本的方面，即自然界是人类依存的整体，人类一刻也离不开自然界，人类与自然是一种“一体关系”。

第二，人类与自然是“母子关系”——自然是人类的母亲，人类是自然之子。自然界的生命群体，早在亿万年前就在地球上诞生、繁衍，是真正的老住户了，而人类来到地球上只有几百万年，在生物圈中是晚辈的晚辈。自然界就像母亲抚养自己的孩子一样，给予了人类衣食住行等全部生活资料和环境。但长期以来，人们对于大自然与人类是母子关系、长辈与晚辈关系，或认识模糊，或根本就不承认。更有甚者，对大自然不是知恩图报、敬重爱护，而是忘恩负义，将大自然视为奴役对象，肆意虐待、破坏，必欲灭之而后快。这也实在太卑鄙恶劣了！难道这种非理性的颠倒的关系还不该加以厘清和匡正？！

2004年4月29日，姜春云在山东泰安调研

第三，人类与自然是“师生关系”——自然是人类的老师，人类是自然的学生。现在人类活动已经成为能影响行星的巨大的地质力量。但是，我们一刻也不要忘记，人的力量不是由人的生物量或体力决定的，而是由人的智慧和意识决定的。而人的智慧和意识之所以成为重要力量，就在于人能够向自然学习，并通过学习掌握和运用自然规律，调动自然界的力量，以发挥这种力量为人的目的服务。

第四，人类与自然是“朋友”关系——自然是人类的朋友，人类也是自然的朋友。人所共知，地球表面是人类活动的场所，这里存在着两个世界，一个是人类社会即人类圈；另一个是自然界即自然圈。这两个世界同样都存在着生存问题，而且它们的生存之间是高度密切相关的，其中一个的发展依赖于另一个的发展，其中一个的进化促进另一个的进化，可谓唇齿相依、唇亡则齿寒。

西方资本主义的工业文明，在对自然资源进行掠夺式开发的同时，把奢侈过度消费推向了极致，尤以欧美发达国家最为突出。包括中国在内的几乎所有发展中国家，在全球一体化驱使下，也没有完全跳出不可持续的非理性消费的怪圈。一些先富起来的阶层和人员，亦步亦趋地走上奢华、挥霍、比阔、铺张浪费的邪路。中国以过大的环境和资源代价造就了国内生产总值位居世界第二的业绩。时下正是转变发展和消费方式的大好时机。然而，在这关键时刻却刮起了奢华过度消费之风，而且来势迅猛。贪大求洋、追求豪华、挥霍浪费、一次性消费等成为一些地方、部门和社会阶层的风尚。这不仅表现在一些地方不顾经济、资源、环境的实际情况，盲目兴建世界级的大城市、大广场、大马路、大花园、豪华酒楼宾馆和办公设施以及过多过滥建设高尔夫球场，而且表现为奢侈品成为不少人追求的新宠，包括出国旅游的一些群体，为了购得奢侈品，不惜把大量的金钱投向国外市场，这是很不理智的行为。对发展中国家来说，消费问题首要的是发展问题，应当在不危及生态环境的前提下，尽可能加快经济发展，为提高民众消费能力奠定基础。同时，应当倡导和推行合理适度的消费模式。

必须看到，虽然我国的生产力有了很大发展，经济总量已经相当可观，但与发达国家相比，我国还是发展中国家，人民的生活水平还不够高，还有相当多的贫困人口，他们的温饱问题也还没有完全解决好。所以，我们没有任何理由追求高消费、过度消费，更不可奢华浪费、贪图非理性的享受。即使我们国家经济发达了，人均收入水平达到2万美元、3万美元，也决不能丢掉艰苦奋斗、勤俭节约这一优良传统。说到底，追求豪华、奢侈，永远不是科学、文明的消费方式。一个人无论多么富有，一个社会无论多么发达，只要其行为是理性的，都会远离奢华，保持节俭。

必须调整建立在“国内生产总值至上”观念基础上的发展和政绩考评

国内生产总值（GDP）是观测全球各国宏观经济运行及管理的“晴雨表”，是地区经济与国际经济交往中的“标准语”。通过GDP可以衡量人类社会在生产活动中所创造的总财富或总价值，使人类的生产活动有了可量度的标尺和对比标准。但同时也带来了一种错误的价值观：发展就是单纯的经济增长，现代化就是追求GDP的高增长。须知GDP的核算只管经济增长的规模，而不管消耗浪费了多少资源及其对环境的负面效应，这是很不科学的。比如说建大桥，GDP会增长；而如果大桥塌了、拆掉后重建，GDP依然会增长；若垮塌后再建一次大桥呢，GDP还是会增长！这样，GDP虽然增长了三次，但却浪费了大量的社会投资，而真正形成的财富就只有那一座桥。再如，环境污染使病人增多，导致家庭负担增大、医疗保障支出增加，但是这类支出和医疗投入却推高了GDP，而且，治理污染的投资与收益也会计入GDP，人类病痛及“污染”损失反倒使GDP增加。这类经济“增长”的成果，本质上是由人们社会福利的丧失、自然资本的损失和生态赤字换来的，是不良的GDP，国际上称这类经济活动为“有增长而无发展”。

应当倡导和实行绿色GDP。所谓绿色GDP是指在国民经济核算中充分考虑生态、环境、资源等要素，把包括如土地、矿产、水资源、森林资源全部消耗以及环境污染和生态破坏的损失都考虑在内的一种核算方法。简单地讲，就是从现行统计的国内生产总值中，扣除由于资源消耗、环境污染、自然退化、管理不善等因素引起的经济损失和社会灾难的成本，从而得出真实的国民财富总量。通过对绿色GDP的呼唤、探讨和施行可以提醒社会特别是决策者、管理者们，了解并重视经济增长的环境资源代价，认清自身真实的政绩到底是多少？呼唤绿色GDP，就是呼唤人们走绿色发展、低碳发展之路。

工业文明曾经创造了前所未有的巨大物质财富和科技进步，现在人们认识到工业文明的致命弊端，提出要推进人类文明转型、建设生态文明。生态文明是一种源于工业文明又高于工业文明的新型文明，是人类破解生存危机、实现可持续发展的必由之路和希望所在。

对于工业文明，我们要一分为二，既要肯定其解放和发展生产力的巨大作用和贡献，又要正视其“征服自然”“掠夺自然”“破坏自然”的特性所导致的严重后果。生态文明是当代知识经济、生态经济和人力资本经济相互融通的整体性文明，它以审视的整体性、调控的综合性、物质的循环性、发展的知识性和发展成果的共享性的显著特征，展示了巨大优势和优越性，是工业文明根本无法比拟的。反思工业文明的深刻教训，生态文明应运而生。

承不承认自然生态系统的价值及其生存发展权，要不要尊重自然、顺应自然、呵护自然，是生态文明与工业文明的本质区别。就自然生态的价值而论，是一个极其重要而人们并未完全认清的问题。据加拿大《人类活动与环境2011》报告显示，2009年加拿大自然资本存量、矿产资源、木材和土地资本的价值为2.998万亿美元，生产财富4.378万亿美元。从2005年到2009年，人均自然财富8.9万美元，同期人均生产财富12.1万美元。2011年底，云南省林业厅完成全省自然保护区内的森林系统服务功能价值评估工作，其森林生态服务价值为2009亿元，相当于该省2010年国内生产总值的27.8%；自然保护区每公顷森林的服务价值达12.31万元。2004年5月16日通过有关权威部门鉴定的中国泰山生物多样性调查结果显示，泰山生物多样性每年为社会提供的价值不低于66.7亿元。对自然生态服务价值的评估，为经济的绿色发展、生态效益补偿等的决策，提供了科学依据。

实现工业文明向生态文明转变，是一项空前艰巨、复杂而宏大的系统工程和社会工程。这涉及人们的生存观、价值观、伦理道德、发展与消费理念的更新和传统规则、习惯、行为方式的变换，可谓步履维艰。2009年11月，我国政府提出，到2020年全国单位GDP二氧化碳排放比2005年下降40%~45%，作为约束性指标纳入国民经济和社会发展中长期规划。这是很有意义的。如果说，18世纪、19世纪到20世纪是全球创建工业文明的时代，那么，21世纪将是人类创建生态文明的时代。

美丽中国建设前景展望

我们党一直重视生态治理和环境保护。新中国成立后，毛泽东就提出："植树造林，绿化祖国""水利是农业的命脉""南北各地的绿化，对农业、工业各方面都有利"。1981年9月，邓小平倡导义务植树，每年每人都要种几棵树，比如种三棵到五棵树，要保栽保活。1981年12月，五届全国人大第四次会议通过了《关于开展全民义务植树运动的决议》。1982年11月，邓小平题词"植树造林，绿化祖国，造福人民"。自党的十四大以来，历届党的代表大会都对治理生态环境和生态文明建设作出重要论述。1995年9月，党的十四届五中全会将可持续发展纳入"九五"计划和2010年中长期国民经济和社会发展计划。2002年11月，党的十六大报告把生态良好列为全面建设小康社会的四大目标之一。2003年10月，党的十六届三中全会确立了“以人为本，全面、协调、可持续发展”的科学发展观。2007年10月，党的十七大明确提出生态文明建设，建设资源节约型、环境友好型社会。2012年11月，党的十八大把生态文明建设放到了突出位置，纳入建设中国特色社会主义“五位一体”的总体布局。这是在原有理论和实践基础上的创新和突破，形成了目标体系、理论体系和制度体系。对此，我曾于2013年1月29日在《人民日报》发表了一篇《读十八大生态文明论述有感》的学习体会文章。着重讲了：（1）科学定位。党的十八大把生态文明建设放在突出位置；纳入建设中国特色社会主义“五位一体”的总体布局，“融入经济建设、政治建设、文化建设、社会建设各方面和全过程，努力建设美丽中国，实现中华民族永续发展”。（2）优先原则。十八大报告指出：“必须树立尊重自然、顺应自然、保护自然的生态文明理念”，“坚持节约优先、保护优先、自然恢复为主的方针”。（3）发展方式。强调“着力推进绿色发展、循环发展、低碳发展，形成节约资源和保护环境的空间格局、产业结构、生产方式、生活方式”。（4）制度保障。强调把资源消耗、环境损害、生态效益纳入经济社会评价体系，建立体现生态文明要求的目标体系、考核办法、奖惩机制等。（5）时代概念。把“努力走向社会主义生态文明新时代”第一次写到了自己的旗帜上，这是具有重大深远意义的。总之，党的十八大就生态文明建设问题从理论和实践的结合上，给予了马克思主义的科学论述，在思想认识、目标任务和实施方略的确立上，达到了一个新的高度。这对于统一全党全民的认识和行动，把生态文明建设推向一个新的历史阶段，具有非常重大的意义和影响。

以习近平为总书记的党中央，以极大的决心和毅力推进我国的生态文明建设，并获得了日益显著的成效。最近，又作出了《关于加快推进生态文明建设的意见》《生态文明体制改革总体方案》的决定。可以预料，我国改革开放30多年来创造了举世瞩目的经济奇迹；那么，在未来的几十年，必将创建出灿烂辉煌的以生态文明为主导的美丽中国。

建设美丽中国，是由以下几个基本因素决定的。

第一，作为执政党和国家旗帜鲜明地提出并推行生态文明建设，并以此作为执政理念和国家战略的，唯有中国共产党和中国政府。可以说，是中国在引领全球生态文明建设新潮流。有这样一个中央领导集体领导全国各族人民，推进生态文明建设，这对建设美丽中国具有决定性意义。

第二，建设生态文明、美丽中国是13亿中国人民的强烈愿望。可以说，绿水青山、蓝天白云、丰衣足食、社会和谐、呼吸新鲜空气、饮用清净的水、食用无公害食品、观赏美丽景观、享受现代幸福生活，是所有中国人的追求，在这方面大家的认识和愿望是一致的。需要支配行动。亿万群众的力量是无敌的。全国人民自觉行动起来，什么人间奇迹都可以创造出来，建设美丽中国也不例外。

第三，我们中华民族有尊重、顺应、保护自然的传统。我们的祖先在几千年前就有理性的生态观念。早在3000多年前，中国古代哲学家就提出了“天地人合一”的思想，其基本点是人与自然统一。道家始祖老子提出“人法地，地法天，天法道，道法自然”的论点。儒家提出“天人相类”的观点，认为人道即天道，爱万物，永续利用万物，人与天地万物是一个有序的整体。我们应该发扬这些优良的传统观点，结合新的实际进行创造、运用，把古代的优良传统理念和社会主义核心价值观结合起来，创造和树立全新的生态观和生态文明理论，这是非常重要的。

第四，经过几十年的生态环境治理、特别是近些年生态文明建设，我们已经积累了相当多的成功经验。自2000年以来，国家环保部门以生态省、市、县等六个层级建设为主要内容，积极推进生态建设示范区创建工作。截至2014年，全国已有16个省份开展了生态省建设，1000多个县、市、区在开展生态市、县建设。他们创造了丰富的实现发展与环境双赢的经验、做法，为建设生态文明、美丽中国作出了示范、样板。

综上所述，我国生态文明、美丽中国的伟大壮举一定会实现。光辉灿烂的美丽中国必然会在华夏大地上出现。

（本文发表于《百年潮》2015年第11期，

由《百年潮》特约记者姚建萍采访、整理）

众位核物理学者谈于敏

张宗烨等

于敏，核物理学家，国家最高科技奖获得者、“两弹一星”功勋奖章获得者、“共和国勋章”获得者，1926年8月16日生于天津市宁河县。1980年当选为中国科学院学部委员（院士）。原中国工程物理研究院副院长、研究员、高级科学顾问。在中国氢弹原理突破中解决了一系列基础问题，提出了从原理到构形基本完整的设想，起了关键作用。此后长期领导核武器理论研究、设计，解决了大量理论问题。对中国核武器进一步发展到国际先进水平作出了重要贡献。

张宗烨（中国科学院院士，中国科学院高能物理研究所研究员、博士生导师。和于敏共同在原子核理论所从事过原子核理论研究，共事20年）：于敏一开始是跟着我二哥（物理学家、我国最早从事量子场论研究的科学家之一、中国科学院院士张宗燧）做研究，不久我二哥就病了，于敏就由胡宁老师指导。因为于敏父亲病重，他家里又很困难，所以当时他兼当助教，收入补贴家里。胡宁（北京大学教授，中国科学院理论物理研究所研究员）觉得于敏人才难得，应该让他集中精力做研究，就同彭恒武（中国核反应堆和核武器的理论设计工作的领导者，曾任中国科学院理论物理研究所所长、高能物理研究所副所长等）和钱三强他们商量，把于敏调到了近物所（中科院近代物理研究所，今中国原子能科学研究院）工作，这样他就可以集中精力搞研究，而且还有工资了。

1951年，于敏调到近物所，很快成为近物所核理论方面的学术带头人。在20世纪五六十年代，我们在于敏指导下开展了近十年的研究工作。这期间他提出了很多解决问题的物理思想，先后发表很多篇论文、著作（根据于敏等人的讲稿编辑出版的《原子核理论讲义》是国内第一部原子核理论教材，是好几代学子学习原子核理论的必读书）和译著，对原子核理论的发展形成了一套自己的思路。他那时已经在中国物理学界闻名。而且他还培养了一批原子核物理理论研究人才，带出了一支核理论研究队伍，把我们的研究引到了国际前沿。

进入“氢弹的预先研究”

萨本豪（中国科学院原子能院研究员）：氢弹的“预先”研究从1960年12月开始。20世纪60年代初，国家科委党组和中国科学院党组在聂荣臻副总理领导下，起草了《关于自然科学研究机构当前工作的十四条意见（草案）》，简称“科学十四条”。为贯彻“科学十四条”，聂老总指示说：“科研工作像下棋，下棋要看三步棋。我们的国防研究，是否还应部署第二步棋？”根据聂老总这一指示，当时主持核武器研发的二机部部长刘杰找到钱三强商量核武器应如何部署第二步棋，钱三强建议开展氢弹的预先研究。研发核武器的第一步棋，是原子弹。第二步，很自然，当然是氢弹。在氢弹全面上马以前，当然就是“氢弹的预先研究”。这也是为什么我国能在原子弹爆炸后两年零八个月便爆炸了氢弹，而其他国家往往在5年至8年后才爆炸了第一枚氢弹的一个重要原因。这其中和我们党中央的提早决策分不开。

1960年秋，二机部党组决定在原子能研究所开始氢弹的原理探索，原子能研究所四室成立了“氢弹理论探索小组”，黄祖洽是组长，大约半年后，于敏调入我们组任副组长。我是小组成员之一。起初我们的工作是探索氢弹原理的知识和收集轻核反应截面等。因为黄祖洽那时在九院兼职参与原子弹的攻关，所以“氢弹理论探索小组”的主要攻关任务实际上是于敏在负责。

于敏和夫人孙玉芹，孙玉芹对于敏的事业给予了巨大支持

于敏：在原子弹攻关的关键时刻，我们就认识到氢弹比原子弹更复杂，必须预先组织队伍，早做准备，打下基础。当时领导希望我参加这项工作。我的青少年时代是在抗日战争时期沦陷区度过的，亡国奴的屈辱生活给我留下深刻惨痛的印象，而我周围很多同事都是在国外留学，出于爱国热情，放弃国外优厚待遇回到祖国从事这项工作，这都对我影响很大，核武器是一种保障国家安全的手段。作为年轻的新中国，不能没有自己的核力量。这促使我下决心从基础研究转向研制氢弹工作。

吴翔（同济大学教授）（已在采访过程中逝世，材料由相关资料整理）：

二机部部长刘杰在1957年作为中国政府代表团成员随聂荣臻副总理同苏联政府代表团谈判“国防新技术协定”，从协定的文本中清楚地看出，苏联准备提供给中国的一种氢加强的实弹样品属于原子弹，而不是氢弹。刘杰曾找机会多次向二机部的苏联专家组组长询问氢弹与原子弹在原理和结构上有什么不同。专家组组长表示不清楚，未作任何透露。苏联在氢弹技术上对我们是严格保密的。不光苏联，核大国对氢弹技术都是严格保密的。二战期间，美国因技术力量不足，曾请英国派科学家帮忙，共同研制原子弹。但战后，当英国人要发展氢弹的时候，美国人就不愿意把氢弹的秘密告诉他们了。关于氢弹，我们没有任何可供参考的消息。从美国的通俗小册子上，我们只知道氢弹必须有一个原子弹引爆，为氢弹内的燃料创造自持聚变的条件，这个原子弹被称为氢弹的“扳机”。但是，我们并不知道这个扳机如何去扳动氢弹。

氢弹是一个非常复杂的系统，涉及理论物理、原子物理、核物理、中子物理、辐射运输、辐射流体力学、等离子物理等方方面面的知识和学科。大家对这个领域都很陌生。于敏团队脚踏实地从氢弹理论最基础部分做起，边干边学。从氘和氚、氘和锂-6等有关核反应截面的调研、整理、分析和估算上切入，对氢弹中各种物理过程进行了探讨和研究。将复杂的物理问题进行分解，从而形成了许多氢弹基础理论的研究课题，他自己做课题，推导方程，做物理粗估，构造物理模型，做解析，经过一段时间的工作，各个选题，特别是重点选题都取得了成果，为开始氢弹的理论探索初步提供了一些必要的核数据基础。

当时原子能研究所的科研条件是非常差的。要研究一些现象和规律，单靠理论解析是不够的，必须依靠电子计算机进行定量或者半定量的数值模拟研究。当时全国最好的一台计算机是104机，运算速度只有1万次，就这么台计算机主要是提供给核武器研究院突破原子弹用的（当时主要任务是突破原子弹，原子弹的研究工作由核武器研究院集中攻关），每周只能提供给原子能研究所十几个小时。于敏他们任务特别紧张的时候，就只能请钱三强出面，去核武器研究院挖出几个小时。为了充分利用好这十几个小时，于敏他们在上机计算之前，总会一遍一遍地检查修改手编程序，以便确保程序一次通过。如此小的计算机，每周又只有十几个小时，在现在看来，要研究热核材料燃烧的有关现象和规律简直是不可想象的，但就是在这样的科研条件下，原子能研究所解决了一系列有关热核材料燃烧的应用基础问题。无论对热核反应现象的了解、基本条件的掌握，还是对某些规律的认识，都为后来的工作奠定了基础，在最终突破氢弹中起了重要作用。我们能在原子弹爆炸成功后，经过两年零八个月爆炸氢弹，与这个时期的应用基础预研工作密不可分。

从1960年第四季度到1965年初，经过四年时间扎扎实实的探索和研究，原子能研究所对氢弹有关物理过程已做过相当的研究，对氢弹的原理作了一些初步探索，对氢弹可能的整体结构也有了一些初步的设想。提出了加强型原子弹和在液氘中实现非热动平衡情况下燃烧两条技术途径并建立了相应的模型和计算参数，编制了相应的简化计算程序。这四年颇富成效的工作，无论对热核反应基本现象的了解、基本条件的掌握，还是对某些规律的认识，都为后来的氢弹攻关工作奠定了一些必不可少的应用基础，在最终突破氢弹原理中起了重要作用。

当时集中突破氢弹的任务很重。在这之前，按保密规定，原子能研究所与核武器研究所的研究结果只能是单向传递，于敏他们的研究成果是可以带回给核武器研究所的，但核武器研究所的研究情况和进展是严格保密的。所以，他们没有机会接触原子弹机密。因此原子能研究所"轻核理论组"研究氢弹理论虽然已经长达四年多，也有相当的广度和深度，但是，缺乏原子弹的具体知识，要突破氢弹原理还有很多的困难。九院理论部有突破原子弹的实践经验，已经掌握了原子弹的有关理论和计算技术，比较系统地查明了原子弹内部的物理图像和各种物理规律，有条件在氢弹理论研究方面向纵深发展。所以在1965年1月，黄祖洽、于敏等原子能研究所"轻核理论组"的31位科研人员携带着预先探索研究的所有成果和资料，调到了九院理论部，于敏任理论部副主任，实际上是强强联合，一起攻关。

氢弹原理的突破

孟昭利（清华大学教授）：但是，直到1965年我们氢弹的理论上还没有解决，但当时中央要求1968年就要研制出高标准和高当量的氢弹装置。在氢弹原理尚未突破的时候，这是一个相当高的指标，就像小鸡尚未孵化，就要求小鸡破壳而出时得达到半斤八两一样，任务相当艰巨。

1965年1月，于敏等31人从原子能所到了九院。当时组织了一个被称为

Z模型的攻关小组，从等离子体物理方面开始攻关，11室和12室在这个领域努力探索。邓稼先、于敏、周光召都在讲授等离子体课程，听众很多。学术民主气氛是非常好的。不管是大专家还是刚出校门的大学生，在氢弹的秘密面前，大家都是平等的，几乎每周都要召开学术讨论会和鸣放会。在会上，不论资格，人人都有发言权。不论谁有了新的想法，都可以登台各抒己见，畅所欲言。有不同的意见就展开争论，一场争论下来，常常大家都面红耳赤，但谁说的对，就听谁的，彼此都从中得到启发。许多好的想法，就是在你一言我一语的讨论中产生出来的。通过一个个学术报告会和学术讨论会以及鸣放会，许多种突破氢弹的设想和途径被提了出来。

然而，氢弹毕竟是非常复杂的系统，诸多制约因素混杂。经过几个月的探索研究，这些设想，一条一条经过仔细讨论、计算和分析后，又一条条地被否定了。1965年秋天，理论部给13室下达了探索氢弹原理的任务。核反应后物理组和数学组来主攻。物理组组长褚连元被派往河南搞“四清”去了，我是副组长。大家熟悉原子弹计算程序，了解原子弹的物理过程，对完成任务热情很高。

首先利用原子弹研究成果与计算程序进行ALU系统的氢弹物理模型计算，探求氢弹基本物理规律。中央提出力争1968年爆炸氢弹装置以后，理论部考虑到我国轰—6飞机最大载重量的限制，给了我们三个技术指标：第一，主炸药球外径可以由原子弹的限定尺寸向外扩大；第二，装置总爆炸威力达到100万吨TNT炸药当量（简称“1100”计划）；第三，保证一定的聚变比。当时考虑的是尽可能地加大尺寸，多装材料的氢弹试验装置，探索轻核反应规律，再设计更先进的氢弹。可是试验面临的困难是威力上去，重量就得上去；在总威力中，聚变威力所占的份额不能随着威力的增加而增加；这种核弹中所加的热核材料，固然能起到加强原子弹的威力的作用，但由于热核材料燃烧得不充分，这种加强作用又是有限的；对于好材料的作用也进行了探索。结论是：这条途径与目标相差甚远。

在认识到像“1100”那样先进的热核弹头是不可能一下子完成后，理论部领导决定在确保主力继续进行理论上的探索研究前提下，抽调一部分力量抓紧加强弹的设计工作，以便在实现“1100”目标之前，安排若干次档次较低的热核装置试验，目的是补充和验证我们在氢弹知识方面的不足。

我们被安排到上海华东计算所，当分析第一批计算结果时，发现由于计算机内存的限制，增加计算程序的分点困难，氢弹又比原子弹结构复杂，分点要多，会影响计算结果的准确性，于敏先生组织我们修改计算程序。

于先生考虑到与自己一起出差的年轻人开始氢弹探索时间不长，大都缺乏氢弹的基本知识和科研的实践经验，他还给大家作系列报告。教我们掌握氢弹的核物理学基础知识，提高进行氢弹设计、分析能力和构建氢弹核反应循环过程框图。为了节省计算时间，我们用计算尺计算出系统特征参量数值。这是于先生从1960年就开始的研究成果，当我们与原子弹的知识结合起来，成为成功的基础。通过计算，我们看到采用加强型原子弹的方法可以设计出百万吨级氢弹，也能够提供可行的模型尺寸与参数。在一次计算中，我们误将轻核物质的装料加大20多倍，使我们看到了300万吨级氢弹的物理图像。在他的指导下，大家一边学着动手分析更多的模型，一边继续尝试着改进设计。然而，情况并没有很大改观。有人试着人为地提高热核材料的密度，结果十分诱人。当时流体力学专业的徐华生说了一句话：“这么高的密度要靠炸药爆炸的威力是绝对办不到的！”但是高密度还会带来高温度，而要实现300万吨级氢弹，必须要用原子弹的能量才能实现。

此前人们曾指望原子弹起爆后就能给聚变材料创造自持燃烧所需要的高温高密度条件。但经过深入细致的分析后发现，原子弹爆炸后出现许多物理因素，有的起好作用，有的起破坏作用。限于弹体的构型，它们不可能很好地配合。如何选用性能合适的材料，采取什么样的构型，才能促进起好作用的物理因素，抑制起破坏作用的物理因素？当时大家是没有办法的。于先生抓住了关键，利用原子弹把轻核物质压缩起来，提高密度和温度是关键。于先生提出利用原子弹的辐射能量达到目的，并提出了一种结构模型，这让大家由衷地佩服。这是第一次在原子弹设计中构型上的改变。

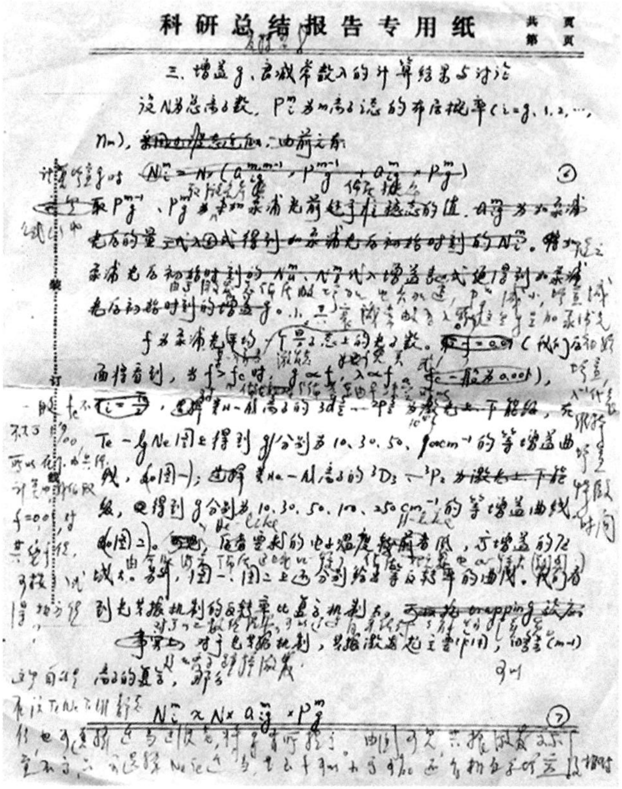
科研总结报告专用纸　共　页　第　页

经于敏认真修改后的学生的科研报告

怎么引导原子弹辐射能的传输，编制计算程序，为氢弹设计提供正确参数。于先生组织吴翔等人用蒙特卡罗方法试验可行性。最后，我们得到了一个很好的解析函数描述的氢弹主体引进辐射能边界条件。

上海百日奋战完成了一套从原理到构型基本完整的氢弹物理设计方案，可以说是创造性劳动。于敏从材料、原理到构型提出的氢弹方案比原来的加强型方案优越得多，成为首选方案。1966年12月28日，我们在罗布泊试验场百米高塔上进行了我国首次氢弹原理试验。1967年6月进行了全当量空投试验，取得圆满成功。从原子弹到氢弹，按照突破原理试验的时间算，美国用了七年零三个月，英国用了四年零三个月，法国用了八年零六个月，苏联用了四年零三个月，而中国只用了两年零两个月，速度之快是世界上绝无仅有的。

于敏的贡献使得我们抢在“文化大革命”之前在理论上突破了氢弹原理，又在“文化大革命”对九院造成重大破坏之前圆满完成了首次氢弹原理试验，这在我国核武器发展史上有重要的意义。

“最善于指导实验工作的理论家”

朱祖良（中国工程物理研究院研究员）：于敏团队在高精尖端核武器研究方面走出了一条自主研发、自力更生、艰苦奋斗的道路。用原子弹爆炸放出的裂变能量使足够数量的热核材料充分燃烧，这个原则是知道的，但究竟如何用裂变爆炸能量引燃热核材料，并使它们充分燃烧，这里有一个诀窍，只有深刻认识、掌握一系列复杂物理过程的现象和规律，才有可能发现这个诀窍。于敏紧紧抓住了“点火”和“燃烧”两个主要物理过程，深入探讨了一些关键性机制和规律，从而加快了突破进程。

彭先觉（原子核物理学家，中国工程院院士）：回想起来，我们当时在工作中也认识到了辐射在轻重介质中明显不同的性质，并已设法利用辐射去压缩介质，但因缺乏对原子弹及总体概念的了解，缺乏对各种物理性质的整体把握，终究没有走向成功。此事也使我颇受教育，那就是物理是最重要的。要解决问题，那就首先要很好学习，要弄清事情的概念、本质及规律，要像于敏先生一样，真正做到融会贯通。

氢弹原理理论设想方案的诞生不是偶然的，是原子能研究所“轻核理论组”和九院理论部的科研人员，前后历时近五年时间殚精竭虑地探索和研究工作的结果，是集体辛劳和智慧的结晶。集体是由若干人组成的，没有每个个人的努力和奉献，集体成果便空无一物。从氢弹理论研究的历程中我们可以清楚地看出，无论是在氢弹的基础理论探索研究方面，还是在氢弹原理的突破方面，于敏同志都起了极为关键的作用，作出了重大贡献。

杜祥琬（中国工程院院士）：在研制核武器的权威物理学家中，于老是唯一未曾留过学的人，是新中国自己培养的研究生，因此被称为“国产土专家一号”。但这并没有妨碍他成为最出类拔萃的科学家。

由于工作的特殊性，于先生出国加上在国内与国外学者交流的次数屈指可数，但在有限的交谈中，常常是他提出一两个问题，就令国外同行刮目相看。实际上，他十分重视研究国际上的信息资料。1992年，他在同我们的一次谈话中，又一次分析了核禁试的前景，他说：“1963年的条约，是因为他们（美苏等国）大气层的试验做够了，但地下试验还在做，以通过近区物理测试了解小型化的途径。1974年的条约（美苏签订的《限制地方核试验当量条件》），是因为大当量的做够了，可以限制15万吨了。现在，在核试问题上，它们的每步棋也各有底牌。”经过一番分析，他认为“全面禁核试或分步骤达到禁试都是可能的”。因此，要抢在这之前加强实验室工作。在经过有限的核试验之后，通过实验室工作，可以解决安全、可靠的问题。以后几年的实际情况基本上就是他分析的那样。

于先生能取得这么大成绩，也是因为他具有丰富的哲学智慧。他学术功底深厚，虽然是一个理论物理学家，但十分重视第一手的试验数据，总是强调搞理论要去试验场，强调理论联系实际，他被称为“最善于指导实验工作的理论家”；氢弹研制研究我们无迹可寻，完全靠自己，于先生的创新精神，使我们突破了一个个未知领域，而且他也十分支持后辈的创新精神，又高度重视基础研究，他说过高水平的成果是建立在基础研究之上的，没有深厚系统的基础研究，工作走不远；于先生多次强调既善于分解、又善于综合的重要性。他把物理分解看作核武器物理基础研究的“基本环节”，分解每个物理现象，研究其规律。面对复杂的现象和问题，他总能理出头绪，找出物理上的原因。许多问题到了于先生手上，他总是把其中的物理因素一一加以解剖，并估计它们的大小和影响，这样，对许多难以解决的现象，就能够理解了，同时解决问题的办法也就出来了；于先生善于抓主要矛盾，总能从复杂的计算中找出其中的物理的内容，使认识有所前进。他不断地发掘问题，提出问题，分析问题，解决问题。

刘恭梁（北京应用物理与计算数学所研究员）：于老严谨治学、一丝不苟和坚忍不拔攻关克难的科学作风我有很深刻的体会。1976年时，我们在华东计算技术研究院国产计算机“655”上为即将进行的核试验任务计算结果，其间一个十分重要的物理量的计算结果不稳定，发生跳动。物理设计的同志认为这种图像是不合理的，也与其他计算不一致，因此肯定是程序有错。而搞程序的同志说，该程序各种模拟计算都正常，输入也没有错，一定是机器出了毛病。维护机器的同志说，机器运转正常，其他程序均算出了正确的结果，唯独这个程序不对，应该是程序有错。这个问题陷入死循环。眼看着离交方案的时间越来越近了，一些同志提出来为了如期交出方案，可以避开此程序的计算结果，根据其他研究和计算结果进行综合判断，论证方案的可靠性。于老坚持迎难而上，排除疑点，决不有任何侥幸心理放过任何隐患，查个水落石出。他鼓励大家程序是人编的，只要一步一步跟踪查找，一定能查出来，他和大家一起制定查找方案，从现象分析，从程序的原始公式开始，对计算机打纸带上的每个数据进行检验、核对，不放过任何一个环节。由于这个程序十分庞大复杂，要把问题查出来，犹如大海捞针，于老和同志们一排一排数据计算，一个一个数据检验，连续作战，几天后终于找到，原来是一块大部分计算程序都不会走过的运算插件板出了问题。而眼前的这个程序，由于计算量的特殊性，偏偏必须走过这个插件，从而出现了不稳定的情况，更换了插件板，计算结果一切正常。这个物理学家查出计算机隐患的故事在我们这里广泛流传，其实这类反映于老严谨的小故事还有很多。我们的事业正是靠这样的作风取得一个又一个成绩。

胡思得（中国工程院院士）：于敏崇尚科学、坚持真理的一些故事我们所里年纪大点儿的人都知道。20世纪60年代末，“老点”（绵阳梓潼的核武器试验基地）响起三发“六五”炮实验失败的消息，军管首长急了，在“老点”组织了轰动一时由众多科技人员参加的“学习班”。军管首长正准备把“脱离实际”“设计失败”的大帽子扣下来，散布技术原因在劲头不足，就像病人推小车，科技人员中认识也有些模糊。于敏和我领导理论部工作小组在那里，坚持实事求是与科学分析的态度，排除各种干扰，经过艰苦细致的实际工作，找出主要技术原因应是二维效应的“波形问题”，并提出“整形”作为应急解决问题的技术措施。后来的工作表明上述处理是成功的。实施军管的那段时间，气氛是十分紧张的，白天黑夜连续工作或开会，有一段时间于敏天天在招待所的房间召集我们开小会，常常弄到深夜三四点，持续40来天。于敏承受了最大的精神压力，但他坚持真理不唯上。

中国核事业带路人

蓝可（应用物理与计算数学研究所研究员）：氢弹爆炸后，紧接着的问题就是热核弹头武器化的理论设计和探索新原理的工作。第一颗氢弹只是试验装置，尺寸重量较大，还不能用作导弹运载的核弹头，属于第一代核武器。要与运载装置导弹适配，核装置还必须提高比威力并小型化，发展第二代核武器，二代核武器研制涉及新原理、新材料、新结构等一系列技术难题，难度大大增加。70年代末80年代初，因为种种原因，一大批优秀的科学家和科技骨干相继调离，于老被任命为核武器研究院副院长兼核武器理论研究所所长，全面负责领导突破二代初级和次级原理，发挥了两个至关重要的作用：决策、把关。从80年代开始，他成为核武器理论研究领域的带路人，带领大家走出了一条具有中国特色的核武器研究道路。80年代中期，我国不但在初级小型化和中子弹原理试验上取得了圆满成功，第二代核武器研制实现重大决定性进展，而且次级小型化技术途径已明确，核武器事业跻身世界水平。相比美苏上千次、法国200多次的核试验次数，我国的核试验次数仅为45次，不及美国的1/25。

于老对核武器发展有着独到的眼光和敏锐的判断。干着第一代，看着第二代，想着第三代甚至第四代，70年代，他敏锐感觉到，惯性约束聚变（ICF）不仅有可能用于解决能源问题，还可能用来研究武器物理。惯性约束聚变研究长远的目标是为人类提供能源，中、近期目标是研究核武器物理。可以在实验室通过惯性约束聚变，开展实验室研究。氢弹爆炸就是人类在地球上实现的惯性约束聚变，但氢弹是不可控的，我们通常所说的惯性约束聚变是可控的。惯性约束聚变靶的物理过程可以模拟大尺度的核武器系统整体行为，两者性质相同，量上逼近。在禁核试条件下，应用实验室数值模拟，是了解库存核武器的安全、可靠和有效性的唯一手段。于敏一直关注惯性约束聚变，为此倾注了大量心血。他积极促进相关科研单位的合作，在我国惯性约束聚变还处于初级研究阶段时，他和王淦昌、王大珩等给中央写信，争取把ICF列入国家“863计划”，提出了惯性约束聚变研究的指导方针，制定了发展战略，使惯性约束聚变进入了一个新的历史发展阶段。

我倍感荣幸能成为于老唯一的一个博士生。最初我对X光激光一窍不通，于老就由浅入深，从最基本的概念讲起，他讲述的物理图像非常清晰，再复杂的数学公式一经他指点就成了一幅幅生动有趣的过程图像。尽管于老很忙，但只要他在北京，每个星期我们都会安排一次讨论，每次讨论于老都会仔细分析我们的计算结果，一个个查看数据，一个个分析物理量，他还会让助手把打印的计算结果用自行车驮回家继续分析，把他在家分析的结果详细写在纸上，下一次讨论的时候讲给我们听。

于老对我们的要求非常严格，记得在用逃逸概率方法处理柱对称等离子体中共振线的输运时，计算公式含四重复杂的积分，而共振线有成百上千条，计算量非常大。我觉得是不可完成的，于老凭他的经验和直觉认定可以用一个近似表达式来处理，当我好多天找不到方法准备放弃时，于老坚定地说：“必须要有近似表达式，你一定要给出一个来。”说这话时他的眼神十分坚定而严厉。经过我的努力，最终得到了一个近似表达式，多亏于老的严格要求，我心里充满了对于老的感激。

于老业务上对我们严厉，但生活上对我们非常关心。我在德国工作时，患上了恶性淋巴瘤，并马上在德国开始治疗。于老获悉我得病后非常焦急。因为盛家田知道我的情况较多，当时已经77岁的于老几乎天天向盛家田询问我的病情和治疗进展，并通过盛家田再三询问我“需不需要钱，我这还有一些美元”。在德国艰难度过三个疗程的化疗后，我回国继续接受治疗，在我住院期间，于老和孙阿姨经常来医院看望并鼓励我，那时“非典”刚刚过去，大家对医院还心存顾虑，但于老每次到医院都坐很长时间，安慰鼓励我，和大夫详细了解治疗情况，我非常感动……

于敏埋头读纸带

于老虽然为国家和人民立下了巨大的功劳，但我从来没有听于老讲过任何一点自己的成绩，也从来没有看他流露过丝毫的骄傲。我在于老指导下学习工作这么多年，从来没有看到于老对人对事给予激烈的言辞，从来没有听到于老高声调表述自己的学术观点。对于不同意见，无论对方年纪大小、地位高低，于老阐述完他的观点后，最后总会用征询的语气说：是不是这样更好一些？是不是那样更合理一些？语气永远非常温和，态度永远非常真诚。

于老曾不止一次讲过，“科技人员一定要服从国家需要。研究方向的选择，要把国家任务放在第一位！”“一个青年科技工作者的立志，要与国家科学发展方向和需要相符。”其实，于老自己就是这句话的实践者，最初他对高能物理很有兴趣，学的是量子场论。参加工作以后，因国家急需发展核物理，当领导提出要求后，他就全力投入到核物理研究中去。后来国家又需要他从事国防科技研究，他就放下核物理，全力投入新的研究领域。而无论做什么工作，只要是国家需要，他都全力以赴地干好。

（本文发表于《百年潮》2015年第12期，
由《百年潮》杂志编辑杨琳采访、整理）

后记

编辑出版《百年潮精粹·往事回首》的目的是为了更为广泛传播中国共产党革命、建设、改革历程中那些重要而生动的故事，同时也为了留存历史、资政育人。本书中的回忆文章在刊载时大都是以访谈的形式出现的，在本书编辑时做了调整，统一为第一人称口述的形式，为了方便阅读还适当加了若干小标题。

与《百年潮精粹·伟人印记》相同，本书中收录的文章也是以原文在《百年潮》杂志上的刊发顺序为序。

从编辑刊物到从中选取文章辑成本书历时多年，感谢编辑王世英、杨琳、姚建萍、潘鹏所做的努力。正是由于他们对数倍于文字的访谈资料所做的系统梳理和精心编辑，才让我们有机会从这些亲历者那里追忆细节、感悟得失。

由于编辑时间紧迫，编辑水平所限，书中难免有不足及不当之处，欢迎广大读者提出宝贵意见。